命运的长线

めぐり糸

［日］青山七惠 著

竺家荣 译

上海译文出版社

图书在版编目(CIP)数据

命运的长线/(日)青山七惠著;竺家荣译.
—上海:上海译文出版社,2018.12
(青山七惠作品系列)
ISBN 978-7-5327-7786-0

Ⅰ.①命… Ⅱ.①青… ②竺… Ⅲ.①长篇小说—日
本—现代 Ⅳ.①I313.45

中国版本图书馆 CIP 数据核字(2018)第 072748 号

MEGURIITO by Nanae Aoyama
Copyright © 2013 Nanae Aoyama
All rights reserved
First published in Japan in 2013 by SHUEISHA Inc., Tokyo
This Simplified Chinese edition published by arrangement with
Shueisha Inc., Tokyo in care of Tuttle-Mori Angency, Inc., Tokyo
through Beijing GW Culture Communications Co., Ltd., Beijing

图字:09-2014-817 号

命运的长线	[日]青山七惠 著		出版统筹	赵武平
			责任编辑	叶晓瑶
めぐり系	竺家荣 译		装帧设计	尚燕平

上海译文出版社有限公司出版、发行
网址:www.yiwen.com.cn
200001 上海福建中路193号 www.ewen.co
江阴金马印刷有限公司印刷

开本 850×1168 1/32 印张 14.25 插页 5 字数 258,000
2018 年 12 月第 1 版 2018 年 12 月第 1 次印刷

ISBN 978-7-5327-7786-0/I·4774
定价:59.00元

拜托，请你不要再这样哭泣了。

一看到年轻人哭泣，我就会感到悲伤。特别是像你现在这样无声地哭泣的人，像你这样对一切都彻底绝望了一般、任凭眼泪不停地流淌的人……从刚才起我就一直看着在这里哭泣的你。你应该不是为了哭给别人看的，但倘若你是在电车或图书馆或医院里哭的话，哪怕是我，也不会这样不礼貌地盯着你看，或者跟你搭话的。只因为这里是很特殊的地方。这么寂静，这么昏暗，这扇门外面的人都已经熟睡了……除了我和你以外，没有其他人在这里了。

我感觉从大阪站出发已经过了很长时间了，可是，看来离天亮还早着呢。

这把年纪了，真是难以启齿，我在自己的单间里眺望黑暗的窗外时，突然间担忧起来：这趟列车到底会不会抵达下一站呢？东京站或许早在多年以前就已经过去了，列车也许会永远在这黑暗得没有尽头的铁路线上行驶下去吧？心里真是没底啊。如此说来，在月台上一起上车的乘客们，还有来检票的乘务员，都在我不认识的什么站下车了，就连驾驶室里都是空无一人……现在，这趟列车上仿佛只剩下我一个人似的——是啊，在这种旅途上，不管是认识的人，还是不认识的人，最好是和某个人在一起。因为独自一人面对移动的风景，是一件令人颇为伤感的事情。不过，寂寞这家伙一向是这样不期而至，往往会突然发觉只有自己一个人。尽管如此，眼泪这种东西真是不可思议啊……有的眼泪会戛然而止，也有的如

1

泉涌一般怎么也止不住。起初，是因为什么缘由而哭起来的，可是哭着哭着，那个缘由渐渐融化不见，变为仅仅是为了哭而哭；或是替某个比自己更加悲伤的人哭泣似的，眼泪怎么也止不住……这些烦人的眼泪，究竟是从我们身体的哪个器官里流出来的液体呢？把它装进小瓶子里，放置几十年后，那些液体是否还能保持原样，依然那么透明，一点儿也不减少呢？还是会由于瓶子里的空气的作用而变得微微浑浊，逐渐消失掉呢？现在我还后悔呢，应该像拍照片那样，把小时候哭泣时流下的眼泪保留下来。况且，我还是个特别爱哭鼻子的孩子……不瞒你说，我曾经真的收集过眼泪呢。小时候我觉得好玩，曾经在小拇指大小的瓶子里收集过眼泪。一个瓶子装满之后，又打开一个瓶子。这个瓶子满了之后，再换另一个瓶子。以至于害怕起来，这样下去，到自己死去的那天，会装满多少瓶眼泪啊。从那时到现在，已经过去几十年了，我无法知道瓶子里的眼泪到底是什么颜色的，实在是遗憾……

你还是止不住哭泣吧。没有关系。刚才我对你说不要这样哭泣，其实只说了一半。我并不想妨碍你流眼泪。因为能够这样任凭泪水流淌的机会，在人的一生里屈指可数。在我的人生里，能够这样尽情哭泣的日子估计不会再有了。一旦你停止哭泣，我说不定会立刻从这里消失，融化进窗外的暗夜之中去的。你可能会觉得我在信口胡说，但我真的是这样想的。我这样说，是因为在很久以前，我也像现在的你一样在这趟列车里独自一人哭泣过。恰好和你同样的年龄。就在这趟开往东京的夜班车里。因此，我是不可能把你和门外面那些睡得香甜的人混同在一起，从而注意不到你在哭的。是啊，我做不到的。因为我有种感觉，倘若我不理睬哭泣的你，走出这扇门，到那边去的话，就好像会和自己的过去永远错过。

你是回东京吧？我也是。而且我那时候也是回东京的。你现在是孤零零地坐在空无一人的吧台椅子上，而我那时是坐在餐车里最靠边的座位上。虽然已经是三十多年前的事了，但那时候这趟夜班车上也有餐车的。我一个人去了餐车，不喝啤酒也不喝饮料，只要了三明治和别的什么小点心，却一直坐到餐车关门。一家人或恋人或穿西服的上班族轮番前来就餐，愉快地品尝热气腾腾的炖牛肉或油炸食品，直到喝完咖啡，才恋恋不舍地站起来离开。有一个小孩子把橙汁弄洒了——至今我还记得清清楚楚。鲜艳的橙色液体一流到纯白色的桌布上，就立刻变成了灰色，然后一边描绘着旋涡贝的形状，一边往前流着。旋涡状的前端朝着我轻搭在餐桌边的手指流了过来，然而，在那甘甜的液体触到我的手指之前，一位穿着方领工作服的手脚麻利的女服务生就已经将桌布撤掉了。没有一个人跟我说话。同时，也没有一个人对我不友善。更换桌布的女服务生以及其他的女服务生们都没有拍我的肩膀让我离开。所以，我能够在那里慢慢地、特别慢地吃三明治。宛如在咀嚼时间一般，越是慢慢地吃，被组成时间的纤维便越是破绽百出，像是从任意一点都可以重新开始编织了似的……餐车的营业结束后，我也不回自己的卧铺车厢里去，而是坐在过道的抽出式硬椅子上，整夜望着窗外。突然间我发觉自己哭了。最初只是因为某个事情，随着时间的流逝，转变为我的手触及不到的、远远超出一己之事的更为巨大的某些事情而哭了。

我觉得比起现在的我来，现在的你更接近那时候的我。我现在只能回忆迄今为止自己经历的所有感情了。感情一旦被封闭在记忆之膜里，无论怎样小心翼翼地把它从里面取出来，都感受不到当时的热度或感触了。那里只剩下遗骸或正在变成遗骸的东西了。回忆起来的往事，不过是某种虚无的模拟。然而无论它们是多么的虚无，我也不能不一再这样重复至今。而且，刚才我打开那扇门，看到你正在哭泣的背影的时候，我听到了那些被幽闭在记忆巢穴里的声音日益消失、身体日益衰弱的家伙们，以从未有过的急切声音喊叫"再回忆一次"。每当我开始回忆的时候，都会听到这样的声音。"再回忆一次""再回忆一次""再回忆一次"！我对那些声音一向很顺从。按说今天晚上我也会这样做的，但是，我克制住了。我这样静静地坐在你的身边，直到那个声音触及你的眼泪。

离天亮还早吧。

声音的主人不允许我固定于某种形态。我的轮廓由于那些细微的震动而变形，裂开口子，不停地阻止我停留在我的形态。即便是现在，我的轮廓由于一直被它们这样扩张而脱离了原来的形状，恐怕已经变得惨不忍睹了，可是它们仍然把我这个人无止无休地撑大，被撑得薄得透明，揉进从千疮百孔的细胞中不停滑落下来的时间里，直到形状消失不见，最终让我与时间合而为一。

再回忆一次！再回忆一次！

它们还在叫嚷呢，朝着我，也朝着你。

可是，咱们想要前往的到底是什么地方呢？真的是东京吗？或许是远在铁路尽头的前方那么遥远的地方吧。

我下面要向你讲述的事情，与那没有尽头的遥远相比，不过是车轮与铁轨之间弹起的一颗沙粒般微不足道的事情。我不强求你听。不过，我想你一定会听我讲述的吧？反正我是很想对你讲一讲的。

不管怎么说，离天亮还早着呢。

1

　　你看上去也就二十岁出头的样子。在你看来，我像是大妈还是老太婆呢……其实五十岁或七十岁都差不到哪儿去吧，真是难为你了。在年轻人看来，往往以为上岁数的人从很早以前就是这么老的呢。

　　战争结束那年，我出生在静冈，长在东京的九段①。你在樱花盛开的季节去千鸟渊划过船吗？ 对，就是那个位于皇宫北面，一到春天，赏花的人们就蜂拥而至的千鸟渊……我家就紧挨着千鸟渊，从现在的地铁九段下站一出来，往左拐，过了千鸟渊，走一段上坡路就到了。就是靖国神社正南面的一个地区。我小时候，那一带是三业地，你这样的年轻人，恐怕不明白什么是三业地吧？ 所谓三业地即是料亭②——战前叫做"待合"、饭馆、艺伎屋聚集的地方，也就是男人们跟艺伎们寻欢作乐的花街。如今已经变成了高楼林立的写字楼街，但是，更早以前，追溯到江户时代的话，那一带是旗本和御家人的宅邸聚集的豪宅街。在这样的地段形成花柳街是明治初期的事。其开端是维新之后，财政陷入困境的旗本和御家人开始出售房产，或是自己经营"待合"。听说学习技艺，成为艺伎的女子有很多是这样人家出身的小姐，她们以到靖国神社来参拜的军人为服务对象，大正初期这种料亭一度是相当繁荣的。把这些很早以前的事情告诉我的，是我的祖母。虽说是祖母，并非我的亲祖母，关于这件事后面再讲吧。

　　进入昭和，迎来战败的时候，据说九段的花街因空袭而变为一片废墟，但战后不久，大部分便恢复重建了。我记得从我记事起到东京奥林匹克运动会的那段时间九段相当繁荣。虽说如此，奥林匹克运动会之前，我离开了九段，所以只记得那之前的九段的样子……不过，留在我记忆中的那个时期，九段也有着不亚于新桥和赤坂的盛况。有名的政治家、歌舞伎表演者、相扑力士、作家先生……各界名流常常前来消遣。从白天开始，艺伎阿姐们——只要是进入艺伎这个行当，无论是十六岁的小姑娘，还是满脸皱纹的老太婆，都叫"阿姐"——弹奏三味线的声音便不绝于耳。晚风里总是夹杂着艺伎们涂抹的白粉味儿。那时候倒不觉得什么，只知道今日街景的人们会觉得有些奇妙吧。街道这种地方就是这样变化无穷的。它只对当时生活在那里的人们展露风情。对于离开那里的人，是绝对不会像过去那样热情相待的。

　　我的母亲是其中一家名叫"八重"的中等规模料亭的老板娘。对了，我家那时候就是开料亭的。说是料亭，战前被叫作"待合"，可能与你想象中的料亭有些不同吧。三业地的料亭，并不是做饭菜给客人吃的餐馆意义上的料亭，而是客人招艺伎来吃饭喝酒的地方。概括说来，就是那种夜晚冶游之所，客人到了这里，都是从饭馆订餐，通过叫做"检番"的统管三业地的类似事务所的地方，从艺伎屋招艺伎来。

　　那么，乍一听艺伎这个词，你会怎样想象呢？多半会想象她们穿着漂亮的和服，梳着日式发髻，给客人唱歌跳舞……大概是这样的吧？以现代人的感觉，似乎是个多少有些超脱俗世的世界吧。但实际上，并非如你想象的是那样浮华奢靡的世界。至少我所

---

① 东京都千代田区的街道名。

② 日式酒家。

知道的那些阿姐们，几乎都是热爱技艺、每天刻苦磨炼基本功的女人。加上战后情况变化了，有不少艺伎由于家境贫寒，为了生活而作为借债的人质抵押给艺伎屋而进入这个世界。直到成为正式艺伎，还清借债的本钱之前，她们是不许离开艺伎屋的。从艺伎屋的角度说，必须收回借贷的本钱，因此，对于抵押来的雏伎，从技艺到礼仪举止全都悉心教授。即便该女子成为正式艺伎之后，从客人那里得到的赏钱也必须上交艺伎屋管理。而且，从服饰到学艺，她们都必须靠自己赚钱来支付费用，因此，即便成为独自撑得起台面的艺伎，如果不是很卖座，艺伎手里基本剩不下几个钱。还清了债后，新年度一开始，有的艺伎屋要求再为它义务服务一年左右，然后，艺伎们终于从艺伎屋解放出来。之后干什么的都有，有的继续艺伎营生，有的自己挂招牌成立艺伎屋，有的找个合适的有钱男人当小妾，也有的回了乡下。

八重原本是妈妈的伯母开办的料亭。严格说来，这位伯母是母亲的远房亲戚，并非亲伯母。我刚才说过的祖母就是这个人。实际上对我来说，她就相当于祖母，但是我一次也没有叫过她"祖母"，总是叫她"大妈妈"。只是在你面前继续使用这个称呼有点可笑，所以在这里就叫她祖母吧。祖母在我八岁的时候去世了。她有着居住在那一带的旗本宅邸的武家血统，因而自视甚高，对自己对他人都要求极其严格。妈妈出生于岩手的乡村。妈妈两岁的时候，被祖母收为养女，从尚未及笄时，祖母便开始严格地教妈妈学艺了。本来艺伎不附属于料亭，而是属于艺伎屋的。可是，祖母大概觉得料亭如果有自己的艺伎，急需陪客的时候，就不必通过检番去请，非常方便。再说，倘若该艺伎走红，还可以让她去其他料亭陪客，从而获得相应的收益，祖母打的就是这样的如意算盘吧。所以，祖母从小收养了聪明乖巧、人见人爱的妈妈，作为八重内部的艺伎进行培养，看看能不能培养出来吧。

总之，经过严格学艺的妈妈，十五岁时成为半玉[1]，登上了八重的宴会座席。客人给艺伎支付的报酬，叫做玉代，半玉即是玉代[2]的一半，就是说，妈妈还是相当于见习艺伎的身份。尽管如此，两年后，妈妈便成为"一本[3]"，即正式艺伎了。据说从前是按照一炷香的时间来计算支付艺伎的玉代，因而有此说法。正如刚才我说过的那样，成为正式艺伎之后，从服装到学习技艺都必须靠自己赚钱来支付，因此，若是没有出资的老爷的话，艺伎的经济负担就会很大。不过，妈妈的情况有所不同，依照祖母的既定方针，不找靠山老爷，祖母自己就起到了出资人的作用。也就是说，祖母既是妈妈的雇主，也是出资人。妈妈在祖母的倾力打造下，技压群芳，而且据说妈妈自知是养女身份，从小就是个会讨大人欢心、说话很老成的孩子。在那一带是个很有人气的艺伎，相当的叫座。

为了某个应酬，我的爸爸来到八重，对才貌双全的妈妈几乎是一见钟情，背着祖母拼命地追求妈妈，终于俘获了美人心。妈妈也很快被风流倜傥的爸爸迷住了。于是乎认识还不到一个月，二人便早早订下了婚约。凡事都非常投入的妈妈，将艺伎事业和祖母的恩情全都置于脑后，铁了心要嫁到爸爸家去。得知此事之后，祖母勃然大怒。然而当她知道了对方是做钢材生意的暴发户家的长公子，立刻来了个一百八十度大转弯，对妈妈的热恋推波助澜了。而爸爸家里的态度却是正相反。因为当时的爸爸是个纨绔子弟，反正迟早要继承家业，所以毕业后一直也不工作，靠着每月家里给的零花钱优哉游哉地过日子，故而家里对于他与艺伎私下订立的婚约，只不

---

[1] 即雏妓。
[2] 付给艺伎的钱。
[3] 付给艺伎的酬劳，以一支焚香为单位。一本，即一支焚香，意指正式艺伎。

过看作是司空见惯的玩女人而付之一笑。

将幼年时从父母那里听来的片段拼凑起来的话，那就是我的祖父出身于贫穷的农家，是一个凭借强烈的成功欲望与刻苦学习积累了财富的人。因此，对于门第的问题或许比常人有着更多的自卑。即便是为了使家族成员成为更加有品位的高雅之士，他也是不可能允许迎娶一个不知根底的出身艺伎的女人的。妈妈对于当时所受到的如同野狗般的对待，一直耿耿于怀，只要一提到祖父，便是一副轻蔑的口吻，说什么"那个人的品格连你祖母的千分之一都没有"，什么"跟这种爱虚荣的暴发户在一起，实在让人无法忍受"等等。但是和这样的妈妈比起来，爸爸对于祖父的感情却好像复杂得多。

说实在地，即便是现在，我早已超过当年爸爸的年龄，仍然搞不清楚他对祖父究竟怀着的是爱还是恨。

后面我会讲到的，爸爸和祖父的关系中有着不允许天真的小孩子涉足的极端的排他性。那是强烈拒绝任何人介入或偷窥的、在暗室里相互吸吮一个壶里的有毒之蜜般奇妙而紧密的关系。但是，祖父的存在和与生俱来的巨大财富没能将爸爸变成像妈妈那样充满自信、争强好胜的人，反而把他推向了与之相反的方向。虽然这不过是我回顾与爸爸一起度过的有限的生活得出的推测，但是我说不好爸爸的性格是由来于降生在衣食无忧的富裕环境呢，还是打出生以前就已经具备了呢？我总感觉爸爸身上有种自我毁灭的欲求。成功企业家的长子，却不理家业，甘当一个小料亭的上门女婿，似乎是主动想要成为一个被人耻笑的人。不过，我觉得爸爸并非心甘情愿这样做的。我揣测爸爸是想要从嘲笑者变身为被嘲笑者的缘故。深爱妈妈且少不更事的爸爸，跟家里吵翻之后，离开了祖父的家，几乎就等于断绝了父子关系。至于具体是怎样激烈争吵的，或是附加了什么条件，无论爸爸还是妈妈，就连爱说话的祖母都不太想对我说。

和爸爸结婚以后，妈妈仍然继续了一段时间的艺伎生活。祖母和爸爸都支持，最主要的是妈妈自己非常坚持。妈妈很喜欢技艺。热衷于舞蹈和唱曲。对于被料亭收养的妈妈来说，技艺就相当于活下去的护身符。不仅仅是为了活着，是为了活得有自尊而需要技艺。这也是我的臆测，如果妈妈不是从别的地方领养来的，而是像我一样出生在料亭的话，恐怕就不会对技艺那么热衷了吧。之所以说妈妈是幸运的，就在于她并非单纯为了护身符而习得技艺，是发自内心地喜爱学习技艺这一点。技艺对于妈妈这种人而言，犹如空气和水一样是不可缺少的东西。据说放学后，她每天都要去检番，自己的练习结束后，还继续观摩阿姐们跳舞。所谓检番，我前面也提到过，就是类似统管三业地的事务所的地方。检番的二楼，也是艺伎们弹奏三味线和跳舞的练习所。艺伎们要在三业地卖艺，就必须在当地的检番登录在册。料亭招伎的时候，也不是直接联系艺伎屋，而是要通过检番去联系。由检番给艺伎屋打电话，或者是派人跑去通知，这样来介绍艺伎的。

在检番一楼的墙壁上，排列着登录在册的艺伎们的名牌。已被宴席招去的艺伎的名牌是翻过去的，所以，如果谁是闲着的——就是没有应召去陪客，在艺伎屋等候客人的意思——一目了然。运送三味线等乐器的时候，也是由这里叫作"箱屋"的男人们跟在阿姐的后面抬到料亭去。据说在二楼最里面的房间里，还有大夫在坐班，多半是为患了妇科病或花柳病的艺伎看病的……总之，小时候的妈妈，不满足于只是在这个检番里学艺。只要没有睡觉，她总是在跳舞。妈妈告诉我：说是跳舞，并非随时随地地跳个不停，而是身体的一部分在跳舞，或心里在跳舞。不过，这和全身在跳舞几乎是一样的。越是练习越是喜爱，技艺就成为妈妈这个人不可分割的一部分了。妈妈仿佛以一点点找回原本自己体内就具备的记忆一般的亲密方式在刻苦修炼，而不是在学习舞蹈。

"自己也觉得特别不可思议呢。"妈妈很久以前对我这样说过，"检番的先生来教授技艺。自己的学习结束后，我也不想回家，全神贯注地看着阿姐们排练跳舞。我虽然和其他女孩子一起坐在房间的角落里，眼睛却看着阿姐们。我有时候甚至能猜出阿姐们下面会做什么动作呢。不对，不是猜的，也不是一直就知道。而是：啊，然后应该是这个动作，我想起来了。我是这么想的。这并不是说我也跳得和阿姐们一样好。只不过是确认自己想起来了，下面会这样跳罢了。"

由于妈妈对学艺如此酷爱，所以尽管结了婚，但退出艺道几乎是不可想象的。不过和爸爸刚刚相识的时候，妈妈还说过要抛弃一切，跟他在一起，但真实的情况是怎样的我并不知道。无论怎么说，妈妈那时还不到二十岁，作为艺伎是最好的时期。在宴席上，妈妈的艺名叫雪贞。在祖母叮嘱下，雪贞已为人妻的事只限于料亭内的人知道。大概是因为这样的事要是传出去的话，客人自然会失望的。可是无论怎样隐瞒，圈子这么小，秘密也必定会泄露出去的。听说了传言的客人，常常跟妈妈开玩笑，或暗示打探，妈妈都含糊其辞地给岔开了。可是，结婚还没到一年，妈妈就怀孕了。肚子渐渐大了以后，实在无法表演技艺或待客了。妈妈不情愿地暂时歇了业，只能每天在料亭的二楼上听着检番或其他艺伎屋传来的弹奏三味线的乐声。有一次，特别喜欢妈妈的几位客人，想要确认雪贞是不是结婚了，还有怀孕是否属实，一齐闯进料亭来，非要上二楼去查看不可。其中一个年轻人，和拼命阻止他们的祖母激烈争吵起来，最后从怀里掏出刀子说，如果不让他和妈妈见面，就抹脖子，闹得不可开交。不知妈妈听到楼下这么大的动静，做何感想。作为女儿，我觉得妈妈并不是个会被这种阵势吓到的女人。妈妈是一个热情开朗、精力充沛的人，但有时会表现出令人吃惊的冷酷一面。妈妈时时都在梳理什么对自己是重要的，什么是不重要的。即便那个男人在楼下叫嚷，见不到她的面就死在这里，妈妈耳朵里听到的恐怕也只是三味线的琴声吧。

不久后，妈妈生下了一个男孩。不知是怎么谈妥的——或许是祖父对爸爸和妈妈的婚姻附加的条件吧——那个男孩子，也即是我的哥哥被送到爸爸老家当养子了。谁知，这孩子一岁生日刚过，就被奶妈传染上肠炎死了。照看孩子的奶奶没过多久也死于同样的疾病。那时战争刚刚开始。九段四周散布着很多军队设施。现在市谷的防卫省所在地，当时是陆军大本营。现在的北之丸公园一带，那时曾经驻扎着近卫师团的司令部和步兵团的支队。九段的花柳街，那个时期因许多军人前来消遣而热闹非凡。据说八重的两个宴席也是每天灯火通明，直到深夜。复归艺伎本行的妈妈，根本没有余力好好哀悼儿子的死。但是妈妈并没有立刻摘除此时萌芽的怀疑。也就是说，妈妈认为儿子的死很可能是憎恨自己的某某人有意造成的。为了实现这个目的——这真是太可怕了——纵然因此而失去多年的伴侣，对于那个人来说，恐怕比不过针扎那么点的疼痛。

到了战争结束前一年，八重接到当局的决战非常措施纲要，不能继续营业了。不光是八重，东京的所有花柳街都作为战时不必要的买卖而不得不停止营业。没有客人的艺伎们在当局的命令下，都在检番里组装起无线电和配电盘了。不久前还曾经三味线琴声缭绕，阿姐们轻舞飞扬的这个场所，转眼之间，就变成了灰色的无机制的小工厂。妈妈也不例外，成了女工，每天去那个工厂干活。再怎么说妈妈已经二十三岁了，想必已失去了艺伎最辉煌时期的、犹如灿烂盛开的花朵般水灵灵的美貌了。然而她对于技艺的热情是不会消失的。妈妈取得了艺名资格证后，还专程拜访了住在东京西部的先生家，悄悄地继续学习技艺。过不多久，当局发布命令，九段的几个料亭作为军队的住所被征用了。八重虽然算不上是能够接待将校军官的高级料亭，也住进了一位去市谷的陆军部上班的军官。二楼上的两个房间原来是年轻夫妇和祖母的卧室，于是祖母搬到了一楼的三帖屋，军官住进了祖母的卧室。

　　幸好那位军官和以前那些常来店里的大声吵嚷的粗野军人们不同，"一点也不蛮横，是个不苟言笑的很好打交道的人"，祖母每次给我这个小孩子讲述以前的事情的时候，绝对会大大夸赞他一番。还说他每天训练回来后，只是让人把饭菜送到自己房间，之后便一直待在房间里不再出来。妈妈仍然每天去组装配电盘度日。不久发现又怀孕了。由于三年前失去儿子的事情，妈妈这次下决心不把孩子交给公公。是的，那个婴儿就是我。也许是因为在妈妈肚子里的时候，每天都听工具摩擦声或是来巡视的军人的皮靴声吧，我现在对人的走路声仍然特别敏感。

　　随着战局的恶化，连九段一带，疏散来的人都明显在增多。妈妈发现自己怀孕后，祖母也开始考虑举家疏散的事了。不巧祖母的亲戚和妈妈的娘家都远在东北地方，路途遥远，怀有身孕的妈妈恐怕受不了旅途颠簸，爸爸回家恳求家人帮忙，才得以介绍了个疏散的去处。那位老实本分的军官早已出发去了九州，准备出征去南方。祖母和爸爸、肚子里怀着我的妈妈，离开九段去了静冈，成了某个农家的食客。东京大空袭就发生在一家人离开的几周之后。同年的九月，妈妈生下了我。

　　还没到新年，祖母就一个人先一步回了九段。听说八重已经彻底毁于火灾，但生性不服输的祖母多方托人，四处借贷，终于重新盖起了房子，再度开门营业。几年后，爸爸和妈妈带着我回来的时候，借债已经还了一半，还多了两个以前没有的自家艺伎。

妈妈此时彻底退出了艺伎职业，作为少夫人协助祖母管理料亭。

听到这里，你可能觉得我总是一味地讲妈妈的事吧。你一定会产生疑问，当妈妈专注于技艺精进、两度生育、组装配电盘的时候，我的爸爸到底在干什么呢？

当时爸爸每天在干什么，确切地说，我也不知道。我只能告诉你一句，那就是爸爸几乎不在家。尽管爸爸这个上门女婿差不多是被赶出家门的，然而，战后回到九段后不久，爸爸就再次出入茗荷谷的祖父家了。也不知是后悔断绝关系的祖父感到寂寞，叫爸爸回去的呢，还是在女人众多的料亭里没有立足之地的爸爸主动回家的。爸爸回茗荷谷的理由是协助祖父的事业。但是每周有一半时间不回料亭，常常是去了之后就在祖父家过夜了。我至今认为，爸爸不是一个对名誉或权威之类的东西抱有野心的人。因为爸爸是个能够满足于家有美丽的艺伎妻子，干不干工作都可以逍遥自在地生活的人，完全没有想要出人头地之类的欲望。真是个没干劲的人——也许会让你见笑，但爸爸只是个追求安乐的人。而且，他为什么会这样，我不是很清楚，爸爸战时没有被征兵。曾经听说是因为得了肺病，或是由于伤了神经，一条腿麻痹而幸免的，实情不得而知……在那种非常时期，却一直不能为国家效力，不知爸爸对此是怎么想的，从来没有听他说起过。我总感觉很可能是祖父通过某种路子这样安排的，尽管我认为这是不可能的，好几次否定这一推测。

祖父对爸爸极其宠爱，极端顺从儿子的任性，在我看来简直到了不可思议的程度。相比之下，对我这个孙女却很冷淡，从小时候起，我就多次感到自己受到非常无理地对待。有时我跟着爸爸回祖父家——妈妈带些讥讽意味地称之为"豪宅"——去玩，总是穿着笔挺西装的祖父，每次都拄着拐杖，满面笑容地迎接我们。战后，有的华族①或有钱人家的高级宅邸被接收，成了占领军的设施，祖父家却不知什么缘故免遭接收的厄运。这也令我怀疑是祖父私底下和当局之间做了某种交易……祖父是个狡猾的人。在黑暗中，大家都在寻找出口的时候，他若是发现一个小小的洞穴，会自己一个人逃出去的。没有这样的胆识，在都市里无依无靠的祖父，何以获得如此巨大的家产呢。当然，这些或许只是我出于偏见的臆测罢了。除去幼年时发生的几件奇妙的事情和与其相关的印象之外，祖父或许称得上是一位非常善良的颇受运气青睐的富有绅士呢。

　　尽管如此，祖父这个人，无论什么时候见到他，都是一个身上充满粗野氛围的人，与他穿着的考究完全相反。那一头浓密的白发犹如刚刚被龙卷风扫过一般，鬈曲得一塌糊涂。在他那乱糟糟的一绺绺毛发上，有着将所有不顺眼的东西卷起、即刻绞杀般的妖怪之气。在祖父家时，祖父似乎认为小孩子听不懂大人的话，只是和爸爸说话，根本不搭理我。爸爸因为什么缘故离开房间只剩下我们祖孙俩时，祖父会恨恨地拍手叫来女佣，从口袋里掏出钱来放进女佣拿来的小福袋子里，就像喂狗似的默不作声地放在桌子上。每当这时，我就会觉得自己好可怜。我总是想，尽管自己表现得很听话乖巧，可说不定脸上流露出很想要的神色呢……时常有穿军服的年轻

---

① 日本明治维新后至《日本国宪法》颁布前（1869—1947 年）存在的贵族阶层。

美国人来宅邸做客。当时，日本还在美军占领下，驻扎在九段的军官的交际场所偕行社，以及女演员或当时声名显赫的人的小妾们居住的摩登的野野宫公寓，也都被征收为进驻军及其家属的宿舍了。所以在我儿时生活的那一带，看到 GI① 并非很稀罕的事。长胳膊长腿的军人们总是穿着帅气的军服，挺着宽厚的胸脯走路，看上去十分威武。在路上和他们擦肩而过时，我并不觉得害怕，然而在祖父的宅子里和他们坐在同一间屋子里时，我就会本能地感到危险，老是躲藏在爸爸身后。祖父虽说是自学成才，却说着一口相当流畅的英语和他们谈笑风生。记得祖父管他们叫"Friends"。Friends 一般都是周末来，在前院晒日光浴，或是玩纸牌，有时候也跟我们一起吃晚饭。由于他们来做客的时候，祖父没有工夫陪爸爸，我便得以独占爸爸。我当然很高兴，也感觉到孤零零一个人待着的爸爸有些可怜。

Friends 在宅邸做客期间，我总是和爸爸牵着手在后院散步。有时，我央求爸爸骑肩膀时，爸爸就会一边"嘿嘿"地笑着，一边抱起我说："丫头，想爬到高处的都是傻瓜哟。""爸爸，丫头是傻瓜吗？""是啊，是个可爱的傻瓜哦！"我一拍打爸爸的脑袋，爸爸就拍我的屁股，每当两个人这样一边疯闹，一边在树林里散步时，我都不由得想要向宅子里的祖父使劲挥胳膊。我想对他说："你快看哪，爸爸对祖父就不会这样吧？能和爸爸这样亲昵的只有我吧？"……是的，我实在太想看看祖父嫉妒的表情了。

祖父宅邸的后面有一个非常非常大的庭园。不知是祖父的爱好，还仅仅是园艺师个人的喜好，那个后院宛如某个遥远异国的植物园一般。有我这个小孩子根本看不到树梢的高大树木，还有让人

① 美国步兵。

不由自主地想要避开目光的盛开着色彩斑斓花朵的低矮灌木，它们一年到头枝繁叶茂、郁郁葱葱。层层缠绕着笔直的大树的白色寄生树干上有好多深深的凹坑。那些凹坑里面充塞着好多浅茶色的乱糟糟的东西。甚至还有漂浮着睡莲的小池子，一旦接近池子，便感觉水面异常快速地移动起来似的。仔细一看，其实是被我的脚步声惊动的青蛙们突然跳进水里的身影。当我走在土路上，像大人使用的团扇那么大的叶子轻轻抚弄着两臂时，会偶尔遇见像一条大蛇似的躺在树干上的园艺师大叔，把我吓得跳起来。那时候，每当踏进后院里，我都会感觉树木们在一点点改变着它们的位置。无论是隔周去，还是每天去，那里的树木没有一棵保持着原来的形态。不，其实我根本不可能知道都是些什么树，它们原来是什么样子的。即便我坐在树墩上，盯着一棵树看，只要被珍奇的鸟叫声或汽笛声吓一大跳，瞬间移开视线的话，就再也找不到那棵树了。大正大震灾的时候，或战争末期的时候，街坊四邻的房子大多被烧毁了，只有祖父的宅子，包括这个花园在内，连一块铺席大的地方也没有被烧毁。祖父解释说，是因为宅邸的围墙里埋着用于军队装甲车的特需钢材的缘故，但我总是觉得这个后院的不会说话的植物们发挥了某种能力，给整个房屋构成了与火焰对抗的禁区。

祖父和爸爸都习惯地叫这个后院"树林"。

他们在客厅里聊天或下棋时，只要我发出轻微声响——往皮沙发里移动屁股，或稍微移动一下放在餐桌上的汽水瓶子，也就是这个程度的声音——爸爸听到后，就会回过头来说："你去树林里看蝴蝶吧。你还没有拜见过那只火红的翅膀上有着金色斑点的蝴蝶女王殿下吧。"我怎么可能让爸爸和祖父两个人单独在这里，自己去树林呢！ 我固执地坐着不动。两个大人已经忘记了我这个小孩子的存在，专注于游戏，我用幼稚的语言对他们表示"我对蝴蝶女王

17

没有兴趣"之类的意思后，便闭上眼睛，表现出陶醉在自己一个人的世界里的样子。其实我不过是害怕一个人去树林而已。当然了，祖父招待 Friends 时，我和爸爸两个人去树林另当别论。树林越是茂密，我就越是能够离开那个偏执的祖父，享受单独和爸爸在一起的甜蜜时光。只有在这个时候，我才会想要拜见那只火红的翅膀上有着金色斑点的蝴蝶女王殿下。因为我想要和爸爸两个人共享那近乎秘密的瞬间。我觉得这个瞬间仿佛就是祖母与妈妈所说的"俗物"般的时光，是讨厌我的祖父这样的人绝对不可能参与也不可能理解的、确保我和爸爸之间的结实纽带。虽说如此，由于平时我在爸爸和祖父面前表现出对蝴蝶女王不感兴趣的态度，所以即便有机会和爸爸两个人去树林时，我也不好意思说出这个想法。

可是，一个星期日，爸爸带着我去祖父家时，祖父恰好有急事刚刚出门了。梳着女佣发式的阿浜说，祖父要到晚上才回来。我们只好打道回府。可是刚走到大门口，爸爸突然鬼使神差地说，这样回去太没意思了，便带着我去了树林。那时我暗暗下了决心。仅仅是祖父不在宅邸里这一点，便使我勇气倍增。"爸爸，去哪儿能见到蝴蝶女王啊？"我问牵着我的手走着的爸爸。爸爸是个美男子。"什么？"爸爸好像有些心不在焉，抬头仰望树梢形成的天井。我也抬头往上看，从树梢的缝隙间看见了天空。树木的绿色与天空的蓝色均达到了色彩的极限，刺激着我那未成熟的视神经，完全分不清到底是哪种颜色离地面更近了——我听到了不知哪里传来的动听的鸟鸣，仿佛弹奏在我的晃得睁不开的双眸深处一般。"蝴蝶女王在哪里？"我又一次问道。爸爸稍稍歪着头思考着，不是对着我，而是对着眼前的巨大南天树说："去问祖父吧。"

这回答让我多么失望啊！无论那个祖父在多么远的地方，都会打扰到爸爸和女儿单独在一起的美好时光。在树林里飘散着的嫩叶的清香中，我仿佛闻到了总是刺激得我流眼泪的祖父的烟袋锅发出的烟叶味儿。我觉得这气味是对于这些保护祖父的财产免受震灾和空袭火焰的令人敬畏的树木们，以及我和爸爸的神圣时间的致命侮辱。年幼的我并不懂得"侮辱"之类词语的意思，但此时感受到的只有侮辱，而非其他。我为了不让爸爸察觉到我的失望，就松开爸爸的手，蹲了下来，装着被脚下开着的一朵小白花吸引似的。那朵花要说可爱的确可爱，但并非只有在这个树林里才能看到的那么可爱，是那种在路边，在井台旁边，在任何地方都可以看到的平凡的花。然而，当时我却觉得还是那小白花比爸爸更加爱我。"蝴蝶女王就是——"，爸爸在我身后说起来，我却站起身跑了起来。"喂，你去哪儿？"就像逃避爸爸的声音似的，我一个人朝着葱郁的树林深处跑去。原本林中就没有什么路，我突然间发现自己跑在一片泥泞的地上。及膝的长袜一半已经沾满了污泥，漂亮的漆皮鞋也变成了沉重的褐色泥块。更严重的是，我竟然踩到了逮兔子的夹子上。那个树林压根就不会有什么野兔子出没，即便有，逮住它们又打算干什么呢？ 可是我的沾满污泥的右脚脖子却被木箱里飞出来的齿形东西牢牢抓住了。雪白的布袜子已经被污泥浸透，无法吸收流出来的血。刚才那个瞬间的令我忘却一切的剧痛，却没有能够以与之相应的这个世上任何人都知道的形态出现，使我恼怒。爸爸不到十秒钟就出现在茂密的树丛中，而且爸爸的身后还站着祖父——就是留着女佣头的阿浜现出一副非常抱歉的神情告诉我们晚上才能回来的那个祖父。

祖父身着泛着光泽的麻灰色西服套装，右手挂着龟甲色的手杖，头上戴着冒险家派头的巴拿马帽。由于一头蓬松鬈曲的白发，帽子看上去像是浮在脑袋上。祖父把拿着的手杖交给爸爸，手伸进西服内兜里掏出了一串沉甸甸的钥匙。然后走近被夹子夹住的我，给我打开了夹子。

据说除了我爸爸外，祖父还有一个比我爸爸小两岁的女儿。

由于爸爸和妈妈结婚，祖父断绝了父子关系后，立刻把这个女儿远嫁到已经订了婚约的人家去了，可是，不到一年，我的哥哥和祖母的死——对，我不愿相信妈妈的臆测——或许成为祖父对爸爸百依百顺的原因。

尽管如此，祖父盯着爸爸看时那直勾勾的眼神，和意识到这眼神的爸爸困窘地垂下眼帘的动作，即便是幼小的我看来也感觉不舒服。虽然爸爸在我这个女儿面前以此来拒绝祖父，但是和祖父两个人单独在一起时，绝对不会做出这样的表情的，每当我们三个人在房间里时，我都会冒出这样没有根据的判断，令我心情不悦。祖父为了不让我和爸爸回到妈妈那里去，也许已经给那漂亮的大门上了锁，这个房间说不定也被一个女佣给锁上了……我每次都是这样提心吊胆的。祖父每次都把我们留到很晚，说什么"今天晚上就别回去了"，或是"你回那个家里也没什么事可做的呀"。有时喝多了酒，还说过"那个时候，我就应该豁出老命阻止你啊"，等等。现在我自然明白祖父说这些话是什么意思，当时虽说我还很小，多少也知道祖父对妈妈，还有妈妈的娘家没有好感。祖父恐怕是觉得，由于自己一时的恼怒，把儿子轻易地交给了不正经的女人，而这不合算的代价导致了自己现在这般孤独吧。很可能就连我也属于这一不合算的代价之一。因为我在祖父的目光面前，比在 Friends 面前更切身地感觉到危险。每当此时，我就会立刻听到妈妈那压抑着满腔憎恨的熟悉的声音。那个人杀死了你的哥哥。——不在这里的妈妈的声音与祖父的视线交织在一起，愈加令我胆寒。可是无论多么害怕，我也绝不会可怜兮兮地躲避祖父的目光，往别处看的，也不寻找能守护我的爸爸。因为我实在不想输给这个祖父。祖父恐怕也意识到了这一点。

　　与祖父之间一直充斥着的这样紧张的气氛，绝不属于我幼年时的天真幻想的一部分。不过，我绝非不幸的孩子。因为只要在祖母的料亭里，谁都不敢欺负我。正如我前面所说，爸爸总是寻找各种理由回祖父家，但是在家里的时候，尽管有些懒散，对我和妈妈却是温柔的爸爸和丈夫。他一般都是待在二楼的房间里，自言自语地在纸上专心地写什么，或是躺在榻榻米上抽烟，而妈妈对这样的爸爸从来没有怨言。只要不提及祖父，妈妈和爸爸老是嘻嘻哈哈地互相开玩笑。妈妈管爸爸叫"阿冠"，爸爸叫妈妈"由美"。虽然爸爸身材偏瘦，脸色也不怎么好，但眉目轮廓鲜明，自己嘀嘀咕咕的时候，也像给小孩子讲童话故事的时候那样声音非常动听。妈妈是个眼睛大大的面容俊秀白皙的美人。虽然因为穿着和服一般看不出来，但和服里面的胸部和臀部都雪白而肉感，异常丰腴，我常常羡慕不已。这样美丽的两个人是因为自然产生的爱情而走到一起的。在我这个做女儿的看来，开朗而精力充沛的妈妈和孩子般散漫而纯真、容易驾驭的爸爸之间的关系，倘若没有障碍的话，应该会永久持续下去的。当然，他们毕竟是人，也曾有过多次小小的争吵或冷战状态。不过，一旦进入僵持，祖母就会圆滑地加以调解，让双方都不觉得丢面子。

　　对妈妈很严厉的祖母就不用说了，无论是八重的艺伎们，还是女佣或听差的大哥们，对我都宠爱有加。所有的人都把我当作料亭八重的小老板娘来逢迎。而我也是这样自以为的。成为人们常说的像妈妈那样的受追捧的美丽艺伎，将来继承这个八重，是我最大的梦想。从我懂事开始，就每天去检番勤奋学习舞蹈和唱歌。祖母甚至还请来不知从哪儿打听来的先生教我写字和插花。因此，上小学

21

的时候，我就已经以和别的孩子们不同的方式，忠实于自己被赋予的未来了。

我对这件事不抱丝毫疑问。与周围人的吹捧无关，坚信是我自己选择的这个未来，在自己面前只有这一条路。因为我认为绝不可能存在除此之外的路。

哲治的出现就是那个时候。

而且自从认识他之后，我在已经迈向的那条唯一的路上花费了很长很长时间，慢慢侵蚀着原本与其并行的几千条路。

2

　　哲治究竟是什么时候，怎样来到九段的，详细的情况我不太清楚。

　　我曾经问过他本人好几次，可不管怎么问，都没有得到过一次明确的回答。看样子并非他不愿意说出自己的来历，而是连哲治自己都不清楚是怎么回事。虽然哲治在一个名叫"鹤家"的艺伎屋生活，我却从来没有在那里见到过他的爸爸和妈妈。认识他后不久才知道，一直以来照料他的是一位上年纪的艺伎屋的妈妈桑。哲治和她的关系也不清楚。

　　刚刚认识哲治的时候，我为了尽快了解这个人的特点，打算首先摸清楚他的亲属关系。想要了解某个人的话，只有搞清楚他出生在什么地方，在什么样的家庭里长大，是如何出现在自己面前的，并对这些清晰的个人史产生同感——恐怕需要些感同身受的情绪——是极其重要的。因为我一向喜欢像阅读历史教科书一般去了解某个人的经历。然而，对于哲治进行的这一尝试很快就遇到了挫折。哲治简直就是一张白纸。或者说是一本完全缺页的教科书，只剩下了薄薄的封面，一翻页，就会从指肚与指肚间无声地消失不见。哲治只给我个虚无地揉搓两个手指的动作，却一次也没有给我可以直接抄写在作业本里的像样的履历表。我一有机会就向认识的艺伎或出入妈妈料亭的听差大哥们打听哲治的来历，没想到不管问谁，都会露出就像是鬼魂附体似的表情，惊讶地反问："真的有这么个男孩吗？"不知在当时的九段料亭和艺伎屋里生活的人们中，有几个人知道真实的情况。

那时候我生活的九段花街，占据了与靖国神社一路之隔的路南一带。狭窄的路边料亭和艺伎屋密密麻麻的，一家挨着一家。因此谁家的某某和客人私奔了，或是谁和谁为了争夺老爷在宴席上揪打起来了等，传言总是少不了的。花街的男孩子原本就惹人注目，更何况来历不明的男孩子在艺伎屋里生活，自然应该立刻成为花街的传闻。可是关于哲治，人们却诡异地表现出漠不关心。要说我收集到的有关他的消息中最具体的内容，也只能举出鹤家斜对面的名叫"荻本"的艺伎屋的一个半玉艺伎说的话。我佯装随便问问："你知道鹤家那个男孩子是从什么时候住在那里的吗？"她嘻嘻地笑着说："我看到他的时候他还很小呢。差不多刚刚会走的样子吧。那家的姐姐们都把小哲治当小狗似的宠着，散步都喜欢带着他呢。你没有见过吗？"

她那厚厚的嘴唇里露出大龅牙怪笑的时候，我想不出该说什么。听话音，她的意思是说你怎么对这种事这么上心呢，令我感受到她流露出的就像糖稀一样黏黏糊糊的好奇心。我一想象这个饶舌的女人在九段四处宣扬"八重的女儿对艺伎屋的男孩子感兴趣"，就不寒而栗。

这番对话是在检番学习舞蹈的休息时间的事，可是开始跳舞后，我仍然心脏扑通扑通跳个不停，觉得想要了解某个人的想法本身就是严肃的禁忌似的——这些话绝对不能说第二次，我坚决地警告自己。谁和谁好了，或是分手了，如果是这些司空见惯的好奇心的话，即便伸到人们各自的小伎俩旋转着的那个鄙俗的糖稀跟前，被缠绕在那糖丝上，松开手也没关系，然而，倘若苦苦渴望了解某个人的话，这个愿望是绝对不可以让它触到那些糖丝的。真正的好奇心必须是纯而又纯的！在跳舞期间，尽管是出于小孩子极其单纯的直觉，却在我清澈明晰的心灵深处悟到了这一点。暗自发誓再也不去打听哲治了，绝不可将这宝贵的心情糟践到被卷入糖稀旋涡里去的地步。这一天，虽然是练习很简单的甩袖子，我竟然做错了好几次，每回都受到先生严厉的呵斥。

知道有哲治这么个人是上小学将近两年后的事。尽管这么长时间在同一个教室里学习，我却完全没有留意到他的存在。

我们小学所在的街区，完全不同于饭馆、艺伎屋鳞次栉比的地带。实际上，只不过隔了一条马路，但小学所在的地区与马路这边杂乱的街景截然不同，是大学和官吏们的公馆街。听说小学校舍早在我们出生以前，因为大正年间的大地震被烧毁，但后来用钢筋混凝土重建的新校舍竟然经受住了战时的空袭，直到今天想必还保留着当时的风貌。因为该校舍在当时来说是座洋式建筑，而被冠上了"大正时代的著名建筑"之称。三楼教室镶嵌的拱形窗户非常具有欧式美感。在屋顶上还有个配备了折叠躺椅的阳光房。因此，每当看到其他学校那平庸的校舍时，我心里都会暗暗地为我的母校感到自豪。一个班大约有五十个孩子，其中大部分来自那一带的店家或是花街。在我的记忆里，几乎没有那种工薪家庭的孩子。我总觉得那些家庭的部分家长以这所学校有花柳街的孩子为由，特地把自家孩子送到别的学区去上学。

我作为料亭老板娘的女儿，不必说，正是那种出身于花柳街的孩子的典型。我自小就被人捧着，人们都夸赞我像蝶儿呀花儿呀那么美，上小学时，我就开始投入到艺事和礼仪的学习中。可是我做梦都想不到会被一些人这般的排斥。所幸的是，教室里并没有用那种眼光看我们的同学。就算有，我内心里所具有的小小尊严也让我觉察不到它。这小小的尊严不可小觑，因为它有时虽然会借着钝感的外衣来隐藏自己的真实面目，却可以保护我们免受世间无处不在的恐怖暗枪的伤害。

　　班上除了我这样的花柳街的孩子外，好像还有开澡堂的、梳头店的、点心铺的、鱼铺、酒铺、药铺的孩子，什么店铺的都有。由于是买卖人的孩子，都特别能说会道、个性爽朗，男孩子们时常孩子气地小小打斗或比试一番，但据我所知，没有一个人因被人欺负而躲在教室角落里哭泣。谁家里做什么买卖根本不是问题，同学之间抱有非常纯真朴实的温暖情谊。一听是花柳街的，大多会给人以女里女气的感觉，可实际上无论孩子还是大人都相当的洒脱。

　　那时候，和我特别要好的是千惠子和浪江这两个女孩子。

　　从记事起，我们三人就总是在一起玩耍。对独生女的我来说，她们俩就像姐妹一样。我们从各自的零花钱中拿出一部分来凑在一起，合买那些有一堆附录的少女杂志或是零食小吃一块儿分享。我们尤其热衷于河马屋的牛奶糖，因为如果把装在红盒子里的奖券收集起来寄给牛奶糖公司，就能从他们那儿收到赠品故事书。这些通过三人合力收集奖券而获得的故事书，我们都万分爱护。不能在校园里玩耍的下雨天，放学后，我们就钻进家里黑暗的壁橱里点上蜡烛，三个人躺着轮流朗读那书里的故事。每当此时，我还懵懂地想过，将来有没有可能和我的这两个朋友结婚呢——而且是和她们两个同时结婚。

　　千惠子是个高个子白皮肤的女孩子，家里是开梳头店的。浪江是位于市谷那边的一家五金店的孩子，是个典型的店家女孩儿，性格开朗、心直口快、无忧无虑的。我们三个人在一起的时候，大多是浪江说些叫人吃惊的话来。我时常把她的话当真，有时发现她原来在戏弄我而生起气来，在旁边看热闹的千惠子一发出银铃般的笑声，我俩都会忍不住一齐笑出声来。

那一带一年到头庙会不断，比如一年两次的靖国神社庙会、当地的神祇筑土神社和日枝神社的庙会等。一到庙会，我们仨就异常兴奋地转各个摆摊、看节目。其中离我们最近的要数二七山不动院的庙会了。在靖国路南边，与其平行走向的那条马路上，有个叫二七山不动院的小小的不动明王。一到有二和七的日子，就会沿着那条路摆出一排小摊儿。庙会那天，住在那附近的大部分孩子们都会结伴去逛庙会。卖糖的、卖爆米花的、炒年糕的、抽纸签的、卖气球的，尽管每回都是这些小摊儿，但无论去多少次，我们都没有厌烦的时候。一旦非常稀罕地摆出新摊儿，马上就会围上黑压压的人群，所以一望便知。一发现黑压压的人群，我们就会毫不犹豫地钻进去。由于净是些淘气的孩子，难免会被他们用胳膊肘杵或是踩到脚，但我们总是紧紧地互相拉着手，冒着有可能被人掐伤的危险，想方设法确保在最前排占据三个人的位置，坐在那里听那口若悬河的大叔吆喝。

千惠子是个心灵手巧的女孩子，不管是折纸还是编针织线绳，班里没有一个人比得过她。千惠子有时候从家里开的梳头店偷偷拿来一些形状奇特的发夹和消毒水气味的发蜡，学着大人的样子把我的长发盘成日本艺伎的发型。浪江的头发自然鬈，但是只要一到千惠子手里，就会被改造成光亮顺溜的美丽发髻，犹如时装模特头上戴的假发一般。而浪江手也很巧，但她与千惠子的手巧完全不同，她很喜欢钟表。尤其喜欢收集指针停走的钟表，并把它们拆解、重装，她能从中获得极大的乐趣。浪江将此爱好名之为"分解仪式"，常常邀请我和千惠子观摩她的庄重仪式。

店铺二楼上的浪江房间里摆满了从座钟到手表等各种坏了的表，全然不像小学女生的房间。四方形钟表、圆形钟表、等边三角形钟表，没见过的文字一层层在文字盘上画圆的钟表、5 和 8 之间被黑色污渍覆盖了的钟表、没有文字盘也没有指针的钟表、不知是否可以被叫作钟表的钟表……千奇百怪的钟表在浪江的房间里一应俱全。每一个钟表都彻底放弃了作为肩负着刻出有生命者的时间的使命的自豪，它们那疲惫不堪的、已经不想再为任何人而存在于该处的身体上布满了铁锈和手垢。仔细观察，尽管她的房间里摆放着一般女孩子都喜欢玩的裸体赛璐珞娃娃和钢琴，但这些不过是坏表们的别样的展示台而已。浪江从这些庞大的展品中拿起一只表，说："现在就把它给你们分解看看。"她说话总是这样充满自信和魅力，"没有窍门也没有做手脚。"

正如她所说的那样，在浪江的分解式里没有窍门也没有做手脚，我们只是看着她把钟表大卸八块，按照复杂的顺序，一边稍加思索着，逐一恢复原状。浪江准备了好几种镊子，把分解的零件一一小心地摆放在我们面前。无论多么小的钟表里面，都有着令人难以置信的很多零件。目不转睛地看着她拆卸时，我感受着因坐在榻榻米上而开始慢慢吸收灯芯草的纤细编织图案的腿肚子的细胞、不停地揪着裙边的手指尖的细胞，以及自己身体里所有细胞每一个细微的动静。同时，不知怎么搞的，尽管没有一丝风，祖父家的后院里繁茂的数百种植物们，却哗啦哗啦摇晃起来的情景浮现在我眼前。

浪江的分解式常常是不了了之。分解是很容易的，复原可是个问题。看着用镊子夹着芝麻粒那么小的零部件，茫然不知安在哪里的浪江，是不允许我们多嘴的。浪江仿佛成了自己收集的钟表之一似的，一动不动的，不知她的头脑里在想些什么。或许她只是在分解曾经在那里的"时间"本身，一、二、三……就这样在数这些零件呢。此时的浪江，就像高高君临于这些被废弃的钟表之上的女王一般。我和千惠子的一呼一吸，这流逝的每一秒也都在她的掌控之中。尽管这样，一到了某个阶段，浪江就会突然中断分解。此时她既不懊恼也不难为情，只说一句"就算复原了也没法使用啊"，然后把那般小心翼翼地拆解下来的零部件一股脑划拉进塑料袋里，放到我俩看不到的地方去了。

"分解很简单，复原可真不容易啊"，一次，当她经过格外长久的思考而中断分解之后，我怀着安慰的心情对浪江这样说道。浪江突然露出吃惊的表情，就像我完全丧失了正常的心态，说出了最不适合在某个场合说的粗野而庸俗的话似的。浪江哼了一声，直直地盯着我，犹如试图捏出我的眼眸深处仅存的正常神经的微粒一般，以审慎的语气回答：

"你要是认真地看我怎么做的话，就应该明白的呀。"她非常严肃，"恢复原状是很容易的。真正需要用心，需要专心致志的，其实是准确地分解呀……"

"对不起。"我道了歉。千惠子咯咯咯笑起来。浪江轻轻摇了摇头，微笑着拍了我的肩膀两下。

从朝西的方窗里射进几缕光线，照亮了刚才摆过钟表零件的榻榻米。

我能够意识到哲治的存在，还是拜这两位可爱的朋友所赐呢。

进入二年级后过了半年多，快要迎来冬天了，我还从来没有注意到这个在教室角落里注视着男同学们打闹的脸色苍白的同学的存在。尽管只有他留着少爷头，在其他留寸头的男孩子中应该很显眼，可不知什么缘故，他绝对不会引起我的关注。尽管偶尔也看到过其他男孩子招呼他"阿哲也来呀"，他才慢吞吞地加入进去，但这不过就和留在窗户玻璃上的指纹或是沾在椅子腿上的尘埃一样，它们在我的视野里是不构成任何意义的。对于我来说，那一天——

两只耳朵旁垂下来的发辫梢湿漉漉的那个异常寒冷的冬季的雨天——之前的哲治一直是"某个人",与作为固有名词的独立存在相去甚远。九段街的人们对哲治这个孩子可以说是熟视无睹,或许也是这个原因吧。他内心埋藏的什么特别的东西,使得人们不关注他的姓名和个性,如同扔在房檐下面的空瓶子或划过的火柴棍那样,让他逐渐变身为即便被人们看到,也永远不会进入人们内心的微不足道的存在吧。

总之,那是个冬天的早晨,头天晚上开始断断续续下了一夜的雨。第一节课的课间,千惠子和浪江闹着玩,互相揪扯着来到我的课桌边,突然在我耳边说:"阿哲家的那些姐姐们,都是美人啊!"到底她俩想说什么呀? 我一边捏弄着上学时被雨打湿了的发辫梢,一边问道:

"阿哲是谁?"

"就是那个孩子呀。"

千惠子指着坐在教室前排座位上的瘦小背影说道。

"那个孩子有姐姐吗? 几年级的?"

我问道,这回浪江回答:"不是他的姐姐,是那些漂亮的阿姐们。"

"什么漂亮的阿姐们?"

"你家里不是也有吗? 就是那些漂亮的阿姐们呗。"

我被她这句非常随意又叫人不明所以的话完全搞糊涂了。大概是注意到我发愣,千惠子告诉我,阿哲家就是叫作鹤家的艺伎屋,而且那家艺伎屋就和你家相隔一条街,跑着去都用不了一分钟。听到这儿,我反而放下心来,能够挺起胸脯说: 这根本不可能。

"你瞎说。在我家附近从来没有见过那个孩子。"

"你才瞎说呢。阿哲不是早就住在那儿了吗?"

千惠子管那个孩子叫"阿哲"，就像两小无猜的玩伴一般，叫得特别自然，这让我愈加惊讶了。

"他那个少爷头，还是老早以前我妈给他理的呢。而且在澡堂子里，还经常见到他呢。一个男孩子居然还和他家的阿姐们进女澡堂。"

千惠子嘻嘻地笑着。我对她说的话还是无法相信，"瞎说……"我嘟哝着，下意识地攥住了手边的橡皮。

"要不然，我和你一起去跟他确认一下吧。"

在旁边听我们对话的浪江突然拽着我的毛衣袖口，往教室前面走去。越是走近那个正中央有着黑色横条的绿毛衣后背，我越发莫名地觉得自己就像花了很长时间扫了自己的颜面，且再无法挽回一般，产生了强烈的负罪感。小学的教室很小，距离他的座位恐怕连十米都不到。然而此时的我，却感觉沿着课桌间隙走到哲治后背的不到十米的一段路，犹如灼热的沙漠里的一条路那样热气腾腾的。每走一步，厚厚的毛袜子包裹的脚就像一点点被埋进滚烫的沙子里一般。我想去抓住浪江的手腕，拉她返回去，可是她拽着我左袖口的胳膊竟难以置信般遥远，看上去晃晃悠悠模模糊糊的。

"嗨"，浪江用食指一戳那个后背，哲治身子吓得抖了一下，立刻回过头来。他的脸被他前面的煤油炉子的热气烤得红彤彤的，半张的嘴角歪斜着，很短的眼睫毛似乎在微微颤动，露出既像是吃惊，又像是无奈的表情……窗外一直在下雨。天空仿佛涂了一层铅似的灰蒙蒙的。

"你家是开艺伎屋的吧？"

对于浪江的问话，哲治只是点了下头，但他这一动作与刚才的表情迥然不同，像一般的小孩子一样纯真。

"那你知道这个孩子吗？"

31

浪江双手从后面抓住站着发呆的我的肩膀，往哲治跟前猛地一推。失去重心的我一只手扶在哲治的课桌上撑住身体，但桌上放着打开的课本，承受了体重的白纸被弄出了好多斜褶。虽然我立刻移开了手，但由于事出突然，忘了说对不起。浪江对低着头的哲治再次叮问道："哎，你知道她吧？"我因强烈的羞耻而低着头，但视野的一角还是看到哲治瞥了我的脸一眼。哲治再次点了点头。

　　"怎么样，知道吧。"

　　浪江心满意足地挤了下眼睛，一个人快步回到千惠子身边去了。我想要赶紧跟着她走，但哲治的视线使我挪不动脚步。

　　对，就是从这个时候，我和哲治开始了多年的交往。

　　我和哲治此时第一次对视了。

　　而且，此时哲治不但第一次进入了我的眼睛，还进入了我的内心。

　　哲治的脸上只是清晰地浮现出惧怕的表情，从中读取更为复杂的感情的头绪已然消失不见。与其说是惧怕，更像是极其悲伤而愤怒的表情……我不由得移开了目光。于是看见了他打开着的铅笔盒。在铅笔和橡皮之间夹着半透明的纸包裹着的扁平的小方块。是牛奶糖！我吃了一惊，再次抬起头看着哲治。他注视着我的神色，就像已经看透了我会不礼貌地拿起那块牛奶糖，胡乱咀嚼之后也不咽下去，就一口吐在地板上的全过程似的。糟了，我低下了头。当然我并没有拿走他的牛奶糖，也不觉得在精神上折磨了他。不过，此时此刻，我感觉自己做了对不起他的事。难道是发现了牛奶糖？还是和浪江一起没头脑地打破了他这短暂的课间休息呢？抑或是让他承认了自己是生长于艺伎屋的事？不然就是在同一个教室里共同度过了将近两年的时光，我却一直没有注意到他的存在？

我应该默默地走开。如果换做是别的男孩子，如果浪江站在我身后的话，我一定会这么做的。可是，此时我不知是怎么想的，坦然地对他说出：

"其实我也很清楚你的情况！"

回到千惠子和浪江身边的时候，我的左手是紧紧握着的。我一边和她俩若无其事地聊天，一边感受着左手心里那八个角扎着皮肤的感觉，以及自己手心的热度使得那些角变得圆滑了几分，逐渐与皮肤柔和地融为一体的感觉。

上课的钟声响了，她们俩都回到了自己的座位上，我仿佛打开在任何图鉴上都看不到的未知的花蕾一般，从大拇指开始逐一伸开了左手的五个手指。

在我的手掌上有一块微微润湿的白纸包裹的牛奶糖。

就这样，哲治来到了我的身边。

尽管在教室里见过多次面，但我今天是第一次遇见他。

人与人的邂逅真是不可思议啊。往往会由于非常偶然的机遇与人相识或错过，并且会由于那一瞬间的偶然而改变一个人漫长的一生。此生我到底曾经抓住了多少次偶然，这样坐在你面前呢？ 还是错过了多少次偶然，因而没有遇见应该邂逅的人，就这样活到今天的呢？ 我越想越感觉可怕。或许这些想法全都是人们杞人忧天，因为我们的命运恐怕从一降生就被大致定下来了。如果是这样的话，我们对于人生的热情不是会丧失大半吗？ 说起来，我不愿意相信自己的命运早已确定。我认为这个世界的所有偶然犹如成熟的果实，人们是闭着眼睛在结满果实的森林里摸索着生活。尽管如此，也会由于某种偶然的机缘，人们不得不陷入自己的命运是由老天决定的、自己无力改变的感觉。因为这些偶然的确是微不足道的。差点儿踩空楼梯的瞬间，看到自己穿着凉鞋的脚背上的三个黑痣等距离排列着的时候；在咖啡店里发现送咖啡来的女招待的耳垂和我一样缺少钝角的时候；在初次乘坐的飞机上俯看的白云，觉得它们宛如二七山不动院的庙会时经常吃的棉花糖的形状一样的时候——滋润干燥大地的大自然的恩宠怎么可能与小孩子的零食如此相似，而深感愕然——这些时候，我就会强烈地感到，自己的命运从始至终早已被安排得井井有条了。坐在这趟深夜行驶的电车里打开那扇车门，看到坐在这里的你的背影时也是如此。我和哲治的邂逅也是命定的吧？抑或是我在森林里偶然抓到的一个果实？无论是哪种，事到如今都是一样的。因为纵然世间万物具有人的智慧无法企及的神秘而庄严的理由，到头来能够允许我们做出解释的也不过是那短暂的结局。

总之，这样与哲治相遇的我，从那以后，就不能不意识到他的存在了。

那天回家后，我打算问问妈妈是不是知道鹤家的这个名叫哲治的少年，一进门就喊了一声"妈妈"，从里面传来一声"什么事"。妈妈在厨房旁边的三帖屋里呢。只要思考有关金钱或是什么重要事情，或者和客人谈事的时候，她都会在那里。我从隔扇缝隙往里一看，看到了妈妈穿着和服，外套一件旧短外褂，伸着手一边烤火炉，一边盯着账本的严肃的侧脸。她的身后是漂亮的佛龛，祖母的遗像盯视着妈妈以及从隔扇缝隙窥视的我，像是不愿放过任何可能造成亏损的细节。祖母因脑溢血去世是在我刚刚八岁的时候。"你这样不善经营，让我死了都闭不上眼睛啊。还不如培养这个小丫头有用呢。"每当妈妈做错了什么事的时候，祖母便这样严厉地训斥一顿，不过，她死得却出乎意料的干脆。祖母对女儿虽然严厉，对外孙女却分外温柔，所以葬礼过后多日，我仍然以泪洗面，觉得失去了强大的后盾似的。每当我给祖母表演在检番刚学来的"那小子"和"梅花开了吗"的时候，祖母都眯起眼睛，拍着手夸奖我说"小丫头悟性就是好"。一想到以后再也不能像模像样地给欣赏我的祖母表演才艺了，我就伤心极了。让我不理解的是，连我都这样伤心，和祖母一起生活了几十年的妈妈却没怎么哭。

　　这一天，我稍稍拉开一点隔扇，再次喊了声"妈妈"。妈妈抬起头，绷着脸说："妈妈现在很忙。一会儿要去检番了，回头让阿芳带你去澡堂吧。"妈妈只说了这么一句，又埋头算账了。虽说有些失望，但妈妈说很忙的话，就一定很忙。不过，澡堂这个词让我满心欢喜起来，就马上回到二楼自己的房间。说是自己的房间，其实是父母和我睡觉的四帖半卧室。因为爸爸基本上住在茗荷谷的祖父家，不在家睡觉，而妈妈也由于经营料亭，晚上几乎一直在楼下，所以说成是我的屋子谁也不会有异议的。料亭包养的三个艺伎都住在隔壁的六帖房间。

　　回到房间里，我的脑子里充满了妈妈说的"澡堂"以及这个词引起的一连串联想。千惠子在教室里不是说了嘛："在澡堂子里还经常见到他呢。一个男孩子居然还和他家的姐姐们进女澡堂。"

　　果如千惠子所说的那样，哲治一直和他家的阿姐们进女澡堂的话，那可就是个大问题了。这就是说，在我不知道的时候被哲治窥见过我的裸体。按理说，七八岁的男孩子自己的事情基本上可以自己做了，居然还跟着他家的阿姐们进女澡堂，怎么想都觉得不正常。那个穿着磨破的短外褂看报纸的和善的收费大叔，至少也该提醒她们一下的啊。要不然就是看她们大模大样的，也就没太留意，默许了吧。昭和二十年代时，那一带家里有浴室的人家极少，绝大多数人还是去澡堂洗澡。妈妈的料亭的楼梯口后面有一个很小的浴池，但这是客人专用的，我和阿姐们都被严格禁止使用，所以没有任何理由接近那里。但在没有客人的傍晚，我会背着妈妈和女佣，一个人走进那个昏暗的浴池。是的，至今我还清楚地记得那个浴池的样子。你小时候是不是也有一两个只有自己知道的秘密场所呢？我的秘密场所就是这个浴池。那个昏暗的场所，那个所有人都看不到我，只有我一个人……小小泡沫一般的故事生生不息的场所。

浴池和脱衣处由半透明的玻璃门隔开。一拉开玻璃门，就是一个墙壁贴着木板的狭窄的洗浴室和一个很小的深深的四方形浴池，男人们想必很费力地蜷着身体才能泡进去吧。虽然是洗澡的地方，看上去却很干燥。作为当时的家庭设施，这个浴池可以说是相当奢侈了。在夕阳中浮现出来的浴池和浴桶，墙上贴的瓷砖和小小的白炽灯，这里的东西没有一样是为家庭浴室准备的，现在看来犹如毫无用处的被忘却的过去的遗物一般。每当站在玻璃门前，我都会想起和千惠子她们用收集的奶糖券得到的书里所描写的大客轮。仿佛很早以前因触礁而在沙滩上搁浅的那个客轮的一部分，由于什么缘故，神不知鬼不觉地在这扇玻璃门里悄然再现了似的，只觉得胸口咚咚乱跳。因而我无法抗拒那来自黑暗的兴奋的感召，忍不住定期打开那扇玻璃门，偷窥浴室里的样子。

这小小的冒险，有着必须严格遵守的顺序。首先在脱衣处的洗手池认真洗干净手，深呼吸一下，站在玻璃门前。然后对背后的世界轻声说三次"晚安"。之后尽可能不发出声音地轻轻拉开玻璃门，假装自己变成了书中所描写的客船上的一个船员，眺望着浴室里的每一样物品。那个水桶外侧缺了一小块鱼糕形状的地方，是因为船长拼命指挥也无济于事，最终轮船进了水。我为了把海水舀出去，拿水桶时用劲儿太大了，碰到甲板上磕出来的……从最里面数第十四块，从下面数第二十二块瓷砖与其他地方不同，就像是打磨过了似的闪闪发亮，那是我的一位褐色皮肤的朋友将打算送给永远的恋人的祖母绿，瞒着所有人溶化进那里才变成那样的……我悄无声息地跨进空空的浴池里，坐在里面。啊，那个时候是多么愉快啊！ 这样自言自语时，心里立刻因捏造出来的伤感而热血沸腾，我想象着自己和其他船员们克服的种种困难。那真是幸运地捡了一条命。那个时候如果没有值夜班的这个南亚人吹笛子的话，我们一船人都将葬身海底，就连那个美丽的贵族姑娘，也差点儿没能和船长的儿子成就世纪大恋爱，就了此一生。不过，我可以发誓，最先发现她的美貌的，除了我之外没有别人！ 每当想到这一段的时候，我总是心情激荡，以至于泪水几近夺眶而出，深切怀念起了往昔。幼年时的想象力犹如刮倒一切现实的飓风一般所向披靡。不过，我一次也没有想象过最后的瞬间。无论遇到怎样的困难，我一次也没有丢掉性命。我作为勇闯七个海洋的船员，与九段某料亭的女孩之间，是不可能存在什么划分想象与现实世界的不愉快的分界线的。每次按照顺序回顾完漫长的历史之后，我为了重新收集被我忘记的事情的头绪，在浴池里仔细打量起四周来。首先是浴缸旁边配备的形状复杂的管子——那条管子戳进墙里直通外面的烧火口，女佣阿国在那里调节火势。是阿国啊！ 我想起她那张面无表情的脸上总是阴沉沉的，不禁有些扫兴，但我还是想设法把她也编入轮船的历史故事里。——当时她在船上是干什么的呢？ 做饭的？ 还是那个肥胖皮货商的婆娘？

　　然而，最终还是没能够成功编入。阿国实在是太勤快了，要想把她封闭在像没有接缝的柔软的窗帘一样无限广阔的历史故事里，难上加难。比起移动的东西来，我更喜欢看不动的东西。所以，相比之下我更喜欢站在烧火口旁边，看她那稳稳当当蹲在火苗前的大屁股，而不是她那时不时地测量温度，挥洒汗水的跃动的上半身。

倘若不从在浴池里看到的管子去联想那阿国烧火的样子，我已经无法继续想象波澜壮阔的探险故事了。

现实至极的阿国的面庞，对于把我的心从触礁的客船拽回到傍晚昏暗的浴池来，具有太充足的效力了。

对不起，我跑题了。说了半天有关从前家里浴池的回忆，你一定觉得很无聊吧……好的，就说到这儿吧。

这个冬天的午后，"小姐，咱们去洗澡吧。"芳乃姐从隔扇门探进头来时，我正为"哲治也许在浴池呢"这一期待和忐忑而兴奋得不行。见我没有打开课本和绘画册，只是呆坐在房间里，也许是觉得小孩这样子很怪吧，穿着短外褂的芳乃姐，走进屋来，蹲在我的面前说：

"你妈妈说，在晚饭前让我带小姐去洗澡呢。"

"阿姐，家里的浴池绝对不可以使用吗？"

我这么一问，芳乃姐吃惊地反问：

"家里的浴池？ 为什么这么问？"

"我想在家里洗澡。"

"你怎么了，突然问这个，当然不行啦……那是给客人用的呀。"

"可是，远藤家的阿吉和荞麦店的阿辰不是来泡过澡吗？"

话一说出，我自己也意识到说错了。因为当时九段的花街上，让男孩子来家里的浴池泡头澡，对于买卖兴隆具有不可思议的灵验。妈妈也遵循这个习俗，每个月请附近和我年龄相仿的男孩子来家里的浴池泡几次头澡。几乎都是我熟悉的男孩子，但也有偶尔来这边的妈妈的老友或有买卖关系的人家的孩子。不过，我偏偏不记得哲治被邀请来我家泡过澡。

"别说傻话了。好了，我已经给你准备好了，咱们走吧。"

芳乃姐个头很矮，白皙的脸和柔柔的声音让我很喜欢她。父母都不在家的时候，大多是这位芳乃姐照顾我。我被她牵着手去了浴池。途中遇到洗澡回来的别家的艺伎们，芳乃姐就微微低头问候一句"当下好"，这是那时候花街的问候语。我也学着她在她身边小声说一句"当下好"。

我记得当时那一带有两三家浴池。我们常去的浴池位于八重所在的那条街往南一拐的一条小岔道的尽头。高大的樱花树是那家浴池的标志。那一带的料亭或艺伎屋的人几乎都去那家浴池洗澡。梳头师傅家的千惠子当然也去那里。掀开门帘一走进去，就是一排休息用的长椅，无论是从长椅子中间穿过时，还是从收银台旁边走进女更衣室的时候，我都一直神经兮兮地扫视着四周，高度警惕着哲治会突然出现。脱衣处有几个光着身子的女人，而我一心寻找的是那个蜷缩在那件青色毛衣里的少年的身体。已经脱光了衣服的芳乃姐给我脱衣服的时候，我的身子由于兴奋和紧张微微颤抖起来。

"怎么了，小姐？ 觉得冷吗？ 是不是发烧了？"

芳乃姐停下手，瞅着我的脸。两个雪白的大奶子，在我的下巴底下颤悠了一下。

"要不还是回去吧？"

在芳乃姐的盯视下，我不知该怎么解释好，脸刷地红了。她的手按在我肩膀上，肩膀下面心脏急剧收缩起来，寻找逃路似的从里面侵犯着胸口……说不定我真的发烧了。我好容易才说了句"不是的……"，芳乃姐抓住我的手，使劲握住，蹲了下来，和我的视线在一个高度。然后担心地问道："不是什么呀，说说看。"

我向后退了一步，突然发觉芳乃姐的美丽容颜就像画得很难看的水彩画般模糊起来，失去了生动的色彩。

因为我的两只眼睛宛如精密度很高的镜头般聚焦到了她身后高高架子上摆着的一排脱衣筐中的一个筐旁边的白纸片。

　　我感到身体里的水分都被瞬间熬干了。我挣脱了芳乃姐的手，一把抓住了那纸片，想要把它从世界中夺回来似的。这是我曾经见过的有折痕的半透明的白纸……我颤抖着将那张纸片轻轻地拿到鼻子下面闻起来。

　　紧接着，我脱掉衬裙，也不拿手巾就直奔浴池，猛地拉开了门。腾腾热气的那边能看见高大的富士山，洗澡处有五个人，浴池里泡着四个人，全都是成年女人。

　　我这时候已经明白了。

　　哲治刚才的确在这个浴池里，浑身包裹在肥皂泡里，泡在那个冒着热气的池子里！　我晚了一步。尽管哲治已经不在这里了，尽管我从来没有看到过哲治的裸体，但只是这样站在刚刚触摸过那张苍白的脸和身体的这些热气之中，就仿佛将自己瘦巴巴的裸体暴露在他眼前似的。我仿佛再度看到了被热气包裹的他脸上浮现出的那种胆怯的表情。

　　我差一点就哇的一声哭出来了。手里拿着的纸片一接触浴池里的热气，眼看着就在手指肚之间变软了。

　　被包在那里面的奶糖早已在哲治的嘴里融化了，它应该已经与唾液混在一起，留下微微的酸味，转化为他用于思考或走路的一点点热能了。

3

　　我曾经生活过的妈妈的料亭八重，当时在九段的花街算得上小有名气。

　　虽说从外观上看八重不大起眼，以至让人猜不出是个什么店铺，但一到夜晚，就热闹起来，直到深夜一直客人不断。实际上也不是每天都顾客盈门，但妈妈总是显得非常忙碌，而我每天晚上差不多都是听着从宴会厅里传来的三味线琴声和大人们的说笑声入睡的。

　　有客人的夜晚，我是被严厉禁止下楼的。想要去厕所的时候，就从二楼上垂下一条红带子，直到妈妈或女佣看到来接我去厕所之前，必须一直忍着。也就是说，在那些来寻欢作乐的客人们看来，尤其是有家室的客人们看来，在目光所及之处，有我这么个小女孩走动的话，会立刻兴致全无的。因此我难得有机会看到来八重的客人们，而八重的艺伎姐姐们去宴席陪客之前点吃的东西时，会说些"前几天那个××老爷真受不了。一直绷着脸，和传说的根本就不一样……""那也比××老爷那样的强多了。那个人倒是豪爽，可是什么也不会玩。"等等。我在旁边听着她们聊天，有时候还会听到就连小孩子也听说过的了不起的政治家的名字。比八重更加奢华的高级料亭在九段有好几个，在那种有名的夜店门外，总是停着涂黑漆的漂亮车子，而八重的门前绝对看不到这样的光景。我猜测，恐怕来我家的大人物，都是私底下悄悄来游乐，而非别人宴请的缘故吧。

后来，妈妈对料亭进行了大手笔的改建，还修缮了庭院。而我小时候的八重，除了大门旁边种的八重樱以外，没有其他引人注目的标志，实在是一家寒酸的料亭。一走进客人用的大门，左边是女佣居住的三帖屋，它的隔壁就是第一个宴席间。隔着狭窄的走廊，对面是另一个宴席间。走廊尽头就是楼梯，楼梯后面有个洗手间和客人用的浴池。我们每天吃饭的地方是在楼梯左边的一间四铺席屋子里。从檐廊上可以看到一个巴掌大的狭小庭院。祖母活着的时候，不知从哪里弄来的树枝插活了一棵柿子树，还有一个池子，里面没有水，代之以几块人脑袋大小的长满青苔的石头，也算是一景吧。除此之外，院子里就没有什么可看的景致了。另外，院子那边有一片不知是谁家的小竹林，夏天凉风一吹，沙沙作响，伏在代替书桌的矮桌上做作业的我，常常会听着听着打起盹来。

茶室沙壁上贴着年历和从药房拿来的宣传画。挂钟旁边挂着个月份牌，每天撕去一张日历是我这个小不点的活儿。早上一睁眼，我就下楼来，去上厕所之前先站在月份牌前面，用食指和拇指紧紧捏住，恋恋不舍地停留在再也不会回来的昨天这个日子的那张薄纸的左下角，猛地撕下来。对于我来说，昨天结束、今天开始正是这个瞬间。如果自己睡懒觉，不留神被妈妈或是别人撕去的话，那么自己度过的这一天应该叫作什么呢？ 昨天和今天之间到底有没有像候车室那样的地方呢？ 就算有，我也绝不想进去。因为我总觉得它们不可能靠自己的能力到来，所谓的昨天或今天，并非像电车那样，只要耐心等待终究可以等来的。为此，我每天早上都不忘早早起床，以免其他人去碰那日历。

和撕日历并行，还有一件事是我每天早上必须做的——就是在撕日历之前，我会盯着它旁边贴着的一张照片看上一会儿。而且撕下日历之后，还要再次看一会儿那张照片。我在昨天这个日子的最后时刻和今天这个日子的最初时刻，都想要好好看看那张照片。

那是一张在海边拍的照片。在朝着右边的大海方向缓缓倾斜下去的沙滩上，大约近百人朝着照相机微笑着。这些都是九段廿日会的人。爸爸、妈妈，还有芳乃姐都在里面。大家身后远远的小丘上，并排立着三棵高高的松树，枝丫都伸向大海。这是我们一起去长者崎的海滨浴场旅行时拍的纪念照。给我们拍照的是一位戴着皱皱巴巴帽子的高个子老人。每当他窥视镜头时，他头上的帽子就会在海风的吹拂下鼓动着，眼看就要被吹跑似的，却总是在千钧一发之际，帽子停下浮动，回落在老人的头上。那帽子里会不会有什么机关呢？我在拍照的间隙，眼睛一眨都不眨地盯着他的帽子。大概是这个缘故吧，我和父母隔着一段距离，坐在女孩子们中间，表情异常的严肃，瞪着眼睛似的死盯着镜头这个方向。还有就是最靠照片左下角的一个男孩子，穿着运动衣，蹲在沙滩上，给了镜头一个侧脸。他的白皮肤在灿烂阳光照射下已经晒成了斑驳的红色，看着很可怜，只是在这黑白照片里看不出来。少爷头在海风吹拂下，稍稍竖了起来。他的右手随意搭在身旁的救生圈上，左手隐没在沙堆里。他茫然地望着缓缓倾斜下去的方向的什么东西——那东西可能是远远海面上漂浮的汽艇，也可能是被冲到沙滩上来的反射着阳光的玻璃瓶子的碎片。

不过，我内心在祈祷。哲治看着的既不是汽艇也不是反光的玻璃碎片。

我祈祷哲治正在看我。

"一放暑假，咱们廿日会就会组织去海边玩儿，你也去吧。"妈妈对我说的时候，我心里闪过的是哲治的身影。

廿日会即是花街的储蓄金那样的组织，从大家一点点凑出来的基金里，轮流取出一些钱来，出去旅游几天。经营艺伎屋的哲治家肯定也会加入这个会的。

"大家都去吗？"

对于我脱口而出的问话，妈妈思索了一下回答：

"还没有问你爸爸呢。他明天肯定会回来，你问问他吧。"

妈妈似乎把我说的"大家"理解成我们全家了。我赶忙更正："不是，我问的不是爸爸……我问的大家是其他店的人。"

"其他店的人？ 这我可不知道哇。不过，这是会长决定的事情，一般都是大家一起去的。你还没有去过海边吧，这不正好吗？"

"妈妈，那个鹤家也加入廿日会了吗？"

我做好了被妈妈嘲笑的准备，这样问道。妈妈却更紧地蹙起眉头，"鹤家？ 不知道啊。"说完，大概是突然想起什么要办的事，站起身朝厨房走去了。

剩下我一个人上了二楼，站在自己房间的窗边。由于耳根子底下有一只蝉开始鼓噪，我从窗户探出身子想要抓住它，却根本看不见它的身影。我放弃了，坐在窗户框上，倾听来自更远的地方，也就是检番那边传来的阿姐们弹奏三味线琴的声音。进而随着那乐声，舞动起胳膊来。由于天气很热，只是舞动胳膊，全身就冒出了汗珠。"小姐，一个人练习舞蹈呀。"突然听见有人对我说话，吓了一跳，往下面的街道上一看，看见在料亭的玄关外面，箱屋的阿繁正嘿嘿地笑着，仰头瞧着我。"你要是站在那儿，我就告诉妈妈去！"我生气地嚷道。阿繁一边摆手，一边说着"呀，吓死我了。吓死我了"，赶紧跑掉了。他的脚步声远去的同时，听到从靖国神社前通过的有轨电车发出哐当哐当的响声，慢慢驶下了九段坂。太阳还老高，家家屋顶都暴露在灼热的日头底下，只有房檐下或庭院的树荫下面像是潮湿了似的黑乎乎的。

　　讨厌的阿繁和有轨电车的声音远去后，又剩下我自己在空无一人的二楼上听蝉鸣和三味线琴声了，突然间我感到了莫名的无聊。我再次一边探身窗外寻找蝉，一边随着看不见的蝉们一起唱起"知了，知了知了……"来。谁知，好不容易渐渐合上了它们的节奏时，蝉们突然停止了歌唱，留下吱的一声顿音后，便不再发声。"怎么这样啊。"我拿起手边的掸子，再一次探身窗外，胡乱拍打起窗户外面的墙壁来。"丫头，安静点。"楼下传来妈妈的呵斥。我把掸子扔到墙角，自己也跟着躺倒在榻榻米上。啊——，哲治现在在干什么呢?

　　自从知道了哲治这个人，跟他说了话，在浴池里吸进了他的热气后的那个冬日以来，我不论是睡着还是醒着，满脑子想的都是哲治了。在教室里时，我用眼睛追逐着他的背影。课间，即使和千惠子、浪江在一起，我也悄悄地监视着他——他是在自己的位子上坐着，还是和其他男孩子去外面玩耍了。这样过了些日子后，即便不看他，我也立刻知道此时他在哪里了。尽管如此，我从来没有和哲治的眼睛对视过。并不是因为我躲避他的目光，只不过是他从来没有朝我这边看过一眼。我仍旧耐心地等待着。只要我坚持这样关注他的话，迟早有一天，当我偶然抬起头时，会遇上他正在瞧着我的目光的。

　　冬去春来，春去夏至，放暑假后，我就不可能在教室里看哲治了。然而，独自做作业时，和家人一起吃饭时，我只要小心翼翼地把手伸进内心深处的话，就会碰到他的目光。那个冬日，他看我的眼神犹如性子暴躁的鱼一样，在我的胸脯里怦怦乱跳着，就像啃食着试图压抑它的我的手指上的肉一天天变得肥大起来，最后会把我一口吃掉似的。那个孩子在这个九段，到底一直过着怎样的生活呢？既然住得这么近，就算我没有注意他，他也不可能不注意我的，那么在他的眼里，我究竟是个怎样的女孩子呢？还有，那天在火炉跟前我俩四目相对时，他心里想的是什么呢？

那块牛奶糖我一直没舍得吃。它不是我和千惠子她们一起收集的 Kabaya 牛奶糖，也不是男孩子们为了得到棒球选手的卡片或赠品而买的那种红梅奶糖。我把这块已经被磨去了四角的、和包装纸紧紧粘贴着的来历不明的奶糖包在自己最喜欢的手帕里，收藏在专给我放东西用的妈妈的梳妆台最下面的抽屉里。而且一有时间，我就会拿出那块手帕，不厌其烦地一直盯着看上几个小时。由于一门心思都在哲治身上，渐渐地感觉自己都快要变成哲治了。究竟是什么缘故使自己对哲治如此上心呢？即便思考这个问题时，想着想着心思又回到哲治本人身上了。

对于恋爱这个词及其含义，我虽然还小，多少也是知道的。

在千惠子她们收集的童话书里，美丽的年轻女子和有钱的帅气男子一般都会陷入爱情，并结为夫妻。不过，对于自己和哲治的事情，我是打算尽可能和这些大人的故事分开来考虑的。因为我还是个八岁的孩子。那样的故事发生在自己身上是遥远的将来的事。而且我一直认定，作为恋爱的对象，必须是像那些经常来料亭游乐的跟爸爸一样英俊而有钱的年轻绅士。所以，恋爱绝不是现在的事，对象也不可能是那个又瘦又小的哲治。不过现在回想起来——在我的人生中，如此倾心而单纯地思念一个人，只有那个时候对哲治了。那个时候我对哲治所抱的感情，是渴望接近他，渴望了解他的极其单纯而单方面的东西。这与接受对方的一切，不论优点或缺点都同样包容的那种宽容程度相去甚远。那是以更为野蛮而残酷的某种东西为栖身之地的危险的感情。直到很久以后，我依照幼年时的预想爱上了一个男人，但那时充满内心的情感与幼年时对哲治所抱的情感迥然不同。因此我以为这才是真正的恋爱。以为只有这思念和苦闷，只有终于被朝思暮想的爱人抱在怀里时的茫然自失才算是爱情。只是现在看来，除了将要融化的奶糖之外，毫无缘由地那样强烈地想念某个人，这样一动不动地坐着一心思考某个少年——倘若二十四小时都这样身体僵硬地呆坐的话，说不定会瞬间崩溃的——可以说是比现在世界上所有地方正在发生的各种形式的爱情都要更加可贵得多的某种东西……

得知哲治也可能会参加廿日会的小旅行的这一天，我一个人躺在榻榻米上，只觉得直到刚才为止的无处排遣的焦躁逐渐平息了。虽然外面蝉儿又开始叫了，可一旦哲治的事浮现在脑海里，那叫声就变得微不足道了。和哲治一起去海边！虽说如此，归根结底是基金会计划的为了大人去消遣的旅行。孩子们不过是跟着沾光罢了。我不指望发生缩短和哲治之间的距离那样的事情。然而，一想到有生以来头一次去看海的时候是和哲治在一起，我眼前就仿佛闪过一道强烈的亮光。因此我不能不对着那道刺眼的亮光中心，发自内心地祈祷起来——希望哲治一定来参加这次旅行。

那天晚上以及第二天晚上，睡觉前，我都在被子里双手合十，进行了祈祷。我感觉仅仅这样还不够，从第三天开始，趁着家人还都在静静地熟睡的黎明时分，悄悄爬起来，去参拜二七街道上的不动明王了。由于睡在我旁边的妈妈每天都睡得很迟，多少一点动静是绝不会醒的。不过爸爸在房间里的时候一定要小心，力一爸爸听到动静微微睁开眼睛，看见我起来的话，只要小声说一句"去尿尿"，他就会立刻睡着的。阿姐们的房间和玄关旁边的女佣房间，即便把耳朵紧紧贴在隔扇上，也听不见里面的呼吸声的。从客人使用的正门进出是被禁止的，所以我轻轻打开厨房的后门，一个人偷偷溜出大人们沉沉熟睡之中的料亭。

天亮前的九段街道一向是非常安静的。我昨晚祈祷之后，进入梦乡之时，想必是四处回荡着三味线琴或阿姐们的歌声、客人的笑声，然而，此时路上一点声音也听不到，简直无法想象是同一个夜晚的继续。

　　彻底吐出嘴里积存的气息，拼命吸入夏日清晨的空气后，我就会感觉新呼出的气息里混杂了栀子的甘甜香味了似的。特别是雨后的早晨，屋檐紧密相接的艺伎屋和料亭都飘浮着难以形容的馥郁香气，从鼻子穿过喉咙，温柔地抚摸着仍然贴在体内的困意表皮之后，才再次逃到外面去。

　　在厨房门外这样反复深呼吸之后，我首先去的并不是不动明王，而是哲治正在睡觉的鹤家。鹤家位于八重面对的街道再往南的一条街上，从街角的外卖店铺拐过去，走到一条小胡同的尽头就是。那是一条昏暗的小路，周边没有料亭，都是很小的艺伎屋，一家挨着一家。因此，白天如果没有要办的事，是不能够无所顾忌地站在大门外窥视屋里的。必须赶在天亮之前去，我借着昏暗的路灯，焦急地沿着这条路朝鹤家所在的方位跑去。由于担心穿木屐响声太大，所以我穿的是胶皮底鞋，但还是发出哒哒的脚步声，每次我都提心吊胆的，生怕被人听到会来抓我。不过，一次也没有发生我所担心的事。偶尔会遇到谁家的女佣——由于我对人的脚步声特别敏感，无论是多么轻的脚步声，都不可能逃过我的耳朵——一发觉到有人走来时，我就藏身到附近的什么东西后面，看到对方走远了以后，我才继续往前跑。

　　鹤家是个很小的艺伎屋。九段一带在空袭的时候，几乎所有的房子都被烧毁了，所以当时的房子差不多都是战后新盖的。不过，说到鹤家的房子，就像是用战后混乱时期找到的破木材将就盖成，而且至今也没有翻盖似的，看上去是个非常简陋而寒酸的住家。屋顶原来是瓦片，现在有的地方是凑合着用铝板覆盖着的。二楼上的窗户外面的栏杆，也有许多处折断了，犹如缝隙大的牙似的有很多不规则的空隙。既然在街灯下面看都这样难看的话，在白天的日光下看恐怕就更加不堪入目了。妈妈的料亭虽说算不上奢华，但仔细看的话，门上有着细细的雕刻，那棵树干纤细的八重樱要说别具风情也未尝不可，尽管朴素无华，却不会让人觉得自惭形秽。那么哲治对自己生活的艺伎屋是怎么想的呢……而且，我一走到鹤家的门外，就不能不想起"这里是那些枕头阿姐……"。

来检番学艺的别人家阿姐们中，有的人喜欢跟姐妹们议论某些特定的阿姐，对于她们穿浴衣或跳舞的样子等品头论足，加以嘲笑。每当这种时候，从她们嘴里会说出"那个人是枕头嘛……"或是"枕头居然还……"的话来。我清楚地记得，那个时期我正四处打听哲治的情况，刚说出"鹤家"这个词，就有人皱着眉头说："那家里有男孩子吗？真是够倒霉的，住在那种全都是枕头的地方……"还有一边人露骨地说："大概是哪个睡觉觉的孩子吧。"一边窥视幼小的我的反应。所谓枕头或是睡觉觉的艺伎，是指出卖肉体，而非靠舞蹈唱曲卖艺的艺伎。花街的艺伎和青楼的妓女不一样，只以卖艺为生。当然对外是这么说，无论是其他地方还是九段，因艺伎的个人情况不同或某种交易，而存在着界限模糊的情况恐怕也是实情……虽说如此，这个时期，我对于枕头或睡觉觉等词语的含义还不可能明白。我只是从阿姐们的口气判断，那些被称作枕头的女人，大概是就像枕头一样臃肿、动作迟缓、礼仪不端、技艺也不太好的艺伎们吧。我只是觉得奇怪，她们技艺不佳的话，为什么不好好练习呢。

在黎明前的暗色中，我伫立在鹤家的门外，揣测着睡在里面的哲治。他的睡相是什么样的呢？是什么姿势睡觉的，是平躺的还是侧着的呢？ 做了什么梦呢……"你一定要来。"我在心里这样叮嘱完，再次跑起来，这回才是去拜不动明王。每次都是跑得累了，途中改成走路了，好在鹤家附近就有个不动明王，小孩子走路也不过五分钟。寺院里比起周边来更黑了一些，我感觉一迈步进去，就仿佛会被不知底细的什么东西抓住脖子，再也回不了外面似的，所以我站在鸟居外面，怀着近似后悔的心情久久伫立不动。但是只有超越这种恐惧，人的愿望才能够实现。尤其是自己是个小孩子，如果不能战胜恐惧的话，是不会轻易得偿所愿的。我这样鞭策自己，微微睁开眼睛，憋着气、穿过鸟居，一口气跑到主殿。来到小小的赛钱箱①跟前，也不敢好好看大殿，就深深鞠个躬，双手合十，认真地祈祷"希望哲治去海边"。然后再次跑过黑暗的院内，沿着如果磨磨蹭蹭、天马上就会大亮的微明的街道飞奔回家。

刚才我对你说过在黎明前的街道上谁也不会碰到的吧。

虽说我觉得这是一件不值得提起的小事，但是不说一下的话，还是觉得有些不合逻辑。话是这么说，但这的确是不值一提的事，原本我刚才跟你说的这件事有没有逻辑就令人质疑，假设是有逻辑的话，在这里不加入这次偶遇，继续往下说的话，会给后面的内容带来怎样的麻烦，是完全预见不到的……因此之故，我觉得不可不向你提及此事……其实我只有一次，在去参拜的途中遇见了一个万万没有想到的人。

那是去长者崎旅行一个星期之前刚下过雨的早晨。我享受着雨后浓郁的清香——近来，我对于走在昏暗的街道上已经完全习惯了，甚至想吹起口哨——我像往常那样来到鹤家门外，再从那里跑

---

① 收香火钱的箱子，香钱匣。

到不动明王，穿过鸟居进入寺内，合掌祈祷，在心里默默念着祈祷词，就在我转身要往回走的时候，突然右肩膀感到了什么冰凉而沉重的东西，我"啊"地轻轻叫了一声，吓得快要晕倒了。我浑身无力地将要倒下去时，腰部又触到了冰凉的东西，我的肉和胯骨被人隔着浴衣抓住了。

"这不是小姐吗？"

在即将昏厥的朦胧意识中，我看到的是芳乃姐雪白的小脸。我吓得魂飞魄散，在这样的地方是绝对不可能遇见她的。也就是说，我以为这一定是她的幽灵。无论多么喜欢芳乃姐，如果变成了幽灵的话，就必须尽快逃离她的手。我拼命地挣脱了不听使唤的手脚，想要往寺院外跑，可是她用冰凉的胳膊从我身后使劲抱住了我的身体，不让我跑掉。"放开我，放开我。"我一边死命挥舞手脚，一边因过于恐惧而不顾一切地扯着嗓子喊叫起来。突然，她松开了胳膊，惯性使一直挣扎的我打了一个滚，和她正面对视了。在揪打的过程中，我俩移动到了寺院的边上，从高高的树梢透进来的街灯照亮了她的脸。阿姐哭了。

"你怎么了，阿姐？"

我不由得用手摸了摸她的脸问道。阿姐的眼泪一串串往下流，摇摇头，对我勉强笑了一下。这还是我熟悉的那张温柔的笑脸。刚才的恐怖感觉骤然消失了。

"阿姐，你怎么了？ 你怎么了？"

不管我怎么问，她一句话也不说，眼泪还在不停地流下来。我用手指拼命为她抹去眼泪，不知是因为从突如其来的恐惧中解脱出来而放了心，还是对哭泣的阿姐感到不知所措，我也跟着她哭了起来。

"把小姐都惹哭了……"

芳乃姐终于开了口，边说边担心地像我那样用手指肚给我抹眼泪。刚才被她抓住时，感觉如同河底的石头般冰凉的那只手，已变得很温暖了。不光是手，抱着我的胳膊，碰到我脸颊的乳房现在都变回了特别温暖的芳乃姐的身体。我不禁伤心起来，依偎在她的怀抱中哭了好一会儿。即便没有什么原因，眼泪依然止不住。仿佛无论哭多久，泪水也不会哭干，天也不会亮了似的。我感到了头顶上阿姐热乎乎的气息。

"你这么哭一定有你的理由，这件事就不要对别人说了。"

她的声音听起来仿佛是从我的脑袋深处传来的。我终于抬起头来，这才看见芳乃姐的浴衣胸襟已经被我的眼泪湿透了。我一边抽泣着，一边好容易说出了一句"我也不对任何人说"。

我俩紧紧挽着对方的胳膊，紧密得皮肤会溶化而粘连在一起的程度，一起回到了八重。那天下午见到她时，我们什么话也没有说。在妈妈和其他阿姐面前，也没有相互使眼色告诉对方今天早上只是我俩之间的秘密。由于芳乃姐表现得和平时没有两样，我甚至搞不清那是真实发生的事，还是半梦半醒时自己胡思乱想的了。

不过，在半个世纪后的今天，我仍然会在放凉的咖啡，或冬天的早晨从被窝里取出的暖水袋，或突然下雨赶紧收进来的衣服上感受到这些。这些会在意想不到的地方出现，却又无处不在。因为我认为，只要我活在世上，不，即使我这个人从这个世上消失的那一刻到来，这些感觉——那时候阿姐的眼泪的温度、身体的温暖、被我的眼泪湿透的阿姐浴衣的湿气——会永远在这个世上的某个地方存留下去的。

终于盼来了去旅行的那天早晨。我按捺不住兴奋的心情，比预定时间提前很多走出了家门。

不习惯早起的爸爸还赖在被窝里。妈妈说："我和你爸拿着行李坐都电直接去饭田桥站，你和芳乃她们先走着去吧。"给我头上扣了一个草帽，把我们送出了门。大概是和我一样期待这次旅行吧，芳乃姐罕见地早早起来，和八重另外两个艺伎鞠枝姐和小梅姐，互相挽着胳膊，说说笑笑地跟在我后面。

我们到了饭田桥站，看见廿日会的人们已经三三两两地陆续到了。大人们围成两三个圈子，聊得正热火。他们旁边小孩子们也围了几圈。我从这些大人孩子堆里寻找哲治时，隔着两条街的一个料亭的女孩三津子拍了一下我的肩膀，说："早上好。"我随口应了一句，眼睛仍旧四处搜索着。车站前除了廿日会的人们外，还有住在附近的大叔们在下围棋，或是在抽烟。我从他们中间穿过去，寻找哲治的身影。当我终于在离广场不远的轨道栅栏那儿发现了那个瘦小的身影时，不由得朝着不动明王所在的方向合掌致谢。可是，哲治到底是和谁一起来的呢？ 鹤家的妈妈（并不是他的亲生妈妈，而是老板娘的意思）或阿姐们我都不认识。他在鹤家里也有爸爸（当然也不是谁的亲生父亲的意思）吗？ 据我所知，在料亭或艺伎屋里，几乎都看不到爸爸的身影。不，或许有的，只是我不知道而已。无论是料亭或艺伎屋，在花街里面男人是难得见到的。看到哲治来了，我松了口气，这才回到三津子那儿去，能够平静地和她们聊天了。三津子家里好像也没有爸爸。

"该上车了。"有人大声喊道，开始发车票。等候的人们都陆续排成行，通过检票口，进了站台。芳乃姐她们，还有随后赶来的爸爸妈妈也在里面。我也打算和女孩子们结伴排队，可是铁栅栏那儿的哲治一直没有往我们这边看。这么说，这里的人们没有一个人注意到他的存在吧。难道他会连车票也拿不到，被扔在这里吗……我焦急万分，一个人在后面磨蹭着。"快点来呀！"在检票口，三津子朝我招手。我再次回头去看哲治，如果他仍旧一个人的话，我打算跑过去告诉他该上车了。

　　果然他仍然是一个人。就在我要朝他跑去的时候，穿透云霄般的汽笛声响起。从新宿方面开来的车缓缓进站了。那是一列开往饭田町的货车专用站的黑色蒸汽机车。机车发出无比悲伤的声音，烟囱里喷出高高的黑烟，从哲治站着的铁栅栏前驶过。在检票口旁边目睹了这一切，我恍然明白了哲治等候的不是通知出发的喊声，原来是这个蒸汽机车！刹那间，我因愤怒脑子一片空白。既然他这么想看，就一直看下去好了！我心里这样吼着，一气之下，插进队列里，通过了检票口。然而，当我到了站台，登上已经进站的电车后，却怀疑起了自己的眼睛。因为哲治已经在车厢里了。在紧靠车门的座位上，哲治和一个花白头发的矮胖老妇人坐在一起。刚刚还独自一人入迷地看蒸汽机车的哲治，怎么会在这里呢？是不是我看错人了？那个孩子不是哲治吧？不，不可能，我绝对不会将别人的背影看成是他的。我站着发呆的时候，电车开动了。我想从车窗确认那个男孩子到底是谁。如果他不是哲治的话，那他是谁呢？电车渐渐驶过了哲治刚才站着的地方。那里仍然站着一个少年，但穿的衣服和身高都和我刚才看到的少年完全不同。电车开始提速，少年转眼不见了。

　　在电车里，三津子在自己身边给我占了个座位。芳乃姐和鞠枝姐并排坐在狭窄通道那边的座位上，她们后面隔了一排坐着爸爸和妈妈。我伸着脖子冲着爸爸和妈妈做作地笑了笑，胡子刮得很干净的爸爸和化着淡妆的妈妈对我露出有些近似的微笑。"丫头，乖乖的啊。"他们宛如年轻恋人般紧紧依偎在一起，对我投来关爱的视线，沐浴在父母这样的目光下，我高兴起来，刚才不可思议的事情根本算不了什么了，因为爸爸妈妈一起出行，在那个时候已经是很稀罕的事了。

原本就不喜欢住在料亭的爸爸，不知从什么时候开始，连平日也几乎住在茗荷谷的祖父家了。周末虽然回家，但经常带着我马上返回祖父家。至少在表面上妈妈对此没有表露过不满。偶尔在没人的地方对我说，和爸爸出去好好玩玩，但要注意安全。听她的口气，就仿佛我们父女俩去游乐园玩一样，很爽快地把我们送出门。近来妈妈也不像以前那样动不动就说祖父的坏话了，而且也几乎看不到夫妻俩吵架了。我为自己父母双全，又如此恩爱感到自豪。不过，每当想到究竟根据什么认为他们是"恩爱的夫妻"，自己也常常说不清楚。如果夫妻关系好得不得了的话，他们为什么不每天住在一起呢？每当冒出这个疑问，我的心情就阴暗下来。因为即使要寻找原因，我脑子里也总是浮现出自己不愿意承认的原因。因此，那天看到爸爸妈妈并排而坐，像一般夫妻那样平和地说话的时候，我的心终于放回了肚子里。爸爸妈妈单独在一起时，是多么相亲相爱啊。即使没有我，他们看上去不是也非常愉快吗？说到底，我这个小孩子根本就没有必要瞎担心的……心情放松下来后，我的思绪又转向被我一度赶出脑海的哲治。我伸长脖子，窥视坐在对面的哲治和他旁边的老妇人。那个人就是鹤家的妈妈吧？我仔细地打量了她一下，感觉不太像。十有八九，她不是哲治的亲生妈妈吧。因为她的年纪差不多可以叫祖母了。他们后面坐了好几个穿浴衣的阿姐，她们就是鹤家的枕头阿姐……她们比我想象的——是的，我原来以为她们都像枕头那么臃肿——苗条多了，漂亮多了。这么说来，千惠子和浪江曾经说过阿哲家的阿姐们都很漂亮的。我怎么给忘了呢。下车后，一定要好好看看她们……我这样打定主意后，才朝三津子扭过头来。

　　长者崎的海面在七月的太阳照射下，闪烁着一片耀眼的蓝光。

来到沙滩上，第一次看到辽阔的大海，我惊呆了。万没想到，自己生活的世界会是这样的啊！ 这片大海与自己生活的九段料亭竟然位于同一个地面上，简直难以置信。在这个大海的望不到尽头的那边，可能是说我不懂的语言的人们的国家。我想起了以前在祖父的树林里，爸爸曾经告诉过我，地球是圆的，所以沿着一条路一直往前走的话，早晚还会回到原地的。如果爸爸的话是正确的，那么从眼前这片大海一直往前去，穿过好几个外国人的国家，再继续横渡大海的话，就会回到我现在站立的地方。只是，如果地球真的是圆形的话，那么远方那条将大量海水与天空分割开的海平线，为什么会那么直呢？ 这就无法解释了。我觉得现在必须马上找到爸爸。三津子和其他女孩子早已换完泳衣，嬉笑打闹着，准备下海了，可我实在无法以她们那样喜悦的心情去面对大海。此刻根本不是玩闹的时候。我的表情非常凝重。"你们先去吧。"我甩开三津子的手，去大人堆里寻找爸爸。半路上遇到几个认识的阿姐，向她们打听爸爸在哪儿，都说没看见。又问了换上鲜艳的大红色泳衣走出更衣室的芳乃姐她们，她指着对面的茶棚说：

"你要是问你妈妈的话，我刚才看见她在那边的茶棚里坐着呢。"

我也顾不得对阿姐说声谢谢，就朝她指的方向跑去了。果然看见妈妈坐在茶屋的屋檐下呢。妈妈没有像其他人那样换上泳衣，仍然穿着我觉得最适合妈妈穿的青色百合花浴衣，一只手往脸上扇着风。

"妈妈，爸爸呢？"

妈妈看见是我，微笑着回答："不知道。"

"我在找他……"

"去那边了。"妈妈指着海面。

"那边，游过去的？"

"不清楚……"

"他自己一个人?"

"谁知道啊。"

妈妈说着,拿起身边的一罐汽水,咕嘟咕嘟喝起来。我还是头一次看到妈妈这个样子喝这种原本是孩子喝的汽水。妈妈不得要领的回答使我感到焦躁,"我也想喝。"我拿起妈妈放在身边的饮料瓶,已经空了。妈妈上身后仰,两手扶在草垫子上,仰着头说:

"你去和大家游泳吧。"

我把饮料瓶子扔在沙滩上,脱掉帆布鞋,朝妈妈指的方向跑去。我打算循着妈妈说的方向去找爸爸。我以为妈妈会赶紧追上来阻止我说"太危险,不要去了"。可是,不管我怎么跑,也没有听到妈妈的声音。结果,胆小的我越是接近大海,就越是害怕蕴藏着危险似的翻卷而来的白浪,没敢下海,只是踩到了海浪打湿的沙滩上。新一轮波浪一涌过来,我就退后一步,潮水一退下去,我就又跟着往前进。

我就这样在沙滩上进进退退,不知过了多长时间。

我的心如同扔在沙滩上的饮料瓶一样空落落的。想要寻找的爸爸、妈妈、三津子她们、哲治、枕头阿姐们,不知何时都忘得干干净净,在我空洞的脑子里,只有波涛声来来去去。

当一个更大的浪头涌来时,我感到脚底踩了个什么东西,随后听到咔嚓一声。紧接着感觉到了又干又尖的东西和黏糊糊的液体。我叫了一声,慌忙抬起脚来一看,脚底上沾着一只踩瘪了的小螃蟹。我不等下一拨海浪涌来,便走进海水里,在砂地上蹭起脚底板来,可是不管怎么蹭也蹭不掉碰到死掉的生物的触感。海水已经达到我的大腿根了,裙子完全湿透了,我竟然没有感觉到丝毫的恐惧,心想反正已经湿透了,全湿了不也一样吗? 干脆把脑袋埋进了水里。而且还想——不知为什么这么想——如果全身都没进水里的话，就这样闭着眼睛，憋着气死去不也是一样的吗？并且真的付诸行动了。我使劲张开嘴想要喝水，可是即便是小孩子也残留着求生的本能，比起肤浅幼稚的任性来，这种本能或许更加强有力吧……过了片刻，我一边被喝进去的盐水呛得直咳嗽，一边把头探出了水面。由于眼睛闭得过紧，睁开眼睛后，看到的所有景物都在眼睛里一亮一亮地闪个不停，自己所拥有的一切东西，试图痛痛快快地寻死的尝试，以及没有能够抗拒生的诱惑而临阵脱逃的羞愧，在这些闪亮面前都成了毫无意义的事情。

我好不容易从海水里回到岸边，筋疲力尽地一下子躺在沙滩上。扭脸一看，刚才那只被我踩死的小螃蟹被退去的海水浸湿，破碎的甲壳亮晶晶的。我闭上了眼睛。当我再次睁开眼睛时，看到死螃蟹跟前有一双什么人的脚。

"一旦进入海里，就会一辈子在海里生活的。"脚的主人说。

我躺着没动，抬眼望去。

站在那里的哲治脸上再次浮现出曾经教室里看到的那种畏缩的表情，看着那只死螃蟹，而不是在看我。

这孩子为什么总是这么一副丧气样呢？就好像今天是世界末日一样，就好像知道今天晚上自己就会死去的人一样，尽管说他想要寻死，但那是根本不可能的，他又没有那个勇气去尝试。这孩子，这孩子，怎么长着这么一副阴暗得让人讨厌的脸啊！

散发着说不清是轻蔑还是愤怒的难闻气味的热气充满了我的内心。

为了实现和他一起去海水浴的愿望，那样不顾一切地在黎明前去参拜不动明王的我，就像是另一个人。

我坐起来说道：

"人在海里不可能生存。因为在海里无法呼吸的。所以都会死掉的。"

哲治什么也没有说，低头看着螃蟹的尸骸。他穿着运动衫，下身是深蓝色的小泳裤。我一瞬间为自己还穿着湿淋淋的衣服，落汤鸡一般躺在沙滩上的模样感到羞耻起来。

"它已经死了。"

哲治终于指着踩碎的螃蟹说道。我默默地点点头。

"得把它埋起来。"

他坐在我旁边，用地上的小棍子在沙地上挖起坑来。我也捡了根小棍儿，学着他的样子挖坑。

我俩花了很长时间，给死螃蟹挖坑。

其间我一直在想，倘若地球真是圆的话，这个坑一直挖下去，肯定会通向地球另一边的国家……然后把死螃蟹扔进这个洞里去的话，螃蟹就会一直坠落下去，以此速度必将坠落到宇宙中去……可是宇宙这种东西，不是远在头顶上的那片天空的上面的东西吗？

我又被这个世界里无处不在的不可思议攫住，不由自主地停下了手。

就拿这只螃蟹来说吧，在被我的脚底踩瘪之前，不是也和我有着同样的生命，活得好好的吗？ 我虽然口口声声地说什么"同样的生命"，但是若问谁的命更高贵、更重要的话，我一定会回答我的命更高贵、更重要吧。因为我是人，比螃蟹能做更多的事，活得更长久。尽管它们除了横着走以外什么也不会，尽管即便没有踩死它，用不了多久它也会死掉的，可是螃蟹的命难道就可以如此轻易的、不经过螃蟹的许可、也没有其他人热切渴求它的命，就从这个世界上消失吗？ 单从这个角度来看，人和螃蟹或许没有多大的区别。比如我的祖母吧，没有人希望她死，也没有人说她应该死，恐怕祖母自己也没有一丝自己现在可以死的念头，却突然有一天死去了。而且，今天，无论是我，还是螃蟹，都没有一点想让对方死的念头，却由于我身体的一点重量，导致了螃蟹的死！

此时我第一次产生了暗淡的怀疑：自己生存的世界其实并非那么温情，也并非那么单纯，这个世界不总是故意将各种事情搞得让人摸不到头脑吗？我觉得自己此时在沙滩上——在海里没有死成——给螃蟹挖掘坟墓这一现实就是最好的证明。恐怕自己今后漫长的一生，直到死去之前，都将活在想死也死不了的日子里了。想到这儿，在炎热的太阳照耀下，我竟然颤抖起来。这疑问令人不快而恐怖。我无意中抬起头看哲治，他也同样停下手，正直盯盯地看着我。

自那个冬雨的早晨以来，我俩第一次对视了。

在他的眼睛里，我看到了和我内心刚刚产生的无比巨大的恐怖极其相似的某种东西。

我俩再次用各自手里的木棍儿挖起同一个沙坑来。

4

在长者崎海滨度过那一天后,直到暑假结束,我一次也没有见到哲治。

那个夏天,每一天都过得平淡无趣,即使说昨天就是明天,或是说明天就是昨天,也没有什么可大惊小怪的,漫长得仿佛没有尽头。在我那因为暑热而变得迟钝的头脑一隅,偶尔会一点点回想起和哲治一起度过的那个海边的短暂时光,尽管实际动作或说话的顺序多少有些差异。我一边抠去被太阳晒黑、变得大象皮肤般粗糙龟裂的胳膊上的死皮,一边想要按顺序回想发生的一连串事情,可是就如同散落在榻榻米上的皮屑一样,它们全都相互叠加粘连在一起,把它们一个个区分开几乎是不可能的。不过,残留下的并不只是那些模糊不清的回忆。和千惠子她们在千鸟渊水边玩耍的时候,画图画或换衣服玩儿的时候,当我感到后脖颈发痒回头一看,总会看到他的目光的残影。那毫无疑问是自那个冬日,贯穿了在长者崎海滨的短暂时光,直到那一刻的连绵不断的哲治的目光。那目光不像以前那样是要我伸手去抓的东西,而是变成了他向我这边伸过来的东西。

第二个学期开始了,晒黑的同学们都兴高采烈地谈论着暑假的回忆。哲治仍然脸色苍白地坐在教室的前面。在长者崎晒黑的痕迹仿佛从未有过一般,不见了踪影。只是无论在校园还是在教室里,只要我偶然将视线从刚才看的地方移开,必然会碰上哲治的目光。暑假前我是那般渴望这目光,而现在我可以非常冷静地接受,也同样目不转睛地盯着他。每当此时，我仿佛都会从哲治的眼窝里看到在那个海边的刺眼阳光下互相对视时映出的恐怖。到底是谁杀死了那只螃蟹，在我近来的记忆中已经模糊不清了。也就是说脚底踩瘪螃蟹的感触，被海水打湿沾在大腿根的裙子的感触都仿佛是别人存入我脑子里的记忆，真正感受到这些的并不是我，而是其他什么人也说不定……

哲治什么话也没有对我说。先移开目光的总是他。

我第一次去鹤家，是暑假过后不久的九月的一个下午。我想去浪江家玩，一个人走在路上时，突然遇到了哲治。

刚拐过街角就看见了他，我们之间的距离没有几米远。哲治一个人蹲在吉井旧家具店的外墙旁边。

"你干什么呢？"

我一问，哲治吃惊地抬起了头，看到是我，又低下头去看地面。他的视线前面有很多掉落在地上的浅茶色的细长东西。每个都差不多有中指那么长，两头就像被人揪着似的尖尖的。我在他旁边蹲下来问："这是什么？"

"是地蜘蛛。"

他拿小细棍儿头儿把这些细长的东西扒拉成一行。

"地蜘蛛是什么？"

"就是地下的蜘蛛。"

我吓了一跳。因为那时我对蜘蛛或蛾子之类的虫子特别害怕。没想到地蜘蛛们原来是这样的啊，不论哲治用小棍儿怎么折腾它们，它们也一点不反抗，就像是干枯后卷曲的树叶般一动不动。

"还活着吗？"

我克制着恐怖，竭力将视线聚焦在地上没有地蜘蛛的地方问道。

"这是窝，蜘蛛已经跑了。"

"去哪儿了？"

"不知道。"

"这些窝都是空的？"

"嗯。"

"空的窝，你打算干什么？"

"什么也不干。"

"什么也不干，干什么呀？"

哲治厌烦地低下头，又用小棍儿将地上排列的地蜘蛛窝给划拉乱了。我不知道该说些什么，可又不想就这样走开，仍旧蹲在他身边看着那些地蜘蛛的窝。

九月西斜的日头火辣辣地照在我们的后背上。

此时，浪江已经从那一大堆钟表里挑出一个作为今天最特别的一个，正在磨小镊子了吧。得赶快去了……我心里虽然这么想，可不知怎么搞的，就是不想站起来离开这里。也许在我看来，和哲治这样默默地蹲在这里，就如同由于得到某种许可而打乱了原来的排序，从而降临到自己头上的宝贵的运气一般。这样目不转睛地看着看着，我觉得地蜘蛛也不是什么可怕的东西了。我渐渐可怜起了地上这些窝的曾经的主人们了。毫无疑问，即便是这些肮脏而细长的、里面黢黑一团的窝，对十地蜘蛛来说，也曾经是它们唯一的藏身之所。这和我常常偷偷进去冥想的那个楼梯后面的浴池不是很像吗？ 只要不被哲治乱戳一通，地蜘蛛们就能够一直待在舒服的窝里，沉浸在美好的幻想世界之中。这个哲治也真是没头脑。排列成行的那么多地蜘蛛窝，它们的想象世界该是多么丰富多彩啊，一想到这些，我不禁替哲治感到抱歉，他对地蜘蛛做了多么可恨的事啊。可能的话，我真想把这些窝全都放回原来的地方，让它们重新钻进那里面去。

"这些，你从哪儿弄来的？"

我小声问道。他默默地指了指墙根那边。我一看，那里有几十个这样的地蜘蛛窝，一个挨着一个地沿着墙根连成一串，就像一条短短的绳子似的。我又一次吓了一跳。这并非来自对里面的地蜘蛛的恐惧，而是来自其他什么东西。

"现在该回去听收音机了。"

哲治说完慢慢站了起来。我也慌忙站起来，由于站得太猛，眼前一阵发黑，恍惚看见面前的哲治脸上被一个黏糊糊的黑家伙抹了一下似的。

尽管他并没有邀请我，但我仿佛自己理所当然有这个权利似的，跟在他后面去了他家。自从长者崎之旅回来后，我就不去进行那个早晨的祈祷了，因此好久没有走进鹤家这条小路了。我第一次在明亮的大白天站在了鹤家的大门前。哲治咔啦咔啦费劲地拉开有毛病的大门，脱了运动鞋，什么话也没说，直接上了二楼。我飞快地说了句"打扰了"，但昏暗的家里非常寂静，没听到有人应答。

我提心吊胆地跟着哲治走上楼梯，每迈上一个台阶，楼梯便发出吱呀吱呀的叫人讨厌的响声，上了二楼后，狭窄的走廊两边各有一个房间。由于听到左边半开着拉门的房间里有动静，我往里瞥了一眼，从我站着的角度能看到的不到三步的空间里，有两个女人并排躺着。"枕头上的人们……"我在心里叨念着这个已经有些生疏了的词语。她们二人从掀开的被子里露出了上半身，几乎是赤裸的。我好像闻到了一股刺鼻的怪味。我曾经多次看见过住在八重二楼上的艺伎阿姐们睡觉时的样子。但她们绝对不会这个样子睡觉，不管多热的天，也要穿着贴身内衣上床，而且为了不弄乱头发，都尽量平躺着睡觉。阿姐们就连睡相也比我好看多了，像洋娃娃似的。而且阿姐们的房间里无论什么时候去，都飘散着好闻的脂粉味和头油味。尽管深夜时会掺杂一些酒味，但从她们的腋下或脚底是不会闻到这种气味的。

当我目瞪口呆之际，哲治突然出现在我面前，看也不看我，从我身边穿过，去了楼下。我看见他右手上提着一个和我家同样形状的五球超大收音机①。我再度将视线转回拉门内，屏住呼吸，盯着那两个女人的睡相看了片刻。不一会儿，楼下响起夹着杂音的收音机声，也许是被这个声音吵醒了吧，"谁呀？"眼前的两个女人之一躺着问道。我慌慌张张地拉上门，飞快地下了楼梯。

哲治待在厨房后面的——在八重相当于玄关旁边的女佣房间——一个狭小屋子里，坐在已经插好电源的收音机前。

"你要听什么呀？"

哲治没有回答我的问题，依然默默无语。我只好在离他有些距离的地方坐下来，也跟他一样默默地听收音机。不久到了《寻人》的节目。《寻人》是呼吁大家为想要寻找战争中失散的亲人或朋友提供线索的五分钟左右的节目。当时战争虽然已结束了十年，但还有这样的残留着战争黑暗余音的广播。"参加了××岛战役的××部队的××少尉；曾于××年时在××村进行过训练的高个子、左手有残疾的××先生；空袭前在××市经营理发店的××先生；在伪满洲国的大街上，每天早晨牵着一条灰色的短毛犬散步的女孩子……"以寻求去向不明者线索的来信为依据，男播音员操着如机器一般没有特征的声音一封接一封地朗读着这些来信。

我家虽然也有收音机，但从来没有听过这个《寻人》节目。因

---

① 有着 5 种导管的收音机。

为一听到这个节目，阿姐们就马上说"真烦人"，换了别的台。的确，就连没有经历过战争的我这个小孩子，都觉得这是个没什么意思的节目。读信的男人的声音总是那样的呆板，在他发出的一个个短暂的音节之间，有着压迫听者耳膜的某种东西。那声音即便堵上耳朵，也已经进入了头脑深处，将会从那里持续不断地回响十年一百年似的。

我那天头一次认真地收听了《寻人》节目，可是听着听着，几千条寻找亲人的胳膊仿佛在这个四方盒子里蠕动，这样的情景渐渐浮现在眼前，我不禁浑身一哆嗦。而哲治却是一副极其严肃认真的表情，一动不动地坐在收音机前听着。我觉得时间很长的五分钟广播终于结束了，他马上一言不发地拔掉了电源。我为了消除刚才不舒服的感觉，想要继续听下一个节目后面的《儿童时间》或《红孔雀》，可是又说不出"再把电源插上吧"这句话来。虽说如此，又不想现在就回去。

没办法，我抬起头问哲治：

"你喜欢听这个节目？觉得有意思？"

哲治反问我："你认真地寻找过什么人吗？"

我想了想，想起了在长者崎找爸爸的事。然后回答："好像没有过。"

"我有过。"

只说了这一句，哲治又紧紧闭上了嘴。

这时我突然想起来了。哲治寻找的莫非是他的爸爸和妈妈吧。在电车里看到的鹤家的老板娘，显然不是他的亲生妈妈，刚才在鹤家二楼上看到的那些艺伎阿姐们也不像是他的亲姐姐。在这个家里浮动的气氛与我家里的迥然不同。到处都那么阴暗潮湿，让人感觉很不舒服，光是这么坐着也仿佛会浑身起鸡皮疙瘩似的。二楼上的

66

房间里发散着一股怪异的气味，就连这间小屋子里也好像哪里发了霉……我认为这一切都是由于生活在这个家里的人们互相漠不关心的缘故。

你的爸爸和妈妈到底在哪里呢?

疑问差点冲出嗓子眼，被我使劲咽了回去。因为我想起了自己以前曾经发过誓，如果特别想要了解某一个人的话，就应该一直尽量保持沉默。

我什么话也没有说，站起来走出了鹤家的大门，朝浪江家跑去。

当我气喘吁吁地跑进五金铺的二楼时，一直独自承担着两个看客角色的千惠子嘬着嘴对我说："你怎么才来呀。干什么去了?"她用嘴杵了我的胳膊一下。浪江的表已经分解完毕，细小的零部件井然排列在榻榻米上。我不由得想起了从窝里逃出来的地蜘蛛们。

"可惜，你没有看到最重要的步骤啊。"

浪江拿起了银色的镊子。

那天，她成功地将表复原了。

哲治在寻找他的亲生父母——

听收音机的事让我如此认定，之后，我的意识也自然转向了自己的爸爸妈妈。对于当时我父母的关系，在给你讲长者崎旅行的时候已经说过一些了吧?

那时候爸爸仍然常常住在茗荷谷的祖父家。而且每个星期日都不由分说地带我这个女儿去祖父家。不管什么时候看到祖父，他都是一副高高在上的不高兴的表情。时不时发出像猫被踩到爪子似的刺耳的咳嗽声。他眼神锐利，胳膊上残存的肌肉可怕地隆起，以至于令我感觉死神恐怕永远都不会光顾这个人吧。我总觉得祖父越是衰老，他的灵魂越是吞噬肉体而肥大起来似的。纵使我们一族人都死绝了，祖父也会凭借意志力永远活下去的。

实际上，祖父真的很长寿。活到了一百零六岁。

祖父是几个月前死去的。爸爸和妈妈早在二十年前就已经死去了。给祖父送终的是我。尽管临终之前，他作为人的意识几乎已经丧失了，但在丧失意识之前，从祖父的嘴里就一次也没有听到过感激或抚慰的话语。尽管如此，我在目睹他死亡过程的长达八个月的时间里，发觉在自己的内心凝聚起了意想不到的悲伤。在病房里凝视着祖父的面容时，眼泪竟然会不知不觉顺着脸颊流下来。并不是因为寂寞，是因为悲伤。

我思考着只剩下断断续续呼吸的祖父身体里流淌过的漫长时间。从睡衣空隙看到的衰老肌肉，褪了色、与起皱的皮肤几乎融为一体的嘴唇，以及点点黑斑的谢了顶的头皮等等，就像是用纤细的时间之缕缝合成偶人，被勉勉强强放倒在那里似的。逐渐消失的并非祖父的肉体，而是一条细长如缕的时间。不知怎的，我从心底为此感到悲伤。在一个从黎明前有一只蝉就一直叫个不停的盛夏的早晨，祖父终于咽了气时，我才第一次伸出手触摸了他的身体……可是，透过干燥的额头和手背的皮肤已然摸不到那条长线的那一头了。

即便如此，对于小时候的我来说，他仍然是令人害怕、难以接近的祖父。

每当跟着爸爸前往祖父宅邸的路上，我都一边在心里祈祷（祖父，千万不要在家），一边闷闷不乐地拉着爸爸的手走着。祈祷根本没有作用，每次祖父必定在家里等着我们。大概是那时我已经开始懂事了，祖父似乎比以前更加厌恶我这个孙女了。当爸爸有事临时离开时，祖父也随他一起离开房间，也不再像以前那样给我准备放了零花钱的小福袋了。祖父那样的老年人何以如此厌恶且露骨地避开我这样的小孩子，使我那时非常不解和不愉快。

不过，只要不在意祖父的存在的话，那所大宅子实在是个非常好玩的去处。凭借朝鲜战争中的特需买卖，祖父好像进一步增加了资产，经过多次重新修缮和增建的宅邸，变成了从外观上很难看出内部结构的复杂的房间布局。在和八重同样的狭小厨房的隔壁，增加了一个地面铺了漆布、闪闪发亮的时髦的西式厨房。要想去通向树林的后门，必须穿过浴池后面的有着烧火口的房间，纯粹是目中无人的布局，就好像是故意设计得让住在这里的人使用起来不方便似的。对于幼小的我来说最最讨厌的是，厕所紧挨着门厅。有时从厕所一出来就遇到女佣恰巧在接待来客的场面，总是让我觉得无地自容。

根据我有限的记忆，祖父的宅邸原来是老式的日本住居，所有房间都是非常讲究的和式屋子。后来花费了很多时间，内装修和外观都被一点点改造成了西式房间，可是，改建时到底有没有设计图纸呢？假设有的话，工匠们究竟有没有人看到过那图纸呢？着实令人怀疑。看上去宛如以日本式装饰为食的虫子栖息在宅邸里，随心所欲地在房屋内部大肆啃食了一番似的。这一年的年初，因为祖父有什么事，我们不得不中断了周末的拜访，但一个月后，当爸爸拉着我的手走进宅邸的大门时，我不禁惊呆了。在玄关的大厅里垂挂着一盏豪华的枝形吊灯，足足有展开两只耳朵的大象脑袋那么大。在吊灯的正下方摆放着身穿燕尾服的祖父的青铜像，脸上露出一副精悍的表情。原来的直线形楼梯变成了带有波浪形扶手的白色螺旋式楼梯。我首先想到的是，看来祖父终于精神错乱了。也许以为女儿这样沉默是由于被这超出想象的豪华震慑了吧，爸爸得意地说了句"很漂亮吧"，然后瞧着我的表情。虽然我觉得这简直不是正常人所为，还是点了两三下头。

爸爸和祖父——当然我相信，有这份希望的主要是祖父——依然喜欢两个人单独在一起。这个时期已经没有进驻军 Friends 来祖父家了，因此爸爸也就不再拉着我的手去后院的树林散步了。

在祖父家时，我自己在宽大的客厅里看带来的书，或是去捡院子里落下的果实或小石头。我由于实在太无聊而生气的时候，为了吸引爸爸的注意，就一个人去树林里散步。如果说在这个宅子里度过的阴郁的星期日里，还有什么能让我得到些安慰的话，就只有在那里干活的女佣们都对我很关照这件事了。不过，那个很早就在这里干活的瘦巴巴的阿浜婆，就像祖父那样目中无人地走路，对我表现出露骨的排斥态度，让我很发怵。好在其他女佣都非常和善，一有空闲，就跟我一起玩布包，给我折纸。我从她们那里听说祖父买了一台去年刚刚上市的一般家庭根本不敢想的电视。可是放在他的书房里，不允许女佣们看。我一再替她们向爸爸央求，也得不到允许。

在四个年轻的女佣中，我特别喜欢最小的樱子。她只有十七八岁，肤色很白，睫毛像布娃娃那样长，长相有些西洋化，个子很小。第一次看到樱子，我确信这个人肯定是基于祖父的西洋嗜好，从什么地方被弄来的。她一边在厨房干活，一边跟我一起唱当时收音机常常播放的流行歌曲。樱子的嗓音非常好听。她声音动听地告诉我，战争中失去了爸爸和妈妈，后来在乡下的亲戚婶子家和很小的妹妹们一起生活，可是自从她能够出来工作以后，就一直给妹妹们寄钱。在这里的工作，是被上一家雇主辞退后，好不容易靠婶子的伶牙俐齿才找到的。

听了她告诉我的这些经历，当时在我眼里，她就是一个成熟的女人，但现在回过头想一下，其实樱子那时还是个纯真的少女。不过，可以肯定的是，她是个很漂亮的姑娘，与其在那个乖张而傲慢的祖父控制的诡异宅邸里干活，真不如到妈妈的料亭里，穿漂亮的衣服、唱歌跳舞更适合她呢。看着用满是冻疮的小手拼命洗东西的樱子，我心里越来越不忍。要是把这个女人带回家去，教她唱歌跳舞的话，她一定会成为受欢迎的艺伎。她那欧式的长相反而会吸引客人也说不定。妈妈要是看到她，也一定会这么想吧……也许是出身料亭的习性，只要一见到漂亮的女子，我常常会自以为是地产生这种念头。

由于越来越控制不了这个想法，有一天，我下决心，在三帖屋里的妈妈身边坐下来，说起了这件事。

"祖父宅子里有一个特别漂亮的人。"

正在记账的妈妈抬起头来。

"你说什么?"

在妈妈那责备的眼神面前，我立刻后悔打扰了妈妈的工作。应该在其他时候，例如吃饭的时候或是喝茶吃点心的时候说就好了。可是，妈妈有个毛病，倘若别人话说了一半又不往下说了，就会发很大的火，我害怕惹妈妈更加不高兴，就继续说了下去。

"在祖父宅子里，有一个名叫樱子的特别漂亮的女佣……"

由于紧张，我将事先准备好的，并反复练习过的话全都忘光了。尽管我本想告诉妈妈，樱子是个怎样好看又可爱的人，她的个性多么温和善良，是个让人不能不想要关心的人，想在妈妈面前倾吐出这些话来，好引起妈妈对她的兴趣，谁知此时突然感觉舌头根儿发干，说不出话来了。

我在妈妈的盯视下，可怜巴巴地张口结舌，做好了充足的准备，像以往那样挨妈妈的骂"有话就好好说清楚"，但是，从妈妈嘴里说出的话却大大出乎我的意料。

71

"是吗？ 那个人来了多长时间了？"

妈妈似乎对我的话产生了兴趣。由于紧张感得到了释放，我滔滔不绝地说起来。

"据说是今年初来的。她还很年轻，对人特别温柔。皮肤白白的，眼睛大大的，鼻子虽然低了点，但小嘴红红的，可好看了。她说话声音也很好听，唱歌也好……虽然她长得那么好看，可每天不得不干很累的活儿，所以她的手变得又瘦又干巴，看着好可怜。"

"是吗？ 所以呢？"

妈妈把手里的铅笔放在账本上，转过身来面对着我，刚才她脸上的严厉表情已经不见了，变成了心情好的时候特有的表情——两个嘴角很好看地微微上翘着。

"樱子被上一家雇主辞退后，靠婶子的介绍才好不容易找到这个可以包吃住的帮佣的。因为战争，家被烧毁了，爸爸和妈妈也都死了。樱子一个人要养活妹妹们，她把祖父给的工钱都给妹妹们寄去了，自己一点也存不下钱，但是她仍然很高兴。不光是长得美，她的心也很美。"

妈妈莞尔一笑，说"了不起的人啊"。我听了这话，越来越增加了自信，说出了最关键的话来。

"所以，我想，要是带她来咱家，让她学习技艺就好了……"

妈妈的脸色霎时阴暗下来，绝对不是我看错了。刚才美丽的微笑消失了，眼看着浮现出了无法挽回的严厉表情。我再次感觉舌头发干，变得火辣辣的，什么话也说不出来了。

"小孩子说什么大话。"

妈妈语速很快地说完，又低下头去看账本了。但她手里拿着的铅笔并没有写字。我等了半天，妈妈仿佛冷冻在榻榻米上了似的，纹丝不动地坐着。比起妈妈刚才的严厉表情和语言来，我更害怕此时一动不动的妈妈。还是凶狠地吼一句"赶紧去做作业"或者"太烦人，去那边玩吧"要好得多。可是左等右等，妈妈一直不回头，也没有继续写东西的意思。我一边用唾沫润湿火辣辣的舌根，一边回自己房间去了。

妈妈到底为什么这么生气呢？因为我说了大话？还是本来就心情不好呢？我是为了让更多的客人来料亭，才把樱子的事告诉她的，可是……被呵斥的羞愧让我内心里翻江倒海，与此同时，我好像已经隐隐约约意识到了自己的热情其实是表面的东西，完全是出于想要让妈妈对我这个料亭未来的继承人刮目相看的私心。而妈妈也看出了这一点，所以才那么生气的。总之，我对自己的愚蠢之举后悔不迭，伤心至极，直到晚饭时间一直关在自己的房间里，趴在榻榻米上。已经多年没有更换的榻榻米的毛茬扎得脸生疼，可是犯起拧来的我，尽管没有别人看到，却一直脸朝下趴着，就是不侧过脸去。

从那以后，不知多少次，每当我产生想要得到别人认可的欲望时，就会体味到这样的心情。这种欲望有时会迫切到想要呐喊的程度，但我从未感受过这欲望得到充分实现、逐渐被分解的过程。它们总是像气球那样一点点撒了气。空气完全撒光之后，掉在地板上的瘪瘪的气球，只在我心里留下虚空的残骸。我们在一生中会与许多人相遇，或许只能和其中极少的几个人发生比较深的关联，然而从每一个人那里得到的只有一颗心，只要充分地满足了那颗心，我们的人生就会立刻变得幸福了。然而，满足那颗心为什么会这么难呢？

这个秋日的傍晚，我没有从妈妈那里得到认可和表扬，让我陷入了幼小的自己的存在全都是微不足道的错觉之中。在长者崎的海边快要溺死时所体会到的那种感觉——这个世上的万物被赋予的意义霎时间变得淡薄，一切都无所谓了——此时也同样麻痹了我的全身。我没有死成。从那时候开始我就再也死不成了……我懊恼得不得了。我一边流泪，一边使劲在榻榻米上蹭着脸。妈妈算什么! 妈妈那样说了又怎么样! 我拼命这样告诉自己。竭力搜索着能够抚慰自己的其他事，却毫无效果。此时我所寻求的"其他的事"——多年后，是自然，是音乐，是深藏在自己内心的一些话。我明白了，为了满足自己被赋予的一颗心而需要这些，并不一定需要妈妈的评价，或其他人的评价。那"其他的事"是可以将偶尔对内心造成致命伤害的、再也无法复原的碎片拿走的东西。不过，明白了这一点之后，我仍然未能抛却渴望得到别人的认可和接受的欲求。不管我去哪儿，它都像幽灵一样跟着我。当然现在，我已经不那么容易被幽灵纠缠了……

那天，我趴在榻榻米上来来回回蹭脸，过了好久终于翻过身来，仰面朝天躺着，下决心绝不再对妈妈提起有关樱子的话题。即使不是樱子的事，把谁带到家里来，让谁学艺，说到底都是妈妈决定的事，根本没有小孩子插嘴的余地。

以后无论遇到多么漂亮的女人，也只是记在自己心里，而且为了将来自己成了老板娘的时候再去找她，要牢牢记住见到她的地方和时间……我抹了一把悔恨的泪水，忍着脸颊上擦痕的疼痛，暗暗下定了决心。

可是，过了几天后，发生了一件出乎意料的事。像往常一样，我和妈妈两个人吃晚饭时，妈妈突然放下筷子，对我开口问道：

"关于前几天你提到的那个漂亮女人的事……"

我一听，不由得停下了正要夹煮白薯的筷子。

"你能不能再给我讲一讲她的情况呀。"

我死死盯着妈妈的眼睛，想要看出妈妈现在在想什么。妈妈有些不好意思地微微一笑。这是我很少见到的表情。

"你是不是以为我又会生气呀。不会生气的啦。不过，我不打算像你说的那样招她来我家，只是想听听有关她的事。既然你那么夸赞她，我想她一定是个不错的姑娘喽。"

由于在榻榻米上下过决心，我立刻警觉起来。无论怎样被人挑动自尊心，我也不想再次失态，忘乎所以地喋喋不休了。对于樱子的情况，我重复了一遍和上次说的差不多的内容，也许还稍微少一些。妈妈一边听一边不住地附和着。

"那么，你爸爸和那个女孩子关系好吗？"

我说完之后，妈妈随即这样问道。我茫然看着妈妈的脸。妈妈为什么会突然提到爸爸呢？可爱而温柔的樱子，是和爸爸活在完全不同世界的人啊。

"你看到过你爸爸和那个女人说话吗？"

尽管不明白妈妈为什么这么问，我还是极力回想起来。爸爸和樱子说话？樱子是在厨房干活、洗衣服的女佣，所以不会像阿浜婆那样在祖父身边伺候，当然很少有机会和爸爸在一起。但是仔细回想了一下，想起了两三次爸爸和她说话的情景。

"说过。爸爸看到院子里晾的衣服掉在地上了，叫她捡起来的时候，樱子替阿浜婆端茶来的时候……爸爸说茶色太浓了……还有，樱子还给爸爸拿来过上衣。"

"是吗？"

妈妈说道，然后若无其事地拿起筷子来继续吃饭了。

我觉得妈妈的表现很奇怪，但更觉得自责，对于樱子，自己是不是说了不该说的话。自己不久前刚刚发誓决不乱说别人的事，真是失败。可是，在这些事上撒谎也不应该，既不能乱说，同时又不能撒谎……为了使二者不矛盾，我就必须学会含糊其词这个说话技巧。不过，这可不像汉字或算数那样有现成的教科书和练习册。即便有，也绝非可以通过学习能够学会的吧？直到今天，我仍然做不到圆滑处世。既不多嘴多舌，又不撒谎骗人，为了使二者不矛盾，我花了很长时间只学会了一个本事，那就是——沉默。

明白妈妈那谜一样问话的真意，是那年刚过新年之后。

年初，花柳街的艺伎们都梳起美丽的日本发式，穿上艺伎的礼服——黑色家徽和服，出去拜年，给客户送上印有艺伎屋号的手巾等小礼物。别家的阿姐们在家家装饰着门松的九段街头，遇到我时也跟我招手，但是与平时穿着打扮不一样的她们，看上去感觉格外庄重，难以接近。我虽然没有跟着我家的阿姐们出去拜年，但由于是一年一度的正月，所以，每年妈妈也会给我穿上漂亮的和服。在穿着黑色礼服的阿姐们中，我穿着让人眼前一亮的桃红色，和千惠子她们打羽毛毽子或玩纸牌，这些都是我很期待的事。

每年都是如此，今年妈妈也是为了店里年底结账或为新年做种种准备等，从年底就开始忙得不可开交。过了年之后，还要去受到关照的方方面面拜访，因此白天忙得团团转，几乎连吃饭和休息的时间都没有。而爸爸，大概是觉得至少年底应该多和家人在一起吧，或者是爸爸和妈妈之间有这样的约定吧，从十二月最后一个星期日以来，就没有去祖父家，一直待在家里。只不过，他真的仅仅是待在家里，无论是除夕大扫除或是料亭的活计，他什么也不干，只是无所事事地躺在二楼上的房间里，或是看看难懂的书。偶尔在像是我在学校使用的那种练习写字的本子上埋头写着什么。每当我坐在他旁边非常投入地给图画涂颜色时，他肯定会说"喂，给我"，伸手把图画本拿走，也不管出格不出格，给女孩子的衣服涂上鲜艳的色彩。

这一年的除夕夜，躺在被子里听着除夕夜的钟声时，只有我和爸爸两个人在八重。妈妈和芳乃姐，会同其他家的妈妈们一起，在新年时刻到来之前，就兴致勃勃地搭帮结伙去神社拜谒了。本来也会带我一起去的，可是几天前开始我就因感冒引起了发烧，所以只好老老实实地在家里躺着。钟声敲响以后，爸爸在黑暗中摇晃着我的肩头说："喂，丫头，敲钟了。"其实我一直闭着眼睛躺着呢，于是装作刚刚被爸爸叫醒的样子，"一……二……三……"跟爸爸一起数了起来。中途爸爸突然不数了，我觉得奇怪，但仍然独自接着数下去。差不多数到三十的时候，爸爸缓缓开口道：

"丫头，那个钟，只会发出和人的烦恼一样多的响声。"

"啊，什么？"

我从被子里探出头，扭头去看爸爸。慢慢习惯了黑暗后，看见了仰面躺着、两只胳膊枕在脑袋底下、眼睛直直地盯着天花板的爸爸。

"你懂什么叫作烦恼吗？"

"不懂。"

"烦恼嘛，就是心里老琢磨无聊的事。"

"无聊的事？举个例子？"

"你也有很多呀，比如想要零花钱啦，想穿漂亮衣服啦。"

"这是无聊的事吗？"

"是无聊的。想要得到什么的欲望差不多都是无聊的事。特别是跟金钱相关的。"

"可是……"

我没有往下说。在爸爸无所事事的时候，妈妈每天玩命工作不就是为了赚钱吗？赚钱是为了让我吃好东西，为了给自己买好看的衣服，为了让八重更加兴盛，还为了每天能够愉快地生活，难道不是吗？ 这些全都是无聊的事吗？ 虽然我的脑子浮现出这些疑问，但我做不到直截了当地向爸爸提出这些疑问。因为我害怕爸爸劈头盖脸地扔给我一句"对了，就是无聊的"。如果这些是无聊的事情的话，那么这个世上的所有的人，不就都成了无聊的人了吗？我不愿意因为爸爸的一句话，让自己所认识的人都成了无聊的人。只有一个人除外，那就是祖父。

"可是，祖父不是特别有钱的人吗？ 如果赚钱是无聊的事情的话，那么祖父该怎么说呢？"

"他内心里并不想要赚钱。他想要的是其他的东西。"

爸爸的话，我实在无法相信。假设真是这样的话，那个贪婪而顽固的祖父，那个不让我和女佣看电视的吝啬的祖父到底想要什么呢？ 我这样沉默着，爸爸很可能进一步给我解释，但我也不想问什么。

"爸爸，那么不无聊的东西是什么呢？"

"跟刚才所说的相反的东西啊。就是什么也不想要。"

什么也不想要……我不明白是什么意思，就没有说话。

"丫头，你也有过这样的体会吧。因为想要却又得不到就会痛苦。如果什么都不想要的话，这个世界就平安无事了。不过，人从一降生就会有欲望。婴儿不是想喝妈妈的奶吗？ 不喝奶的话，婴儿就会死掉。人这种生物，没有欲望的话就活不下去的。因为欲望即是痛苦，所以说，生而为人，就是来受苦的。"

"可是，想要得到什么不是无聊的烦恼吗？ 爸爸，刚才不是这么说的吗？ 如果说欲望是无聊的、不好的话，那么婴儿就不应该喝奶，谁也不应该努力工作了？"

"是啊，问题就在这里。"

我完全糊涂了。爸爸的话简直不合逻辑。如果说想要得到什么是无聊的事，而且是人的宿命的话，如果不想成为无聊的人的话，那么，就等于说我们不能作为人活着了。这简直太荒谬了。我把被子蒙在头上，使劲闭上眼睛。

　　"喂，丫头，别睡觉，好好听烦恼的钟声啊。"

　　我听见爸爸在被子外面这样说，但很快我就沉入了梦乡。

　　正月的花街上，几乎看不到客人的身影。这大概是由于平日来这里消遣的人们，也觉着正月里理所当然得和家人在一起的缘故吧。和家里的阿姐们一起去主顾家拜年告一段落后，妈妈没有像以往那样着手料亭开门营业的事，而是换上了更高级的漂亮和服，准备去祖父家拜年。

　　爸爸和妈妈带着我，一家三口去祖父家，一年只有正月这一次。对于祖父的强烈憎恨，近来在妈妈身上已经感觉不到了，但是我们全家都知道，正如祖父和我的关系不正常、很疏远一样，祖父和妈妈的关系依然与一般的公公和儿媳妇是不一样的。每次去祖父家时，除了最初和最后的几句寒暄外，祖父和妈妈谁也不看谁，一句话也不交谈。

　　爸爸和祖父两个人去书房之后，我就拉着妈妈在前院里溜达，或是在客厅里支着下巴发呆。在料亭里颐指气使、神采焕发的妈妈，完全变了一个人。在宅子里一直是阴沉着脸默默无语的妈妈，和我这个女儿一样，对于祖父的崇洋嗜好嗤之以鼻。今年也是如此，在大门口一看到必须仰视的高大门松，以及大厅里豪华的吊灯、等身大的铜像、螺旋楼梯时，妈妈立刻紧紧皱起了眉头，以至于脸都变了形，这一瞬间被我看在眼里，并深深刻印在了心里。每次来，女佣们有空闲的时候才能陪我玩儿，现在有妈妈跟我在一起，我觉得特别高兴，也特别安心。能够带着妈妈一间一间打开那些平时我一个人不敢进的房间，和妈妈一起皱着眉头去看那一件件古怪的家具和摆设，该是多么愉快的事啊。那时我们母女俩的表情肯定是一模一样的吧……唯独没有带妈妈去后院的树林。因为我害怕只要迈进那个树林一步，妈妈那样的正常人肯定会变得不正常起来。其实我的担心是多余的。妈妈绝对不想靠近那树林，就连那棵从前院能够看到的仿佛从房屋戳出来似的、象征着这个世上所有不幸事物般的巨大侧柏，她也看都不看一眼。

这一年来祖父家拜年时，发生了一个小事件。

这是到祖父家后还不到一小时发生的事。寒暄过后，四人在客厅里落座后，阿浜婆端来了茶水，就像信号似的，祖父和爸爸站起来，什么也没说就去了书房。剩下我和妈妈去前院的大松树下捡松球去了。旁边的栅栏隔出的一小块园子里，寒牡丹已然盛开，层层叠叠的淡红色花瓣美丽绽放，仿佛在向我们炫耀似的。不知从哪里传来百灵鸟的歌唱。为了寻找形状更好看的松球，我全神贯注地把它们绕着松树摆了一圈，偶尔抬头一看，跟在我后面的妈妈不知去了哪里。

大概是去了洗手间吧，我继续捡松球，可是过了五分钟，又过了十分钟，妈妈还没有回来。我拂去和服下摆上沾的泥土，回到了客厅里。打开玄关的门一看，里面静悄悄的。正对着门厅的洗手间里没有人。我感觉大厨房那边好像有声音，往半开着的门里一瞧，吃了一惊，只见那个樱子正在哭泣。她上半身伏在足有二叠那么大的操作台上，颤抖着肩膀呜呜地哭着。

樱子，你怎么了？我本想问问她，可是非常不好的预感阻止了我。

就在这时，从对面的房间里传来妈妈气愤的叫嚷，随后有什么东西被砸碎的声音、哐当一声关门的声音。我回过身去，犹如射出的子弹一般飞快地朝发出响声的房间跑去。一进门厅，就在通向书房的走廊尽头看到了我寻找的妈妈。身着连我这个女儿都感到惊艳的华美盛装的妈妈，眼看就要摔倒似的身体前倾着朝我这边跑来。看到这个情景，我顿时感到惊慌失措，浑身发抖，站在吊灯下面一步也挪不动了。飞快奔跑的妈妈仿佛是噩梦中的人那样老是跑不到我跟前，好似在原地跑着。

得赶紧去帮助妈妈，我这么想着，被蜡凝固住了似的膝盖好不容易向前迈出了一步的时候，妈妈已经站在我的面前了。

"妈妈，你怎么了？"

没等我的话音落下，脸色铁青、表情呆滞的妈妈已经跌跌撞撞地跑出大门去了。

我一直呆呆地站在原地，只能看着妈妈的身影逐渐被吸进院子里的枯树中去。牡丹园的栅栏上停着一只圆滚滚的麻雀，一直盯着我。

"顺便把那个军人的孩子也一起赶走好了！"

也许是门敞开着的关系吧。从走廊尽头的书房里传出来的响彻整个宅邸的祖父的怒吼声，也抵达了我那非常稚嫩的耳朵里。

5

那天爸爸把我送回八重后，就立刻回祖父家了。没有进家门，也没有和肯定在家里的妈妈见面。

分手时我抬头看着爸爸，以为他会让我给妈妈捎什么口信，但爸爸只是低着头，用擦得锃亮的皮鞋底蹭着地面，一句话也没有说。当靖国神社那边叮铃叮铃开来一辆有轨电车时，爸爸把手放在我的头上，像是要把过多的肥皂泡按住似的，轻轻地胡捋了一下发梢。然后转过身，渐渐走远了。从对面的拐角走来的箱屋阿繁在和爸爸擦肩而过时，好像跟爸爸打了招呼，爸爸也没有看他，直接拐过弯儿去，从视野里消失了。穿了一件皱巴巴外套的阿繁站在原地目送爸爸走远后，才看到了站在门前的我，有些不好意思地朝我笑了笑。没等他走近，我就面无表情地进了家门。因为那天我实在没有心情和任何人寒暄过年好什么的。

我坐在玄关的拖鞋凳上脱木屐时，看见白布袜子的脚底特别脏，心情变得暗淡极了。不管是用手掌擦，还是拍打，都弄不掉。早晨那么雪白的袜子，怎么会沾上这些脏东西呢？到底是怎么沾上这些脏东西的呢？还有，自己怎么就一直没有意识到穿着这么脏的袜子呢？这样不合情理的事情，只有和祖父的宅子联系起来考虑才能让我释然。我粗暴地脱掉这可恶的袜子，合在一起狠狠甩在玄关的洋灰地上，光是这样还是不解恨。我像一个出了故障的拉线人偶似的，一遍遍地把袜子捡起来再使劲甩在地上。穿得整整齐齐的和服带子也慢慢变得松松垮垮的，我也毫不在乎。

就在我这样噼里啪啦对袜子进行制裁的时候，家里也听不到一点声音。还沉浸在新年喜气洋洋的气氛中的阿姐们和阿国她们大概都出门去玩了吧。我百感交集地对袜子进行了最后一次制裁后，尽力调整着呼吸，转身朝通向里面房间的走廊走去。我光着脚走在走廊上，提心吊胆地从隔扇缝隙往里面三帖屋瞧。看见妈妈穿着像往常一样的素色和服，坐在火炉旁看账本。

"回来了？"

隔扇里的妈妈意识到我，眼睛看着账本问道。我没有回答，妈妈慢慢把脸朝我这边探了探，用宛如对一个执拗任性的三岁小女孩说话似的温柔声音又问了一遍："回来了？""嗯。"我点点头，勉强露出了微笑，妈妈从只有一指宽的缝隙里扫视了我全身一眼，又低头去看账本了。我在玄关摔袜子的声音在这里应该听得清清楚楚，妈妈却一句也没有问。按说也应该看到了女儿和服下面露出的赤脚，也没有说什么。

我紧紧拉上隔扇后，在三帖屋外面又坐了一会儿。我是想隔着隔扇和妈妈和睦地并肩而坐。几小时前和妈妈在树下捡松球，现在回到熟悉的狭小家里相对无语，这里没有祖父，没有松树，没有樱子，也没有胖胖的麻雀和爸爸。因此在这里的话什么也不会发生！为了平复自己激动的心情，我想象着涂了墨的手指从松树下面到这个三帖屋之间来回涂抹。当我感到这段空间里发生的事被墨涂得黢黑而湿润，即将变成空荡荡的洞穴般一黑到底的时候，我站起来上二楼去了。一拉开卧室的隔扇，闯进我的眼帘的是扔在地上的妈妈的漂亮和服。图案奢华艳丽的带有精致刺绣的暗褐色腰带，胡乱地盘在榻榻米上，我的视线渐渐被吸进那旋涡中心去了。

那和服堂而皇之地占据了整个房间，宛如爸爸和年幼的我想要在祖父的树林里寻找的那只蝴蝶女王一样。

这和服是不应该被这样随意扔在这里的。它应该是裹在妈妈的身上，将妈妈装点得更加美丽的贵重布料的集合体，我知道这一点，也知道那是布，却希望它会转眼间将金色磷粉撒遍整个房间，展开翅膀，自己从窗户飞出去。然而不管我怎么等，它依然摊在地上，没有变成蝴蝶的形状。我恨不得像刚才对袜子那样，一把抱起和服使劲扔下楼去，但我咽了口唾沫克制住了。我小心翼翼地捏起这一大堆布料的领口，试图展开其整体，然后像叠自己的浴衣那样将它仔细叠起来。然而，当我刚紧紧捏住美丽的衣服料子，它便滑溜溜地从手指间滑落下去了，重复了好几遍，总是不能如意。

最终我还是放弃了，我觉得与其凑合着叠出来，留下叠过的痕迹，还不如就让它恢复原来的状态，想到这儿，我尽可能把和服举得高高的，再松开手让它落在地上。于是，伴随着高级衣料啪嗒一声坠落在榻榻米上的声音，我同时听到了祖父的那句吼叫"顺便把那个军人的孩子也一起赶走好了！"这吼叫以极大的音量在我的脑子里响起来，我甚至能够从因布料落下而变得混乱的空气里闻到祖父的气息。再次散落在榻榻米上的美丽衣料下面露出的两只赤脚已经变得通红了。

绝对没错，那句话并不是冲着爸爸喊叫的，祖父是为了让我听见而喊叫的！我顿时明白了，明白的速度之快与腿的麻痹传导到全身是同样的。我再也忍受不了涌上心头的屈辱，跑下楼梯，跑出了家门。

新学期开始后，我的全部心思依旧放在正月里发生的那件事上。

祖父的那一句话变成令人不快的阴影总是追逐着我，那个影子在咀嚼我的影子，变得越来越大。我后悔为了让它破裂，而用手去戳那膨胀的影子。其结果，我现在已经到了除此之外，什么事也思考不了的地步。也就是说，我脑子里想的都是祖父说的那句"军人的孩子"，毫无疑问指的就是我。

如果这是真的话，我觉得一切便可以解释得通了。战争期间料亭曾接待过一个年轻的军官。那个军官有多么彬彬有礼，多么实在本分，祖母活着的时候常常对我说起。然而妈妈从来没有提起过他。到了此时，我才感到这的确有些不自然。因为唯独妈妈对他是怎么看的这一点，一直被妈妈小心翼翼地隐藏在有限的回忆后面。

妈妈给我讲述过去的事情的时候，肯定是在爸爸不在家时的卧室里，只有我和妈妈两个人。

由于收拾宴会厅或记账等，妈妈睡觉大多在半夜三点多以后，但睡觉很轻的我常常被妈妈的动静吵醒。我有个毛病，一旦醒来就好半天睡不着了，于是妈妈就给我讲各种各样的故事。小时候多么怕祖母，还有和爸爸怎么认识的，战争中在街头缝千人针，在检番做配电盘，挺直即将临产的大肚子在疏散地生活……在黑暗的卧室里，妈妈特别能说。真是怪事，在别的地方、别的时间，妈妈是绝对不会对我说那么多话的。很抱歉，我一边给你啰里啰唆地讲这些，一边觉得很对不住你，要是我也能像在卧室里妈妈那样口齿伶俐的话就好了……

只是妈妈绝对不给我讲童话故事。妈妈讲的都是真实发生的过去的事情。而且这时候的妈妈总是显得心情十分愉快。因为妈妈总是用兴奋的语调，就像在描述今天早晨刚刚发生的事情一样，谈起那些事到如今已经无可改变的往事。

从妈妈嘴里说出的回忆，全都是"特别的"回忆。无论讲什么，都以"那件事真的很特别"来结束，接着又说"但是更特别的是……"继续讲下一个故事。如果这些都是特别的事情的话，如果除此之外没有发生其他事情的话，妈妈的人生该是多么幸运多么特别啊。回忆往事的时候的妈妈，和平时严厉吩咐阿国或阿姐们时的妈妈完全不同。怎么说呢，可以说是一种过激的幸福病吧……在原来练习舞蹈的检番的二楼上组装配电盘，在幼小的我看来，丝毫没有什么特别的。在疏散地的乡下的美丽夕阳或者在树荫下听到的鸟鸣之类的，我也不觉得有什么可令人激动的。但是对于妈妈来说，那桩桩件件都是无法替代的唯一回忆，所以妈妈非常非常珍视它们，无论是多么微不足道的回忆，只要缺少了一小块碎片的话，仿佛就会使一辈子的回忆都消失不见似的。

我不知怎么总是害怕地看着黑暗中浮现出的妈妈的泛白的侧脸。因为尽管妈妈是对身边的女儿说话，看上去却好像只有妈妈自己一个人无比幸福的样子……只要是在讲述过去，妈妈就一直是一个人，而我也是一个人在听。妈妈的嘴即便是间歇的时候，也像纯真的婴儿似的半张着。妈妈的讲述，常常不合语法，有时候只是罗列不成句的单词，不断地流入两次睡眠之间的我的灰色意识之中，变成很小的斑点色彩斑驳地渗出去，或是变成锋利的刀插入我自身的记忆层，在其切面上留下痕迹。这样穿过我身体的所有词语，最后又都流回了妈妈那半张的嘴唇里。犹如珍珠项链一般排列成串的词语们，又以和出发时同样毫无缺损的形态被吸进妈妈美丽的嘴唇里去了。我有时候会担忧这些回归的词语们可能会堵在妈妈的喉咙里，导致妈妈死去。为了不发生这样的情况，我真想发出将九段的人全都吵醒的那样长长的喊叫，切断那串首饰，让珠子啪啦啪啦散落，可是每当看到妈妈那幸福无比的侧脸，喊叫声就立刻化作呼出的气息在被窝里渐渐消散了。

总之，由于妈妈的回忆里没有出现过军人，所以祖父所说的

"军人的孩子"这个词，让我首先联想到的，就是祖母生前告诉我的那个"军官"。尽管是间接的，要是提起我所知道的军人的话，除了他没有别人。

我绞尽脑汁地回想着祖母告诉我的有关那个军官的事情，这就如同将原野上被风吹散的蒲公英的毛毛都收拢起来一般，是无法完成的作业。还没捡起两三个毛毛，我已经放弃了这个作业。因为我觉得这是毫无意义的作业。难道不是吗？无论我怎么回想，我都是妈妈和那个军官之间生下来的孩子！就这样承认了的话，一切不都顺理成章了吗？那个帅气温柔的爸爸原来并不是我的亲生父亲，怪不得祖父会那样讨厌我，而我怎么也不喜欢祖父。原来是这么回事啊。既然如此，就是没有办法的事了……自从懂事那天起，就一直缠绕着我的不愉快的谜团，现在终于解开了，我的心放回了肚子里。但这安心也不过是短暂的瞬间，因为这并非仅仅是明白了祖父讨厌我的理由这么简单的事。如果我真的不是爸爸和妈妈的孩子的话，为什么迄今为止没有一个人对我说过呢？为什么妈妈不去寻找我的生父——那个军官，想方设法和他一起生活呢？还有，为什么爸爸把我这个非亲生女儿当作自己的女儿一样喜欢呢？面对一个接一个冒出来的疑问，我突然间对周围的大人们产生了不信任。反而觉得在这件追究下去会很头疼的事情上，只有对我露骨地表现出厌恶的祖父，是唯一正直实在、值得信赖的人了。

不过，在实际生活中，妈妈和爸爸的关系，在我的眼里和以前没有什么变化。

我说不清爸爸在做什么，但他仍旧继续着平日待在祖父的宅邸里、只是周末回九段的生活。妈妈也很正常地迎候爸爸回家，对待爸爸的态度和以前完全一样，那次宅邸事件仿佛全都被遗忘了似的。如此一来，我对自以为确凿的事实没有了自信，怀疑起了那件事其实也是宅邸的树林变的魔法，那时候，真正的我是一个人在后院里，而站在吊灯下看到的总也跑不到自己跟前的妈妈，也是我在树林的侧柏树荫下看到的一瞬间的幻影吧。而且，当我跑出家门，直到晚饭前回来后，那天在二楼上看到的妈妈的美丽和服，已经不见踪影了。

陷入混乱的我，开始从镜子里寻求可以证明真实情况的证据了。就是对着家里所有的镜子，直勾勾地看自己。无论是现在还是过去，我都算不上是美女。是吧，你也这么看吧。你仔细看看我的脸。你看……是不是随处可见的那种平庸的模样？ 即便如此，我觉得从稍稍狭窄的眉间凸出的鼻梁和爸爸的鼻梁特别相似。尤其是从斜侧方看，简直一模一样。还有笑的时候两个脸颊鼓起来的形状和右边两个酒窝的位置也如出一辙。是的，一直以来，若问我长得像爸爸还是妈妈的话，实际上被人说"丫头像爸爸"更多一些。美男子爸爸和不是美女的女儿长得像，听起来不是给人感觉很滑稽而麻烦吗？ 反正爸爸和妈妈的关系没有改变，加上我长得像爸爸——这两个事实，把我心里产生的某种确信，降低到了"或许是这么回事"的轻微的怀疑程度。但这也不过是暂时的。在我幼小的内心，一旦产生了这样的怀疑，那么，除了将火药聚集起来点着火，把它们炸个粉碎之外，没有其他消除的办法。

从那以后，我对所看到的一切都开始怀疑起来。妈妈就不用说了，店里的阿姐们、出入料亭的其他店的阿姐们、阿国、就连千惠子和浪江，九段街的所有的人，都知道我不是爸爸和妈妈生的，只是佯作不知罢了。说不定人们在背地里可怜我，嘲笑我呢。对于这件事想怎么生气都可以，只是万万没想到，让我更受不了的却是强烈的悲伤。

无论是去学校还是练习跳舞，我都感觉不到一点快乐。想要向两个最要好的女孩子说出来，可是又说不清楚，即便说清楚了，她们也未必能够明白。因此我一直隐忍着，深埋在心里。不过，由于心里埋藏着这样阴暗的秘密，我感觉自己比她俩提前一步接近了成人的世界，这也是事实。我感觉她们俩距离我很远。我和她们是不一样的。我觉得自己和她们这些对自己的出身没有丝毫怀疑，整天无忧无虑、活蹦乱跳的女孩子有着根本的不同……

不管是做作业还是一日三餐，最近我做什么事情都是心不在焉的。放学回家后，我看见在阳光充足的屋顶上，身子蜷缩成葫芦形睡觉的美国短毛猫，真想自己也变成猫，不当人了。连猫都是父母生养的，但是生下后直到独立生活不需要像人那么长的时间。可是，我要想离开这个家，去很远的地方生活的话，至少还必须等待将近十年的漫长岁月。我一回到家，便关在自己的房间里像猫儿那样蜷缩起身子。一边拼命祈祷，等醒来之后，自己就变成一只猫了；一边闭上眼睛，但这种姿势很难睡着，睁开眼睛看到的只有和过去完全一样大小的红色毛衣包裹着的人的胳膊。

无论在学校还是在家里，我忽然感到只有自己孤独一人的时候越来越多了。

不，绝对不是忽然感到的。是我自己主动选择了背离迄今为止的正常生活的世界的。

我开始找借口，不和千惠子、浪江她们走同一条路线回家了，以前每天都去浪江家玩，现在也逐渐减少了。钟表分解什么的跟我已经没有关系了。目不转睛地看着她分解钟表，然后复原钟表，已经被另一件令我着迷的事取而代之了——一点儿也不助跑地扑向一团浪漫的毛絮，身子埋没在暄软的毛絮里，一门心思地收集起了妈妈和军官之间很可能有过的对话。被浪江分解并复原的钟表，大小和外观都和以前没有不同，从里到外都是原来的钟表；但是从我抓到的浪漫的断片再现出来的妈妈和军官的物语，恐怕就会变成比单独的物语更加精彩多少倍的、物语之上的物语。故事越长就越让我觉得那是真的故事了。当自己在头脑里反复想象的时候，祖母给我讲的故事和我自己补充的故事之间的界限越来越模糊，仿佛即将变成一幅独立的画卷脱离我的手而去，于是我拼命地抓住故事的空白，不肯松手。因为一旦松开手，妈妈和军官之间的对话或对视或共同度过的时光，所有的一切就会飞向空中。他们就会永远单独在一起，把我抛弃，离我越来越远了。到了那时，还会留下什么呢？如果他们去了其他地方的话，我的生存都成了问题。

由于我全部心思都放在对自己的出身的疑惑上，所以把哲治忘了个干干净净。前面我说过，他宛如一本缺了好多页的教科书，对吧。其实，缺页的并非他一个人。本应写满文字的我自己这本教科书，仔细看的话，在令人意想不到的地方也有缺页。

为了尽可能细致入微地再现妈妈和亲生父亲之间曾经发生的故事，不致再缺页，我埋头于补足空白页、在上面填埋文字，并使之固定下来的作业，无暇顾及其他。全身心思念哲治的日子，已经退到了连呼喊声都无法抵达的遥远的地方。实际上，我并不是被哲治这个人所吸引的。吸引我的，恐怕只是他的那些缺页，而非其他！直到此时，我才好歹获得了一些冷静。那段时间，恐怕我是想要顺着他的缺页，寻找到自己的缺页吧。如果真是这样，那些日子自己之所以会头脑发热、神魂颠倒也就迎刃而解了。而且，现在我已经得到了想要的东西，对现在的我来说，哲治已经成了无用之人了。

然而，哲治绝对没有忘记我。

只要我留意，就能看到他的身影。有时候看到哲治在路边给地蜘蛛的窝排队，或是爬上光秃秃的柿子树俯视我。有时候，他不知从哪儿弄来几根干芦苇，在学校的角落里编席子。这些我全都知道。虽然知道，却无视他。

"在我家听收音机。"

放学回家时，听到他在我身后小声说的时候，我正在专注于思考妈妈和军官在院子里放烟火的夜晚，两个人的身体朝向和声音大小。虽说如此，我一次也没有听祖母给我讲过他们放烟花的事。而且那个时候，家里连搞到吃的东西都很困难，烟火之类消遣之物，岂是一般民众能够买到的？不过，妈妈和我的亲生父亲肯定会在狭小的院子里放烟花的。

"在我家听收音机。"

他第二次对我说话的时候，我也没有理会。因为在我的脑子里，出现了妈妈和亲生父亲透过线香花火的光亮含情对视的场景。两颗火星同时啪的一声打在石头上的时候，妈妈的笑声着实夸张了些。我从爸爸划火柴开始，小心地重新想象那个场景。

"在我家听收音机。"

哲治终于站在了我的面前。由于站得离我很近，我才不得不停下脚步。

我眼里看到的是，少年把绝对不可以摔碎的盘子摔碎了之后的那种笨拙而难为情的表情。我盯着他这张脸，这样做并非想要从中寻找真意，而是为了从妈妈和爸爸所在的昏暗夜晚，慢慢转换到站在二月的午后阳光下的面前这个少年身上来。

"一起听好吗？"

听到这句问话，妈妈和爸爸的影像才彻底消失了。不过我还是很奇怪，哲治为什么邀请我听收音机呢？我记得好像和他一起听过一次收音机。我当时有那么专注地听收音机吗？他是不是以为我很喜欢那个收音机呢？

不等我回答，哲治就转身一个人往前跑去了。此时我的脑海里突然闪过一个苦涩的疑问。莫非这个哲治也知道我不是现在的爸爸的孩子？真是这样的话，就太可气了。他要是不让我看他的教科书的话，我也不打算让他看我的教科书。为了表达抗议的心情，我在他后面故意啪叽啪叽地走路。直到走到他家，哲治一次也没有回头看。到了玄关也没有回头。他家里仍然是那么昏暗，至少一楼没有人。我忽然想起，在这个家里一次也没有见到过鹤家的老板娘。哲治和上次一样，上了二楼，进了阿姐们的房间。我有些发怵，就在楼梯下面等他。从上面传来女人说话声和哲治回答的声音。对话时间很长，我甚至怀疑他是不是早已把等在楼下的我给忘了。然后还听到了笑声。

　　这样不知所措地站在别人家里，是令人非常尴尬而无聊的。我只好在第一级台阶上坐下来，呆呆地看着破旧的玄关拉门，八字形脱在它跟前的两双运动鞋和大人穿的木屐。我发现在从玄关登上地板的那个角落里有一堆旧纸旁边放着一个很小的金鱼缸，上次来的时候好像没有看到。里面有半缸水，却没有金鱼。我走过去，把食指伸进水里。"前几天里面还有鱼呢。"后面有人说话。我不禁肩头一抖。回头一看，抱着收音机的哲治站在楼梯中央，俯视着我。我站起来，在大衣口袋里擦了擦冰凉的湿指头。

　　我们走进了厨房后面的小屋子。哲治一插好收音机的电源，从嘈杂的噪音里面传来了男人的声音。通过调节按钮，声音逐渐清晰起来。好像是在播报新闻。我默默地听着，盼着快点结束，进入广播剧或歌曲的时间。可是，接下来的又是那个《寻人》。哲治依然认真地一动不动地听着。看来他已经完全失去了双亲的线索，以至于不得不把一丝希望寄托在这种广播上。想到这儿，我恍然发现，我的亲生父亲说不定也正在什么地方收听这个节目吧？他也在寻找我这个女儿吧？ 没错，说不定我的亲生父亲一直在等候我的回音吧？

男播音员读完最后一份寻人信息之后，节目结束了。这时哲治才意识到我的视线，露出吃惊的表情。因为我一直在哭泣。

"等一下。"哲治走出了房间。

收音机里传出意味着进入下一个节目的明快的乐曲声。在乐曲停止后，有人开始说话的短暂间歇里，从窗外隐约传来不知哪家拉三味线的声音。琴声被收音机里发出的洪流般的声音冲走，立刻听不见了，但那琴声确实进入了我的耳朵，至今仍在耳朵里的某个地方持续着呢。

此时我被某种感觉击中了——自己的身体仿佛被一条轻轻一拉就会断掉的肉眼看不见的纤细的线，和这个世界上的所有东西连接在了一起。在这无数的线之中，只有一条线连接着亲生父亲的手。要想找到这条线，就必须自己亲手把所有的线都倒到头才行。是的，寻找某个人就意味着这样一个叫人无法忍受的艰难至极的作业，必须将自己所拥有的时间全部投入进去！ 我就像被某种精确无比的拳头击中了心脏似的，不由得捂住了胸口。在寻找那根线的期间，时间被消耗光了，也无法向别人抱怨，即便这样我也要寻找。我暗自下定了决心。想要寻找亲生父亲，当然应该这样坚持不懈、不厌其烦。可是如果爸爸已经死了呢？ 如果爸爸在我出生之前，就已经在遥远的外国的某个大森林里没有东西吃，孤零零 个人悲惨地咽了气，他那想要对女儿说话的温柔声音，想要搂抱女儿的有力臂膀都没有了，只剩下一堆白骨了呢？

此时，我第一次为了那个没有见过的爸爸流下了眼泪。

这眼泪和刚才那无缘无故流出的眼泪有所不同。我觉得越哭离爸爸就会越近。而且认定这些眼泪能够滋润躺在遥远大森林深处的爸爸那干渴的喉咙。

"给你。"

回头一看，哲治站在我身后，手里捧着那个小鱼缸。我一边抽泣，一边伸手去抹泪花的脸，哲治飞快地抓住我那只手，将手里的小鱼缸伸到我的下巴下面。我只是呆呆地仰脸看着哲治。

"哭的时候就让眼泪流进这里。"

哲治突然蹲下来，把我的手导向小鱼缸下面，又把我的另一只手拉过去，当我的两只手都托在小鱼缸底下之后，他的两只手也稍稍错开一些，和我一起托着小鱼缸。我不明白他的意图，怔怔地看着他，于是他一边说"就这样"，一边把脸朝小鱼缸埋下去，我这才终于明白了哲治想让我做什么了。

我学着哲治的样子低下头往小鱼缸里看。什么味儿也闻不到的小鱼缸里的水面微微晃动着。我正要抬起脸时，刚好停在左脸蛋上的一滴泪珠缓慢地顺着脸颊滑下来，又滑过嘴角，稍稍放慢了些速度，到达下巴后，流连了几秒钟，便无声地落入小鱼缸中了。

我眨着眼睛，又有几滴眼泪同样落入了小鱼缸里。

有的眼泪像溜冰那样垂直坠入，也有的眼泪在下巴上停留了很长时间后才慢慢地流向脖子。眼泪流完了之后，我仍然不停地眨眼睛。干涩的眼泪只剩下了灼热，渗出的眼泪都被烤干了。我看见了在小鱼缸底部，因摇晃的水而被放大的我和哲治的粗手指。

"哭完了吗？"

哲治不眨眼地盯着我，和听收音机的时候一样的傻傻的认真表情……我点点头，放开了小鱼缸。

"哭的时候就让眼泪流进这里。"

又重复了一遍之后，哲治把小鱼缸轻轻放在榻榻米上。

"这些眼泪都是这样收集的。"

我默默地凝视着小鱼缸里微微晃动的水面。

我在玄关把手指伸进去时感受到的冰凉感觉又一点点回到食指尖上了。尽管哲治说这些都是眼泪，可是人的眼泪难道是这样冰凉，这样无色透明的吗？ 小鱼缸里微微晃动的液体，看上去不过是一般的水。而且刚才哲治还说"前几天还有鱼呢"。说明那里面曾经养过金鱼的。那么，生物到底能不能在生物的泪水里存活呢？

"真的，真的都是眼泪吗？"我鼓起勇气问道。

"是啊。"哲治坦然地回答，"都是我家的妈妈和阿姐们的眼泪。"

我再一次探头往小鱼缸看，轻轻晃了晃鱼缸边缘，让里面的水晃动。

我流下的眼泪会给这里的水增添多少温暖呢？ 老奶奶模样的老板娘和在二楼上懒散地睡觉的阿姐们和我自己的眼泪，现在正在自己眼前混合在一起晃动着，真的可以相信吗？

直到小鱼缸里的水恢复原来的静寂为止，哲治也无语地注视着水面。

从这一天以后，我每天都和哲治一起听收音机了。

而且我从自己头脑里已经完成的部分开始，一点点把妈妈和军官的故事讲给哲治听。"这是妈妈告诉我的。"每次讲故事，都是这么开头的。哲治总是默不作声地听着。

这样面对哲治讲述的时候，我感觉妈妈和爸爸的故事变得更加像是真了。我越来越相信这些不是自己编出来的故事，急于继续往下讲。真是不可思议，由于相信不是自己编出来的故事以后，我就更加热心地往下编故事了。可是，不管我怎么说，故事也说不完。而且越讲故事，故事增加的速度就越快。最后，我甚至开始连脑子里还没有编好的故事细节也当场现编起来——两个人背着严厉的祖母，偷偷去上野看樱花；订婚半个月后的夜晚，即将出征的爸爸送给妈妈一个发卡，妈妈送给爸爸的写有血字的手帕……但是不管我讲得多么投入，只要一到《寻人》节目，我俩就屏住呼吸，认真倾听。连朗读的男人换气的声音都不放过。五分钟后所有的信都读完后，我就带着即便每天都会品味到，却绝对不会习惯的失落感，继续讲刚才中断的故事。

在场景与场景转换之间出现沉默时，我突然很想听听哲治的感想，于是有时会故意延长沉默的时间。但我立刻发现此举不会有任何效果。哲治是一个可以一直一直沉默的人。因为他这个人根本不觉得沉默是会令人窘迫的或催促人做什么的，只是纯粹将其当作自己呼吸的时间。"你怎么看？"最终我每次都忍受不住自己制造的沉默的压抑，这样开口问道。哲治的回答总是千篇一律。他不是为难似的微笑着说："我在听呢。"就是低下头问："然后呢？"催我讲下去。可是我想听的是哲治的感想。"不是这个，我刚才说的，你怎么想啊？"不管问多少遍，回答都是一样的。后来，我只好作罢了。

和我这样饶舌地讲述爸爸妈妈的故事相反，哲治绝不主动谈及自己的父母。他原本话就少，只要我不追问，他永远也不会自己说的。近来，我鼓足勇气问他："你的爸爸妈妈在哪里？"或是："你为什么住在这个艺伎屋里？"我把这些不礼貌的问题直接向哲治本人提出来，尝试着从他的嘴里得到起初打算从周围人那里收集的信息，可是这样做也没有效果。他只是摇摇头，说一句"不知道"或"不清楚"，无论如何也打听不出其他的了。只有我在内心里不断地让爸爸妈妈的恋爱故事这样发着酵，而哲治的心里到底收藏着什么样的故事呢？ 自己的父母的故事，造成自己在那个地方生活的缘由的父母的故事，哪怕是一瞬间，难道他就不想知道吗？ 或许他们在哲治的心里只不过是很稀薄的影子吧。

从哲治的固执的沉默里，我什么信息也得不到。

"咱们也写写信吧，好不好？"

有一天听完了"寻人"后，我立刻这样提议。一方面是为了找爸爸，同时也想探索哲治的内心。哲治依旧是那副无表情的面孔，马上回答："已经写过了。"

我无语了。可是我不能因为这点事就缩回已经伸出去的手。

"……什么时候写的？"

"很早以前。"

"很早以前是什么时候？"

"好像是前年的冬天……"

"那么早？"

"去年秋天也写了……"

"那么写了两次？"

哲治低下头，小声说："不止两次。"

"你的信，朗读了吗？"我一问，这次他摇了摇头。

"一次也没有。所以我在等。"

听到他的回答，我再次感到希望渺茫。

我一直认为寄给电台的信都会被朗读的。如果不是这样的话，那些没有被朗读的信都去哪儿了呢？ 难道说就像没有抽中的签那样被随意扔到什么地方去了吗？ 这是不可能的。某个人千方百计寻找某个人的心情，被这样无理对待，是不可能得到任何人的许可的。

"那咱们继续写好了。我来写。"

我从书包里拿出了汉字练习册和铅笔。然后，在纸上写了"寻找爸爸"，哲治只是默默地瞧着。"战争期间在靖国神社附近的八重料亭住过的一位军官是我的爸爸。请跟我联系。"我并不知道亲生父亲外貌上有什么特征，无法像收音机里听到的"满头白发，下巴满是胡须……"或是"眼睛下面有两颗大黑痣……"那样具体说明。无论怎么想象，爸爸总是不让我看到他的脸。不过，偶尔犹如被厚厚的云层遮住的太阳从缝隙里向大地投下一束光照一般，我会清楚地看到爸爸凝视着妈妈的脸。他是个高高的美男子。和年轻美丽的妈妈真是天造地设的一对儿。当我集中精神，想再仔细看一看，务必记住他的长相时，他又背过身去了。我拼命地回想只看到了一瞬间的他的模样，才终于意识到，那张脸不是别人，就是我现在的爸爸、冒牌的爸爸、那个美男子爸爸的脸。不论是上野的樱花树下，还是十五的满月下，或是茂密的森林的大树下，那个亲生父亲都和冒牌父亲长得一个模样。这的确是不可能的。纵然是亲生女儿，我也不可能知道没有见过面的亲生父亲的模样。所以，在信里我没有写爸爸的相貌特征。因为如果写特征的话，一定会写成冒牌爸爸的特征。我不想对还活在什么地方的爸爸做出这样没有礼貌的事。信写好后，我用橡皮把特别不好看的字擦去，重新写一遍，最后写上自己的住址和名字，小心地撕下了那页纸。然后我把练习册和铅笔放在哲治面前，说：

"你也写吧。"

可是哲治眼睛盯着榻榻米，一动也不动。我把练习册放在他的膝盖上，哲治这才笨拙地握住铅笔，写起信来。哲治的字很难看，从我的位置根本看不出是什么字。用了很长时间，哲治终于写完了那封信。然后和我一样把那页纸撕下来，叠成三折，在最外侧的纸上写了内幸町的日本广播协会的地址。看来他写过好几次了，地址记得很清楚。虽然他的字很难认，我也拿过来照着它在我折叠好的信上写了同样的地址。

然后我们出门去离靖国神社最近的邮筒寄出了这封信。我们清楚地知道，要寄信就需要信封和邮票，却没有说出来。为什么呢，因为我们以为对于这样意义重大的信，会特别免除这些费用的。

我们所需要的不是封上封口或贴上邮票，仅仅是站在邮筒跟前祈祷，希望它能够在几千封来信中被那个朗读的男人拿出来，在收音机里朗读。

此后，我俩也每天都一起听《寻人》节目。

每次都抱着"就是今天该朗读我们的了"的心态，我俩坐在收音机两侧，身体绷得直直的，屏住气息，表情认真得有些发傻地听着……仿佛是为了听五分钟的广播而过一天似的。其他时间都是为了将这短短的五分钟铸造为一天之中最准确的五分钟的模具而已。而且，它还是个不断制造出比以前更加精密的失望的模具。但是，我们绝不放弃。我们坚信，我们的信一定会被读到的。我们的声音也一定会抵达这个世界的尽头，其结果，必然会有某个声音呼喊我们的名字的。

就这样每天都满怀希望地全神贯注地倾听，渐渐地我连自己写信的内容都快要忘记了。听着收音机里传出的"寻找战前在××市××街经营贸易、昭和十九年入伍、编入××部队、后来开赴南方的××先生……"恍惚觉得这众多的寻人启事里提及的场所或姓名或特征纵然千差万别，似乎都是我爸爸一个人。我感到自己的幼小人生，在这个冬天里，开始发生了细微的变化。春天在静悄悄地一天天走近，要将濒死的冬季从九段赶出去。

那是三月的一个傍晚，我发现在我家的邮箱里有一个揉得皱皱巴巴的叠成三折的信。

我慌忙把它取出来一看，在内幸町的地址上盖着一个邮资不足的红色邮戳。铅笔写的字已经变得模糊不清，几乎看不出写的是什么了。文字们好像是代替书写的人受到不明缘由的惩罚，暴露于风雨，被四处拖拽。并且在我的手里，痛恨着忘记了它们的书写者。

"怎么回事？"我不禁低声问道，当然没有回答。慢慢涌上来的愤怒与羞耻变成锐利的图钉将我钉在原地。恰巧芳乃姐要去梳头店，从家里出来，问我："小姐，怎么了？"我也抬不起头来。

"今天很暖和啊。已经到春天了。"

"梅花已经开了，樱花还没开吗……"阿姐哼着歌，凑近我的脸。

"来信了？"

我手里拿着的信纸上，映出了阿姐的身影。

"写的什么呀。根本看不清楚。"

阿姐伸手想要拿信，她的手碰到了我的手时，我才发出了声音：

"不是信。"

"哟，不是信啊。"

"不是。"

"小姐，每次都说不是不是的……那是什么呀？"

没有理会阿姐温柔的问话，我攥着信，朝着哲治家的方向以最快的速度跑起来。拐过通向小路的拐角后，看见一个个子高挑的女人穿着胭脂色的浴衣正往小路深处走去。

我停下脚步，躲在旁边住家的房檐下面，直盯盯地看着她。在她那随意挽起的发髻下面，细脖颈辉映着夕阳的金色。仔细听的话还听到了她在愉快地哼歌。她迈着仿佛梦境中走路的轻飘飘的步子，终于在鹤家的门前停下了脚步。然后，将和脖颈同样金灿灿的胳膊伸进邮筒里拿出一个叠成三折的信纸。

她打开信纸，看了起来。

她那映在夕照下的侧脸微微浮出了笑意。

她把信纸翻过来，叠得比原来的三折更小，然后用木屐头在墙根的土地上戳了个小坑，把信纸就像撒花种似的扔进了坑里。然后再次用木屐头把土弄平后，仿佛什么事也没发生似的走进家里去了。其间，她一直哼着愉快的歌儿。

我背朝着夕阳，呆呆地伫立在原地好久，才畏缩地往前挪了四五步，看到埋信纸的那片土里掺杂着被踩坏的阿拉伯婆婆纳小蓝花，停下了脚步，我无法继续往前走，只是紧紧攥着那封信。不知从谁家传来女人咯咯的笑声。

我感觉天空突然暗了下来。我猛地一甩头转过身飞速地奔跑起来。当我意识到的时候，手里攥着的信已经消失得无影无踪了。可我还是漫无目的地往前猛跑，以便能够逃往比从我手里逃走的信去过的更远的地方。

6

　　我已经记不清我们是什么时候开始不再听《寻人》节目的了。大概是从看到信退回的那天吧？ 或者是如同路边的冻雪在行人的踩踏和太阳的照射下渐渐融化掉那样，那五分钟广播时间也融化进其他时间里去了吧⋯⋯

　　因退信的意外打击而放弃了寻找爸爸之后，我尝试将心里反复了无数次的妈妈和爸爸的恋爱故事像以前那样再现出来。可是，不管我怎么努力，他们的影像刚一出现，马上就像被从边缘点着了火似的，逐渐烧焦了，最后只剩下看不出面容的黑乎乎的纸糊的偶人。我搜索枯肠想出来的世上最最浪漫的故事，现在却变成了比捞小金鱼的纸糊的小网子还要容易破的东西了。恐怕是我自己被故事驱逐了吧？ 这样幼稚的自鸣得意的说书人，他们可能已经不需要了。毫无情义的弃我而去的妈妈和爸爸的灵魂，即便什么时候想回来找我讲述他们的故事，我也绝不答应，绝对不再为他们讲述一个字——气恼之余，我这样痛下决心。而且我还想，都是因为自己的话太多了，从今往后要三缄其口，做一个凡人不理、不苟言笑的人。

　　至于身处这一令我不习惯的叫做沉默的要塞的前辈，自然是哲治了。

　　我们即使没有收音机，没有讲故事的人，也一直在倾听周围所有的声音。我们并不知道自己想要从中发现什么样的箴言或启示，只是像被焊上了似的紧紧地闭合着各自幼小的嘴唇⋯⋯

哲治依然喜欢给地蜘蛛窝排队，或是看饭田桥站进出的货车。我俩经常默默地并肩在车库附近看着拖着沉重车厢的货车来来去去。看完货车应该回家，但我俩有时候会不由自主地从九段小胡同的这一头走到另一头，就像给图画涂满颜色似的走个遍。即便这时候，也是不说一句话的。这就好比两个人分吃一个馒头似的。我们一直小心翼翼地将沉默平分为两半，不让谁多一点或是少一点。由于几年来一直这样，我们两个人渐渐相似起来也就不足为奇了。一年夏天，一不留神头上长了虱子，我因此剪掉了留了好多年的发辫，发觉那蓬松的橡树子般的短发使得自己和哲治越来越相像了，同时不无苦涩和欣喜地体会到了那个长辫子其实根本就是没有什么用的东西。我俩的个子差不多高，同样是肩膀单薄，胳膊又细又长，同样有着说话时上身微微朝一边倾斜的毛病，两个人要多像有多像。遗憾的是，我俩的相似最终未能全部完成，上中学后，我立刻开始蹿个儿，均衡被残忍地打破了。我俩再次能够以同样高度看东西，是几年之后了。

　　我和千惠子与浪江，就像约好了似的，几乎是前后脚迎来了初潮。

　　最先是浪江，最后是我，这之间相差不到一个月。我们为此而哀叹激动，仿佛可怕的灾难降临到我们头上似的。我们悄声谈论着那灾难是如何降临在自己身上的；某一天突然发现在自己的内裤上的茶褐色污渍时，有多么的失望……

　　当时我们对涂色画或给娃娃换衣服已经没有了兴趣，也不互相梳头发或分解还原钟表了，只是整天议论他人的八卦。比如谁喜欢谁了，谁和谁一起散步了之类轻薄的话题。记得是刚上初二的春天，我们结伴出去看婚礼游行。谁知在半藏门附近被沿街看热闹的人群挤来挤去，队伍一眨眼就走了过去。我们跳着脚看，好容易才看见的只不过是骑着马的护卫后脑勺而已。虽然没能像以前二七不动明王的庙会时，三个人都混进头等席，特别遗憾，但我们还算是满足地回家了。我们仨都被沿街洋溢的眼看要冒出热气般的喜庆气氛所感染，连并肩走着的六条腿的膝盖好像都被染成了粉红色。

"我也想早点当上新娘子。"

千惠子说。

"新娘子，谁的？"

浪江怪里怪气地笑着反问。

"明知故问！"

千惠子用胳膊肘杵着浪江的腹部。她有意中人的事，我和浪江早已知道了。当然这是只限于我们三个人之间的秘密。

"喂，浪江想要什么时候结婚哪？　我打算高中一毕业就结婚，生孩子。"

"我打算二十岁左右结婚，生两个男孩子两个女孩子。让他们都学习钢琴，培养成钢琴老师。要是有钱给四个孩子每人买一把小提琴的话，小提琴老师也行啊。所以，我的丈夫一定是个了不起的有钱的音乐家。"

"真的？　你想和大胡子那样的人结婚吗？"

大胡子就是在我们中学教音乐的蓄着一脸胡须的倔老头。

"那样的老头当然不愿意啦，必须是年轻帅气的老师。"

"浪江的条件可够高的呀。"

千惠子的脸上笑开了花。她打小就是个漂亮的女孩子。近来，像九段街上的来来往往的那些艺伎阿姐们那样，身上开始散发出撩人的不可思议的成熟女人味儿了……她这么笑的时候，大眼睛立马变成了月牙形，双眼皮看着足有三四层之多，显得温柔无比。玫瑰色的嘴唇仿佛一碰就会掉下来似的。望着近在咫尺的这张脸，我的心怦怦直跳，点头说"就是"，"那你呢?"这回浪江戳了我的肚子一下。

"今天你必须老实交代啊。不把自己的秘密告诉我们，怎么说也太狡猾了。其实，你也有喜欢的人吧。"

我不知该怎么回答。以前她们就认定我有意中人，逼着我告诉她们。可是，无论她们问多少遍，我心里没有那样的男生，自然回答不出来。此时，我仍然老老实实回答"没有"，但是她俩一口咬定"不可能"，不依不饶的。

"可是，真的没有啊。"

"瞎说。老实交代。"

"真的，真的……"

她们两个对我一个，车轱辘话翻来覆去说了半天，浪江终于觉得不耐烦了，问我："那个哲治算什么呢?"

千惠子也帮腔："就是啊，就是啊。没和我们在一起的时候，你不是都和他在一起吗? 这不就证明你们相好吗? 你们是在相爱啊。"

我们在相爱! 我不由得停下脚步，眺望皇宫的护城河对面那片沐浴着午后阳光的枝繁叶茂的深绿色。

不错，我心里有哲治，不但以前有，今后也会有的……我无限感慨地让那片绿油油的树木深处缓缓传来的预感慢慢渗透进身体里去。这短时间的沉默，似乎被两个女友理解成对提问的全面肯定了。看样子，从此时开始，哲治就被她俩认定是我的意中人了。我也不打算做什么辩解。等以后有了真正喜欢的男孩子，再对她们如实报告好了。想到这儿，瞧着她俩在我旁边起哄，我反而松了口气，因为这么一来她俩就不会老是追问我了。

走到二七大道的拐角处，我和她们分手后，没有回家，直接去了鹤家。开门的竟然是那个满头白发的肥胖老太太，也就是鹤家的妈妈。不论在外面还是在鹤家，我都是偶尔见到过她。我觉得这位冷淡的老太太比一般人要快一倍似的在衰老下去。花街的艺伎无论到了多大年纪都不会变成"老太太"的。在宴席上弹三味线，唱小曲的当地的艺伎，从年龄来说恐怕大多是"老太太"，但永远被称作"阿姐"。也有这种当地的阿姐们出入妈妈的料亭，但她们的穿着打扮都很雅致，发式或化妆也都很好看，是很难对她们叫得出"老太太"的。可是，这个艺伎屋的妈妈桑，无论怎样宽厚或偏心，都无可置疑的是个地道的"老太太"！

我对她问候了一声"你好"，她却一言不发地走出了家门。看来她并不是来给客人开门的，只是恰巧要出门时，赶上我来了吧。不仅是这一天，她一向是对我不理不睬的。主人不在家，反倒让我觉得轻松了些，便打算偶尔也让那个总是面无表情的玩伴吓一大跳，于是蹑手蹑脚地走到厨房后面的小房间，猛地拉开了拉门。哲治正躺在房间角落看报纸，并没有像我预想的那样吓一大跳。我背靠在他对面的墙壁上，气恼地俯看着镇定自若的哲治。他不像其他男孩子那样爱看漫画，而是喜欢看不知从哪里捡来的报纸。只要是报纸，不管哪一天的都无所谓。

"有什么好玩的新闻？"

明知这个问题毫无意义，我还是问道。

"什么也没有。"

哲治没有抬头。以往的话，我就不得不开始贪婪地吞噬准备好的沉默了，但今天我和平日有些不一样。也许是受到婚礼行进队伍的喜庆感染，或者是和女伴们那番对话的缘故吧，我一屁股坐在榻榻米上，探出身子对哲治说道：

"我和千惠子她们去看婚礼游行了。"

哲治没有吭声。

"我从来没见过那么多人呢。好像全日本的人都出来了似的。但是，你没有去看吧。你家的老太太刚刚出门了，是打算现在去看热闹的吧？ 两个新人应该已经到达御所了。我们看见骑马的护卫的脑袋了。"

我一点儿也感觉不到他在思考如何回答。那时候的我很少这么饶舌，可这些话也没能抵达全神贯注看报纸的哲治的耳朵。我从榻榻米上滑到他的身边，两手撑在摊开的报纸上，对他说：

"比起看报纸来，不如看实物来得快啊。"

哲治终于抬起头来，我感到自己的脸红了。我说的意思应该是"比起看报纸来，不如看实物来得快啊。"可是碰到他的眼睛的瞬间，我忽然间没有了自信，怀疑自己说出来的其实是"看我来得快"吧。

哲治此时就像刚刚注意到陌生的闯入者似的，目不转睛地盯着我。我掩饰着内心的狼狈，把手撑在身后，出溜出溜地退回了原来的地方，可是，哲治那看蜘蛛窝般的目光一直没有从我身上移开。我看见哲治的右臂徐徐抬起来，那只胳膊的前端握起了手，只伸出一根食指，指着他自己的胸口。这回轮到我像观察蜘蛛窝那样盯着他那谜一样的动作看了。和平常不一样，我感到某种难以咬碎的苦涩的沉默紧紧箍住了我的身体。

"怎么了？"

我忍不住问道。哲治没有回答。很明显，他是想让我自己来解开这个谜。

我再一次仔细地观察他的那个动作。然后模仿他的右手，伸出自己的右手，将右手食指放在自己身体的同一个部位。食指触摸到的自然是白布衬衫包裹着的还没有发育的胸脯。然而，突然间我从

107

那里感受到强烈的怪异感觉。低头一看，果不其然，胸口的扣子掉了一颗，从敞开着的衬衫缝隙间露出棉布内衣。犹如心脏被人打了一拳似的，我条件反射般张开双手捂住了胸口。此时，哲治的注意力已然离开了我，再次回到了说不准是几天前还是几年前印刷的报纸上面了。

我羞耻得想要用什么柔韧而结实的东西抽打自己一顿，又觉得自己好可怜，真想哇地大哭一通。我浑身颤抖着，用抖个不停的手扣上了即将脱落的那颗小纽扣。然后冲出房间，逃也似的奔回家里。我想要洗手，去了洗手间，却看见镜子里的自己泪眼婆娑，脸上泛着难看的红晕。

你或许已经意识到了。正如这一过敏反应所象征的那样，当时我很明显地对哲治抱有单纯的玩伴之上的特别感觉。只是，对于将围绕这个感觉的所有一切都归结为千惠子她们所说的"恋爱"，我还是不能完全认同。

有时候我觉得，每当看到在鹤家门外等我的那个背影的瞬间，或是到了该回家的时候，看到两人对视的目光里的寂寞时，或许如千惠子她们所说，这就是"恋爱"吧。可是，在下一个瞬间，我会立刻猛烈地摇头，将这个不吉利的念头从脑子里赶了出去。因为对于这个时期的我来说——原因后面再告诉你——恋爱这种东西，是用巧妙掺和在一起的香甜味儿诱惑人，使人屈服、走偏的不合逻辑的某种东西。因此，我无论如何也要让自己和哲治一起度过的安静而纯洁的二人时间，以及和我很相像的哲治自身，远离那种深不可测的坏东西。

这有些不好解释，比如说，你有没有那种只要看到他遇到困难，哪怕粉身碎骨也要帮助他，而且不管他在哪里，都会赶过去的那样的朋友呢？ 那个人不在了的话，你就会感觉这个广阔的世界上只剩下自己孤独一人，将这样可怕的孤独的可能性互相寄存在对方后背上的真正的好朋友，你有吗？

我和千惠子与浪江是特别要好的三人组。休息日，一起出去玩，一个人有病了，另外两个人都会带着时令水果去看望。只要少了其中一个人，我的每一天都会变得格外没意思。温柔美丽的千惠子，活泼而有些古怪精灵的浪江，我特别特别喜欢她们俩。尽管如此，在我的内心仍然有所怀疑。当她们真的遇到困难的时候，当她们无路可走的时候，她们真的会向我求助吗？反过来说，我真的遇到困难的时候，想要求助的人会是她们吗？是的，在产生这种需求的时候，首先浮现在我脑子里的只有哲治。

上了中学以后，哲治在教室里依然是孤独一人。即便被调皮捣蛋的男孩子取笑，被粗野的男孩子撞倒在地，他也默不作声，只是露出悲伤的表情。我只是远远地看着，一次也没有去帮过他。因为我和过去相比虽然变得不爱说话了，但依然没有失去毫无根据的奇妙的优越感，尤其害怕被人欺负，被人嘲笑。不过，只要哲治向我求助或寻找我，哪怕只有一次，我也会不顾一切去帮助他的。而且，倘若哲治干了什么坏事，不得不逃到食不果腹的无人岛去的时候，问我要不要跟他一起去的话，我一定会抛弃其他的朋友以及自己的木米，抛弃所有一切跟他一起去的。还有，倘若在那个岛屿上的哲治被人追到，终于被逮捕，被判处死刑，幸运地得到了审判官的特别恩赐，允许他带着一个人一起上路的话，哲治必定会让我去，我也会欣然答应的。

我一直都不缺少这样的精神准备。在我有限的东西里，只要有他需要的东西，我什么都可以给他。

真是奇怪，我怎么到了这个地步，竟然用对其他任何人都没有过的特别感情的这条绳子把自己缠绕起来，不想离开那个沉默寡言的少年呢？我觉得这像是对我们两小无猜的共同度过的那些日子的某种责任，也与近来我们开始有了某种秘密的习惯有关。而且这个习惯如果没有在我俩之间产生的话，我们就不会在人生最容易受伤最敏感脆弱的时期，如此笨拙地互相依靠，就有可能朝着我们周围的世界迈出各自的脚步了。

那个事之所以会成为习惯，就是那一天，早春的一个傍晚，我亲眼看到邮局退回的那封信被人埋进了土里。

那天，我晕头转向，毫无目的地飞跑的时候，突然发觉自己站在鹤家门前。我本来是从这里跑掉的，可最后到达的还是这个地方。哲治仿佛在等着我似的站在门口，我冲着他那苍白的脸喊叫"我再也不写什么信了"的瞬间，感到眼泪顺着两颊流了下来。我刚要捂脸，哲治抓住我的手，把我拽进了家里，领着我去了那个最里面的房间。"这是你的。"他从夹克的口袋里拿出了一个东西，是一个小瓶子。见我没有说话，还在发愣，哲治再次拿起那个小瓶子塞到我的手里。他的右手和小瓶子一起紧紧贴在我的脸颊上。停留在颧骨上的一滴眼泪立刻沿着坛口内侧掉进最里面去了，仿佛终于把它等来了似的。我把小瓶子移到窗边，借着外面的灯光直勾勾地看着瓶子里面。眼泪在瓶子内侧留下一条透明的痕迹，坛底只有一层薄薄的水膜。我刚要回头，听见哲治在我后面说道：

"哭的时候，就让眼泪流进这个瓶子里。"

对了，就是从这一天开始，很长一段时间，这成了我们两人之间的秘密习惯了。

也就是说，每当我哭泣的时候，无论遇到多么悲伤的事，也绝不会一个人哭的。我哭泣的时候，哲治和哲治递给我的瓶子都是不可缺少的。

从那以来，即便悲痛欲绝，恨不得马上蹲下来号哭的时候，我也极力控制住自己，在到达鹤家之前，使劲忍着，不让眼泪流下来了。到了鹤家门外，只要叫一声他的名字，不管我的喊声因拼命克制悲伤而变得多么颤抖而嘶哑，哲治都会立刻给我打开门，把我领到厨房后面的那个昏暗房间里，从兜里掏出一个小瓶子，拔掉软木塞轻轻递给我。刚一接过瓶子，忍耐已久的眼泪便从我的双眼倾泻而出，落入紧贴着我脸颊的瓶子里，在水面上呈现出一圈圈小波纹。眼泪好容易止住后，哲治便接过瓶子，紧紧塞上木塞。他从来没有问过我哭泣的原因，我想说的时候就说说为什么哭，不想说的时候或是觉得不值得一说的时候，就什么也不说，哭完了就回家。少女时代的我变得动不动就爱哭了，因为做错了事被妈妈呵斥的时候；或是不管我怎样努力，考试成绩也不理想的时候；或是眺望夕阳的天空的时候。总之在现在看来都是些微乎其微的事，我都忍不住会哭鼻子。

每当我看到此前自己第一次在哲治面前哭泣的那天——就是听了《寻人》广播，为爸爸而流泪的那天——使用的小鱼缸，都觉得里面的水增多了似的，这说明那家人流了这么多的眼泪。但是不知何时，那个小鱼缸从玄关消失了，不知是被转移到看不见的地方去了，还是里面的水都被倒到院子里，处理掉了。不管怎么说，和那个小鱼缸里积存的液体一样，哲治递给我的小瓶子里的水，无论什么时候看都是透明的，即便隔了好几周，看上去也一点没有变浑浊，跟普通的水一样。可是，当他打开木塞，递给我的时候，我会顷刻间闻到那液体里发出的一股咸咸的、烧灼着神经般独特的气味，刺激我的鼻孔。这气味变成了某种诱因，使我刚才一直忍着没流出来的泪水唰唰往下流，根本由不得自己了。

不过，哲治给我准备的小瓶子每次都是一模一样的，是一个约有食指一半大小的透明的普通瓶子。

"这些瓶子是从哪儿来的？　不会用光的吧？"

一天因为一点点小事哭了一通后，我这样问道。哲治只是懒懒地回答了一句："多着呢。不用担心。"

"我如果以后每天都这样哭的话，不会不够用吗？"

"人不可能一直到死都这样哭的。"

"我肯定会哭到死的。"

"那也够，瓶子多得是。"

"这么说绝对够用的了？"

"当然够了。"

"你保证？"

哲治默默点点头。

"那就好。可是我以前用的那个鱼缸哪儿去了？"

"收着呢。"

"不会大家轮着用的吧？"

"那当然不可能啦！"

哲治少见地生气了，脸都涨红了。我觉得挺好笑。后来我就不在意那些瓶子是从哪里来的，装了眼泪的瓶子又都去了哪里了。

迎来初潮，一天天长大的我，对于成为艺伎、将来继承妈妈的家业已经不再向往了。相反，我巴不得尽早离开这个家。

我渐渐开始蔑视大人们夜夜笙歌的、妈妈那个喧闹的料亭了。那些穿着笔挺的西装，却像小孩子一样闹腾不停的男人们，又唱又跳地取悦于他们的阿姐们——近来我身上出现的越来越明显的思春期孩子特有的洁癖，打碎了我一直怀抱的对妈妈的料亭以及在那里展开的大人们的世界的所有憧憬。比起那个充满欢声笑语、光怪陆离的脱离现实的世界来，我更强烈地爱着和哲治两个人度过的、不会给这个世界上的任何人带来愉悦的朴实无华的沉默时光。

上中学二年级之前，我就已经停止了为了将来做艺伎而学习的所有技艺了，不单是跳舞，也包括唱曲、花道和写字。一旦停止了其中之一，停止其余的也就很简单了。我最初告诉妈妈不想学习舞蹈了的时候，妈妈也不问缘由，很轻易地答应了："既然你这么说，就随你吧。"由此我醒悟到，妈妈有妈妈的想法，恐怕早已无心培养女儿当艺伎了，或者压根就没有这个打算。不可否认，家里出现的两个失踪者，也是促使处于反抗期的少女发生这样大的变化的要因。是的，那个时候，有两个人悄悄地从妈妈的料亭消失了。一个是某一天突然消失的，另一个很难说是消失……

突然消失不见的是芳乃姐。

那年的正月刚过不久，在一个大家还在熟睡的清晨，她没打一声招呼，就离家出走了。我记得那是发生在静静地下了好几天的冬雨、终于半夜里停了的第二天的事。那天从学校一回来，看见家里的阿姐们都特别亢奋地和附近的阿姐们站在门口说话，于是我忍不住探头问道："出什么事了？"

"芳乃姐逃跑了。"

"逃跑了？"

"是夜里逃跑的啊。真是服了。"

在等着看我的反应的阿姐们好奇的目光注视下，我在脑子里反刍着她们说的话，也许是见我没有像一般小孩子那样显得特别吃惊吧，觉得没劲的阿姐们又继续议论起来。

"我怎么一点都没有听见动静呢。昨天接待了三拨客人，累得一塌糊涂。很晚了我才回房间，看见阿姐盖着被子睡得可香了。真是无法相信，她到底是什么时候走的呢？"

"也太过分了，咱们姐妹也不是一天两天的交情了，至少应该留封信什么的吧。这么偷偷走掉也太薄情了。"

"说起来，最近阿姐练功时好像就心不在焉的。在家里也老是抱着本书看……"

"肯定是被下三滥客人给缠上了，结果掉了进去哟。别看阿姐那样，其实可单纯呢。那种讨厌的书肯定也是那个人给她的。装模作样的真讨厌。咱俩可倒霉了。就是想逃走，也应该跟妈妈吱一声再走啊。"

"这事，是真的吗？"我畏畏缩缩地插嘴道。一个阿姐问我："你问什么真的呀？"

"就是那个，芳乃姐失踪了的事……"

"傻丫头，我们不是一直在议论这个事吗？你要是不相信，可以去问你妈妈呀。"

"不被人家算计，就便宜她了。"

听着背后的笑声，我一个人走进了家门。如果像阿姐们所说的那样是夜里逃跑的话，妈妈这会儿想必正在气头上呢，所以我实在不敢贸然去三帖屋。

我轻手轻脚地上了二楼，看了看阿姐们大开着拉门的房间。有一床被褥还铺在榻榻米上，三个梳妆台中间的那个梳妆台，一如既往地收拾得整整齐齐。凡事干净利落的芳乃姐，出走的时候恐怕也想要收好被褥之后再走吧。我这么想着，把那床被褥仔细叠好，放进了壁橱里。然后坐在那个梳妆台前，小心地一个个拿起摆放在台子上的化妆瓶看着。这时，眼前仿佛浮现出了芳乃姐的面容，她曾经对我说过："等小姐再长大一些，咱们一起去银座漂亮的美发店烫发，不要在这个街上的小理发店做头发，然后拍张照片，再去水果冷饮店吧。"那次和我拉钩时的阿姐的小指，不再像以前那样丰满而温暖，已经变得骨节凸起，干巴巴的了。想到这儿，我的眼泪在眼睛里打转，可是想起那个小瓶子，我就极力忍住了。

后来才知道，芳乃姐几乎是净身离开八重的。化妆品和衣物等被其他阿姐都给分了，只有几本书和黄色呼啦圈没有人要。不久前流行的这种愚蠢的玩意（我特别讨厌，因为无论我怎么卖力地转，也转不好！）好像是某个客人觉得好玩，送给芳乃姐的。记得当时阿姐们都特别来劲，嚷嚷着要去参加比赛，在学艺的间隙发奋练习转呼啦圈。现在，呼啦圈被当作垃圾扔掉了，只有芳乃姐留下的那几本书允许我拿走。这些书都是我没听说过的外国人写的小说。内容深奥难懂，我根本理解不了，可是回想起芳乃姐一只手拿着词典，全神贯注地看这些书时的情景，我不禁难过得把它们紧紧抱在怀里。

由于芳乃姐这次出走而气急败坏的妈妈，没过多久，将另外两位阿姐也送到其他地方去了。从那以后，料亭里再也不包养自己的艺伎了。芳乃姐是在八重时间最长的妈妈最喜欢的阿姐，竟然连她也背叛自己，让妈妈备受打击吧。阿姐们睡觉的房间很快被改建成了接待客人的宴会间。增加一个房间后，料亭就更热闹了，客人们也玩得很尽兴，于是妈妈比以前更加忙碌起来。原来只有一层有宴会间的时候，我只要不下一楼来，在二楼上可以随便走动，可是自从改造以后就不那么自由了。外人频繁出入二楼，我只能关在自己的房间里，连去一楼上厕所都被禁止了。妈妈吩咐我，实在忍不了的时候，就从窗户外面的梯子下去，到邻居家去借用厕所。邻居是开烟铺的一对老夫妇，男主人名叫三河先生。他家的厕所在上房的外面。即便如此，我已经是少女了，半夜三更为了解决内急而专程去邻居家的领地里打扰，实在羞愧难当。特别是说不准什么时候，他们那个不知做什么营生的名叫阿文的儿子会回家来，万一打开门，恰巧碰到他在厕所里的话，该多尴尬啊。就连阿文用完厕所之后我再用，或是我用完厕所之后阿文再用，以及为了去厕所而穿过院子时被人看见，我都不愿意呢。

由于这种过度的羞耻心作怪，后来一吃完晚饭，我就尽量不喝水了。实在憋不住的时候，也不去邻居家，而是在自家后院的灌木丛里解决。由于后院面朝茶室，不必担心被客人看见，而且从我这里也看不到热闹的宴会间。只能听见有人唱小曲或拉三味线琴的声音，以及客人们和阿姐们说笑的声音。要是放在特别热心于去学艺那会儿，通过唱小曲或拉三味线琴的声音，我能够分辨出除了自家的阿姐外，还有谁家的叫什么名字的阿姐来了，可是，对学艺已经失去兴趣之后，我听起来全都差不多了。

没有了自家包养的艺伎之后，妈妈似乎心情轻松了不少，身体比以前更丰满，皮肤也仿佛更娇艳了——完全有别于年轻的半玉艺伎的滑溜溜的白皙皮肤下面，仿佛隐藏着古老宝石般的神秘妖冶——作为八重的老板娘可谓派头十足。若是看到妈妈这样的娇美风姿，地下的祖母也会十分欣慰吧。妈妈已经不怎么管我了，但是并不等于对我这个女儿的爱有所减少。妈妈不再像以前那样心情不好的时候拿我出气，也不再对我疾言厉色，吓得我张口结舌了。我对妈妈说话时，她大多会认真倾听，我想要什么的时候，只要有足够的理由，妈妈都会给我买来或找来。只是与此同时，我也真切感到妈妈的心都被曲意逢迎客人，算计怎样获取收益，以及何时请哪家的艺伎更划算之类的事占据了。其结果，给我这个女儿留下了伸展四肢彻底放松身心的充裕空间。

不过，我并不感到多么悲伤。妈妈不管我，反倒让我高兴。我虽然逐渐疏远了小时候向往的声色犬马的世界，那个曾经以为是自己的必然归宿的艺伎世界，但对于随着年纪增长而越发美艳、越来越热衷于自己的这个营生的妈妈，实在讨厌不起来。不过，妈妈真正遇到难处的时候，寻求帮助的并非我这个女儿，而我这个女儿真正遇到难处的时候，寻求帮助的对象也不会是妈妈。我没费什么力气就知道了这个天经地义的道理。

例如一天晚上，我刚睡下，突然卧室拉门开了，伴随着一股酒气和粗俗的大嗓门，隔壁宴会间的一个客人冲进来扑到我的被子上，由于事出突然，我连叫都没来得及叫出声来。紧跟着有一位阿姐从隔壁追过来，把醉醺醺的客人从被子上拉起来，拖出去了。我却依然在被子里抖个不停。虽然害怕得特别想哭，但我坚决不哭，也没有想过喊"妈妈，快来"。非但没有喊，我宁愿妈妈不知道这件事。我在心里一个劲这么祈祷着。过了不大工夫，我听到上二楼来的妈妈把阿姐叫出来，严厉询问事情经过的声音。这期间，客人的呼噜声一直没有间断。

"你没事吧？"

走进卧室来的妈妈隔着被子温柔地抚摸着我的身体，明明知道妈妈看不到，我还是在被子里轻轻点了点头。

"我太大意了。看来这个房间必须上锁才行。"

妈妈说完，啪啪拍了我的脑袋两下，就走出了房间。

第二天，放学回家一看，在房间的拉门外面安装了个红铜色的小玩意，上面挂着一把结实的锁。听见妈妈在一楼叫我，我去了三帖屋，妈妈把一个小钥匙塞进我的手里。

"晚上妈妈会给你锁好门的，放心吧。这个备用钥匙，你拿着。自己得保护好自己啊。"

我直奔哲治家，将昨天夜里忍住的眼泪流进了小瓶里。把那天妈妈给我的钥匙交给了哲治。

"千万别弄丢了。"

哲治默默点点头。钥匙和小瓶一起掉进了他的裤兜里，发出了一声轻轻的碰撞声。这天，我比任何时候都厌恶回到正准备开门迎客而热闹起来的家里去。自己得保护好自己。如果保护不了自己的时候，还有哲治呢。可是，如果那个家里，有一个能保护自己的强有力的男人，比如说爸爸的话——是的，此时我想起了爸爸。如果爸爸在的话，我家或许就不会变成这样让我无处安身、全被外人占据的不得安宁的家了。从这时候开始，我终于打心眼里恨起爸爸来了。

爸爸已经有很长时间不回家了。除了芳乃姐之外，从这个家里消失的另一个失踪者，就是爸爸。

在我思春期的那段时间里，在我家最开始到底发生了什么，是什么原因导致了什么样的结果，我的记忆成了一团乱麻，根本无法按照时间顺序回忆出来。我总觉得就像我和哲治告别收音机的时候那样，好些事情几乎是同时发生，又好像是经过了很长时间逐渐发生变化的。因此，爸爸完全不回家是什么时候的事，我不能准确地告诉你。

爸爸回九段的间隔，从一周到两周，再到一个月，一个季度，逐渐延长着。这个星期也没有回来，上个星期，上个月，今年以来一次也没有……这样回溯的时候，我才发觉已经完全忘记爸爸最后一次回家是什么时候了。到了这时我才终于明白，爸爸再也不会回这个家了。

就连我也意识到了这一点，和芳乃姐失踪后，妈妈把阿姐们都送往别处的时期比起来，哪个在前我也搞不清楚。比起谈论芳乃姐来，让我意识到和失踪的爸爸更有关联的是在祖父家当过女佣的樱子。自从那天看到樱子在厨房哭泣以来，我就不再和她接近了。据说没过三个月，她被赶出了祖父的宅子——祖父是个性格暴躁的人，常常因为做错一点事，随意解雇家里的年轻女佣。代替樱子来的新女佣是个比她年岁大的，晒得黑黑的瘦高女人。她好像干活笨手笨脚，所以经常能听见阿浜婆的呵斥声。然而，之后传来的不是我预想的伤心的抽泣，而是比阿浜婆嗓门还尖得让人头皮发麻的反驳声。这个厉害的女人，不久也被解雇了。新来的女佣好像和樱子有些相像。看上去就像是樱子说起过的靠她养活的其中一个妹妹长大了，来这儿干活了似的。

"你有姐姐吗？"

我来后不久，一天，我瞅准她一个人在厨房里洗东西的时候，鼓起勇气问道：

"姐姐？"她慢慢摇摇头，"没有啊。"

可是，我觉得她回答时，无论是嘴角还是歪着脑袋的角度，都有着很浓的樱子的影子。温柔与苦涩混合在一起的遥远的回忆顿时在我胸中翻滚起来，竟一时没有说出话来。

"不过，我有一个和小姐一样大的妹妹。"

她接着洗起碗来。在水槽里摆着很多漂亮的杯子。这些杯子看上去一点儿都不脏，她用纤细的手把它们一个个用洗涤液洗完后，在铅笔一般细细的水流下慢慢冲洗着。我呆呆地凝视着她的手，现在这样动作优美地干活的这个女子，过不了多久，也会像樱子那样悲惨地哭泣的，这种强烈的预感攫住了我。

"你的祖父……"

她一边用条纹手巾擦拭着洗完杯子的手，一边说道。

"是个很了不起的人啊。"

我吃了一惊。

"而且，你的爸爸，"她把手巾叠成四方形放在台子上，"也是个绅士。"

她在椅子上坐下，胳膊支在大理石桌子上，手托着下巴目不转睛地看着我。天真无邪的樱子的影子从她的表情里消失不见了。

"你为什么会觉得祖父了不起呢？"

"能够住在这样的大宅子里，说明你的祖父和你爸爸肯定了不起啊。"

"宅子是宅子，祖父是祖父，不是一回事。而且爸爸也不住在这儿。"

"是吗？ 他住在哪儿呢？"

我沉默了。她耳朵旁边轻轻握着的手伸展开，用细长的手指捂住了整个脸，滴溜滴溜转的圆眼睛像猫眼一样直发光。

"小姐住在哪里呢？"

"我 家 在 九 段 的 …… 靖 国 神 社 附 近 …… 走 上 坡 路 的 地方……。"

对这个长着一副猫眼的漂亮女孩，说出自己从哪里来，以及爸爸真正的家不是这里，而是那里，让我感受到了从未体验过的、因而无法防御的未知的痛苦。没有说完话我就沉默了，她露出亲密的微笑说：

"你已经很长时间没有见到你爸爸了吧？"

我继续沉默着。这是事实。原本我这一天来祖父的宅子，就是因为有事要告诉好久没见的爸爸。妈妈让我给爸爸拿来一个包袱，我也不知道里面是什么东西。只是我自己一个人送过来的。尽管没有抱什么希望，可还是没能够直接交给爸爸。进厨房几分钟之前，我就被告知"爸爸正在谈话"，让我把包袱交给阿浜婆，由她去书房交给爸爸了。

"每天晚上在这个宅子里，给你爸爸收拾房间的不是你妈妈，而是我。"

我身后发出哐当一声响，一个灰色的活物进入了我的视野。那灰色的东西嗖地窜过我穿着长筒袜的小腿肚，跳上了她的膝盖。

"小姐还没有谈过恋爱吧。不过，你很快就会知道这种感觉的。那可是比在学校里学习更有趣得多呢。虽说这方面我也没有多少经验。"

她一边抚摸着膝盖上的猫一边说道。猫用它的圆脸隔着围裙蹭着她的腹部，喉咙发出咕噜咕噜的响声。她从猫的两只耳朵之间的凹处一直抚摸到毛茸茸的尾巴根，然后再从尾巴根逆着毛往回抚摸到耳朵之间。这个动作与刚才她洗杯子的优美动作完全不同，给我感觉卑俗而放浪。

"我觉得你……"

她微笑着，眯起的眼睛里闪烁着可怕的光。

"你长得不像你的爸爸。"

"不可能的！"

我大喊一声，转身要离开厨房。刚抓住门把手，忽然看见门下方有一个四方形的小窗户样的东西，小窗户从外边被推开，又有一只比刚才那只猫更肥胖的猫钻进了厨房。"皮特——"我听到身后叫猫的声音，光听声音，还是觉得和樱子一模一样。

我从恋爱这个词和这个词在人的心里引起的作用中感受到了某种不好的东西，好像就是从这个时候开始的。

她那些意味深长的话，如同从高处滴落到湿纸上的墨汁一般在我的内心染上了异样的形状。这痕迹怎么也擦不掉。甚至越来越

121

扩展，越是擦越是感觉火辣辣的痛。我告诫自己，恋爱并不像自己小时候憧憬的那样是甜蜜温馨的梦，它不过是像从打翻的砚台里流出的墨汁一般，将干净的东西随意弄脏的令人厌烦的某种心情罢了。

这天从祖父宅邸回家后，妈妈对爸爸的近况一句也没有问。接下来的日子里，也好像他这个人从一开始就不曾存在过似的，母女二人都绝口不提他。偶尔在我脑子里浮现出的爸爸的身影，犹如刚刚从稀释了的墨汁浴缸里出来的那样是深灰色的。毫无疑问，这也是恋爱造成的。被染成灰色的弓着背的爸爸，看起来悲惨而可怜。

所以，我不会去爱任何人。与此同时，我也拼尽全力不让那可恶的墨黑色侵染到把哲治和我连接起来的这个世上最纯洁的感情般的叫不出名字的温柔心情。

和哲治在饭田桥站的车场看火车进出站，一起玩蜘蛛窝，在哲治的面前尽情哭泣，这些比起恋爱来是更有价值的某种东西。这是不会弄脏任何人的心的、只给我们两个人平分的时间和心情，因此，对其他人既不会有益处也不会有害处。

本应让少男少女感到困惑不堪的那个青春期特有的热情绕开了我俩。我俩虽然感受到了淡淡的困惑，然而那困惑也不足以打破二人的沉默，将沉默的碎片化作小舟，把我俩分别冲走。当我俩在因繁茂的青草而滞留的水流里并肩浸泡了很长很长时间后，某一天晚上，突然导致我们分开的，却是万万没有想到的其他缘由，这可真是上天的报应，因为那缘由正是我最最厌恶并严加戒备的——恋爱这个玩意。

7

事情发生在夏天最热的时候，我还差一个月就十六岁了，尽管每天仍然爱笑爱唱，但是更多的时候是紧紧闭着嘴绷着脸的，可以说是个偏执而乖戾的少女。

以前在路上遇到箱屋阿繁的时候，他总是冲我做个鬼脸，叫一声"八重的小姐"，最近也对我疏远了。在街上擦肩而过的时候，他也尽量不看我，眼睛看着别处，自言自语地嘟哝些毫不相干的话。不光是阿繁，和妈妈很亲近的附近料亭或艺伎屋的妈妈桑，或是那些料亭的阿姐们也是一样。在街上遇到的时候，我总觉得她们一看到我，就立刻露出不高兴的表情，或是隔着马路快步走掉。原因可能出在我身上。因为我对于九段的人投去的目光，近年来一天天变得充满恶意，渐渐变成了小孩子不该有的厌恶……被我这样盯着看的话，凡是没有什么血性的人，都会选择无视对方的存在，而不是用同样的目光去对视的。不过说实话，我对于街坊四邻的这种态度，感受到的是痛快。我认为他们这样做并非出于轻视，而是害怕我。对于自己的境遇感受到朦胧的憎恨的十五岁少女而言，这种形式的优越感哪怕是暂时的，也可以让她忘却自己的悲惨。

高中暑假开始以后，我每天吃完早饭，就立刻戴上草帽离开家，去没有游人的千鸟渊的树荫下坐上一整天。太阳在我表情严肃的脸上方从东转到了西。有时候我觉得一个人这么呆坐着太没意思，想要去一个和自己差不多年龄的人常去的热闹地方，可是高中那几个可怜的朋友都沉迷于兴趣小组的活动，自己又没有勇气独自一人去那种狂妄大学生们流连的昏暗的爵士咖啡店。我能够做到的，充其量是沿着护城河朝着丸之内方向走半圈，走到楠公的塑像那儿，然后在它附近的树荫里坐下来。

我一边喝着从家里带来的罐装橘子汁，一边一动不动地眺望着往来于广场的万物的影像，仿佛这是在那种地方赋予自己一人的特权一般。直到这风景也看腻了之后，为了消磨时间，我就往小草间露出的灰色土地上吐唾沫，然后将手指伸进那润湿的土里挖出一个个小坑，然后再一一填埋上。有时候，蚂蚁或其他小虫子会和泥土一起嵌入我的指甲里，我却故意直到傍晚回家一直不洗手。我一边这样挖坑，一边怨恨那个沉默寡言又固执的伙伴，他是这个世上我唯一希望陪伴在我身边的人，却把我一个人孤零零扔在这里，自己在某个餐馆的后厨里洗盘子……

如果这样的日子在整个暑假里一直继续下去的话，这个炎热的夏天和无所事事肯定在地面上堆积起来，甚至会穿透扫帚云，堵塞夜晚通行的道路的，我这样坚信。尽管如此，不，这也是理所当然的，夜晚在每天的最后必然会到来。

八重在妈妈的经营下，依然一帆风顺，每天晚上都热闹非凡。

二楼上的卧室依然在外面上了锁，我堵着耳朵，在楼下和隔壁的喧闹声中进入梦乡是经常的事。到了第二天早上，从睁开眼睛的瞬间开始，我就再度被孤零零一个人抛弃在暑热和寂寞之中。

由于每当季节转换之际就会变得敏感起来的洁癖，那时的我不但远离来料亭的客人们，而且极其鄙视他们。每当听到从隔扇外面传来的客人们下流的笑声和糟蹋了阿姐们弹的三味线的五音不全的走调小曲，以及厕所那边传来的刺耳的呕吐声，就从心底感到厌恶。

通过一点点拼接起来的道听途说，此时的我，对于为什么这个料亭里有客人专用的浴池以及留宿的客人都干些什么，已经心知肚明了。因此，我更想早日离开这个家。自从一天早上看到在雪白的便器上粘着一根鬈曲的毛发以来，我就产生了客人有可能不仅在宴会间里，也在厕所里干过不洁之事的念头，于是再也不能忍受和客人共用一个厕所了。我请求妈妈另外建一个自家人用的厕所，可是妈妈根本不予理睬："还没听说过谁家有两个厕所呢。"

"要是不另外建一个的话，我就在后院上。"

我这样顶撞，妈妈说："傻丫头，你要是愿意那样，就随便你吧。"说完又低下头翻弄手里的票据了。妈妈大概以为女儿只是在口头上使用这个杀手锏吓唬她，才说出这种不过脑子的话来的。其实我那句话并非什么杀手锏，早在几年前，我就已经在夜里去后院方便了，但此时若如实相告的话，妈妈不知会受多大刺激呢。我不打算让妈妈对我过于失望，所以那天仅仅因为在后院方便得到正式认可就心满意足。

可是由于对性的厌恶感而被日益研磨得尖锐起来的十五岁少女的神经质，是不可能因为这点让步得以缓和的。

那天晚上，由于得到了妈妈亲口批准，我怀着一半赌气的心态，在后院方便之后，产生了顺便故意从宴会间对面的前院绕过去的恶作剧之心。要是我被客人看见了，即便因此而扫了客人们的兴致，恐怕妈妈也没办法责备我的。因为妈妈确实说过："你要是愿意那样，就随你便吧。"我对大人们的卑鄙很敏感，但同时，对于自身的卑鄙却一向没有自觉。

面朝中庭的宴会间的隔扇开了有半个身子宽。到了关键的时候，我就没有勇气明目张胆地从那里穿过去了，决定蹲在黑暗的草丛里窥探里面。因为从小时候起，我就一直被妈妈灌输绝不许出现在客人面前的观念，因此，从这么近距离看宴会间还是头一次。看了没几分钟，我就感觉脖子后面有种麻酥酥的不可思议的快感。从隔扇的缝隙里，我看到隔着一条马路对面的松屋的渚阿姐和小夜阿姐坐在一个穿衬衫的肥胖男人两边给他斟酒。然后开始跳舞，跳完舞后继续喝酒。接着又玩起了"划拳"。肩宽体胖的男人一会儿洋洋自得地趴在地上，一会儿佝偻着腰模仿老太婆，一边以此为由头，三个人赢了输了地喝个不停。他一喝罚酒，酒盅里的酒准得洒出来，看他这样闹腾，简直跟毛孩子一个样，可笑死了。看着看着，我觉得连自己这个看客都跟着变得愚蠢可笑了，这才恋恋不舍地回到二楼的房间去了。真让人受不了！当时我肯定是这么想的。尽管这么想，可是第二天开始，我每次去后院方便后，都会半是在义务感的支配下，去窥探宴会间了。

我知道在那里得到的除了内疚和焦躁之外没有别的，可一旦在草丛里蹲下来，就不想站起来了。我感觉潮湿的夜间的空气像软膏似的在自己皮肤上溶化，渐渐沁入体内。除了少数例外，对于所有的客人我都按照自己的审美眼光加以苛刻地评判。对于胡乱闹腾的了不起的男人们，即便只是在空想之中，我也挥舞起大刀劈向他们，这样惩罚他们的胡闹真让我痛快极了。如果我的手是真的拿着大刀的话，恐怕它老是鲜血淋漓的吧。而且当我一边想象那湿乎乎的触感，一边揪扯着周围的杂草的时候，就会感觉对于不能说是多么干净的我家的郁愤，尽管是暂时的，也得到了些微的发泄。

在院子里的草丛里看到的场景，无论什么时候看都是相差无几的。就像拉洋片那样，每天都在重复同样的画面，只是阿姐和客人们在轮换而已。虽然表演的曲子和舞蹈、三味线多少有些不同，但是，客人的插科打诨，或阿姐们应对客人的调笑，甚至大阿姐嗔怪阿姐的那些话，就像看着剧本说台词似的，如出一辙。就连和客人

126

玩"金毗罗船"的阿姐，拿起酒壶托盘的顺序都是固定似的，罚酒的次数好像也没有什么区别。以至于让我不禁怀疑起来，莫非是为了在暗处窥视的我，大家说好了那样在舞台上给我表演吧……我对于学艺虽然早已失去了兴趣，但有时候还是会对阿姐们的唱曲和舞蹈看入了迷。尤其是看到技艺特别出众的艺伎，我会在暗处紧咬嘴唇，懊悔自己为什么那么轻易地放弃走这条路。而且每当看到宴会间里来了不习惯在客人面前跳舞的半玉，我就像自己表演似的，担心她们会跳砸了。有时妈妈为了什么事进了宴会间，客人们就会起哄让妈妈唱一个小曲。每当此时，我都是趁着妈妈开始唱曲之前赶紧回到梯子下面，撤回房间里。因为只要看到嘴里说着"请多包涵啦"，矫揉造作地开始唱小曲的动作却已变得迟缓的妈妈，我就恨不得飞奔过去，使劲揪扯她那微微泛红的耳根子。

由于每天夜晚都重复做这些事，从产生恶作剧之心开始还不到半个月的工夫，我就彻底变成熟练的偷窥者了。我总是处于优势地位，被我所偷看的那些人是绝对不会看到我的，因而我是唯一的胜者。会被人发现的担忧，绝不会在我心里划过的。

因此，那天晚上，当我听到有人"喂"的一声时，丝毫没有在意，依旧在草丛里支着下巴看着宴会间。

"喂，喂。"

我听到身边的草丛摇晃着发出沙拉沙拉的响动时，已经晚了！一只大手已经抓住了我的肩膀。

"你在干什么呢？"

说话的人抓着我的肩膀把我的身体扳转过去面对他，同时蹲下他那高大的身体，和我的视线一边高了。在隔扇里的灯光映照下，我看到黑暗的草丛里有两只绿幽幽的眼珠直盯盯地看着我。

有生以来从未有过的恐怖使我身体僵硬，即便是这样，我还是感到那两只眼睛非常美丽。

"你干什么呢？"

他松开了放在我肩头的手，然后又再次把手轻轻放在我的肩上，这回放的地方离我的脸远了一些。

"你以为我会生气吧？"

不管是摇头还是点头，我都做不到。

"我不会生气的。"

说完他把手从我的肩上收回，蹲着往后退了退，于是，我得以不光看到他的眼睛，还看到了他的全身。

他穿着白衬衫和白裤子。手里好像没有拿东西。头发不像宴会上常常看到的那些年轻人那样抹着厚厚的头油，而是顺其自然地倒向一边。他刚才大概跑过似的，蓬松飘逸的头发酷似以前来祖父家做客的洋人朋友的一头鬈毛。长长的眼缝温柔似水，眉毛又粗又长，宛如尺子画出来的等腰三角形般端正的鼻子下面，貌似爱搞笑的薄而宽的嘴唇半张着。

"你是这家的孩子？"

他指着隔扇那边问道。我这才好不容易轻轻移动下巴，点了点头。

"你在看吗？"

他歪着脑袋，冲我微微翘起了嘴角。他那有些滑稽的表情也让我觉得很美。"是的。"我说，但是没有发出声音。我咽了口唾沫，湿润了一下嘴唇后，才勉强发出了声音。

"觉得很有趣？"

"……不觉得。"

"那你为什么看呢？"

我思考着怎么回答。可是说出口来的又是"不知道"这样无意

128

义的回答。

"我明白了。"

他笑着站起来。此时我才发现,他是个特别高的人。我怕仰着头看他,脖子会受不了,也跟着站了起来。

"常常在这里看吗?"

我点点头。

"你自己一个人?"他又问。

"是的。"

"每天晚上?"

"是的。"

"那明天也来?"

"……"

他稍微换了副表情,补上一句"明天一定会来吧",然后,把我一个人扔在草丛里,自己大大方方地穿过庭院,走出了大门。

接下来的瞬间,你知道我的内心发生了什么!

我突然产生了一股冲动,想要朝高空喊叫,我拼命地捂住了自己的嘴。于是,脚底下的土地产生了波浪涌动般巨大的波动,我就像子弹一般奔向三河家的厕所,也不看里面有没有人,就猛地拽开门冲了进去,又使劲关上了门。砰的一声巨响,好像是门锁的什么零件掉下来了,我也不管,反复开关厕所的门,我竭力想要通过这个动作,将自己体内生出的危险压力全都释放出去。我感觉上房似乎听到了声音,就慌忙跑回自己家,上了二楼卧室,可是裹在被子里还是心跳个不停。头疼了起来。我一遍遍摸着脑门,以为流血了,并没有摸到一点湿,可是,我的脸贴着的荞麦皮枕头不知是被哪里流出来的液体浸得湿漉漉的,并且还在不断地膨胀起来。我把枕头朝墙上掷去。

129

为什么会这样?

那个人是谁?

这两个问题让我折腾了一个通宵。其实,我内心深处恐怕已经明白了——由于那双放在我肩头的大手,自己今后的生活或许会轻易而绝对地被改变了,或者已经被改变了。

第二天,我去鹤家找哲治。

中学毕业后,他早上送报纸,白天在西餐店洗盘子,这样一边打工一边上高中,放暑假后,夜晚也在一个熟人的店里做服务生。他告诉我暑假要整天打工时,我虽然不高兴,但我猜到这不是他自己愿意的,而是有不得已的原因。所以我克制着不去找他,以免占用他宝贵的休息时间,独自一天天熬着没有他陪伴的无聊的夏天。可是这天我实在忍不住了。我满头大汗地跑到鹤家,随口打了个招呼,就拉开拉门,直奔最里面的房间。房间门开着,只见哲治正靠着窗户边的墙坐着。我一屁股坐在他面前,也不做什么铺垫,就对他说起了昨天晚上自己遇到的那件奇妙的邂逅,尽量挑选其中自己记得最清楚的部分说。说话的时候,我的额头再次冒出了汗。我还一五一十地告诉他,这半个月来,自己一到夜晚就从梯子爬下去,在院子里方便,顺便偷看宴会间。

我俩什么都共同享有。在哲治和我的关系里这是最重要的。可是那天,我特别想要把昨天发生的事告诉什么人。那个人的眼睛,那个人的头发,那个人的声音……这些已经被随后涌来的不可思议的冲动之波冲向了很远的地方。可是,过了一夜之后,一浪高过一浪涌动的心潮,实在不是自己能够独自面对的了。我需要帮助,而我最希望求助的人,无论什么时候都只有哲治一个人。

"你怎么看?"

我说话的时候，哲治靠着墙壁，在膝盖上哗啦哗啦摇起了团扇。团扇上印着很花哨的肠胃药的广告。竹子扇骨的空隙间有个破洞，从那个窟窿眼儿可以隐约看到哲治穿着的无袖衬衣的白色。哲治的下巴上到处是剃刀留下的小划痕，那些红色的划痕在他那尚显幼稚的脸上造成某种不协调的感觉。不过，近来哲治已经高出了我一头，骨骼也随之发育起来，至少从外表上看，我俩一点也不像了，仿佛从来没有相像过似的。

"说呀，你怎么看？"

我抹去脑门上的汗珠，再一次问道。哲治把团扇换了个手，给我扇起来。

"感觉就像你编出来的故事似的。"

起初我把他的话理解为极其感慨的意思，享受了一会儿用棉花棍抚弄耳朵般熟悉的酥痒感觉之后，我忽然觉得哪里不对劲。

"像编出来的故事？"

"你说的，都是真的？"

"当然是真的了。全都是真的。好像是编出来的故事，可就是真的呀。你相信吗？"

哲治揉了揉他那双嵌入貌似成人的坚硬骨骼中还稍嫌温和的眼睛，说道"我相信"。刹那间，一种从未有过的强烈感觉袭上心头：没有其他人可以称作朋友，除了他之外绝对没有。我发觉吹到脸上的风变小了，自己问自己似的说："我该怎么办呢……"

"还来吗？ 那个人。"

"这个……我可不知道……"

我眼睛盯着榻榻米上自己那扇状展开的蓝色裙子的褶子，好半天默默无语，于是，房间里被油蝉的鸣叫充满了。我的心已然不在这里了，犹如木偶人一样一次次飞奔出去，到昨晚的黑暗草丛里去捕捉那个人的眼睛了。

"不过，我想他一定会来的……"

好容易才补上这句话时，裙子四周已经散落着几十个被我捕捉来的那个人的眼睛了。既然抓到了这么多的眼睛，他不可能不来拿回去的！我的确是这样想的，可是当哲治问了句"那么，他今天晚上也会来吗？"我一下子没有了自信，无法用力点头。

我低着头抓挠着榻榻米，代替我回答这个问话的是哲治自己。

"一定会来的吧……"

我吃了一惊，抬起头来。哲治也用手指抠着榻榻米，小声重复道：

"今天晚上，也一定会来的……"

那天晚上，我看了看自己房间里的表，确认了时间，在和昨天晚上大致相同的时间爬下了梯子。然后蹲在院子的草丛里等着他。尽管没有约好，但我相信他一定会来的。因为这不是我一个人这么相信，哲治也这样相信。结果，他当然没有让我们失望。

他从隔扇的缝隙盯着我。同席的客人或是斟酒的阿姐们都没有发现。我微笑着小心地回应他的视线。按说他应该看不见在暗处的我，却好像看见了一样，非常准确地回了我一个微笑。阿姐们开始跳舞之前，他扶在饭盘边上的右手轻轻一摆，我就以此为信号撤回了房间。躺在被褥上，我的心还怦怦乱跳，手一直按在心脏那里，但按住心脏的手仿佛已经不是自己的手了似的。

次日傍晚，我再次去了鹤家。也不看哲治的表情，一口气说完了前天晚上的事情，然后提心吊胆地问道：

"那个人，今天也会来吗？"

"肯定来……"

我的疲惫不堪的温柔的预言者回答道。

"是肯定来吗？"

"肯定……？"

"肯定的话，可不行。"

"既然这样，就不是肯定。应该是绝对会来的……"

我觉得哲治从来没有比此时更可爱了。我感到无可比拟的感动，恨不得双手搂住他的脖子拥抱他。我再次感受到我和哲治两个人的纽带如此紧密的同时，暗下决心，从今往后我全都听你的。因为是男人而不得不忍耐或者不能做的事，我全都替你做！我差一点没有喊出来。我对自己这豪爽的决定忍不住热泪盈眶。

就在我因感动而颤抖之时，眼睛的余光看到哲治目光游离，在窗边扇着团扇。我正琢磨怎样才能更好地传达自己的想法时，二楼上突然响起"哥儿"的喊声。是阿姐在喊哲治。但是哲治坐着没动，也没有答应。于是，不多久，一个阿姐下楼来，探头进来。

"怎么回事，叫你也不答应。"

阿姐光着身子，只裹了一块薄薄的浴巾，我被她这样子震慑住了。她瞥了我一眼，哼了一声，转过身走了。去厨房倒了一杯水，又上楼去了。

就这样每次和这家的阿姐遭遇时，我都会怀念起和妈妈料亭里包养的艺伎们一起生活的往昔。起初让我受不了的那个二楼房间里的气味不知何时弥漫在这个家里，每当吸入这个气味时，记忆深处积存的灰色尘埃便飞扬起来，我便会再次看到芳乃姐的温柔目光，以及优雅的面朝上平躺着睡觉的阿姐们的睡脸。

我觉得每次看到鹤家的阿姐们，都有新的面孔。我去的时候，大多是她们在二楼上开始打扮的时候，有时候会碰到要去澡堂，而绷着脸下楼来的阿姐。我觉得她们对我一点兴趣都没有。不光是她们，这个家上岁数的老板娘也一直是对我视而不见。和哲治在一起的时候，阿姐们的目光和说话的对象只是哲治。我好容易听得懂的话也都是"妈妈呢？""那东西在哪儿""猫呢？""开水"等等，在我听来就跟外国话似的，都是被分解的词语碎片。

在家里看到她们时，大多是没有化妆的肤色浅黑的瘦得干巴巴的女人，但其中也有叫人眼睛一亮的美丽女人。一看到这样的女人，我就像在庙会的摊上看到稀罕的发卡或别针那样目不转睛地看入了神。心想，自己为什么会觉得她美丽呢？她哪里、怎样和自己或其他人不一样呢？通过这样仔细地观察，渐渐捕捉到了每个美丽的人内里的共同的东西，能够把它们置换成语言，在自己心里进行分类了。比如，我觉得美丽的人多数都身体比较丰满。皮肤白也很重要。皮肤的质感并非柔软和有光泽，我喜欢的是那种令人遐想阳光映照下的贝壳般有些干燥的触感的。另一个共同点就是两个眼睛之间的距离比较宽这一特征。比较丰满，皮肤白，两个眼睛之间的距离比较宽的女人，分起类来比较简单。然而，并非具备所有这些特征的女人都符合我的审美。即便是同样体型、肤色、眼睛的女人，也有好看的有不好看的。有时候，就像大象那样体型高大的，脸颊油乎乎的，像是被手指捏起来的鼻子两侧紧贴着两只眼睛的女人，我居然会觉得漂亮得无法形容，甚至感觉有如自然界的神秘造化物一般。

用我这种贫瘠的秤杆无法分类的美丽女人的面容，我把她们都小心翼翼地藏在内心深处。对这些女人绝对不可以恶意相待。因为我认为，只有这些女人才是这个世上真正有价值的人……

正如哲治预言的那样，他后来每天晚上都出现在八重，让我从隔扇的缝隙间看到他，并给我发出暗号。

几天后的一个晚上，就像第一次见到他的那天一样，他突然出现在我的身边。然后拉起吃惊得呆若木鸡的我的手，轻轻说道"去走走吧"，等我回过神来时，已经和这个秘密恋人手拉手走在夜晚的马路上了。尽管不时和赶场子的阿姐们擦肩而过，不可思议的是，她们都没有注意到跟这个帅气的男人拉着手走路的我。被他这么拉着手，我颇感不安，盯着并肩走路的他的侧脸好几秒钟，想要说什么。每次他都注意到我的视线，仿佛阻止我说出笨拙的话来似的朝我露出微笑。

月亮高高挂在天空。尽管距离满月左半边还差那么一点，却是非常明亮的月光——两个人不知不觉走在没有月光也没有街灯的、只是充满夜的甜蜜的黑暗胡同里了。如果醒来后发现是个梦的话，我也一点都不会害怕吧。已经走了好远了。继续走下去的话，我这一辈子都会这样背朝着早晨走几万次的。当我这样暗自思忖时，他忽然站住了。那里是夜间空气凝固得非常清冷而浓厚的一个角落——某个人家墙边栽种的高大榉树下面。

他什么也没说，双臂紧紧抱住我，亲吻了我的嘴唇。

接吻时，他也是一直盯着我的脸。我不知该闭上眼睛还是这样和他对视，正惶惑时，他那好看的鼻子蹭着我的圆鼻头，缓缓松开了我。然后他笑了笑，背靠在榉树上，两手放在了头上。

我就像被吸过去似的，踮起脚来，凑近他的脸，去吻他。

就这样，在短短的几天之内，长久以来统治我这张脸的冷笑消融了，变成了全身心坠入情网的纯真少女了。

这就叫作恋爱，没错，绝对是千惠子和浪江，还有祖父宅子里的樱子姑娘的妹妹所说的那个恋爱！它丝毫没有像我一直担忧的那样给我的心造成恶劣的影响，这令我不无失落。它非但不会把这个世界染成墨黑色，反而无视远近感，使世界的色彩更加鲜艳。遇到不愉快的事，我不再像以前那样冷笑，而是浮出单纯的微笑了。新学期开学后，在教室里听老师讲课，在家里吃饭时，想的全都是他的事，以及几小时后的晚上的事。一旦开始想，就什么也干不下去了，一心追逐眼睛里面浮现出的他的身影，拼命吮吸那身影所带来的甘甜的回忆，一滴也舍不得遗漏。

在思念的间歇，曾经的两个好朋友偶尔也会浮现在我脑海里。那时候我对恋爱还很生疏，到了现在，我才感到她俩对恋爱的乐天的向往是那么可爱。中学毕业以后，千惠子为了当美发师，去了专门学校，浪江一边上私立高中，一边在家里的五金铺帮忙。我们三个人分别走了不同的路，我们之间的关系已经变得不像以前那样无话不谈了。即便在路上碰见，也不约而同地意识到没有多少共同话题，说不了几句便挥手告别。所以，我很想对高中的同班同学祥子说出这个恋爱，可是，她比我还要内向腼腆，我又不敢对她说出这么刺激的话，只好独自闷在心里。你也有过这样的感受吧？不能和其他人分享恋爱的激动，给一个十五岁的少女带来了与恋爱的苦恼不同的另一种苦恼。

他的名字叫英而。

英而每天晚上都来。有时候刚爬下梯子，他已经在那儿等我了，有时候，我在草丛里蹲上一个小时，才把他等来。我们手拉手漫步在夜晚的街道上。约会有时候只有五分钟，有时候则长达三个小时。

英而有时候很健谈，但有时候很沉默，他这种让人无从把握之处也令我疯狂。健谈的时候，他会给我讲很多事情。他是个二十二岁的青年，现在给他从事食品进口业的伯父帮忙。他说的内容太难，我听不太懂。我能够理解的是，他的伯父进口的食品中好像有菠萝罐头。英而经常从口袋里掏出罐头，使用银色的起罐头器，十分灵巧地打开罐头。然后用细长的手指灵活地转动着一把镶嵌着椭圆形发光石子的很小很小的不知是叉子还是小刀的东西，叉出泡在糖汁里的菠萝片，塞进我的嘴里。一边吃着酸甜的果肉，我一边幸福得断断续续地说着"好吃"。的确，这么吃菠萝真的很好吃。这薄薄的金黄色菠萝片，仿佛因为有幸被人吃掉而喜悦得扭动身体似的，在我的嘴里转了一个够才被咽下去，之后舌头上的余香仍然久久不去，怎么说呢，我觉得这食物本身似乎有种特别毫不吝惜的感觉。英而不单给我拿来菠萝罐头，偶尔还拿来饼干或叫做牛轧的甜点心。越是这样摄取他拿来的甜食，我越是感觉自己被什么东西在摄取似的，正在被那些甜食本身吸进去一般。我的体型也的确在发生变化。外表上看不出来的地方开始一点点长肉了。不过，说实在的，我不像同龄的女孩子们那样喜欢吃甜食。就是说，如果是罐头的话，比起菠萝罐头来，更爱吃牛肉罐头或金枪鱼罐头那类咸味的东西。

十六岁生日的晚上，英而送给我一个贴着金黄色标签的菠萝罐头和十六个装饰着美丽丝带的小点心。英而说："这是最高等人吃的。"小点心都是当时还很稀少的雪白的果汁软糖。我不无担心地说：

"吃这么多菠萝和点心，对身体会不会有害啊……"他吃惊地反问："为什么？""这个，是因为……"我回答不上来。我觉得说是因为自己的身体发生了变化似乎有些不妥。

"因为觉得好吃，而对身体不好，可没有这一说，证据就是……"英而拍了拍自己的肚子说道，"我这一年来几乎光吃这些东西。你看多健康啊。"

我大为惊讶。一个大男人，居然只吃菠萝和点心，真有这种人吗？一年到头每天都不吃米饭、蔬菜和鱼，这种事真的可能吗？

"你吃的点心都是什么点心？"

"我家进口的曲奇，很甜的果子面包，最好吃的就数菠萝罐头了。这东西特别有营养。"

"你不吃米饭吗？"

"比起米饭来，我更喜欢吃菠萝。"

我再次无语了。眼睛一眨不眨地打量着他的脸。他的确是很健康的。以前我从来没有想过这个问题，但看着眼前他那健壮的肉体，觉得人只靠吃菠萝和点心活着也并非不可能。自己认为是理所当然的事，别人并不一定都认为是理所当然的，我第一次懂得了这个道理。

"你和我在一起的话，每天都可以尽吃这些东西。"

他说完笑了。一瞬间菠萝的事之类的都飞到九霄云外去了。你和我在一起的话，只有这句话在我脑子里留下了深刻的印象。

他对我很上心。我没有陪酒的阿姐们那么会打情骂俏，也不会讲好玩的故事，身体更是毫无风韵可言，我有的只是年轻和无知，可他对我却像是对待未婚妻一般。而我对于他住在哪里，白天和什么人生活在一起，晚上来我家之前，去了哪里的宴会之类都一无所知。尽管如此，没多久，我就开始梦想和他结婚的事了，这是像我这个年龄开始谈恋爱的女孩子的必然趋向。

离高中毕业还有两年多的时间。但是，如果他真的娶我做妻子的话，再有两年多就能够离开妈妈的料亭了。这是多么具有诱惑力的未来图景啊！能够让我熬过那些单调乏味的日子。我爱上了他，连同他答应给予我的幸福的未来。但有时候，我又觉得自己应该爱的只是他这个人，倘若从一开始就指望起了不过是恋爱结果之一的结婚的话，未免太奢求似的，想要打消这个贪婪的念头。不管怎么说，当深夜阑珊，我和他深情对视时，只觉得此时此刻，能够和他在一起，就是最大的幸福了。过去和未来都不存在了。然而，一回到房间，钻进被窝里，退隐的未来便又返回，代替了现实。如同以前想象妈妈和爸爸那样，我尝试着幻想起了我和英而未来的故事，却总是不理想。或许我生而为人的大半想象力已经被消耗在爸爸妈妈身上了。因此我需要有人帮助。我需要一个能够引导我、告诉我无限的未来的温柔预言，并且具有将那个预言变成现实的能力的什么人。一放学，我就直奔鹤家而去，去盘问那个预言者。至少和哲治一起度过的几个小时期间，会染上未来的幸福色彩，不安的影子会眼看着消失不见的。

所以，有一天，对于以前我问过他好多次的"我会不会和他结婚呢"的问题，哲治突然回答"这种事，我怎么知道"的时候，我不禁大惊失色。

"你怎么了？ 突然这么说……"

哲治没有回答。我想他大概是想跟我开个玩笑，逗我笑吧，可是，迄今为止，他没有跟我开过一次玩笑。我惶惑了。因为无论什么时候，他都应该点点头说"是啊"，让我放心的。

"这种事，我怎么知道。"

哲治又说了一遍，低下头去。

"你为什么说这么不吉利的话……"

我好容易才反驳出来。哲治也不看我，只是盯着榻榻米上的一个地方。他表现出的不同以往的漠不关心和淡然，使我的心霎时间凉了下来。被排挤出的热度变成眼泪，冲到了眼眶。已经好久没有这样在哲治面前哭泣了。可是，哲治依然垂着眼睛，丝毫不打算站起来去给我拿小瓶子。

"我在哭呢。"

我嚷道，哲治终于抬起头朝我看来。此时正好有一滴眼泪顺着我的脸颊落在了榻榻米上。

"你为什么不把它给我拿来呀。"

我一边哭一边问。哲治只是特别冷淡地说了句:"那瓶子,已经没有了。"

"你说没有了?"

哲治轻轻点点头。

"你不是说有好多吗?"

他避开我的目光,望向窗外。

"可是已经没有了。"

"为什么没有了?"

"没有就是没有了。"

"瞎说! 你以前不是说过,即便我每天哭,一直到死的那一天,都不会没有的吗?"

哲治没有回答。我突然被他的侧脸吸引住了,甚至忘了自己正哗哗地流着眼泪。不知为什么,此时,哲治紧咬嘴唇,不停地眨眼睛,肩膀微微颤抖着,眼看就要哭出来了!

我靠近他,轻轻去摸他的肩膀。哲治甩掉我的手,捂住两只耳朵似的抱着头,转过身去。

"你怎么这样啊。"

我感觉受到极大的侮辱,当即站起来抗议道。

"现在你说什么没有了,也太不负责任了吧。"

哲治依然抱着头。

"这不都是你说的吗? 因为你说他一定会来的,他不就真的来找我了吗? 我以前问你'我会不会和他结婚呢'的时候,你绝对是点点头说'会的',所以,我现在问你同样的问题的时候,回答就不应该改变呀。只要你那样说了,我就一定会那样做的呀!"

我被亢奋操纵着叫嚷着，渐渐地已经不知道自己在说些什么了。哲治更深地抱着头，埋着脸，似乎极力不让耳朵听到一句我的叫嚷。

我突然觉得无地自容起来，希望能够找回两个人之间的温柔感情，就用指尖碰了碰他的肩头。

"哲治，你说点什么吧。"

"你问我什么了吗?"

哲治固执地抱着头，不再说话了。我真想喊："你那样抱着头的话，整个头会被身体吞下去的!"可是，好像听见有人从二楼上下来，我便默默地离开了他家。

外面下着雨。

对面有一个人打着灰色的雨伞走过来。我故意慢慢地一步一步跺着脚似的朝家走去。终于走到八重时，我全身都湿透了，可是到底也没有听到身后响起我所期待的脚步声。

我第一次打破约定就是在这个雨天的晚上。

到了约会的时间，我从被子里坐起来，正准备爬下梯子时，看到英而出现在敞开的窗户外面。此时，我意识到这是早晚会发生在自己身上的事。他抓住窗户框，背过身去，背着进了屋子。我就坐在被子里等着他。英而微笑着坐在我身边，轻轻亲吻了我的右脸，让我平躺在被褥上。他的身体被淋湿了，我才知道外面下雨了。从隔壁房间传来阿姐们和客人们的笑声。他脱去我的浴衣，亲吻了我平坦的胸脯和腹部。然后让我翻过身去，亲吻了我的后背和臀部。"就到这儿吧?"他伏在我的背上，轻轻问道。我声音颤抖地回答"不"，他便继续了下去。

一切都做完了之后，英而在我耳边念叨了几句永远爱你之类的情话，便爬下梯子去了。

　　我在被子里强忍着涌上来的眼泪，不让它们落下来，因为我绝不能一个人哭泣。我的眼泪都应该流进哲治的那个小瓶子里的。

　　可是，那天晚上我终于没有忍住眼泪。最初的一滴落下来后，就再也止不住了。

　　两个人的秘密约定就这样被我独自破坏了。我越想越悲伤，而且独自哭泣本身令我浑身颤抖，我觉得自己好可怜，嘤嘤地哭了很久很久。每当听到窗外有动静，我都会憋着气扬起脸来，可是，我望眼欲穿地等待的人一直也没有出现。

8

从那天晚上以后，英而不像以前那样带着我去夜晚的街上漫步了。但每周都会来一次——肯定是星期四夜晚，他登上料亭二楼的梯子，像小旋风一般嗖地钻进我的被子里。事毕之后，英而会将留下的痕迹都一一恢复原貌，此时，我便会备感寂寞，央求他再待一会儿，但他只是微微一笑，说"你妈妈该回来了"。

一般来说，我就不再说什么了。但有时当他在窗边抱着我开始摇晃时，我会预感到即将到来的分别而感到不堪忍受的寂寞。会流着泪恳求他再待一会儿。于是，他整理完痕迹之后，也不像往常那样马上起来，小声给我讲故事。什么东南亚国家的菠萝罐头工厂，或发明罐头技术的外国伟人们的故事，烹制、注水、脱气、杀菌等制作罐头的过程之类……我不明白在恋人相爱之后，他为什么会给我讲这些，但是为了和喜欢的人哪怕多在一起待一分钟，我也专心地倾听着，附和着。因为只要困意袭来，我的反应稍微慢了一点，他就会敏锐地察觉到，立刻起身走掉的。可是无论我怎么努力，最终他必定会离开我身边。

望着英而从窗户出去时那一头黑发迎风飘动的背影，我想起了以前和千惠子、浪江收集牛奶糖券得到的某个遥远的国家的童话书。我记得在那本书的某个故事里，确实有这样的场景——王子说了句"过几天还来看你"就走了，目送王子走远的寂寞的姑娘的场景——一个人在黑暗的房间里一闭上眼睛，刚刚抚摸过的他的胳膊和后背的肌肉，还有手指探不到尽头般浓密的头发的触感又复苏

143

了，那热度甚至传到了我的眼睛里。如此一来，我就害怕了，担心在天亮之前自己都看不见东西了。于是再次睁开眼睛，盯着粘在天花板上的夜色渐渐加深。

近来，妈妈收拾完料亭的宴会间，回到卧室来时大多是三四点了，此时，我当然必须要睡着。然而，英而来的晚上，我由于恐怖和刚体味的爱的兴奋而毫无困意。所以当疲惫的妈妈在旁边的被子里躺下后，我得尽量自然地呼吸，装作睡得很香才行。我总觉得身边的妈妈虽然发出了均匀的呼吸声，其实并没有睡着，正盯着女儿的脸，仔细观察是不是露出了谈恋爱的迹象，我闭着眼睛，心里怦怦直跳。今天妈妈一定会隔着被子推我的后背，把我摇醒，逼问是不是有这回事的，一想到这儿，我就产生了在妈妈追问之前自己主动坦白一切了事的冲动。然而，不管我多么紧张，一动也不敢动地躺着，听到的还是均匀的呼吸声，和小时候相比就像变了个人似的性情乖戾的女儿有了秘密恋人这件事，妈妈是真的不知道呢，还是知道却什么也不说呢？ 无论是哪种，妈妈再也不像以前那样给我讲述她自己的"特别的"回忆了。妈妈从来不问问身边的我睡着了没有，一旦睡着了之后，就像偶人那样一直睡到早晨。天一亮，我怕吵醒妈妈，轻轻地起来，走出房间，吃完女佣阿国给我做好的早饭。离开家之前，我上二楼去，隔着拉门对妈妈说一声"我走了"，有时候听见妈妈带着困意回应"去吧"，有时候什么也听不到。

"妈妈，我和某个人结婚以后，离开这个家的话，你怎么办？"

一个星期天中午，大概是头天晚上，来了特别高贵的客人吧，妈妈的心情特别好，带我去附近的西餐馆时，我这样问道。

"你吗？ 反正早晚也有这么一天啊。"

"那我什么时候离开合适呢？"

"说什么呢？ 你还真心急啊。如果你以后遇到的那个人，既不是酒鬼，也不是不上进的人，能够好好照顾你的话，你想什么时候结婚都没问题。能像买糖果似的给你买汽车啦宝石啦，那个人要是这样的有钱人，而且对长辈也很孝顺，长得又好看的话，妈妈也会高兴的。不过，你还早着呢，再等十年吧。"

"十年后我就二十六岁啦，我一定要等到那个时候吗？"

"像你这样整天苦着个脸的毛丫头，十年都是快的了。"

妈妈为什么就一点没有察觉呢？ 女儿已经这般陶醉于爱情之中！

将白色餐巾别在虾酱色和服胸前的妈妈，不理睬女儿的困惑，用叉子笨拙地叉起米饭，送入小嘴里。我此时第一次意识到，妈妈或许也有着致命的愚钝一面。她眼里的苦着个脸的毛丫头已经不是处女了，她却毫不察觉地随口说些风凉话。她是一个多么可悲的妈妈啊。对于可悲的妈妈，我怀着自己成了一个宅心仁厚的女儿的心情问道：

"妈妈，我出嫁的话，你高兴吗？"

"当然高兴，少了一张嘴呀。"

"会不会感觉寂寞啊？"

"那当然会有些寂寞吧。"

"妈妈，我的丈夫会一辈子对我好吗？ 哪儿也不去……就是说……"

妈妈停下了拿着叉子的手。银色的叉子正好反射到从窗户照进来的阳光，晃着我的眼睛。窗户外面传来孩子们的笑声和有轨电车的铃铃声。我觉得仿佛过了很长时间似的。

"别说傻话了。赶快吃吧。"

妈妈，我可能会和又年轻又帅气，还特别温柔的男人结婚呢。再过两年，就可能成为漂亮的新娘，离开那个家的！　我差一点没有说出来，好容易才咽了下去，从盘子最边上叉起一块洒满调味汁的炸猪排塞进嘴里。

　　之后母女二人再也没有说话，默默地吃起来。

　　不单是妈妈，九段的人们不知为什么都不议论英而，对这一点我觉得百思不解，甚至觉得不太吉利。

　　整个夏天，我俩都手拉手在夜晚的街道上散步，所以，我觉得这事应该成为那些喜欢嚼舌头的九段居民议论的话题了。而且，在这一带，无论什么样的传言传到当事人的耳朵里时，都不会因离心力的作用而减弱的。然而我从来没有听到别人间接或直接地问我有没有秘密恋人。总之我被大家遗忘了。他们什么也没有看到，什么也没有听到……出乎意料的是，我也能够坦然地接受自己消失了这件事。"八重的小姐"已经在九段的人们心中不存在了。即便看到瞪着大眼睛却失去了声音的幽灵和来历不明的男人手拉手走路，人们也都视而不见。

　　于是，我的心对周围的人越来越失去兴趣，总是和秘密恋人在一起。

　　由于这个恋爱是秘密的，我就更加无处可去，便从心里面上了锁，拒绝与外界接触了。我喜欢待在那里面，倘若我余下的人生比之前的还有更长久的时间的话，那一定是上苍为了我和英而一起生活而留给我的，我越来越坚信这一点了。因此，如果我违背这一预感离开他的话，自己的人生会立刻折返，以后的日子只会沿着曾经走过的路一直走向空无一物的黑暗之所。年轻时的恋爱是很可怕的事。因为它会根绝对于各种事物的执着心与反抗心，注入融化的蜡烛般火热的情感，让初涉爱河的人无法动弹！

　　星期四晚上的幽会依然在持续，但随着身体交合次数的增加，和他分开之后的寂寞也愈加强烈起来。事毕之后，目送他离开时，下次幽会的寂寞感犹如放凉了的油一样从未来倒流回来，将未来的七天填得没有一点缝隙。无论怎么想，无论自己被赋予了多么结实的生命——这样下去也坚持不了多久的，我希望一天二十四小时都尽可能和他在一起，可以跟在他身边，就像他的影子一样，我这样下定了决心。可是，只要他不强行把我从家里带走，我就得待在这个家里。即便我冒着和妈妈断绝母女关系的风险离家出走，也完全搞不清楚关键的英而到底住在何处。孤寂仿佛逐渐变成发青的深灰色渗透了我的全身。

　　为了多少逃离冰冷浑浊的现实，我开始看起了芳乃姐留下的那些西洋书。有些书因句子冗长费解、读不下去而扔到一边，也有的书，比如还是崭新的《简·爱》那样的英国小说里描写的勇敢而洁癖的女主人公强烈地吸引了我。纯真和有自制力的简·爱的爱情和罗切斯特对她表现出的做作态度，令我懵懵懂懂地把自己和英而对号入座地看了下去。随着故事情节的发展，愤怒渐渐代替了伤感，我翻书的动作也越来越粗暴了，犹如对待洗衣筐里的脏衣服。像罗切斯特那样的大骗子、虚伪之辈，就应该被大火烧死才好呢。我不止一次这样义愤填膺地想过，然而他最终还是没有死。结尾部分简·爱对他表现的宽容之心，也令我不快。

　　虽说如此，我内心对这位古板的女主人公钦佩无比。当这周英而爬上我房间来时，我没有像以往那样默默脱去浴衣，而是穿着浴衣钻进了他的被子里，让他平躺着，我伏在他的胸脯上，盯着他的脸看。我必须确认一下自己最爱的男人不是罗切斯特那样的人。

　　"你今天好奇怪呀。"他说，"你这是怎么了？"

"我想请你告诉我……"

"告诉你什么？"

我咽了口唾沫说道：

"因为我特别喜欢你。"

我觉得他脸上的表情一瞬间消失了，但立刻又恢复了往日的温存笑容。于是，我才壮着胆子问出了："英而，你呢？你只喜欢我一个人吗？不许撒谎。有没有什么事瞒着我？"他让我伏在他的胸前，抬起两只胳膊，一只手枕在自己的脑袋底下，另一只手放在了我的头上。我陶醉于他的手抚摸我后脑勺的感觉，差点儿忘了自己刚刚问了什么问题。

"你为什么这么问？"他停下抚摸我的手，稍稍用力地揪住我的头发，这是我们发生肉体行为时他的习惯动作，肉体的记忆与疼痛的感觉同时震动了我内心的绒毛。

"为什么这么问……你是想说你很爱我吧。"

他松开了抓着我头发的手，轻轻拍了拍我的脸蛋。于是，我的心才终于被拽向了外面。说实话，我想要使用的并非"喜欢"这样孩子气的词语，而是更加强烈而浪漫的"爱"这个词语，由于他主动说出了这个词，让我感觉自己从未有过的大胆举动得到了允许似的。

"是的，我爱你。非常爱你。"

"以前你爱过什么人吗？就是说，像我这样的男人……"

"没有过。"

"既然没有爱过，怎么会知道自己爱我呢？"

就像简·爱爱她的雇主一样，我爱着你！我猛地把头埋在英而那夜空般广阔的胸脯上，但他更加用力地揪住我的头发，让我仰起脸来。

"你告诉我呀，怎么会知道呢？"

在他的注视下，我感到刚才的强烈情感迅速冷却凝固下来，表面开始出现了裂纹。因为从他的眼神里，我读出了他一秒钟也不想听无聊理由的那种咄咄逼人的严厉责问。他似乎会问我，即便知道了简·爱的爱，也不能说明你就知道什么是爱呀？的确，我不确定对他抱有的情感到底是不是爱。就是说，我以收音机里和小说里得到的知识为基础，用爱这个词来置换此时自己所拥有的心情也说不定。我只是觉得通过这个方式，能够把自己这一强烈感情，对他，也对整个世界大大方方地宣布出来，加以正当化。

我活动着一半冻结了的舌头，竭力说下去。

"可是……我一天到晚脑子里都是你，白天晚上都不得安生。学习和朋友都变得特别遥远，只有和英而在一起的时间才感觉自己是活着的……其他的时间都和死了差不多，因为我相信英而会来找我，等待你来就是……就是我的全部……"

说完之后，刚才冻结的舌根反而变得灼热起来了。英而没有停下抚摸我的脑袋的动作，将枕在自己脑袋底下的手抽出来捋了一下额发后，只说了句"是吗"，然后长时间沉默着，于是，我再次用唾沫湿润了一下喉咙，鼓起最后的勇气继续说道：

"所以，我特别想知道英而是不是也和我有着同样的心情。你要是不喜欢我，我可怎么办，一想到这个，我就害怕得想立刻去死。"

"没有必要去死。"他停下动作说道，"关于这个问题，下次来再说吧。"

英而温柔地亲吻了我的额头，然后很矫健地从窗户出去了。下巴下面感受到的恋人心脏的跳动，即便恋人离开了，仍然能够在我的身体各处继续感受到。

从窗户看到的白色的半月，仿佛是双重的。

　　我盯着月亮看着看着，变成了三重四重，犹如很多层的玻璃纸一般逐渐覆盖了视野，最后什么也看不见了。

　　接下来的几天里，我几乎睡不着觉，脸色苍白，眼睛下面出现了很深的黑眼圈。

　　下次他来的晚上，肯定会跟我说分手的。那天晚上他那漠然的反应，走的时候的冷淡态度，把我一点点逼上了俯瞰下面汹涌波涛的万丈悬崖。尽管感到强烈的饥饿感，却吃不下任何送到嘴边的食物。自己说了不该说的话，早知如此，就不该看那些莫名其妙的小说……后悔充塞了我的胸口，原本就很浅的呼吸，现在连次数都在减少似的。到了下一周的周四的午后，在上高中的体操课时，我终于因晕眩而昏倒，被送到了保健室，老师让我早点回家，但是我并没有直接回家，在电梯口的鞋箱换完鞋时，我的腿就已经瞄准了那唯一的目标。因为我清楚地知道，虽然是天高云淡的小阳春天气，但那清爽的空气或家里书架上的那排外国小说，都不可能拯救我的。是的，我知道得再清楚不过了。能够将自己从这可怕的不安之中拯救出来的人，全世界只有一个，就是那个阴郁的少年！

　　我迈开晃晃悠悠的步子，如同搅拌空气一般跑了起来。简直太是时候了，在此以前，我几乎一次也没有想起过哲治。我在这个世界上唯一的一个、长期以来相当于自己的分身一般的少年，也成了因我陷入疯狂的恋爱而被这压力冲击到了很远的后面去的东西之一。那天我劈头盖脸地骂了哲治一通后转身离开的事，当天晚上我没有遵守约定独自哭泣的事，我只是把这些归咎于我俩是真正的分身一般的两个人，因此才会在相互作用下导致了那样的结果。因为应该首先出现的反省和后悔的念头，早在很久以前就已被冲得很远很远了。

离哲治洗盘子回来还有很长时间，所以，我随意走进了鹤家厨房，打算在那里面的房间里等他。即便我不打一声招呼就擅自进入那个房间，也没有人会说我的。我慢吞吞地拉开鹤家的大门，象征性地朝二楼问了句"有人吗"，然后轻手轻脚地朝里面的房间走去。可是，当我拉开厨房里面的隔扇时，看见本来应该去打工的哲治躺在铺席上。窗户关着，屋里很暗，哲治枕着小枕头在睡觉。我轻轻走近他，他好像听到了动静睁开眼睛，低低哼了一声，坐了起来。"对不起，在睡觉吗？"我关上隔扇，在哲治面前坐了下来。

"怎么没有去洗盘子？"

哲治费力地抬起两手，慢慢擦了半天脸。终于把胳膊放回到榻榻米上后，我看了一眼他的脸，吃惊得啊地叫了一声。

"你的脸怎么了？"

"没怎么。"

"和人打架了？"

"没有啊。"

"还说没有……"

"没有就是没有啊。"

"真的吗？"

"真的……"

最后一次看到哲治是什么时候，我竭力回忆起来。好像还是暑假最后几天，所以大概快两个月或是三个月以前了。看着他那惨不忍睹的脸，我逐渐产生了罪恶感，真想向哲治低头道歉。不为了向上次争执的事，也不是破坏约定的事，而是感觉他脸上的伤痕是因为自己这几个月来对他漠不关心造成的似的。然而，这罪恶感也在此时内心充满的不安面前，犹如在沙滩上写的东西被波浪冲刷一般眨眼间就不见了。

"你怎么了？"

他坐起来背靠在墙壁上。刚一听到这熟悉的问话，我的眼泪就涌了上来。但是我使劲盯着榻榻米，使眼眶里的热度降了温。因为我感觉如果在这里哭出来的话，自己就会主动将此刻正从背后迫近的可怕的绝望接纳，给未来造成无法修补的裂缝。

"我还在和他见面呢。"

"我知道。"哲治回答。

"你知道？"

"嗯。"

"可是我说了愚蠢的话。愚蠢得，愚蠢得，不能再愚蠢了……而且我特别害怕。"

"这个我也知道。"

"为什么呀？ 你怎么可能知道呢？"

我忍不住大声喊道。哲治却一动不动地坐着。

靠着墙的他把两手放在脑后，宛如从城堡的窗户里眺望肥沃领土的小国国王一般。在如此淡定的哲治面前，我只觉得从小肚子那儿开始，有什么东西在一点点烧焦了似的，不能不飞快地说起来。

"我觉得我是爱他的。所以，我就问他是不是爱我。他今天晚上来告诉答案。我害怕极了，每天都睡不着觉，气都喘不上来……就和你现在在我面前一样，那是真的呀。我问你，会不会有人因为太害怕什么而死掉？ 我会不会成为第一个因为太害怕而死的人呢？"

"不会的。"

"那我到底会怎么样呢？ 我这么害怕的话。"

"光是害怕，人是死不了的。"

可我还是特别害怕，害怕得不行，我一直喋喋不休地诉说着这一无可奈何的事。自己对哲治这样长时间说话还是头一次。我虽然想要把内心的恐惧全都倾吐出来，可是恐怖吐出去多少，又被同样补充多少，一点儿也没有减少。

就这样拼命诉说的时候我突然想到芳乃姐、祖父家的樱子姑娘，还有爸爸，他们肯定都是因为这非同寻常的恋爱的恐怖而消失的。

于是历代的逃亡者们的惨叫声与现在感受到的恐怖汇合在一起，发出巨大声响，震得我脑袋快要裂开了。我再也克制不住了，趴在榻榻米上痛哭起来。你一定非常震惊吧。十几岁时的我，是个特别爱哭的女孩子。

他今天也是听任我一个人哭泣。我也没有像那天那样责问他为什么没有给我拿来小瓶子。那个瓶子的时代已经结束了。倘若哲治知道英而的事的话，恐怕也知道那天晚上我独自在家里哭泣的事了，既然如此，他就再也不会给我拿那个瓶子了。

号啕大哭一通之后，我刚要抬起脸来，忽然感到有个冰凉的东西触到了我的脸颊。是哲治粗糙的手指在抚摸我的脸颊。我一动不动地任凭那个手指抹去脸颊上的泪珠，顺着颧骨的曲线温柔地滑下去。

"你不是说什么都知道吗？……那么……"我盯着他的眼睛，声音颤抖地问道，"哲治，他是爱我的吗？"

求你了，快说啊！我看着近在眼前的哲治的黑眼珠祈祷。然后闭上眼睛，等待回答。"如果你真的爱他的话……"那声音仿佛是从刚才抹去我眼泪的手指尖上发出来的似的：

"我想一定是这样的……"

那天晚上，我比平日都早地上了床。

楼下的三味线声、歌声、打拍子声、笑声……这些早已听惯的声音完全入不了我的耳，我只是强烈地意识到自己的心跳。那有节奏的声音在黑暗中回响，与其说是跳动，更像是震动或汹涌的海浪，简直要把这个房子都刮倒一般。英而到来之前，我当然是不打算睡着的。即便想要睡觉，对于心脏这样狂跳的人也是不可能的。可是实际上，也许是由于每天晚上都彻夜难眠的缘故吧，我竟然不知不觉地沉沉入睡了。

　　睡梦中，我站在没有一个人的灰色的海边。风平浪静的大海上不时涌来无声的波浪，在海滨留下了犹如蕾丝一样的图案。我听到逐渐放慢速度的电车驶来的声音，回过头去，只看到一片无边无际的荒野。"快一点！"我听到附近发出声音，我赶忙回头去看大海。突然从天空一齐落下冰雹那样的小颗粒。我弯腰蹲下来，捡起落在沙滩上的颗粒拿到眼前一看，那是红铜色的コ字形的金属片，再拿起一个放在手里一看，是个尖端有个圆圆的三角形的小拇指长的细棍儿。我抬头一看，整个沙滩上落满了各种形状的小玩意。从远处驶过来的电车，不知何时变成了钟表的指针。我打开一直握着的左手，银色的小镊子闪闪发光。我猛然想起，不好了，我错过重要的时刻了！

　　·我惊叫一声，睁开了眼，看见英而已经躺在我身边了。

　　抚摸我的头发的手指的温暖，还有黑暗中那两只炯炯有神的绿莹莹的眼睛，使我全身仿佛麻痹了似的动弹不得。

　　"看样子你睡得不踏实吧……"

　　看到英而的微笑，我感到很不好意思。因为被男人看到自己的睡相还是第一次。我把他赶到榻榻米上，拉起被子蒙在头上，用手掌使劲擦脸，试图抹去还残留在脸上的噩梦的影子。于是，英而隔着被子抓住我的手亲吻，然后钻进我的被子里，在黑暗之中，把我紧紧地搂在怀里。

"你是不是做梦了？"

我点点头，代替了回答。

"是不是梦见我了？"

我的手里仿佛还残留着那金属片的感触，我在他粗粗的腿上摩擦手心后，一动不动地躺着，他抓住我的头发，让我仰起脸，用指尖描着我下颌的弧线。

"真可怜……"

恐怖张开大嘴即将把我吞噬了。我就这样被他用力揪着头发，闭着眼睛，咬着牙，我等待着那个瞬间。

"你用不着那么害怕呀。你说为了我会去死，我又怎么能忍心离你而去呢。"

我感到温暖的嘴唇贴在了刚才他的手指抚摸的下颌上。那嘴唇从耳朵直到下颌，轻轻咬住了我的下嘴唇。我颤抖着用舌尖触及恋人的雪白的大牙齿时，突然他松开了嘴唇，抓住了我的肩膀，就像要将某种又烫又厚的东西切掉似的说起来：

"这不是很自然的事情吗？ 你这样的女孩子在我的一生中恐怕再也不会遇到，同样，我在你的一生中恐怕也是如此。因此，我们无论如何也要在一起。即便付出再大的牺牲，我们也应该这样做！"

一口气说完后，英而紧紧地抱住了我，从未有过的紧。我也紧紧依偎着他，无数次地点头，但是比这巨大的幸福感更早一步出现在我内心的，是正在南边方位睡觉的那个青梅竹马的面容。哲治，你以自己是男人这一理由而忍着没有做或被禁止做的事情，我全都会为你做！ 我在心里叫喊着曾经浮现在心里的那句话。还有，因此我要和这个人在一起这句话……

短短的做爱之后，英而说，这个婚约暂时作为二人之间的秘密，不要告诉别人。具体说来，要保密到我高中毕业。婚约秘而不宣这个行为本身，对我来说无疑即是婚姻的开始。而且保守秘密的期限具体定在高中毕业，给这个婚姻更平添了仪式的意趣。我向他保证会保守秘密。但是我也没有忘记请他允许可以有一个人例外。

"英而，我想只有一个人，我是一定要告诉他的。"

"是谁呀。不会是你的妈妈吧。"

他一边穿衣服一边说。看他好像扣错了一个扣子，我伸出手帮他重新扣。

"怎么会是妈妈呀。是一个比妈妈重要得多得多的朋友。他特别了解我，就像我的另一个分身一样。我们之间从来没有秘密，所以不告诉他不合适的。"

"他嘴严吗？"

"当然了，是个跟贝壳似的不爱说话的孩子……就是和我在一起都不怎么说话。"

"如果真的是你特别重要的朋友的话，或许应该告诉他的。只不过，要好好叮嘱他保密噢。告诉他这件事绝对不能对任何人说……"

"嗯，绝对不会的。以我们的性命保证，决不对任何人说。"

他在跨出窗户之前，温柔地搂抱了我。跨出窗户之后，我俩再次面对面时，我为了多留住恋人片刻，哪怕只是一秒钟，告诉他说："那个孩子叫哲治。"

"那个孩子？"

"就是刚才我说的那个朋友……"

"是个男孩子？"

"不是男的。我不是说了吗，是很小的时候就在一起玩的，就像我的分身那样的人。"

"不是男的，是你的分身呀。很值得自豪吧？"

他轻轻地跟我接了个吻，消失在了夜色中。

一直以来的孤寂今晚没有造访我，这已经是好多年没有过的事了。那天晚上，我终于被安稳地包裹在彻底的安心与幸福之中睡着了，而且又做了个梦。

在梦中，我和上次做梦一样站在灰色的海边。

空中落下来的覆盖了沙滩的金属片不知去了哪里，现在沙滩上到处都是小玻璃瓶子。我蹲下来捡起了一个，转眼间瓶子就变成沙子从手里漏了下去。我想要把瓶子里的东西倒在手心里，一个接一个地捡起来放在手里，可是，一碰到我的手，小瓶子就变成沙子掉了下去，最终整个沙滩上的瓶子都变成沙子后，我赤着脚走进乳白色的海里，把手伸进漂浮着无数汽水那样的小气泡的水里。水平面这边突然间涌来一个大浪，把我冲倒在沙滩上。"一旦被大浪卷走的话……"我在湿漉漉的沙滩上睁开眼睛，看到有两根细细的白桦树枝插在沙滩上。

"一辈子都会在海里生活的。"

醒来时，我在哭泣。

我必须马上去找哲治。

我必须告诉他。自从小时候在长者崎的海边对视之后，我们两个人真的一直是在一起的。可是现在，终于到了要分开的时候了。我再也不需要眼泪瓶子，也不需要温柔的预言了，因为两个人正逐渐远离，不可能相互依靠了，即便伸出手也够不到那么远了。

那是个冰冷刺骨的冬日的早晨。从窗户里斜射进来的日光照在对面的墙上，好似雕刻出了一个个菱形。

我去鹤家找哲治，实际上是过了一个星期之后了。虽说一旦下了某个决心，就不会更改，但我还是一直在犹豫。因为这个决心太坚决了，所以我预感到这次去找哲治的话，恐怕这辈子再也见不到他了……而且，今天晚上是未婚夫再次来找我的日子，我这才狠下心去找哲治的。

　　我再次在体操课时假装昏倒，得到了早退的许可后，便去了鹤家。起初我拖着沉重的步子走路，由于天气暖和，也没有刮冷风，阳光将我的阴沉心情照亮了一些。要是能够不老是在黑黑的夜晚见面，偶尔也在这阳光明媚的白天，和英而手拉手散步该有多棒啊。一旦展开了幻想的翅膀，紧张感也得到了一些缓和，然而，当鹤家那破旧的房子进入视野，我的腿再次变得沉重起来。那房屋仍旧简陋得叫人想要捂住眼睛，连这柔和的日光它仿佛都经受不住，像是朝它呼出一口在嘴里温暖了的气息，它都会即刻融化掉似的。我在大门外徘徊了许久，终于下决心拉开大门，只见玄关堆着的阿姐们散乱的木屐和高跟鞋，其中有一双整齐摆放的哲治的肮脏运动鞋。家里寂静无声。我在这片狼藉的一角脱下鞋，也不摆好，就径直朝厨房里面的房间走去。

　　在关着的隔扇外面我祈祷般的叫了一声"哲治"，没有应答。我轻轻地拉开隔扇，看见了躺在窗边的哲治和紧贴在他身边的白乎乎的细长东西。那是比起梦中看到的插在海边沙滩上的那两根白桦树枝更粗更圆的柔软的一堆白块……愣在门口的我的第一反应是那堆白块。因为那东西的半截处开始缓缓地沿着墙壁弯曲起来，发出了一声："谁呀？"

　　从窗户射进来的光线里，我渐渐地看清了那东西是什么。

　　一张丰腴白皙的、眼睛离得比较开的女人的脸，睁开睡意蒙眬的眼睛看着我。

我报出了自己的名字，说明是来找哲治的。于是，她摇了摇身边哲治的身体，说"你的朋友"。哲治发出刚刚醒来的哼哼声，打算坐起来。我注意到他的眼睛刚刚捕捉到我的瞬间，充满他身体的困意犹如退潮般全都消失不见了。

　　女人站起来，和我错身出了房间。她躺着的时候看着比哲治高好多，但站起来一看，比哲治，不，是个比我还要矮小得多的女人。错身而过的时候，一股在这个家里从来没有闻到过的柚子香味窜进了我的鼻腔深处。

　　"刚才……"哲治拖着身子，好歹靠在墙上，"我在睡觉。"

　　我摇了摇头。

　　"你坐下吧？"

　　我提心吊胆地刚迈出脚，就听到榻榻米发出吱呀一声。从很早以前，第一次踏进这个房间至今，我从来没有听到过这样的声音。难道说很长时间没有来了，以至于榻榻米都变得如此破旧了吗？还是因为我的体重增长了呢？　我动作笨拙地在他的对面刚一坐下来，就将跪坐的腿向旁边伸开了。裙子和袜子之间的皮肤触到榻榻米，感觉温乎乎的。

　　"我要结婚了。"

　　哲治表情依旧。我为了强调这句话，使用从腹腔里发出的底气很足的气息紧紧包裹着每一个音节般的说道：

　　"虽然不是马上，但是已经和他约定了。"

　　这回好像收到了一些效果。哲治的脸上浮出貌似微笑的表情，问了声："真的吗？"我使劲点点头："是真的，是真的。"

　　"哲治真是没说错。由于我是真心爱他的，所以他也是爱我的。所以我们才结婚的。"

　　"什么时候？"

"我高中毕业之后。"

"那还早着呢。"

"他已经知道你的名字了。"

哲治哼了一声。

"不过，这件事你要保密。其实是我们两个人之间的秘密，因为你是我的朋友，才告诉你的。你能保证不告诉任何人吧？"

"……"

"能保证吧？"

"嗯，不让我说的话，我就不说。"

"这么一来，咱们就得分开了。"

"分开？"

"是啊。我们不能像现在这样在一起了。不过，即便结了婚，不管我去多远的地方，我都绝对绝对不会忘记哲治的。你也不会忘记我吧？"

哲治哈哈地笑起来。少见地放声大笑。

我不知道哲治为什么这么笑。不过，只笑了很短的时间。

长久的沉默之后，我问他：

"你刚才为什么笑啊？"

"对不起。"

他恢复了以往的面无表情。

"刚才那个人是谁？"

"是我家的阿姐啊。"

"她为什么在你房间里？"

哲治低下了头。我死死盯着他的脸。于是，在那张脸上清晰地浮现出了许久没有看到的那熟悉的表情。对，就是小时候他的那张小脸上始终浮现的既非愤怒也非恐惧的无法形容的表情……我刚想靠近他，哲治立刻消除了那表情。

"因为是我家的阿姐，当然可以待在家里的任何地方啊。"

"可是这里……"

我把下半句咽了回去。哲治的脸上再度浮现出那种表情，倘若我过于用力盯着他的话，他会因无法抗拒我的视线压力而眼看着融化、流掉似的。于是我低下头来。

"哲治，你今天洗了多少盘子？"

"我已经不去打工了。学校也不去了。"

"不去了是什么意思？"

"就是说都辞掉了。"

"辞掉了？"

"辞掉了就是辞掉了呀。"

"那你到底每天在干什么呀？"

"什么也没干……"

"在这里躺着吗？ 一天到晚的？ 和那个阿姐一起听《寻人》节目？"

"这跟你没什么关系吧。"

说完他就无力地顺着墙壁一点点滑落下去，仰面躺在了榻榻米上。我站起来俯视他的脸，不禁吃惊得捂住了自己的嘴。

我看到哲治的脸上有很多和上次看到的全然不同的累累伤痕。

额头、下巴，还有右脸上都有食指粗的割伤，脖子上有两个红褐色的小圆点。我刚才一直盯着他的脸看，尽管连他左鼻翼旁红肿的小包包和右眼皮上粘着的脱落的睫毛都看到了，奇怪的是，我竟然完全没有看到这些明显的伤痕，

我狼狈不堪起来，只是呆呆地瞧着因自己的影子而被晕黑的哲治的脸。哲治犹如下了个很大的赌注，最终赌赢了的人回想整个过

161

程时那样，心满意足地慢慢闭上了眼睛。当时，我的脑子里突然回响起了多年前的那个冬天，自己对他说出的那句不客气的话。

因为就连我也对你的情况知道得一清二楚！

我一直自认为很了解哲治。

可是我从来没有见到过哲治哭泣。也不知道在他的口袋里是否为自己准备了小瓶子。一起听《寻人》广播已经是很久以前的事了，哲治是否仍然在寻找双亲，还是已经彻底忘掉这件事了，我都没有想去了解过。

隐藏在一个个动作和沉默中的哲治自身的故事，本应写在白纸上补上缺页的故事，我彻底放弃了这件事。因此，经过很多年之后，我才感到了后悔。倘若那个时候，我早早给自己和哲治的关系给予或是爱情或是友情的庸俗名分的话；如果不只是顾及自己的恐怖与幸福，再稍微关心一下哲治的话——或许我会以更加不同的方式，尽早地拯救哲治吧。如果两个人能够真正做到不只是分享沉默，还分享其他许多东西的话，难道不应该不顾一切地这样做吗？

那天，我没有问他受伤的原因就走出了房间，呆呆地摆起了玄关散乱的鞋来。无论我怎么摆放仍然散乱不堪。不知过了多长时间，外面已经黑透了，我才站起来，然后拉开拉门，朝自己家的方向走去。

从那以后，我就再也没有去过鹤家了。

9

　　我向妈妈坦白与英而的婚约是在两年以后，高中毕业典礼之后回家的路上。

　　妈妈把指甲染着珍珠色的光，身着深色的正装和服[①]，腰带系成蓬松的鼓形，简直美得无可挑剔。和打扮得很内敛的同学的妈妈们站在一起，妈妈虽显得十分张扬，却透出某种超然的光辉。面对这样一位出类拔萃的妈妈，我总觉得无论多么巧舌如簧，自己都没办法说出明天要离开家，和某个人在一起的话来，可这是我和英而很早以前就约定了的。在体育馆里听着同年级同学的答谢词时，我感受到了从很远的后方，穿透几十位少男少女到达我后背的妈妈的视线。而且，那视线随着时间点推移，就像酸那样一边冒着小气泡，一边渗透到应该已经变硬的决心中来。我快速吸着气，并且不得不加倍快速地吐出来。然而那些气息并没有凝固成那两只熟悉的眼睛回瞪自己，而是微微震动的前面女生的水兵服衣领，我一直目不转睛地盯着这些气息的走向。

　　典礼结束后，我和同学们在低年级的掌声中走出体育馆的过程中，搜寻起了坐在家长席的妈妈。可能是由于衣着太显眼，很快进入了我的视野的妈妈，皮肤润泽的手里捏着洁白的手帕，睁大眼睛望着毕业生的队列。

　　无论我怎样悄悄地打手势，妈妈都没能找到我。那个人竟然是我的妈妈——我不再挥手，远远地注视着妈妈。妈妈在人群中竟是如此孤单。在料亭的三张榻榻米大小房间里看账本的妈妈，在路边和附近的老板娘们聊天、说俏皮话的妈妈，在我身旁睡得香甜的妈妈并不在那里。在那里的是一个已经失去了丈夫，现在又正在失去女儿，且对这些毫无察觉的徒然盛装的中年女人。原来十八年前，我就是从她的肚子里出来的，可我是自己长大的。正因如此，我可怜的妈妈无论在哪里都再也找不到我了！这时，我终于明白了：已经到了从妈妈身边、从那个家里离开的时候了。我就像已经愈合的疮痂一般，在这个瞬间，从妈妈这个有机物上完全剥落下来了。从体育馆出来一看，外面是个晴朗的好天气。

回家的路上，我一边像命根子似的紧紧地握着装有毕业证书的纸筒，一边下定决心把我和某个人很早以前就定下婚约、无论谁说什么都要从明天开始和他一起生活的事情告诉了妈妈。

"哪有这么荒唐的事啊？"

妈妈连对方的姓名都没问就这样说道。不过，妈妈的回答在我意料之中。我沉稳地进行了补充说明，我和他绝对不是随随便便的约定，他是个特别诚恳的人，其证据就是，我们将要入住的公寓已经以他的名义签订合同了。走在旁边的妈妈长时间沉默着，然后斜睨着我说道："你不会是被人家骗了吧。"

"不是啊。他是可以信赖的人。他是冈仓先生，名叫冈仓英而。"

"冈仓？冈仓是……"

"他最近没怎么来，但几年前经常来八重的，还记得吗？"

"是那个冈仓先生？"妈妈露出吃惊的表情，半是自言自语地说道。

"对啊，就是那个冈仓先生啊。"

---

① 带有家徽的和服。

"不是总经理，是年轻的那个吧？"

"是啊，应该是的……对呀，英而是很年轻。"

"你怎么会和冈仓发展成这样的关系呢？"

"妈妈在店里忙碌期间，我也长大了哦。"

"可是到底是为什么，为什么这么突然……"

"其实我和冈仓的关系并不是刚刚开始的。我们很早以前就好了。只是没跟妈妈说罢了。因为我已经不是小孩子了。"

我以为妈妈会立即驳斥我，但她只是嘴唇恶言恶语地嚅动着，像是嘟囔着。我趁着妈妈这短暂的退缩，一口气把他明天早上会来接我的事，到时候会正式求婚的事全都说了，犹如往泥泞的地面上砸泥球一般。

"但是，你不是说过毕业后要去银座的百货公司当店员，或者检票员吗？那么，你之前说的都是假话吗？"

"也不都是假话。"

"不是假话吗？你刚刚不是说不工作，要嫁人吗？"

"英而也赞成我工作啊。但不是一结婚就立即去上班。"

"不管怎么说，这么重大的事情不可能现在就做出决定吧。我吃惊得都不知该说什么好了，哪有还没见到对方，就把女儿嫁出去的道理啊？"

妈妈非常不高兴，但是到了第二天上午十一点，英而按约定来了料亭，以无可挑剔的绅士风度拜见了妈妈，并把我带走了——我把行李塞进了修学旅行时用的大旅行包里。回想到此为止的过程，尽管都和预料之中的差不多，但是连那么强势的妈妈也没能抵挡住以其帅气和口才、不容分说地打动别人的英而的"魔法"，只是坐在饭桌对面一边听一边默默地抹着眼泪。不过，我没有哭泣，要跟相爱的人开始新的生活了，我为什么还要哭泣呢？

"妈妈，谢谢你这么多年来对我的照顾。"

临走的时候我对妈妈说道，此时，妈妈眼睛里还含着泪水，苍白的脸上表情僵硬。曾经每天夜晚给我讲述美好回忆的妈妈的嘴里，那一天却没有对出嫁的女儿说出一句祝福的话。即使这样，我仍然满脸笑容地拥抱了妈妈。

我那火热的额头触碰到的妈妈的脸颊是僵硬的，还听到她那厚厚的肉里面的骨骼发出咔吧一声响。

就这样，我和英而先生正式结为夫妻。

虽然没有举行婚礼，也没有婚宴，但这简朴的结婚却令我感到十分幸福。没有比两个人的约定终于得以实现更开心的了。省去了仪式和婚宴，是因为英而先生不喜欢那样形式化的东西。他说，实际上对于真心相待的两个人而言，结婚申请书之类的不是必需的，那只是为了保障我的身份才需要的东西罢了。

我们在下落合的小公寓里，开始了俭朴的新婚生活。这一年正好是东京奥运会开幕，城市也因此发生了翻天覆地的变化，首都高速路变得四通八达，东海道新干线也赶在奥运会开幕前投入运营。乘着喧嚣的时代洪流，英而先生的伯父所经营的公司似乎也收益颇丰。该公司虽然仍旧主要从事外国食品的进口业务，但近来把力量投在了此时刚刚实行自由化的香蕉进口业务上。所以，我偶尔受到邀请去英而的伯父家做客时，便会发现他家里到处都摆放着装有香蕉的果盘，犹如绘画一般装饰着整个屋子。

喜好时髦东西的英而，特别喜欢让我坐在他那辆像昆虫一样亮闪闪的轻便摩托车的后座上，开着它在街上四处兜风炫耀。他还给我们的新居里配置了最新款的电冰箱和洗衣机。除此之外，周末只要是去百货商场之类的地方，他总爱给我买各种各样的新电器，即便我一再说不需要什么了，他也不听。为了观看奥运赛事，就连当时还十分昂贵的彩色电视机，他也买了回来。东京难得举办一次奥运会，所以我买了入场券，想着怎么也得去看看开幕式，可是性格有些执拗的英而却固执地说："没有必要往那群人里凑，还是看电视要清楚几百倍。"奥运开始以后，他把公司的工作丢在一边，每天都守在电视机跟前看得入迷。

"外国人，好像都特别棒啊！ 女运动员也漂亮！"我在看体操比赛的英而旁边坐下，对他说道。他的眼睛仍然盯着电视画面，搂着我的肩问道，"你喜欢什么样的男人啊？"

电视画面上，一个乳白色的大块头身体像电动秋千一样，绕着单杠一圈圈地旋转。

"我……不知道啊。我喜欢身体更稳健的男人。你喜欢什么样的女人呢？"

"我当然是田径场上的帕卡①了。短发而神气，感觉很不错。看到跑得快的女人，心情就会变得很好呢！"

"你和我真是一点也不一样。"

"你不跑步吗？"

"如果是为了救你，我可能会去跑，除此之外我可不跑，而且看着别人跑也很难受啊，总觉得他们很痛苦，很可悲似的……"

"是吗？ 他们看起来很可悲吗？ 说这话的你才可悲哦。"

我故意夸张地笑起来，站在了他和电视画面之间。他拧着我的两个脸蛋，笑着说："假笑，最讨厌了。"

"哎，至少去看看马拉松比赛吧。各个国家跑得快的人现在都从全世界聚集到东京来了。都来到我们眼前了啊。这么好看的比赛，不去看太可惜了。"

---

① 即 Paccar。美国汽车品牌。

"你真是太夸张啦，不过说的也是，看电视和去现场看可能感觉是不一样。至少去看看马拉松吧。"

"就是啊，我太想去看了。"

"那就这么定啦。咱们两个明天要早点起来去占个好地方。要早起就必须得早点睡。好了，该睡觉了。"

说完，天都还没黑，英而就把我拽进了旁边的卧室里。

就这样，我每天都沉浸在难以置信的幸福之中。如果真实的爱是命运的烹调师洒落地上的寥寥数滴珍奇作料的话，那么当时的我肯定就是被这数滴珍味打中额头的幸运儿之一吧。

毫无预兆的情况下降临的初恋冲走了我的少女时代，顺着水流的引导，一路走来，如今我成了他的妻子。刚结婚时，每每品味幸福时我都会感到惧怕——这样一种全新而巨大的幸福是不会持久的，这幸福一定是建立在对未来的某个时候与某种东西为代价的基础上的……但随着时间的流逝，我比结婚以前越发强烈地感受到自己内心深处蕴藏着对丈夫无尽的爱，这近乎真诚的信仰之心的依赖心本身仿佛变成了一个大功率的挤奶器，无止无休地从我的心灵和身体里榨取着爱情。无论怎样用力地转动它的摇把，爱情都不会被吸干的。在下落合的公寓里，我专注于将这样被吸出的爱情一刻不停地涂抹到我和丈夫身上。遇到干裂的地方就在上面多涂一层，遇到马铃薯芽那样的地方，就将发芽的地方剜去。因为我相信，这样做可以守护我们两个人免受这个世界所有的恶意和暴力的伤害。

这样转眼间走过了一年的岁月，爱情依然丝毫没有被消耗，唯一让我担忧的就是一直没有怀孕的迹象，不过这与包裹着我们两人的爱情的坚硬外壳相比便微不足道了。

谁料想变化正在慢慢地向我们走近。

它就像一艘载着不吉利货物的海盗船趁我们熟睡时搁浅在公寓玄关门口的脱鞋处，也未拉响到来的警笛，便静静地潜入了我们的生活。

英而伯父的食品进口公司的经营那一年急剧恶化，我毫不知情。

英而说，当时他伯父的公司是从厄瓜多尔进口香蕉，因为赶上台湾产的香蕉几年前受疫病影响而暂时减产，使其销量急速上升，可是随着台湾香蕉产量回升，他们公司香蕉的受欢迎程度就慢慢下降了。即便不出现这种情况，从中南美洲国家进口产品也与从台湾进口的情况不同，必须与商船签订长期合同，总之需要相当大量的周转资金，因此进口合作社的员工们都疲于奔命。后来，伯父和同僚们反复考量，最终放弃了台湾和厄瓜多尔，另外找了一个远在南太平洋上的小小岛国作为新的货源地。公司四处筹集资金，终于做成了这笔生意。然而这批用轮船千里迢迢运来的香蕉，即使在加工车间里催熟也变不成黄色，大多是些被称作"灰香蕉"的次品。原本对方可以追加运输过程中的损耗部分，但也不知是因为和产地没有沟通好，还是中介方在捣鬼，香蕉一直也没运到。本来就所剩无几的那些合格品在市场上也没得到预想的欢迎。结果，这笔生意赔了很多，只得惨淡收场。自从那天吃早饭时英而毫无预兆地讲起这个事以来，每个周末再也不带我去商场了，那辆他引以为自豪的摩托车也卖掉了。过了一些天，英而让我来公司拿没有卖出去的香蕉，所以，我忙完家里的事后，就直奔位于青山的伯父的事务所。当我打开事务所的门，一踏进去，就被开始腐败的热带水果散发出的刺鼻味儿熏得无法呼吸，而伯父还是满面笑容地接待了我。

"辛苦你了。真不凑巧，英而刚刚出去办事了。"

"对不起，是英而叫我过来拿香蕉的……"

"啊，请随便拿好了。我帮你拿吧。"

说罢，伯父就打开最近的一个木箱子，把已经变成一半茶色的香蕉放进我的购物篮里。

"这么多够吗？ 太重了也担心你拿不动……真是不好意思啊……英而每天下班应该都会带回去一些吧。"

"不重，我和英而都特别喜欢香蕉。经常承蒙您的关照很过意不去。"

在房间的角落里，有个箱子半开着盖子，里面满满当当全是些变黑的香蕉。伯父注意到我在瞧那些香蕉，不由得脸红起来，"这些香蕉都是漂洋过海运过来的，所以总是舍不得扔掉……"他解释道。

"真是的，香蕉的气味已浸透皮肤，我感觉即使是洗澡也似乎是在用香蕉做的肥皂呢。"

两位事务员阿姨中的一位这么说着笑了起来。这次事件虽说确实让伯父蒙受了巨大的损失，但在这间充满温馨氛围的事务所里，我并没有感受到那种沉重的压力。于是我放下心来，把带来的慰问员工的米饼留下后便回了家。谁知数周之后，我去事务所送英而忘带的东西时，却没有见到那两位女事务员，就连她们平时用的桌椅也不见了踪影。即便如此，我也没有太过悲观。那晚，当我从英而嘴里听说伯父作为共同经营者所需承担借款的金额时，沁出了一身冷汗，不过，那时脑子里只有一个念头——既然如此，我也出去工作好了。当时正处于经济高速增长的鼎盛时期，一片景气。在没有工作经验的我看来，赚钱是一件很容易的事。天真地以为工作随时可以找到，如果先不要孩子，夫妻同心协力整日挥汗如雨地辛勤工作的话，几年后就能回归一般人的生活水准。

"真是对不住你。"英而向我道歉。

"没什么可道歉的，咱们是夫妻呀。咱们两个人一起拼命工作吧。"

"明明许诺要照顾你一辈子，现在却变成这个样子，我真是无地自容，都没脸去见你妈妈了。真的很抱歉。"

"跟我妈妈有什么关系？只要不说她不会发现的。"

他将视线微微朝下投去，立刻又抬起来，突然握住了我放在桌子上的手。

"再稍微忍耐一下就行，我不想让你不开心，我打算比以前努力十倍地工作。"

"那样的话，我就百倍地工作！"

我虽然生长在花柳街的一个开小料亭的家庭，却称不上是富裕家庭的孩子，因此经济上的贫穷并没怎么挫伤我的自尊心。只是对于自己和自己最爱的丈夫之间插进了由于贫困而产生的凄惨和苦恼难以忍受。它已经渗透了夫妻爱情的表壳，逐渐膨胀，早晚会将我们之间的接缝溶解的。我无论如何都要将它驱逐出去。

首先我给高中时代的朋友祥子去了电话，她是我高中时代屈指可数的几个朋友中的一个。祥子高中毕业后，去新宿的一家食品公司做了秘书。因公司缺员，她以前曾多次邀请我过去和她一起工作。祥子对我的来电似乎感到很吃惊，开口就问我"发生了什么事"，她感到吃惊也是情理之中。因为自从结婚之后，我一次也没有主动和别人联系过。

为自己的不通人情道过歉之后，我拜托她给我介绍一份工作。祥子先铺垫了一句"秘书的空缺现在已经没有了"，接着说道："明天，我帮你问一问有没有其他适合你的工作吧。"次日傍晚，祥子打来了电话，于是，我作为经营管理科的事务员，从下周开始就去上班了。

第一天早上去公司上班时，祥子已经在公司外面等我了。她看到走近的我，一瞬间脸上浮现出困惑的表情，但马上又展露出了笑脸。"到底发生了什么啊？"她温柔地握着我的两只手问道，"你简直像个中学生一样，怎么变得这么小了……"

她微笑着，看起来比实际年龄大了五六岁。记得她高中的时候是个天真无邪的女孩子，给人印象特别淳朴，但时隔这么久再见到她，变化非常大。她像个年轻有才的女秘书，化着美丽的妆容，穿着尽显身体曲线的柔软的深绿色连衣裙，长发盘在脑后。被她这样握着手，我也觉得如她所说，自己不过是个无知的中学生，而她则像洞悉森罗万象的原理的理科老师。

"有孩子了吗？"

我摇了摇头。

"还是新婚燕尔的感觉吧。"

她露出雪白的牙齿，温和而优雅地笑了，比起老师来，她还是更像一个秘书。

我被祥子牵着手在公司里转悠，边思考她刚才说过的话。我从高中的时候开始好像就不再长个儿了，也没有忽胖忽瘦过，她却说我身体变小了。不过在某种意义上，她说的或许是事实。在肥大的爱情外壳里，我和丈夫都变成了它的内核，因而一直蜷缩着的我这个人本身，或许已经收缩得像豆粒一样小了。

在那个公司里被安排的工作主要是简单的业务统计或订餐盒，以及骑自行车跑腿，根本不需要会计知识。我认真完成交给我的工作，如果由于不小心或无知而出了错，我会加倍小心地注意不再犯同样的错。同事们都是年轻的姑娘，做的是同样的工作，但都是独身。得知我已经结婚了，她们异口同声地表示惊叹和羡慕。"我也想快点结婚。""想早点生个孩子。"……每当此时，我就很同情这些纯真的女孩子，她们还没有尝到过我所经历的浪漫爱情的滋味。她们都是高中毕业后从地方来东京工作的。我一告诉她们自己土生土长在东京，又响起了一片羡慕之声。其中一个女孩子问我是东京什么地方，我立刻回答"饭田桥附近"，而没说出"九段"这个地名来。自从结婚以后，我一刻也没有怀念过九段街道和在那里生活过的少女时代。因此，如果此时我清楚地说出"九段"的话，那个九段街仿佛会自动地咕隆咕隆悬浮起来，脱离地面，将它那巨大的黑影落在我们位于下落合的公寓上面似的。

渐渐和同事们熟悉以后，下班回家时，她们常常会邀请我一起去玩。"去不去看电影？""一起去买东西好吗？""想不想去吃蛋糕？"……虽说已经结婚，但我还是二十岁左右的女孩子，这些也对我很有吸引力，但是我都婉言谢绝了。因为我挣的工资不能乱花，即便一个月可以去小小奢侈一次，我也想和英而一起享受这个奢侈。最重要的是，工作了一天，浑身疲惫的我，渴望尽快见到的并非电影里美丽的演员，不是流行的超短裙，也不是覆盖着厚厚一层奶油的蛋糕，而是温柔的丈夫的脸。

每天下班铃声一响，我就急急忙忙赶回家。我一边想象着英而的面容，一边站在厨房里做饭，不知不觉间晚饭就做出来了。他每次回家的时候，都是一副疲惫不堪的倦容，但是当我伸出手接过他的西服时，他总是对我报以温柔的微笑，和最初见到他的那个晚上一模一样。每当此时，我就会清晰地回想起那个晚上草丛里的窸窣声、宴会间里的三味线声，以及头发被汗水粘在脸上的感触。

不知是什么起了作用，自从我出去工作之后，我们更加频繁地相互需求了，每天晚上都会做爱，有时会在迷迷糊糊之中多次交合。

尽管如此，我的身体里仍然没有孕育新的生命。

有一天，我拎着购物袋，从公司回到家，看见英而罕见地比我先回了家，正在房间里看报。他从报纸上抬起头来——报纸是我从公司里拿回来的昨天的早刊——微笑着对我说"回来了"。我为了掩饰满心欢喜，低着头飞快地说："我这就做晚饭。"正准备去做晚饭，他阻止了我，说："你先过来一下。"我正在把买来的东西往冰箱里放，便将购物袋放在地上，来到了餐桌边。

"你坐下吧。"

我顺从地坐在英而对面的椅子上，不过，除了吃饭以外，我们这样相对而坐的时候是极少的。那么我们平日到底是在哪里度过两个人的时光呢？疑问在我的脑子里刚发芽，我就把这棵细芽连根揪掉，扔得远远的，将意识集中到了眼前的丈夫脸上。

"什么事啊？"

英而将放在报纸上的手伸向我，握住了我放在餐桌上的手，我也伸出双手握住了他的手。我们两个人就这样一动不动地对望着。

我从丈夫的眼睛里看到了某种欲望，我想要将它在我的眼神里悄悄融化掉，但是我的心不知何时再次回到了那晚的草丛里。那里只有我能听到的嗫嚅声、接吻，每次玻璃窗哐当一响时，心脏就会狂跳的那些夜晚……而现在，我和英而是合为一体的。不，我和他，以及我们坐着的椅子、胳膊肘下面的报纸、构成两个人生活的所有东西全都是一体的。我和这个人今生今世都不会分离，我一心想的都是这些。英而长长叹息了一声开始说话。

"现在，台湾香蕉的生产在减少，我们的厄瓜多尔香蕉迎来了转机。但是伯父和我都不想重蹈覆辙了。因此……想拜托你一件事。"

英而用力握了握我的手，露出了微笑。

"你能不能向你妈妈帮我多少筹措一些资金呢。"

然后他告诉我，他和伯父打算转换事业方向，重新成立一个出售家庭用健身器材的公司。到时候就需要一大笔启动资金。

"比较顺利的话，几年后我们就可以还清借款。即便不是太顺利，只要开始经营，也可以确保定期获得利润，因此这次经营绝对不会有什么亏损的。当然，如果能够无息贷款的话，更是求之不得了，对你妈妈提出这样厚着脸皮的请求实在是说不过去。关于贷款的条件在某种程度上，打算优先考虑你妈妈的要求，所以在店里不太忙的时候，或你妈妈方便的时候，你可不可以去找她谈一谈？如果有希望的话，我再去恳求她。"

不必思考什么。终于有了可以具体帮助他的机会了，这一激昂感犹如泡沫一样咯吱着我的全身，我站起来喊道："我明白了！"

英而放了心似的紧绷的嘴角松弛了，托着我的脸颊接吻。以此为信号，两个人去了卧室。

次日一下班，我就去了九段的妈妈家。

尽管英而说不用着急，但有可能给夫妻的日常生活带来缝隙的事件，哪怕是一点小事，我都想要尽早解决。九段的娘家，只是在结婚之后的两个正月时回去过。说是回娘家，也就是在饭厅吃点心，聊了几句不痛不痒的闲话罢了。那里已不再是我的家，只不过是把我养人的妈妈现在生活着的场所罢了。

在饭田桥站下车后，我朝着九段方向，沿着大马路慢悠悠走去。虽然我一直留意在路上会不会遇到熟悉的人，但没有遇到一个熟人。登上九段的坡路，越是接近妈妈的料亭，心情越是像下雨时掉落在户外的手巾一般，有什么湿漉漉的东西在心里膨胀起来。从靖国神社往里走进一条街，没走几步，就听到了三味线的声音。和一个穿和服外套的女人擦肩而过，也是个不认识的人，好像是去做头发的样子。回想迷恋舞蹈的小时候，这条街上的艺伎没有我不认识的……我觉得如果将来当老板娘的话，这些人是理所当然应该知道的。话虽如此，小时候的我为什么那么坚信自己将来会当料亭的老板娘呢？为什么会认定这是人生最有价值的事情呢？也许是远离了一段时间的缘故吧，现在越来越觉得在那里度过的幼年时代的梦想，都是可笑的妄想似的。不过，如今，成了这把年纪的老太婆，在你面前说这些话时，我觉得回顾短暂的过去，从中感受到可怜与虚无的二十岁的我，与被回顾的年幼的我或许并没有什么改变。只不过是相信的东西改变了——就是说那天走在九段街道上的我，对于只有被自己所爱的人爱，永远和他在一起，才是人生的价值，是深信不疑的。

我没有事先告诉妈妈这次回家的事。恰好是开始准备宴会的时候，所以，我绕到后门，问了句"有人吗"，就拉开了门，看见一个长发女人在擦地板，她听到动静猛地回过头来。她并不是我小时候熟悉的那个阿国。但是对方好像知道我是谁，马上低头问候："您回来啦。"她的黑白发恰到好处地混合成美丽的灰色旋涡似的束在脑后，我望着她那蓬松的头发，问道："妈妈在吗？"

"在，就在隔壁房间里。"

"我有事找她。"

"我去告诉她一声，请进来吧。"

她去了隔壁的三帖屋，好一会儿没有回来。我不敢相信这里曾经是自己住过的家，也没有脱鞋，就在土间里等着，感慨地回忆着过去。随着哗啦一声，拉门拉开的同时，我听到了一声"出什么事了"，抬头一看是妈妈进来了。妈妈依然穿着端庄得体的上等和服，泛着光泽的头发挽成好看的发髻。相比之下，几乎没有化妆的我，穿着英而穿旧的夹克衫和灰色的厚裙子，感到自己这寒酸的样子在这里很不合礼仪。我对妈妈深深低头施礼，比心里重复练习过多次的角度更深，然后说道：

"妈妈，我今天来是有点事想请你帮忙。现在忙吗？"

"一会儿时间可以。有什么事？"

没等我抬起头来，妈妈已经转身回三帖屋去了。我跟在她身后慢吞吞地走进了房间。妈妈把矮桌上打开的账本合上，把像是老花镜的眼镜如同压上腌菜石似的放在了上面。刚才那个女佣送来了茶水，不等她离开，我就迫不及待地说明了来意。因为我知道，要是妈妈说"一会儿时间可以"的时候，一定是只有一点时间。

我极其扼要地把重点说完，妈妈默默地戴上老花镜，再次打开了账本。然后哗啦哗啦地一边翻看着，一边问道："你真打算借钱？具体需要多少呢？"

我把英而说的金额告诉了她，但妈妈目光锐利地瞪着我，默默地看起了账本，不再说话了。

"很为难吗？"

妈妈仍然沉默着。然后看了一眼手腕，手腕上戴了一条镶着好几颗发光小石头的银手表。也许是意识到了我的视线，妈妈用手指肚擦了擦表盘，伸出手腕让我看："漂亮吧。"

"很漂亮。"

我一回答，妈妈莞尔一笑。

"倒不是为难。如果你们这么困难的话。只是家里用钱的地方也很多啊。你也看到了，二楼重新装修了，然后还打算把大门修得气派些，再种些松树什么的呢。所以你说的数是不可能的，即便借给你也就是一半。"

"可是妈妈……"

"如果实在困难的话。"

妈妈再次合上账本，把眼镜放在上面。

"你还有一个办法呀，恐怕你已经忘了。"

妈妈说着，开始旋转放在背后木板上的黑色保险柜的锁来。从她的动作，我知道给我剩下的时间已经很少了。

"手段，什么呀？"

"你不是还有个爸爸吗？"

"没有忘啊。记着呢。"

"你爸爸不是个阔佬吗？"

"爸爸……？"

"准确地说，是那个糟老头子。"

糟老头子，妈妈充满恶意的声音说道。不过，那尖锐的恶意一点也没有搅乱我的心。

"祖父是住在很漂亮的宅子里。虽然漂亮，却是个特别怪异的房子。"

"是啊，那家人很古怪啊。"

妈妈把账本放进保险柜，再次开始转动锁。然后站起来，对着墙壁上的镜子整理头发，一边问我："怎么样？""很漂亮，"我像刚才一样回答，再次微微一笑。

"下次有时间再好好听你说吧。问冈仓先生好啊。"

妈妈挥了挥手，表示已经不打算再听我说什么了，我只好鞠了个躬，走出了三帖屋。

在厨房里，刚才那个女佣一边喝茶，一边看妇女杂志。我穿上鞋走出大门，看到大门外有三个穿西服的男人在说笑，不用说没有一个是我认识的。

当晚，我就在饭桌上把经过一五一十地告诉了英而，说完之后，他仍然在沉思，什么话也没有说。我本打算听听丈夫的看法，却仿佛被沉默引导着似的主动表了态。

"过几天，我打算去找爸爸一趟。"

英而抬起了头。没等整理好思绪，我就滔滔不绝地说了起来。

"我想妈妈的意思是说，另一半去找爸爸要。很长时间没有见面了，也不知道爸爸现在在做什么，不过可以去祖父家看看。准确地说，借给我钱的肯定不是爸爸，而是祖父。祖父住在一个特别大的宅子里，我小时候雇了好多用人，一个人过着奢侈的生活……我不清楚他有多有钱，但是如果没有破产的话，现在应该还是个有钱人。不幸的是，祖父不喜欢我，不过，通过爸爸拜托的话，肯定多少会借给我一些的。"

"是吗，你爸爸嘛……"

英而低着头，喝了一口杯里的啤酒。看样子他心情很不好，这更刺激了我的献身欲望。

"肯定没有问题。这个周六我就去一趟。"

我声音开朗地说道。英而又喝了一口啤酒，说："啊，谢谢了。"我双手包住了他握着酒杯的手。

周六是半天工作，所以，中午下班后，我就直接去了祖父的家。

宅子前面的路很窄，我记得和爸爸去的时候，一般都是打车到离得最近的那条大马路，下车后走着过去的。今天我也是乘电到大马路，下车后找了半天都没有找到，还差点儿迷路，终于看到高出一片房屋的那棵高大的侧柏后，立刻就找到了。

侧柏仍然将它那黑绿色的树梢伸向天空，犹如什么东西的墓碑一般。一想到好久没有进入这个宅邸了，我从心底里哆嗦了一下，同时感到了胸口一阵奇妙的悸动。无论是装修得低俗而繁杂的毫无品位的宅子，还是后院那瘆人的绿森森的树林，小时候，我只要一想到它们便浑身起鸡皮疙瘩，但时隔几年后再次来访，不知为何，觉得它们全都在等候着自己似的。那树林以及应该还在某片树叶下面生息的蝴蝶女王，几年后见到我，也许会为我的成长而欣喜，兴奋得为我扇动羽翅吧……唯有看到祖父那张面孔令我沮丧，而祖父想必也不愿意见到我吧。我必须见到并拜托此事的只是爸爸，只要爸爸出面请求的话，祖父一定会有求必应的。

穿过小路，终于走到了遮挡宅邸的气派的围墙边时，我顿时怀疑起了自己的眼睛。从高墙上露出的宅邸屋顶，已然不是记忆中那样的了。那已经不是反射着阳光、傲然闪烁黑亮光芒的黑瓦屋顶了，而是变成了淡淡的橘黄色屋顶。我沿着墙根走了一段路，来到了入口。大门上挂着从前的那个大木牌。经过多年的风吹雨打，道道裂纹的发黑的木牌和我记忆中的完全一样。没见过的是它下面安装的白色对讲机。以前没有这玩意，大门总是大敞着的，大门里面站着一位穿着砂土色制服的叔叔，一看到我和爸爸，就会低头问候："您回来啦。"

我按了门铃，于是，不知从哪里发出一个女人的声音："是哪位？"那声音不是从眼前的白色对讲机发出来的，像是从地底下发出来似的。我不由得低头从脚下寻找起可能发出声音的装置来，可是什么也没有看到。我犹豫着对着对讲机说了爸爸的名字和自己是他的女儿，从地底下再次传来"请稍等"的声音。我退后一步，仔细观察地面，一只脚使劲踩了踩稍微隆起的一个地方，还是一般的地面。这时听到背后传来粗重的响声，我吓了一跳，回头一看，大门自动朝里打开了。

"请进吧。"

地面说道。我朝着白色沙砾甬道迈出了一步，映入眼帘的景象让我再次惊呆了。

那是个与我记忆中的祖父的宅邸迥然不同的宅邸。那是一座城堡。一座王子和公主居住的那样的城堡。

围墙里面露出的橘黄色屋顶仿佛将吸饱的阳光之流铺在了墙壁上一般。在面朝宽阔草坪的コ字形建筑物中央，矗立着一座四层楼高的尖塔，塔尖上顶着一只小风标鸡。此外，在构成コ字形的直角处，各耸立着一个比这个塔稍小一号的、塔尖上没有风标鸡的尖塔。在草坪中央，有一个以裸女雕塑为中心的喷水装置，朝着天空喷射着水柱，隔着喷水看到一个玫瑰花拱门。从那个拱门跑出一个怀抱着装满粉红色玫瑰花花篮的矮小女人，跑上了通往玄关的阶梯。

糟老头子，此时妈妈的声音在我的脑子里敲打起来。

在这个将少女的梦胡乱拼接起来般的城堡里，祖父竟然耀武扬威地活到了今天这把岁数，一想到此，我就不禁感到一阵晕眩。继而感到无比的空虚，面对活得如此长久的祖父和这等令人晕眩的财富，我感到自己难以置信的微不足道，陷入了彻底的虚脱感。我打算立刻打道回府，回自己温馨的家，可是一想到丈夫发愁的面容，又深吸了口气，努力控制住了自己。然后，一步一步地走上了刚才怀抱鲜花的那个女人跑上去的阶梯。

相当于二层楼高的玄关大门敞开了三十厘米左右的缝隙。不知是刚才那个女人慌忙之中忘关了，还是原来就这么开着的。我扶着门，问了一声"有人吗"，没有任何回音。从开着的缝隙往里看，好像没有一个人。抬起头能看到那巨大吊灯的一部分。从门缝射到地板上的细长的四方形光线，将我的身影清晰地雕刻了出来。注视着这个两腿细长，脑袋尖尖的怪物似的影子，我紧绷的心情才稍稍平静下来。

由于等了半天也不见有人来，我便鼓起勇气推开大门走进了宅子里面。玄关大厅里比较昏暗，摆放在正中央的大花瓶里插满了粉红色的玫瑰花。在昏暗中，那一圈圈向上盘去的螺旋楼梯仿佛在发光似的，看上去光溜溜的，犹如已经饱餐了一顿猎物的惬意的蛇那样盘踞在那里。我走近花瓶，闻着那玫瑰花的香味儿。那是非常非常新鲜的花香……

"您爸爸，马上就来。"我背后有人说话。

我回头一看，一个穿着黑色西服的高个子女人正看着我。她的身子挺得直直的，两臂摆出菱形的姿势，合拢的双手紧紧贴在肚脐下面。这是个美丽的女人。她保持着这个姿势，纹丝不动地站着。我小声回答"好的"，又回过身去看那个玫瑰花瓶。

不知过了几秒钟还是几分钟，没有听到任何声音。

突然我被自己喉咙深处发出的窒息般急促的呼吸声吓到了，这才意识到自己已经好半天没有喘气了。没等我调整好呼吸，就听到那个声音仿佛从遥远的上方传来。那声音在整个宅邸的墙上发出很像是我的名字的回音，缓慢地在我耳心里留下令人麻痹的余音，渐渐消失在玫瑰花香里了。

我回头一看，爸爸正从旋梯的扶手上探出身子，俯视着我。

10

"你可来啦。"

爸爸说完缓缓地从螺旋楼梯上走下来。从渐渐走近的爸爸的脸上，我不能不看到被时间的鞋底踩躏的痕迹。

爸爸衰老了。一头浓密的黑发已经变成了稀疏的灰色，虽然没有微笑，眼角却满是裂缝一般深深的皱纹，因消瘦得厉害而喉结凸起。我想象中的爸爸已然不见了。到了这个份上，即便我想要寻找记忆的穿孔，把手指插进去取出被折叠在那里的那个帅气的身姿，可是眼前站着的爸爸那绝对的老态已经将所有的窟窿都堵住了。

"真是好久没见啦。"

爸爸已经站在我的面前了。

他那低沉的声音、痉挛般的眨眼、稍稍向左倾斜的脖子……与显而易见的入侵整个身体的粗暴的衰老不同，在一个个细微之处进行着缓慢而更为纤细的衰老。这衰老从明显不合身的厚花呢西服外面松软地覆盖了爸爸，隐约透出我希望看到的年轻帅气的爸爸的英姿。

"爸爸，我是来……"

"你结婚了吧?"爸爸打断我的话，发出震动整个屋宇的大笑，"我都知道的。"

也许是抽烟很凶的关系，我注意到爸爸嘴里露出的牙齿犹如一排龟背一般变成了茶色。这牙齿极大地损害了爸爸仅存的一点点高贵的美。而这个无法弥补的缺损无情地摧毁了爸爸隐约可见的昔日风姿，再一次将它们驱赶到了无法触及的远方。我踉跄了一下，退后两三步，打算仔细看清楚爸爸那衰老的全貌。尽管我的余光看到那花瓶里插得满满的粉红色玫瑰花，然而那花香已经消退，柔软而鲜活的盛开的那一片片花瓣，现在犹如死人的舌头一般软软地耷拉着。

我再度感到强烈的晕眩，伸手按住了额头。爸爸已经不是帅气的爸爸了——对了，既然爸爸已经不帅了，就不再是我的爸爸了——在热气熏蒸般的眩晕之中，只有这句话用冰冷坚硬的黑色的铅笔重新勾画了我的轮廓。我放下捂住额头的手，抬起头来时，感觉站在面前的爸爸比刚才清晰多了。我觉得他一点也不好看。于是，我才终于对爸爸笑了出来。

"爸爸，我来找你，是有事求你帮忙。"

好容易发出的声音，很像在大门外听到的从地底下发出的陌生女人的声音。

"是借钱的事吧，这个我也知道！"爸爸又笑起来。

"听妈妈说的？"

"妈妈？ 怎么可能啊。爸爸能看透一切呢。"

爸爸突然靠近我，使劲抱住了我的肩膀。一瞬间强烈的反感传遍了我的全身。爸爸原来是爱开这种无聊玩笑的人吗？ 是为了掩饰这无聊而搂住女儿肩膀的人吗？ 我由于极度的惶惑和厌恶感，使劲憋着气，等待这个生硬的拥抱结束。因为和丈夫以外的男人的肉体接触，即便是有血缘关系的亲人，对我来说也只有痛苦。

几秒钟后，爸爸终于放开了我，我也不想掩饰止不住的颤抖，急切地开了口。

"爸爸，我想请你借给我一些钱。我们现在有困难。"

爸爸嘿嘿一笑，倚靠在楼梯扶手上。

"你所说的我们……就是你和你的丈夫吧。"

"是的。"

"给我看看照片。"

我用颤抖的手打开手提包，拿出钱包，摸到了里面的英而和我的照片。那是我们结婚后不久，在附近的照相馆里拍的结婚纪念照。我戴着珍珠项链，身着一身白色套装，坐在椅子上，满面笑容，站在我身后的英而同样是一身白色西装，比我笑得还灿烂。

"真是个美男子啊。"

爸爸夺过照片，就像检查可疑的钞票似的举得高高的看起来。

"爸爸，我们跟别人借了很多钱。必须用这些钱重新创业。所以非常需要一大笔资金。"

"哈，果然是借钱吧。这世上最有用的东西，说到底还是钱这玩意。"

"好久没来看爸爸，一来就借钱，很对不起，可是没有别的办法……我只能求妈妈和爸爸帮忙……"

"借给你钱的话，会在你家的院子里给爸爸立个铜像吗？"

爸爸在空中摇晃着那张照片，痴呆老人似的半张着嘴笑。

"爸爸，我跟你说正经的呢。"

"你把爸爸当什么了？"

我吃了一惊。再次和爸爸对视时，看到那镶嵌在洼陷眼窝中的黑玛瑙似的眼球里闪烁着冰冷的光。爸爸没有笑。

"你把爸爸看成什么了？"

我感觉到爸爸慢慢走近了我。

我根本动弹不了。

本应立即给出爸爸想听到的回答，但是从喉咙往下都被从未感受过的冰冷的恐怖麻痹了，什么话也说不出来。 爸爸已经走到我跟前了。如同吞下小石头般尖尖的喉结即将戳到我的双眼，我不由得闭上了眼睛，就在这时，爸爸明显大于刚才程度地再次用力搂住了我。垂下来的花瓣在我的眼帘里摇曳，拥抱持续了很久很久……终于从那怀抱中解脱出来时，我感觉筋疲力尽，仿佛从几百人的怀抱中摆脱出来似的，被挤压的皮肉表面生出的热度，眼看着要再次融化掉我身体的轮廓。

我定睛一看，爸爸靠在扶手上，交叉着两只脚。这是爸爸最具标志性的极其优雅的姿势。爸爸将我和英而的结婚照夹在食指和中指之间，就像为了逗弄小女孩而拿出来的小玩意似的，故意举得老高的摆动着。

"还给我。"

我伸手要去夺照片，但是爸爸的目光盯着地面，一直保持着这个姿势。我想要从那两个手指之间揪出照片，可是照片就像被粘在两只手指之间一样，根本揪不动。

我只好放弃了，在爸爸旁边，和他一样靠在扶手上，等着他开口说话。我低着头沉默时，感觉后脖颈越来越沉重。仿佛每一次呼吸，蜷缩在身体里的五脏六腑便失去一点柔软的弹性，将通过内脏的血管全都扭曲扯碎了之后，因死去的细胞而加重了分量似的。我紧紧抓着扶手，拼命抗拒着那沉重的压力。

"如果一定要借钱的话……"爸爸沉默了很久之后，终于开口说道，"也不是不行。只是有个条件。"

我问道："什么条件？"和沙哑的声音一起，我感觉到自己呼出苦涩而酸酸的气息。

"你们还没有孩子吧？"

爸爸阴险地瞧着我的腹部。我在两天前刚刚完了月事。

"是的，还没有……"

"那就不要生孩子了。"

爸爸的视线已经变成了尖尖的细针，用那句不吉利的话作为线，开始把我的腹部和后背贴着的扶手紧紧缝合起来。

"我的意思是，如果保证不生孩子的话，可以借钱给你们。"

我咽了好几次唾沫，湿润口腔，好容易才发出嘶哑的声音回答。

"……这种事，爸爸没有命令的道理。"

"不是命令，我说的是约定。这是平等的个人之间的约定。"

"这简直太过分了……"

"不愿意的话，你就回去吧。"

爸爸说的话实在是匪夷所思。大约是呼吸了太多这里的空气的缘故吧。爸爸已经被这个宅邸里的欺瞒附了体，因而死心塌地做它的走狗，或是选择扮演那个角色了。不管怎么说，他不再是我认识的那个爸爸了。如果是不帅气的爸爸，就不再是我的爸爸了！

玫瑰花香从我的鼻孔穿了过去。我感到铁块一般的两片肺叶再次被柔软的黏膜包裹起来，渐渐恢复了平稳的弹性。

"你怎么打算啊？ 说呀。"

刚才我的脸上一定浮出了极其伪善的笑容吧。让我的羞耻心和诚实与这种设计好的疯狂为伍是断然做不到的。无论多么微小的事情，我都不会向这个小丑爸爸做出保证的，在小丑面前说的谎话不能算是谎话。于是，我直视着爸爸的眼睛，一字一句地回答：

"我明白了。"

"你保证吗？"

我猛地睁开眼睛，我知道爸爸要用装出来的疯狂举止吓退胆小的女儿。我嘲笑这样的爸爸。于是我笑着说："我保证。"

"那就可以了。"

爸爸的身体终于离开了扶手，伸了个大大的懒腰。用手指夹着的照片理所当然似的塞进了西服内兜里。

"那么，我现在去请求你祖父。"

爸爸朝走廊走去，打开了最里面的那扇巨大的门。从我站着的大厅里，也能从门的缝隙间看到大理石桌子的一角。从后面窗户射进来的阳光照得房间里白晃晃的。我闭着眼睛，屏息静气地等着。

不知过了多长时间，爸爸再次出现在大厅里的时候，手里拿着一张崭新的、犹如吸收了阳光似的白纸。在那张纸的亮光引导下，我的视线被最里面那扇慢慢关上的门吸引了。

我看到刚才并没有看到有人的桌子后面站着祖父。

祖父穿着一身白色西服，戴着巴拿马帽。

祖父和年轻时的爸爸很相像。比爸爸更多地保留了爸爸的面容。我甚至觉得那个房间里的祖父说不定才是我真正的爸爸。

在这次奇特的拜访之后的次日，英而的伯父失踪了。

据英而说，当他像往日一样去了事务所，看到一张办公用信纸用透明胶带贴在桌子上，上面是伯父写的字。大致内容是，这一连串的噩梦让自己感到累极了，重新开创事业的劲头早已用尽了，实在对不起，余下的善后事宜就交给年轻有为的你了。我也看到了这封留言。伯父在一张信纸里竟然说了四次"实在对不起"这句话。我依照字面的意思来理解这四次对不起，很同情伯父。只是觉得事业的起步资金已经到位了，按说没有必要再失踪了……

"你没有告诉伯父钱借到了吗？ 筹集到了这么多钱，剩下的就是好好打拼了呀。"

"我是担心还没有落实的事，告诉他的话会让他空欢喜，太可怜了。不过，实在应该告诉他，真是失策。"

"有没有什么办法找到他？ 通过朋友或是其他公司的人……"

"能想到的地方都去找了，或拍了电报，可是怎么也找不到。"

"伯父真可怜。"

"是啊。但事已至此，只有咱们自己多加努力了。"

正如他所说的那样，我们没有叹息的时间。英而立刻用我借来的钱为本钱，和"值得信赖的朋友"们开始了创业。

从那以后，我就整天都出去工作了。白天在新宿的食品公司做管理工作，晚上到英而的熟人在荒木町开的酒吧打杂、记账，并不是做女招待。我们打算至少先还清伯父留下的欠款。同时，跟爸爸妈妈借的钱，我也按月归还一定的数额，尽管少得可怜。爸爸那边是汇款，妈妈这边由我直接送去。

伯父失踪后过了一年左右吧，一天晚上，去酒吧之前，我先去了趟九段的妈妈家。我把装钱的信封递到妈妈手上时，妈妈使劲叹了口气，冷不丁地对我说："你大概还不知道吧， 还是告诉你一下比较好，伯父不是一个人失踪的，是带着芳乃一起走的。"

一听妈妈说"芳乃"，我没过脑子就问："芳乃是谁呀"。于是妈妈就像舔空盘子的猫那样直勾勾瞪着我，甩给我一句："人常说，还是什么也不知道最省心，看来还真是这么回事啊。"然后就打开信封点钱了。妈妈这故弄玄虚的沉默，更勾起了我对妈妈那久违的憧憬与轻蔑参半的好奇心。

"到底是谁呀，告诉我吧。"

"就是咱家的芳乃呀。你小时候不是跟她特别亲近吗？"

"……不会吧，真的是芳乃姐吗？"

"是啊，错不了。"妈妈伸出舌头，用舌尖舔湿了手指，又数了一遍。

"是骗我的吧。伯父怎么会和芳乃姐扯上关系呢?"

"只不过是你没有意识到啊。就连我都没发现呢。"

"那妈妈是怎么知道的呢? 为什么现在告诉我呢?"

"这种事,等人们议论的新鲜劲儿过去了,自然会传到耳朵里来的。"

"妈妈是听谁说的?"

"那你就不用管了。"

妈妈把钱装回信封里,立刻站起来走出了三帖屋。大概是本地的艺伎提前到了,从二楼的宴会间传来调三味线的声音,仿佛宣告会面就此结束似的。我还想接着和妈妈说几句,就坐在原地没有起身,可是等了三十分钟也不见妈妈回来。我心事重重地往回走,边走边想,此事太过唐突,说不定是妈妈胡编的。可是,正因为唐突得出人意料,又让我觉得这事并非妈妈胡编乱造,而是真有其事了。

那天晚上和英而吃夜宵时,我对他说起了妈妈告诉我的这件事,并且抱怨起来,几年前突然消失的芳乃姐怎么会和你的伯父一起失踪呢,实在是不可思议。他只是露出吃惊的表情听着,时而插上两句。几个小时之后,夫妻之事过后,他才有勇气对我说出实情。

"其实我一直没有告诉你……"

英而说,早在十年前,伯父就和某个艺伎同居了,那个艺伎大概就是你妈妈料亭的芳乃姐吧。有关这个艺伎伯父没有详细说过什么,但是记得伯父告诉过我,几年前让她退出了花柳界,在驹入一带开了个小饭馆。

"这么说,是伯父把芳乃姐从我家带走的了?"

那位稳重的伯父居然让芳乃姐为情出走，简直难以置信。

"恐怕是这样的……那时候伯父还相当年轻。公司的经营也走上了轨道，前景一片光明啊。"

"为什么一直没有说呢?"

"他是个嘴很严的人。加上你是八重的小姐，想必更说不出口了吧。"

"可是伯父不是单身吗?　为什么不和芳乃姐结婚呢?"

"其实，这个事我也没有告诉你……"

英而叹了口气说道。

"伯父现在还有妻室呢。尽管已经很多年没有见面了，但伯父根本不打算和她离婚。我不知道这是什么缘故，只能说伯父自有伯父的道理吧。"

"是啊，肯定很难办啊。可是，这样私奔也太自私了吧。我本来很喜欢芳乃姐的，她是个又漂亮又温柔的阿姐……我哭了好久呢……伯父把这么好的阿姐从我家夺走，现在芳乃姐又把伯父从咱们身边夺走了。他们根本不考虑其他人的感受啊。"

我想起了多年以前和芳乃姐一起在不动明王寺内流眼泪的那个黎明。现在看来，当时芳乃姐的眼泪是因为想起了英而的伯父而流的了?　而那眼泪在十几年后又引发了这起失踪事件……

对我而言，过去的回忆都是各自独立的东西。它们就如同夜空中的星辰，虽然可以将一个个星星连接成星座那样的东西，但实际上各个星星之间相隔着几万光年呢。同样，各个记忆也绝对不会相互接近或重合的。一旦成为记忆的事情，就和其他任何星星在时间上永远也不会发生关联，永远作为一颗孤独而唯一的星星在记忆的宇宙中飘浮。因此将那天黎明发生的事情和这次伯父失踪的事情联系起来，是一件相当不容易的事情。

然而那天晚上，我委身在丈夫的怀中，发觉自己对问题的看法似乎有着很大的偏差。

　　停留在我的记忆中的各个回忆应该一直是独立而难以介入的，它们永远停止于那个时间，因此得以超越时间，永恒存续下去的。可是，一直以来，我到底把这些折断了的时间链条丢到哪里去了呢？那些断掉的时间能够自己迎来终结吗？即便我们都死绝之后，那些被我们抛弃的时间还会继续在某个地方生存下去吗……

　　当被磁石吸附的铁砂般模糊的想法变成语言形成这个疑问的瞬间，我内心生发了一个预感。与此同时，脑海里浮现出了迄今为止随意扔掉的时间的链条已在某个被打穿的黑暗洞穴里积蓄并逐渐有了形体，此时它正越过从背后抱着我的丈夫，伸手来抓我的情景。

　　过不了多久，我可能就会被从这里带到其他什么地方去——这并不伴随恐怖，就像把脱落的眼睫毛放在手心里看那样，是引不起丝毫感动的某个预感。

　　虽说如此，我并没有能够把这天晚上的预感立即和今后的生活变化联系起来思考。回过头看看，尽管那件事毫无疑问是某个转折的苗头，但当时的我，由于太惧怕过多地预知未来，而把那极其干枯的预感——因此比什么都觉得危险的预感——收进了眼睛看不到的抽屉的最里面，并上了锁。

　　在拼命工作的这段时间，我恍然意识到婚姻已经过去了四年多的岁月，却依然没有一点怀孕的兆头。或许是那天为了借钱而接受了爸爸提出的交换条件，承诺了不生育的缘故……每当来月信时，这阴暗的疑问便闪过脑海，但我并非这等迷信的人。那个约定原本就不是正经人能够做得出的。我甚至认为将那个诡异的宅邸里发生的一连串事件和一个人的生理现象联系起来思考，是对人类生命的亵渎。倘若我的不孕有什么缘由的话，应该是更为现实的，用手能够触摸到的什么东西。结果没过多久，简直可以说是最合理的原因出现了，那就是，近来英而回家的时候明显减少了。

自从忙于赚钱还债以来，我每天要工作到夜晚十一点，回到家已是半夜时分，英而回来得就更晚了。即便如此，我们每天早上同时起床，一起吃早饭已经成了习惯，然而最近，英而即便回了家，也是疲惫不堪似的，独自呼呼大睡。而且早上也不跟我一起起床了。因此，不知从何时起，我又像在九段料亭的少女时代那样孤独一人吃早饭，然后朝着卧室说一声"我走了"，就出门上班了。

英而每个月往银行户头里给我打一次生活费，其金额每个月都相差很多。好在我在公司和酒吧有固定的收入，因此尽力调整，确保每个月向各方债主还一些债。如果没有这些债务的话，我就可以和英而两个人一起去旅行，晚上去外面吃饭，然后去看夜场电影了……我有时候会这样傻傻地幻想。但是就连这一点可怜的幻想也持续不了一分钟，因为金钱与丈夫的缺失，使得这狭小的公寓里处处都在抽打我的脸，如同粗暴的君主一般在生活的中心横行霸道。每当英而难得回家时，我为了逃避这不间断的抽打，竭力想从他的举止中发现希望的征兆。然而，好容易从他那视线的边缘捕捉到的征兆，不管是预示着绝望也好，希望也罢，总是在刚刚捕捉到的瞬间便失去了表面上的意义，仿佛自己面对的是一幅巨大的绘画……我除了呆呆地看着这幅画，什么也做不了。

"明天什么时候回来？"

我一边准备很晚的晚饭，一边随口一问的这句话里，散发着受到丈夫冷遇的妻子的竭尽全力的媚态，我不觉脸红了。

"不知道啊。各种事情和麻烦事太多了。"

"有什么我可以帮的吗？"

"你吗？"

“是啊。”

我惧怕想要压抑却如同体臭一般渗出来的厚颜无耻，站在白炽灯照不到的墙边。

“没有什么需要你帮我的。你就做好你自己的工作，还有偶尔这样照料我的生活就行了。”

“可是……”

我低下头，看到了自己脚上弄脏的拖鞋尖。那是新婚时英而买来的情侣拖鞋里的一双。我畏畏缩缩地看向桌子底下，看到那里有一双灰色套袜的大脚。他那双拖鞋哪儿去了？ 他的脚在小桌子的暗处显得特别大。说不定在他的袜子里面套着那双拖鞋呢？ 他从早上起来就穿上了？ 去公司的时候也穿着？ 一直到现在……当我终于放松了一些，抬起头来时，他已经不在我面前了。桌子上只放着吃剩了一半的饭碗，从浴室那边传来洗澡的流水声，犹如遥远的瀑布在流淌。

渐渐地，距离他最后一次回家过了一个星期，两个星期，一个月，两个月……工作一天之后，疲惫地回到家里，一个人钻进被子里睡觉之前，我会在心里反复念叨：“我早知道会有这么一天的。我不是早就这样预感到了吗？”这并不是伯父出走那天产生的那个预感，而是新婚时因过于幸福而恐惧的时代的那样的更为素朴而朦胧的预感：“这样巨大的幸福不可能长久的。现在的幸福，是以早晚会付出某种代价为前提才成立的……”我在睡觉之前，让自己投身于这些近似虚无的安慰话，品味着它带给自己的片刻安宁之后，把脸贴在冰凉的枕头上，思考起自己为什么会落到这个地步来。那样相爱的两个人为什么会这样天各一方，一方如此强烈地需要另一方，而另一方为什么不是这样呢？ 直到此时，我才想到了这样一对夫妻——爸爸和妈妈。爸爸扔下妈妈和我，一去不返。妈妈所表现出的仿佛忘掉了爸爸似的举止……难道说爸爸和妈妈之间发生的事，现在正在我和丈夫之间重演吗？ 如果是这样，妈妈是不是对爸爸也抱有我现在对英而那样程度的爱情呢？ 而爸爸是不是对妈妈也像英而现在对我那样抱有难以捉摸的冷漠吗？

失去曾经的光辉，漂浮在记忆的宇宙中的爸爸和妈妈的影像，给充满了这个小卧室的我的孤独洒上了浓重的黑影。

我甚至觉得他们对于这件事情，对于二十多年前他们生在这个世上的独生女儿的孤独，有着不可推卸的责任。于是乎，我觉得对于他们自身可能感受到的孤独，作为他们的女儿我也应该承担起责任。……如果父母没有我这个女儿的话……不，如果从一开始就没有爸爸或妈妈的话……这说明我们拥有的太多了吗……所以才会缺失的……是啊，只有不存在才能……？ 对了，就像用不合尺寸的材料凑合做出来的模型一般，原来我们这个家是个只有使其一部分不断地缺失才能稳住重心的家庭，在这样的家庭里长大的人，组成了新的家庭的话，也只能是徒有家庭之名的粗制滥造的模型……

一旦陷入这样漫无边际的胡思乱想，我就感觉黑夜永远也不会过去。

第二年的正月，我一个人回到了妈妈的料亭。

妈妈穿着正月必穿的和服盛装，盘起发髻，在家里穿梭不停地忙碌着。我从后门进来后，妈妈只看了我一眼，就说："是一个人回来的吧。"她的话音里透着得意，让人听着很不舒服。我也没有脱外衣，就坐在桌边，翻开了桌上放着的一本妇女杂志。

"真是没法子啊。"

我抬起眼睛，看到妈妈在微笑。我怀着自己都没有想到的近乎憎恶的心情瞪着微笑的妈妈。

"一看到你这副表情就知道了，因为……"

"妈妈，什么也不要说了。"

"少装模作样了吧。根本别想瞒住我。"

"不要胡猜了，回头再跟你说……"

"和老公怎么了？是不是不回家了？"

"妈妈！"

犹如第一次说出这几个字似的，我一个音一个音地清晰地发音。妈妈还想说什么的架势，不服气地站着。

"妈妈……"

妈妈，妈妈是真的爱爸爸的吗？

我没有问出来。只是紧紧地闭着嘴唇，盯着妈妈，在心里叫喊。

即便这样，妈妈似乎也明白了。

妈妈现在完全没有了表情，连刚才明显地浮现在脸上的焦躁都消失不见了，她就像戴着一副用粗制黏土做的厚厚的假面具一般凝视着空中。就在此时，我明白了。这副极其贫乏的表情，毫无疑问正是自己现在所拥有的孤独的答案之一。

这是被剥夺了所有的女人的表情。不仅仅是微笑，连悲伤、愤怒、快乐、绝望，尤其是光阴都被夺走了的女人的面孔。

如此空洞得可怕的脸，迄今为止我从来没有看到过。我恍然大悟，如果自己是这个女人生下来的女人的话，那么自己早晚也会在镜子里看到这样一张脸的。

"我晚上才回来，你自己一个人吃饭吧。"

妈妈依然是这副表情，说完就走出了三帖屋。剩下我一个人在厨房里，视线落在了刚才打开的妇女杂志上。看到一个年轻的模特穿着蝴蝶图案的长及脚踝的长裙的照片。在那晚霞旖旎的天空般美丽色彩的布料上，仿佛有好多只好多只蝴蝶扇动着朱红色翅膀，朝着我飞来。突然我感觉身后有蝴蝶飞来。那艳丽的朱红色翅膀妖冶地扇动着，金色的磷粉散落在空中，犹如绽开口子的蕾丝般长长的触角抚弄着我的肩头——我觉得只要我一回头，就会看到那只蝴蝶正等着我。

"发什么呆呢？"

这才发现妈妈又站在了我的面前。刚才的表情从来没有过似的彻底消失了，涂了厚厚一层面霜样的皮肤闪烁着寒光，布满皱纹的嘴唇上燃烧着不合时节的杜鹃花色。

"真是的，老是这么傻呆呆的！ 打小你就是个整天不知在想什么的女孩子。简直拿你没办法……难怪被老公甩了呢。"

"妈妈，生气了？"

"我生哪门子气呀。只是想让你听我说一句话。我早就知道你会有这么一天。怎么样啊，老公不回家了吧？"

我老老实实地点了点头。

"果然是这么回事。那个人来咱家接你的那天，我就知道会有这样的结局。不对，可能更早一些吧，或许是……"

"爸爸离开咱家的时候？"

面前的妈妈的脸上又像刚才那样即将变成巨大的茫然表情，但妈妈不允许这样。妈妈将戴着好几颗鲜艳石头的拳头砸在桌子上，吼起来：

"这件事和你爸爸的事根本挨不上边儿！ 我的意思是说……"

"当然有关系啦。因为爸爸离开家的时候，妈妈什么也没有做吧？ 对吧，应该做的，可是没有做啊……我相信妈妈也心里有数的。这就是报应……这就是报应！"

我站起来走近妈妈，是打算痛骂还是打算拥抱她，自己也不清楚，两人近得嘴唇快要碰到了，对了，就是爸爸在宅邸里拥抱我那样……我看到眼前这双仔细描着黑色眼线的眼睛里浮现出那熟悉的恐怖色彩的瞬间，不由得紧紧抱住了妈妈。

"我和妈妈是不一样的。我绝对不会像妈妈那样的……所以拜托妈妈，不要以为自己什么都知道了。"

我掏出了自己的全部真情，对妈妈嗫嚅道。妈妈的身体在颤抖。如果再用力一点的话，连骨头都会哗啦哗啦散落在地上似的。但是妈妈发出难听的叫声，极力想要挣脱我的拥抱。

"其实你什么也不懂……"

我听到妈妈终于这样说道，我泄了气，松开了胳膊。看见妈妈背后的碗柜玻璃上映出妈妈的背影和我的脸。我在微笑。

"是的，我不懂。不过，就连妈妈也根本不懂得我呀。"

"不对，我懂得你。因为你是我的。身上流着我的血。是我生下的女儿。"

妈妈剧烈地喘息着，在美发屋精心打理的油光发亮的发髻散乱了，脸上的白粉也掉了，露出被烫了似的红红的皮肤。再往下看我的胸部，从她的皮肤上脱落的肉色白粉弄脏了我的黑色外套。即便这样我仍然在微笑。

"不过，我也是爸爸的女儿啊。"

妈妈倒退了几步，直勾勾地瞧着我的脸。长久的沉默之后，妈妈公式性地开口道：

"这话现在说有什么意义呢？你并不是我的妈妈，我可是你的妈妈。"

妈妈不等我回答便转过身去，整理了一下弄乱的衣襟，朝玄关走去了。

我好像听到外面有女人的哭声，其实那是刮过低矮屋檐的新年的干燥风声。

此后英而也一直没有回家，比以往任何一年感觉更加漫长的阴暗的冬天终于过去了。

好容易迎来的春天，尽管没能像驱赶冬天一般，连同我的忧郁的现实一扫而光，但是，街头的行人都仿佛捡了一条命似的，绽开笑面，喜气洋洋。白天工作的公司也在计划去上野看樱花。据说那一天会早些下班，大家一起去上野公园，天黑之后赏夜樱活动可以自愿参加。然而我对这类活动毫无兴致——一方面也是因为那个月英而给的钱少得可怜的缘故——根本不需考虑，打算一口拒绝，但是同事们坚持要我一起去。

"你最近无精打采的。这个时候就更应该跟大家一起去看樱花啦。"

把收据给我拿到桌子上来的祥子这样说道，温柔地拍了拍我的胳膊。

"一起去吧，好不好？"

笑吟吟的祥子，和多年后再次见到她时的样子完全一样，依旧像个参透世间一切原理的女教师似的。如此看来，自己卑微的苦恼，说不定也可以和季节更替、股票指数的涨落同等看待呢，这样一想，我释然了，于是，趁着自己心情稍悦之时点了点头，"是啊，我也去"，强作欢颜地说完，我便潜入住惯了的孤独之中，低头开始摆弄发票了。

自从正月去看妈妈之后，我感觉自己在朝着新的方向迈进。我自认为那天自己对妈妈占了上风。今后无论发生了什么，也绝对不会变成妈妈那样，为此，我要彻底将从小在那个家里吸入的傲慢与自豪驱逐出自己的内心，尽可能保持平和的心态，回顾走到这不幸地步的过程，寻找自己的问题。这就像是雨后清晨的森林里群生的蘑菇一样，稍微拨开表面的落叶，就能够找到很多很多。但是，不管我怎样反省自己，英而还是没有回家。这样的生活方式太难熬了，我不止一次地这么想。即便这样，我也决不想重蹈爸爸和妈妈的覆辙。我拼命揪住眼下的生活不放。我要在一边等待所爱的人回来，一边活下去的这种棉花糖般的孤独之中，麻痹所有的痛苦。

赏花那天，公司委派我和会计科的三个年轻的女同事一起去占地方。我尽早结束了手头的工作，和她们三个一起上了山手线。电车在白目站停车的时候，我远远望着结婚五年来生活着的下落合的公寓方向，想着那里现在仍在等候着我们的小厨房、饭桌、被褥、情侣拖鞋。

在电车里，午后柔和的光线从对面的车窗照进来，三个同事一直嘻嘻哈哈地闲聊着。我右边的同事手腕上戴着的手表反射的太阳光，在对面座位上的小女孩右脸上映出了一个很小的菱形。小女孩没有意识到那菱形，正把手放在旁边像是她妈妈的女人的膝盖上，慢慢地一会儿张开一会儿合上地玩着。不一会儿就厌倦了，从座位上嘣地跳下来，啪嗒啪嗒地来回踩着从车窗投在地上的白光玩儿。白光就像在逗着她的小脚丫玩儿似的在地面忽隐忽现，在车厢里形成了一道令人愉快的小小风景。紧接着，当她手上戴着的小玩具戒指突然捕捉到了刺眼的阳光时，不知怎么我的胸口突然一阵难受。

那是有些熟悉的近似过于强烈的幸福般的痛苦，如同某种沉重而潮湿的温暖的东西压迫到胸口那样。接下来自然是联想起自己非常熟悉的不幸童年了，我赶紧闭上了眼睛，准备忍耐那痛苦的时刻。然而，等了半天也没有等来，不但没有等来，那沉重而温暖的东西深深地沉入我的内心，使那里溢出同等体积的恐惧和不安，流进午后的日光之中去了。我被难以名状的感觉缚住，困惑不已地睁开眼睛，愣愣地瞧着四方形的车窗、对面坐着的母女俩、窗外逐渐接近的上野站的建筑物，以及坐在自己旁边的同事们。

"你怎么了？"

她们一齐笑着瞧着我，这一瞬间，令人目眩的新鲜的情感之波洗刷了我。就是说，我在那时，仿佛看到充满视野的世间万物都是那样温柔的、代表这个世界在欢迎我似的。我不再是以前的我，不再是被所爱的人爱恋、需要的人了，也不是九段的那个小家里的愤世嫉俗的幼小的我了！就连自己这样卑微的人都在发生变化，这世上怎么可能有不变的东西呢？所有的一切都在变，不断地变化着，所有的一切，所有的一切……我只是一味地静静地控制着莫名其妙涌上来的眼泪和心跳，以至于无法向突然展现在眼前的新世界露出微笑。

到达上野站后，我们顺便在小卖店买了东西，然后只等公司的同事们前来了。樱花已经盛开，周围已经有好几群赏花人开始会餐了。我们围成圈儿坐在塑料布上，同来的女孩子们一边看樱花一边愉快地聊天。我一个人还沉浸在刚刚在电车里突然被缚住的不可思议的情感里，置身于喧嚷之中，仰望着散落的樱花。我将一个花瓣放在手指肚上凝视着。不久公司的同事陆续到来了，会餐不知不觉间拖拖拉拉地开始了。

太阳即将落卜的时候，我忽然看到斜对面的一群人里有穿着鲜艳和服的女子。仔细一看，并非一个人，有好几个同样穿戴的女子在愉快地说笑着，或是听到了谁说的笑话，啪叽啪叽拍着手。

我的视野顿时黯淡下来了。

在我的眼睛里面再次变得明亮起来的世界里，樱花和塑料布，以及坐在对面的女孩子的圆乎乎膝盖都不见了，代之以九段廿日会的赏花情景——说不清楚是多少年前的事了——展现在眼前。

我旁边坐着芳乃姐，妈妈坐在稍微离我远一点的地方，和其他料亭的妈妈们，还有箱屋的阿繁他们一起喝酒。爸爸不在。在草席的正中间，艺伎老大姐在弹三味线，两个穿着红色和服的半玉艺伎在跳舞。我向后扭转身体，越过芳乃姐柔软的上身在寻找什么人。隔着好几个人，终于找到了那个少年，他没有坐在大家围成的圆圈里，而是坐在草席的最边上，瞧着其他地方。他左腿半跪着，手里拿着小树枝，稍稍歪着脑袋，等待着迟迟不落下来的第一个花瓣落下来——

我差点儿忍不住喊出声来。

是的，无论如何我也忘不掉。我曾经就是在上野公园的这个地方赏过花的。我忽然发现，现在铺着塑料布的地方，也和那次廿日会赏花的地方一模一样。

我不禁害怕起来。在电车里突然造访的那个令人眩晕的瞬间和这个偶然的一致，仿佛张开了一张巨大的网。或许，只是今天偶尔才意识到，其实直到今天，我都是这样在无意识之中忠实地模仿着自己的过去一路走来的吧。无论结婚还是工作，自己都当作未知的体验，全身心投入进去，随波逐流，跟跟跄跄走到今天的。然而，这些经历只不过是从前已经体验过的事情改变了形式的重复而已吧。

"你怎么了？"

有人摇晃我的肩膀，我回头一看，正是思念的芳乃姐。

"你醉了？"

她说完笑了起来，这时芳乃姐忽然不见了，原来是穿着和樱花同样颜色的粉红色套裙的祥子。我想要抓住芳乃姐留下的余韵，死死盯着她的脸，"没有喝醉，只是发了会儿呆"，还没等我说完，突然传来一声撕裂空间的尖叫声。

所有的人一齐朝着尖叫发出的方向望去。又传来一声女人的叫声，那是犹如被录音的尖叫声再次被录音般没有质感的干枯的叫声。随后，又听到哗啦一声什么东西摔碎了。我们公司的同事也非常好奇，一个接一个地站起来，去看热闹了。坐在斜对面的花枝招展的艺伎们被搅扰了兴致，一个个无精打采的样子。

"到底发生什么事了？"

祥子也站起来，穿上高跟鞋，扭着腰肢，迈着舞姿般的步子跟在人们后面走了。

塑料布上只剩下了我一个人。尖叫声已经没有了。能听到的只是远处人们的咒骂声和什么东西碰撞到什么东西上的沉闷声响，以及随风飘落下来的花瓣再次乘风而去，贴着地面移动到某处去的沙沙声。在空无一人的塑料布上，我看到落在膝头前的花瓣巧妙地避开空了的饭盒和东倒西歪的空啤酒罐，不停地向前移动。我的眼睛追逐着它们时，忽然看到塑料布对面有一根小树枝垂直地插在地上。就在此时，尖利的警笛声响彻四周，征服了所有的声音。

我猛地站了起来，发疯似的朝着人群冲去，推开一层层围观的人，往最里面钻去。那厚厚的人墙不可能轻易地给闯入者让路的。可是，我仍然拼命地从那些温暖的躯体之间往里钻。即便被人踩脚，杵肩，拧腰上的肉，我也绝不停止，就像小时候和千惠子、浪江赶二七庙会时那样，不顾一切地往里钻去……

当我费尽九牛二虎之力终于钻进人墙最里面时，已经完事了，只剩下看热闹的人们扫兴地议论着。我看见灰色的柏油路上散落着玻璃碎片，还有一大摊不成形的血迹，血迹周围还溅了好些血点。那铁桶般坚固的人墙失去了控制它的根据，人们从圆圈外侧开始散去，透过渐渐稀疏的人墙，我看见不远处有两个手持警棍的高大警察正并肩朝着红色警灯闪烁的巡逻车走去。我迈开发高烧似的脚步，晃晃悠悠地跟在他们后面走去。越是走近他们，我越是不能不承认自己的眼睛看错了，因为并非只有两个警察，那两个警察之间还夹着个男人呢。

那个男人又瘦又小，看上去根本不像是自己在走路，完全听凭两边的警察架着他在移动似的。警察把他推进了巡逻车的后座上，就跟弹掉停在胳膊上的蛾子差不多，然后巡逻车鸣响警笛开走了。一阵大风刮来，我恍惚觉得地面在晃动。偶然一低头，看到脚边有一小块像是刚刚滴落的血迹。

我蹲下来盯着那暗红色的血迹……在心中喊了一声忘却已久的那个少年的名字。

——哲治!

11

那天我不知道自己是怎样回到下落合的公寓的。

当我意识到时，自己已经坐在了厨房的硬塑料椅子上，满脑子都是在上野公园看到的那个瘦小的背影。那个人肯定是哲治，肯定是很久很久没有想起过的——我的哲治！

白天在电车里突然降临的那浴火重生般的新鲜感受，在我看到他的后背的瞬间，便消失得无影无踪了，如同它到来时那样唐突。我绝对没有重生。因为那天，我在十几年前赏花的地方再一次看到了一模一样的樱花，在两个警察之间再一次找到了十几年前找到的哲治……

或许所有的巧合都是计划好的。或许根本就没有什么可大惊小怪的。我的存在就如同抓痕一样不过是一段短暂的时间线条，它一旦流出来，无论分成多么细的支流，最终也只能朝着一个方向蜿蜒而去。自从看到那个背影以来，即便遇到大小岩石的阻碍，分成许多条溪流，也会再度合流，发出吼声吞噬一切，向前奔腾的。温度不同的水混合在一起，激起飞沫，把我和这个小小的公寓一起冲向远方。

我在昏暗的厨房里不知坐了多长时间，突然被刺眼的白光和一阵刺耳的响动惊得猛然抬起头时，看见桌子对面出现了一个陌生的男人。

"我回来了。"

我盯着这个人仔细一看，才慢慢地变成了我认识的脸——长久以来一直渴望的英而的脸。这个人是从过去来到我这里的吗？ 而且还会在未来的什么地方等着我吗？ 直到眼睛适应了灯光之后，我一直茫然地瞧着丈夫的脸。不管我怎样抚弄，怎样揪扯都摸不到尽头的那头浓密的黑发，已经剃成了寸发，脸上胡子拉碴的，被埋没在这些胡须里的薄嘴唇张得大大的，发出"我什么也没吃呢"的不耐烦的声音，在静悄悄的厨房里回响。犹如音量出了毛病的收音机似的，那声音在我的耳膜上扎了根锐利的荆棘。

"你发什么呆呀，想什么呢？"

我慌忙站起来，想要蹲在米柜旁边淘米做饭，可是头晕得站不起来。于是，他走过来抓住我的胳膊，然后像扔下一个行李似的又松开我，让我坐在椅子上。

"你是不是瘦了呀？ 就像是……"

说到这儿，英而仔细打量着我，但马上就从口袋里掏出烟香甜地抽起来，也许是突然看厌了吧。这个人原来是抽烟的人吗？ 尽管这么想，我的手却不自觉地把放在桌子角落的烟灰缸拿到他面前。

"我以为我回来的话，你会高兴呢。不过，看来并非如此啊。"

他用指尖弹下来的烟灰，掉在了圆点图案的桌布上，而非烟灰缸里。落在圆点上的灰色小点上面，又重叠了公园的柏油路地面上留下的暗红色血痕，这些色彩的重叠犹如骇人的音乐一般震动了桌面。英而悠悠然抽完一支烟后，换了一大口气，说道：

"既然这样，我回头再来吧。"

"不是那样的。"我突然说道。

"不是那样？"

"不是那样的……"

206

"你说不是那样的，什么不是那样啊？我不是那样吗？还是这个家呢？"

英而将嘴角往上翘起，浮出浅浅的微笑。从这笑容中什么兆头也看不出来。没有希望也没有绝望，有的只是坚固的楼阁那样的漠不关心。他又从口袋里掏出一支烟点着了。

"今天，我去看樱花时，见到那个孩子了。"

"那个孩子，是谁呀？"

"那个孩子，是我的……"

"是我的什么呀？"

"是我的……"

我刚说到这儿，舌头就像被往里揪着似的疼痛起来。喉咙里突然生出的小小重力，试图把声音给压回去。好容易才挤出来的声音，只能从牙齿缝隙间轻飘飘地出来。

"遇见了我的……朋友。"

"是吗？和朋友赏花呀。老公汗流浃背地干活时，你倒是悠闲自在啊。妻子这样幸福，我真的很高兴。"

说完，他站起来朝玄关走去，我抓住了他的胳膊。

"你还记得吗？就是我的朋友，哲治啊。在九段的艺伎屋里的……我的……最要好的朋友……咱们约定结婚的时候，除了你和我之外，知道这件事的全世界只有那个孩子啊。"

"所以呢，你想说什么？"

"那个哲治，今天我突然遇见他了。"

"所以呢？"

"所以……"

"如果你想说，所以我们的婚姻好像出了什么问题的话，那就改日再说吧。"

"不是的。我不是想说这个……可是我真的不知道了，现在我到底生活在哪个时间里，是生活在我和你的时间里，还是我和哲治的时间里呢……"

"你生活在哪里都没有关系，至少我生活在我自己的时间里。"

英而打开大门走了出去。刚点着的那支烟还在烟灰缸里冒着袅袅细烟。从那烟气里我仿佛听到了潺潺的水声。

第二天我提前离开公司，回了趟九段的妈妈家，已经好久没有回去了。

自从正月和妈妈拌嘴之后，我就没有像以往那样为了还钱每月回家一趟了，但是，这一天却有某种难以抗拒的东西夹着我的两臂，把我押解到九段街去了，并非自己想要去的。是的，就像上野公园看到的那个被夹在两个高大警察中间的瘦小背影，被运去的一样……

说是春天，但日光很强，有些闷热，我从都电下来没走几步，脸上就渗出了汗珠。新宿方向的天空中漂浮着色彩艳丽的广告气球，在午后的日照下，看着朦朦胧胧的。一走进靖国神社向左延伸的小路，就看到了熟悉的料亭和鳞次栉比的艺伎屋，仿佛要将夜晚的喧嚣残渣排泄掉般的往灰色小路上投下沉重的黑影。或许是由于前几天见到了哲治的缘故吧，走着走着，我想到在这条街上共同度过童年的朋友们，此时此刻仍在与我的记忆完全没有关系的地方，实实在在地存在着，不禁感到有些既可怕又欣喜。我的脚不由自主地朝着儿时小伙伴千惠子家的美发屋走去。

她的娘家园田美发屋，是赴宴席待客的艺伎们做头发的九段好多个美发屋之一。记得小时候，我经常去她家二楼上她的房间玩耍，但我最喜欢的还是一楼正面的镶嵌着教堂那种彩色玻璃的细长窗户。可是，多年没来，那个窗户已经发黑，几乎被藤蔓覆盖了，还有好几处裂了缝，从里面贴着宽宽的胶带，在太阳光下熠熠生辉的深邃色泽已全然不见了。我小心翼翼地走近那个窗户，用手指拨开藤蔓，从缝隙里往屋里看。彩色玻璃里面，一个系着花围裙的女人正背对着我给客人梳头发。一头大波浪长发垂到后背上，丰满的臀部随着梳头的动作晃动着。映在对面镜子里的她的脸，尽管稍稍长了些，鼻子尖了些，依然残存着昔日的影子，因此我立刻就认出了她。是千惠子！我正想用手指敲窗户时，她突然回过头来。千惠子朝我所站着的窗户这边看了几秒钟，但她的眼神并非要分辨那里站着的人是谁，只是想要确认窗户的颜色似的。然后回过身去，对着镜子里朝客人温柔地笑着说了句什么，女客呵呵笑起来。我在窗边感受到了微微的震动，赶紧后退了一步，从藤蔓之间的昏暗玻璃上看到了一张目光畏缩的女人的脸。我逃也似的离开了那里，走向妈妈的料亭。

大概是去洗澡吧，途中有好几个穿浴衣的艺伎与我擦肩而过，没有一个是我认识的。当然她们也只是瞅了我一眼，并没有向我点头或打招呼。当年，芳乃姐拉着我的手去澡堂子的时候，笑着跟我们打招呼的艺伎，在这条街上恐怕已经没有了。即便有，也都上了年纪，去地方做老大姐了吧……

我绕到八重的后门，打开拉门，又看到一个从没见过的中年女人在擦地板。"请问，您是哪位啊？"她问道。我告诉她是这家的女儿，她露出吃惊的神色，发出一声："哎呀，是小姐啊……"我没有回答，径自脱了鞋，走进厨房，坐在旁边的椅子上，用手帕擦着额头上的汗。

"妈妈在吗？"

"在。"

"现在她有空吗？"

"好的，我现在去问一下……"

就在她转身的时候，穿着白色连衣裙的妈妈从隔壁的三帖屋走了出来。我一看就知道那不是一般的白色，而是带有警告意味的咄咄逼人的白色。和妈妈一起生活的时候，只要不是特别的应酬，我从来没有看到妈妈在家里穿过这样的衣服。还没等和妈妈四目相对，我就已经被那白色连衣裙的刺眼的白给刺激到了。

"怎么啦，瞧你这表情。今儿个又给我来个突然袭击啊。又是为了钱？"

我一站起来，妈妈的眼睛里立刻露出明显的狼狈之色，她大概是不想让我看出来，没等我回答，就吩咐女佣："夏子，麻烦你上一下茶，好吗？"说完，转身回三帖屋去了。

我意识到妈妈的狼狈由来于正月的那个莫名其妙的拥抱，不由得感到阴暗的欣喜。谁知，一进三帖屋，这欣喜就立刻被吃惊取代了。房间里没有了熟悉的坐垫和矮桌，它们的位置被足有一张榻榻米大小的橡木桌子和带椅垫的皮椅子占据了，小屋子被塞得满满的。

"怎么回事，这是？"

妈妈哼了一声，自豪地回答："好人给我买的呗。"

"好人？"

"别看我这样，还不算老呢。自然也会有一两个男人给我买桌子呀。"

"桌子算什么……"

"当然不光是桌子啦。"

大概是不高兴了，妈妈一屁股坐在带椅垫的椅子上，很不自然地在撑得鼓鼓的连衣裙胸部下面抱起了胳膊。

"不过，今天可真是稀罕哪，什么风把你给刮来了？ 这个月的钱不是已经打到我账户里了嘛。如果不是送钱来的话，到底是什么事呢？ 你应该不会无事登门的吧？ 和冈仓君过得还好吗？"

妈妈的口吻里明显掺杂着讽刺的意思，我轻轻咬住嘴唇。但是落到我这细微动作上的妈妈的视线，和自己干裂的嘴唇上残留的血腥味一起渗进舌头，使我不能不低下头，刚才清晰地留在记忆中的妈妈那狼狈之色，已经被眼前她的连衣裙的白色，涂成一片雪白，连细微的凹凸都被抹平了。

"赶紧说吧，你到底是想要钱还是什么的，有什么事的话，就抓紧时间，我可忙着呢。"

我深吸了口气抬起头时，妈妈已然对着手镜，噘着嘴唇开始描鲜艳的粉红色口红了。

"妈妈，这颜色是不是艳了点？"

"你这孩子还是这么土得掉渣啊。告诉你吧，要不是我这个年龄，还衬不出这种颜色的美呢。"

妈妈瞪了我一眼，自豪地扭回头去看手镜，一瞬间我觉得的确很美。

"妈妈。"

"什么事？"

"刚才吧，我见到千惠子了。"

"哦，园田家的，你的那个好朋友千惠子吧。那孩子浪荡够了，又回来了。"

"什么叫浪荡够了？"

"你离开家后不久，那孩子就和一个小混混住在一起了，跟私奔似的。你还不知道？ 后来，不知道怎么回事，前不久，就像吵架

211

吵累了的猫一样，突然一个人回来了。"

"千惠子，跟人私奔了？"

"是啊，看来是被人给骗了吧。可惜了，那么漂亮的女孩，不过，话又说回来，被人骗也是美人一大特权嘛……"

"她怎么会跟人私奔呢？ 还有，怎么现在又回来了呢？"

"我怎么可能知道得那么详细啊。你这个好朋友去找她，跟她喝杯咖啡，顺便问一问不就知道啦。"

妈妈从抽屉里拿出一个乳白色的瓶子，拧开盖，用里面的乳霜涂抹起眼睛下面的洼陷来。我回想着刚才看到的千惠子摇晃的长发和丰满的臀部，一边呆呆地瞧着妈妈专注地化妆。

"好了，好了，别老这么傻呆呆地杵在这儿，有话就赶紧说吧，我忙得很呢。你不至于想搬回来住吧？ 这个家里现在已经没有可住的房间了。"

"不是的，我……"

"什么呀？"

"我……妈妈……"

我急促地喘了口气，说：

"隔了一条街的对面的，那个叫做鹤家的艺伎屋，现在还有没有？"

"鹤家？"妈妈停下手，蹙起眉头，"鹤家……鹤家……"

"是一个特别破旧的小艺伎屋，你还记得吗？ 那儿有一个和我同年的名叫哲治的男孩子……"

"哦，想起来了。那家净是睡觉觉的吧。"

好久没有听到睡觉觉这个词了，我不禁感到那个家里飘溢的独特气味仿佛在我鼻子深处苏醒了。没错，哲治就是生活在睡觉觉和枕头阿姐们居住的那个家里。

"那儿已经没有人了。"

说着，妈妈又拿出一个瓶子，在嘴唇周围涂抹起来。

"什么叫没有人了？"

"没有了就是没有了嘛。"

"是那个店关张了吗？那家人都去哪儿了？"

"我说，你问的这些个我怎么会知道。别人是别人，自己是自己。我要是像你这样老是关心别人家的事，哪儿还有工夫做买卖呀。"

"可是，哲治呢……？"

"哲治？"

"就是那家的那个男孩子啊。"

"男孩子吗……啊，想起来了，不过我不能肯定是不是那个孩子……听说多年以前，这一带有个男孩子和一个半玉艺伎逃到向岛那边去了。在那一带干了坏事，被关进去好几次。不过，在这种地方到底有没有那个男孩子呢？我一点都没有印象。反正，把园田家的千惠子姑娘拐走的那个二流子，好像是那孩子的哥们儿。"

见我不说话了，妈妈一边嘟哝着"真是的，这一带的孩子就是不安分"，一边把桌子上摆的一排化妆品收进抽屉里。这时，我才注意到，妈妈的皮肤上涂了厚厚一层人工的白色，比连衣裙的白色有过之而无不及，只有眼角和嘴唇像发烧似的红艳艳的。

"对了，你还没有怀上孩子吗？"

妈妈一边整理头发一边问。

"是，还没有……"

"这可就奇了怪了，你们都结婚几年了？"

妈妈盯着我的肚子看了一眼，摇摇头站了起来。

"这世上还真是无奇不有啊。怎么着，想问的都问完了吗？

我该走了。"

"走？ 去哪儿？"

"真要命，不管多大了，也老是这么不上路，你这孩子……"

"打扰一下。"

这时，隔扇外面有人说话，拉门开了，是夏子。

"啊，夏子，我现在要出门了。你把茶端到那边去吧。这孩子喝了茶就回去。"

妈妈就像在轰我似的，一只手挥了挥，说了声"回头见"。就朝大门口走去。看她这态度，说明那个正月的拥抱给妈妈造成了屈辱。若如此，无论是那让人不快的连衣裙的白色，还是人工涂抹出的皮肤的白色，可能都是妈妈为了对我进行持久报复的细致周到准备的一个阶段而已。

"那么，请到这边来……"

我跟在夏子后面，去了以前我和妈妈吃饭的茶室。然而，那个房间也不见了过去的影子。和刚才妈妈的三帖屋一样，在这个土气的和式房间里，摆放着极不协调的紫葡萄色皮沙发和厚玻璃面的餐桌。在布满暗色凸点状的沙墙上，装饰着和我等身大的色彩浓郁的油画。夏子将两人份的茶水放在那个玻璃餐桌上，就轻轻地返回厨房去了。

原本很有品位的妈妈是怎么在这些庸俗的家具包围中坦然度日的呢？ 目之所及全是令人不舒服的东西，茶室的这一改观只能让我感觉和祖父家的改观有着相通之处了。妈妈曾经和我这个女儿一起背地里嘲笑祖父家俗不可耐的装潢，可是，如今妈妈也将那俗气在自己家里发挥得淋漓尽致，对此她到底意识到没有呢？ 现在妈妈也终于开始被祖父的毒素侵蚀了吗？ 就连我自己，倘若迟早也会发生同样的变化，可如何是好？ 这一可怕的预感令我脖子上一阵发凉。我只抿了一口茶，便起身离开了料亭。外面依然阳光灿烂，天空呈现出透明而清澈的水蓝色。我本想在大马路边等开往新宿的都电，又觉得在这里一动不动地站着的话，妈妈那气势逼人的白色会贴着狭窄的小路，爬到我的后背上来似的。于是，我快步走下九段坡路，走到十字路口往左拐，去了饭田桥站。

大路上看不到什么行人，只有马路两边的商店的玻璃橱窗如同早早点亮的街灯似的发着银色的光。快走到车站的时候，我看见从东京大神社的那条细细的甬道上走来一位背着孩子的年轻女子。这位迈着小碎步、脸上的表情显得有些忧郁、小声唱着摇篮曲的妈妈——没错，她正是五金铺的浪江。在擦身而过时，我想要喊她，可是她根本没有意识到我的视线，仿佛被无形的大浪推着似的，速度比走过来时快了好多倍，转眼间就从我身边走远了。我连她背上的孩子是男孩还是女孩都没有看清楚。

那个浪江当妈妈了！孩子的爸爸是她曾经向往的音乐家吗？浪江给孩子买钢琴和小提琴了吧……我呆呆地伫立在原地，久久眺望着那母子远去的背影。真是一切都变了。千惠子曾经跟人私奔了，浪江有孩子了。而我呢？我究竟在这里干什么呢？

当我再次迈开脚步，却是朝着饭田町的停车场方向走去，而不是饭田桥站了。

从附近的铁路职工宿舍那边传来踢罐头盒的哐唥哐唥声和孩子们的欢叫。我独自一人看了半天铁丝网里面的空车。记得以前，我经常和哲治一起并肩蹲在这里，看那些发出沉重响声渐渐开过来的列车。可是现在只有我一个人。不仅是现在，回家后也是一个人，睡觉还是一个人。第二天早晨醒来，恐怕依然是我一个人。尽管我已经长大了，尽管已经对这世间的道理懂得一些了，但我发觉自己在这个广阔的世界上竟然是孤零零的一个人。

"哲治!"

我轻声呼唤他的名字。盼望着再一次见到他。

下个星期日，我邀请祥子一起去了向岛的墨堤，看隅田川的樱花。

"受到你的邀请，真是稀罕哪。"

上了电车，祥子还是觉得纳闷，我只是借口"想看樱花"。当然真正的目的并不是看樱花。

自从听了妈妈说的那番话以来，去向岛就可能见到哲治的淡淡的期望就开始在心中萌生了。随着日子一天天过去，这希望渐渐变成了无法抗拒的诱惑。一旦听到这一消息，我就觉得自己无论如何也要去一趟向岛。之所以没有一个人去，而是叫上祥子一起去，是源于我的怯懦。纵然在向岛找到哲治，经过这么长久的空白时间之后，和他单独面对面，实在是一件令我恐惧的事。

"樱花还是上周最好看，没有叫老公一起去吗……"

"不用了。他工作特别忙。"

"真是可怜啊。这么好的春日还工作。"

"他这个人喜欢工作，没关系的。樱花明年也可以看的……"

"你真是幸福啊。对了，我对别人还保密呢，告诉你吧，我准备明年结婚。六月份就下聘礼。"

在都电里，她的脸上突然绽开了笑容，说起了未婚夫的事。我一边起劲地附和着，一边在心里对自己说："这些都是根据从妈妈那里听来的捕风捉影的传言而采取的愚蠢的行动。和艺伎逃亡向岛的男孩子不一定就是哲治。在这个广大的日本，要找到一个人，谈何容易……"可是，越是对自己这么说，越是听到"几个小时后你一定会再次见到哲治"，这预言般的声音不断地扫平一连串脆弱的词语，向我迫近。此刻的我，犹如在破茅草屋里等待暴风雨来临般忧心忡忡，幸而身边的祥子那纯真开朗的情绪拯救了我。可能的话，我真不想下这趟车，一直听她这么说下去。

从都电下来后，我们就被周围的人流裹着慢慢往前走，前往隅田公园方向。

墨堤的樱花已经过了最佳观赏期，浅茶色边缘的小花瓣覆盖了混凝土地面。时而刮来大风，残留在树枝上的花瓣好似只等着这个时候似的，纷纷随风飘落下来。

"你看，都落了吧。"

祥子抱着两臂说道。

"是啊，是晚了一些。"

"当然晚了。还是上周来正好。"

然后，我们沿着樱花街树漫步起来。祥子絮絮叨叨说着话，我一边应和着她，一边瞪着两眼，在这水泄不通的人群中搜寻哲治的身影。此时祥子还在说未婚夫的事。

"他个子很高，是个美男子。而且还是一副温柔又男子汉气概的长相。要说长得像谁，怎么说呢……哟，有点像那个人！"

她的脸贴近我，用下巴点着江米酒小摊的人群。

"你看，就是那个穿蓝衬衣的人。看见了吗？"

那个蓝衬衣闯入我的视野之前，我恍惚看到有个瘦小的身影快步走过那里。

"哎呀，讨厌，和他对视了呢……"

我没有理睬脸红红的祥子，不顾一切地去追那个背影。我拨开人群，就在我只差几步就够到那个人后背的时候，他回过头来了，原来是个天真无邪的中学生模样的男孩子。我怔怔地站在原地，追上来的祥子使劲抓住我的胳膊，说：

"我说，你这是怎么了？ 自己一个人突然往前走了……根本没有听我说话吧。"

"对不起，可是有个人很像……"

"像我未婚夫的是那个穿蓝衬衣的人。好了，不说他了，我都累了，咱们去那儿吃点豆沙凉粉吧。鞋有点小……我想歇一歇。"

她噘着嘴，低头看着自己的荷叶裙下面露出的圆鞋头。

"好啊。去吃吧。今天我来请客，谢谢你陪我来。"

"哎呀，真客气啊。"

祥子恢复了高兴的情绪，拉着我朝对面的茶屋走去。

那好像是一个由向岛艺伎做女招待的茶屋，在座位上一坐下，就有一个梳着大大的桃形盘发、上插一支樱花的年轻艺伎走过来。也许是还不习惯吧，她脸红红的，显得有些腼腆，身着漂亮的长袖和服，笑容可掬，真是可爱极了。仔细打量她时，我恍惚觉得这位少女是九段街上认识的某位阿姐。那些阿姐肯定也曾经有过这样的花样年华，但我不可能认识年轻时的她们，今后也绝对不可能认识的，我眼前仿佛出现了这样一个无法填埋的时间之壑，忍不住热泪盈眶。

茶屋里的客人很多，我们要的豆沙凉粉半天也没有上来。其间祥子又不厌其烦地说起了未婚夫，我则默默地搜寻着哲治的身影。就在我俩即将忘记为什么坐在这里的时候，豆沙凉粉终于送来了。凉粉犹如将不毛而平和的时间凝结起来的露水一般，闪耀着幸福的艳丽色泽。吃了一口浸泡在黑蜜糖里的寒天，浓烈的甘甜与疲惫混合在一起融化在了嘴里。

"真好吃啊。"

祥子心满意足地吃着豆沙馅。而我却担心就在自己低头吃豆沙凉粉的一瞬间，哲治会在自己眼皮底下走过去，所以一边吃一边注意观察着周围的人们。

"你怎么跟比目鱼似的，老这么盯着别人的脸瞧啊……"

祥子很是吃惊，可我却无法因为她那比目鱼似的吃惊表情太可笑了而打消心事。我一直这样心事重重地用勺子舀着空气般吃着，所以，当祥子的碗已经空了时，我的碗里还有一半多呢。

"你吃得真慢啊。要不就是我吃得太快了？"

"对不起。我马上就吃完，稍微等一下。"

我这才意识到，赶紧把勺子深深插进豆沙，祥子一边喝茶一边说：

"没关系的。你慢慢吃吧。反正也没有什么急事。"

我舀了一大汤匙的豆沙，正要送进嘴里，一片花瓣轻飘飘地落进了漆碗里。"哎哟，这可真是风流啊。好美啊。"祥子笑了，我刚要笑，突然间被什么东西从旁边猛地撞了一下，还没等我反应过来，整个人就从椅子上摔了下来。

"哎呀，不要紧吧？"

祥子扶着我的胳膊，对那个人嚷道：

"你这是干什么呀！"

茶屋的女招待们都担心地跑了过来，走在路上的人们也都吃惊地看着我们。在我的脚边，从木碗里洒出来的蜜糖无声地渗入水泥地里。看着地面上快速扩大的一片黏糊糊的东西，我浑身被某种可怕的预感击打着，慢慢地抬起头来，于是我看到了——我一直寻找的那张苍白而熟悉的脸！

哲治站在我面前，俯视着我。

他的脸上露出的表情除了吃惊以外不可能是别的。我也超越了长久的岁月，从他的脸上看到了曾经与他共有的表情。现在在这个茶屋里的几十张脸之中，不，在这个世上的任何地方，只有我自己长着和这张脸一样的脸，我的分身除了这个哲治外，不可能是别人！四目对视着的时候，他的脸上渐渐浮出了微笑，我也感觉自己在微笑。我忘记了呼唤他的名字，只是呆呆地让自己沐浴在那令人怀念的目光之中。

"喂……"

也许是觉得不可思议吧，祥子摇晃着我的身体，就在此时，哲治脸上的微笑消失了。从远处伴随着咒骂声传来一阵杂乱的脚步声，哲治回头朝那边看了一眼，然后又回过头看我时，他的脸上已经变成了冰冷的表情，仿佛从来就不认识我似的，我还没来得及叫住他，他就已经钻进人堆里跑了。

"真是一场灾难啊。没伤着吧？"

祥子抓住还在发呆的我的胳膊，瞅着我的脸。又是一阵骚乱，一伙穿着花哨衬衫的男人从我们面前的路上急急忙忙跑过去了。

"简直是个愚蠢的小混混！抓住那个家伙，好好收拾他一顿才好呢。"

那伙男人跑远了之后，刚才吃惊得站住不动的赏花客们，此时也都像什么也没发生过似的，悠闲地看着樱花，漫步起来。茶屋的艺伎们也忙不迭地应对此伏彼起的叫声，来回穿梭在店铺与坐凳之间。掉在地上的豆沙凉粉木碗已经不知被谁收拾干净了，在我的左手边已经新放了一碗。

"好了，快点吃吧。渐渐冷起来了，找个地方进去暖和暖和吧。"

祥子浑身抖了一下，冲我咧嘴一笑。

和祥子在上野早早吃晚饭期间，左臂受到的强烈撞击依然活生生地留在身体内外。这感觉变成无缘由的微笑不断地在我脸上渗透出来。"你为什么一副那么幸福的样子啊?"

祥子不解地问我,可是,我也说不清这是为什么。

和她分手之后,微笑仍然没有从我的脸上剥落下来。下了电车,往家走去的步子特别轻盈,全身充满了不可思议的兴奋感,以至于特别想哼歌。纯粹的幸福恐怕就是这样产生出来的吧,我这么想着,摸了摸被哲治撞的左臂。那短短几秒钟的邂逅,将这几年来的空白之蜡瞬间融化,哲治现在成了比任何人都亲近的人回到了我的心里。而且,今天见到了他的话,明天、后天也同样能够见到,这没有根据的确信令我越来越兴奋了。

可是,兴奋感没有能够持久,因为当我推开公寓的门,看到入口处脱着英而那双黑色皮鞋。

"你出门了?"

面对坐在餐桌前的丈夫,我依然没能消除黏在脸上的微笑,为了掩饰脸上的表情,我低下头,顺势蹲下来,把丈夫的鞋摆正,把自己的鞋脱在旁边。

"看你心情很不错啊。"

英而冷冷地说道,拿起了桌上的威士忌。我为了不哆嗦,脚底用力,站在原地没有动。

"你去哪儿了?"

"去向岛了。"

"向岛?"

"和朋友去看樱花……"

"是吗? 又是樱花,樱花啊……"

"我现在做晚饭吧。"

我摘下挂在墙上的围裙,英而砰的一声把威士忌酒瓶放在桌子上,说"坐下吧"。我系了一半围裙,就在他对面坐下来。

"我经过再三考虑，还是打算去国外一段时间。"

他脸上的冷酷表情骤然一变，浮现出了极其愉快的表情。然而这只是表面上的无法让人信任的表情，揭开这层表象的话，不知下面会潜藏着多么可怕的脸呢。

"去国外？　为什么呢？"

"我打算在菲律宾建个香蕉农场。"

"在菲律宾？　而且还是经营香蕉吗？　健身器材这边呢……"

"这回和上次不同。美国的资本也开始参与了，是相当大手笔的买卖。这次不抓住的话，以后再也没有机会了。"

"既然这样，也带我一起去吧。我是你的妻子。无论你去哪里，我都愿意陪在你身边。"

"那可不行。你还是在国内吧。"

"为什么呢？　咱们不是夫妻吗？　所以我才一直一直在等你，……直到今天，我一直在等你回来啊。盼着能够像以前那样，你每天都回家，对我特别温柔……"

"关于这个问题，我以为你是明白的。"

英而又一次把嘴凑到酒瓶边，沉默了片刻。

"很早以前，你曾经问过我，爱不爱你，对吧？"

我猛地一惊。英而说的是我们结婚之前的那个梦幻般的时刻吗？　难道他也像我铭刻于心一样，一直在心里回想着那美丽而浪漫的情景吗？　于是，我的胸中又充满了少女时代那不知深浅的勇气。

"是的，我问过。因为我非常非常喜欢你，所以想知道你是不是和我一样喜欢我。"

"那个时候，我没有明确地回答你。只是说咱们在一起吧，你和我就都满足了。"

"是的……"

"不过，那时候我确实是爱你的。而且现在依然爱你。但是……"

英而握住我的手说道：

"我们的爱是不可能的爱。"

沉重的沉默在厨房里弥漫开来。无论是桌布上的一颗颗圆点上，还是置于火炉上的锅里，沉默都在入侵，无孔不入，我俩即将如石膏一般凝固了。

"真是太不幸了！"

打破沉默的是英而。他突然站起来，提起不知什么时候放在那里的银色大箱子，走进了卧室。

"等一下。"

英而机械地往箱子里一个接一个地扔着随身物品，我拼命地对他说话，他一声也不吭。最后，我放弃了，只是站在他背后，忐忑不安地看着他收拾东西。

装完所有东西之后，在玄关面对面站着时，英而放下箱子，慢慢地抱住了我。又一次轻声道"真是不幸……"，我死死搂住他的脖颈。

"英而，你所想的我完全弄不明白！你为什么会变成这样啊？不要扔下我，你这样说走就走也太突然了。不管怎么说都太过分了。我再也不想孤零零一个人守在家里了。"

"虽然对不住你，可是我实在不能和你一起住下去了。"

"就算这样，你至少会给我写信的吧？会告诉我你在哪里，好让我可以去找你的吧？还有，你总有一天会回这个家的吧？"

"会写信给你的。不过，你绝对不要给我写信。"

"为什么？"

"因为我不会看的。"

"为什么不会看呢?"

"因为我们的爱是不可能的爱。我肯定不会看你的信。"

他就像推开我似的放开我,走出了玄关。他最后的一瞥,初次见到他的那个夜晚绿幽幽的光仿佛散开了似的。

"我不明白!"

我大声喊道。混合着暗夜时凋零的花瓣的潮湿气味从敞开的门倾泻进来,将嘶哑的声音和眼泪,以及所有的一切都吞噬了。

这是为什么? 这是为什么? ——整整一个晚上我一直在思考。

如果说两个人的爱是不可能的爱的话,那么这个世上有没有可能的爱呢? 而可能的爱又是什么样的爱呢?

我的脑子里一片混乱。我甚至感到既然长久的忍耐最终换来的是这样的下场,那么,人生也太过悲惨而无法忍受了,活着的意义早已丧失殆尽。而且当我感到死亡会给我带来迄今为止所没有的安宁和温柔时,一个声音回响在脑海里。

……人这种生物,没有欲望的话就活不下去的。……因为欲望即是痛苦,……所以说,生而为人,就是来受苦的……

这是某个年底,爸爸对我说的话。

在这种时候想起的这句话,只能让我理解为是爸爸以一生为代价留给我的可憎的遗言,而不是对女儿的忠告。

不过,绝望是不会使状况变得更加糟糕的。英而早就不回家了,不过是以今天为界限,明确宣布进入这一状态罢了。我委身于惰性,继续留在下落合的公寓里,一如过往,苟且度日。不久收到了英而寄来的信,通知我出发的日期。信里写了"还要过两个多月才走,不用来送我"。我要他告诉我地址,他也没有写。我把信纸贴在脸上,像毛巾似的,使劲闻着上面的气味。虽然近乎愚蠢,却

224

以为这样可以从中嗅出他在何处……把信纸从脸上拿开时已经湿漉漉皱巴巴的了。我把信纸照原样叠好放回信封里，塞在枕头底下。

我脑子里想的却是哲治。

在向岛和哲治重逢的那天，英而就像从哪里听说似的，在家里等着我，这不像是纯粹的偶然。也就是说，那天，如果我不去向岛寻找哲治的话，似乎就不会落得这样的下场。是啊，如果那天我整天待在家里，擦玻璃、熨衣服、在餐桌上摆盆鲜花、做好温馨的饭菜、等候英而回家的话，就不会是这样的结局。这就是高高兴兴地落进自己设下的圈套的结果！

我手边没有解开这圈套的钥匙。如此看来，拿着这把钥匙的就是这个圈套的同谋哲治，只有这一个可能。既然如此，我必须尽快找回这把钥匙，不是吗？可是说实在的，强调这个支离破碎的借口的话，就像是立刻就会破的气球那样的东西。虽说如此，除了这易破的气球外，我手上已经没有保护自己的东西了。就像小时候在九段生活时那样，就像那个时候那样毫无目的，也不用事先约好，只要两个人共同分享同样的沉默就能获得满足那样——我想再一次见到哲治。

每当触到左臂，那天晚上感受到的短暂的兴奋感便充满我的全身。这兴奋感逐渐变成带着些微热度的小泡泡，温暖地包裹住一动不动地沉淀在我身体深处的孤独之锚。

我决定再去一趟向岛。

12

　　去向岛找哲治——做出这个决定的那一周的星期五，白天的工作结束后，我没有去荒木町的酒吧，而是换乘都电，在横跨隅田川上的吾妻桥这边下了车。那是五月初的一个闷热的夜晚，鱼糕形的云朵低低地横在天上。

　　夜晚的隅田川疲惫不堪，犹如巨人伸展开长长的腿似的，在桥下面静静地流淌着。残留着白天余韵的熏风翻弄裹挟着人们的喧嚣和车辆的噪音，朝对岸吹去。我伏在栏杆上，呆呆地眺望着犹如丰满的体毛一般顺着一定方向流动的河面的涟漪。偶尔会有鱼跃出水面，打破了这平衡，天空上酷似海鸥的大鸟，排成八字形飞翔着。桥对岸正在变成新绿的樱花街树的河堤，在稀疏的路灯下闪烁着微弱的光亮。透过麻布连衣裙感受到的冰凉坚硬的栏杆仿佛在警告我，前面等待你的是不毛的尝试。我离开栏杆，走过桥去。

　　几周前游人如织、花瓣飞舞的墨堤路上，如今已是空无一人，只有新绿的清香扑鼻而来。从墨堤下来，我沿着由此起始的向岛街道漫无目的地走起来。虽说是在花街长大，但是像这样自己独自前往九段以外的街道，有生以来还是第一次。在妈妈的料亭生活的时候，我就听说向岛的花柳街上有很多年轻爽快的艺伎，客人中不装模作样的人也很多。天一擦黑，整条街就热闹起来了。来到这里一看，果如传闻一样，也许是附近流淌着大河的缘故吧，整条街充溢着某种通风很好的白昼般的气氛，四处飘来的三味线的音色的回响方式，似乎也和小巧玲珑的九段花柳街迥然不同。我觉得走在不熟悉的地方的不安感，被带着潮气的河风切削得愈加尖锐而敏感了。

　　我一条街一条街地在一排排貌似料亭的房子中间仔细地寻找哲治。常常在同一条街来来回回走好多遍，蜷缩在鞋里的脚趾，因受到挤压而隐隐作痛起来。我在街角的药房屋檐下，用随身带着的创可贴贴在痛处。当我处理完，把废纸塞进包里后，看到那只手的手指尖沾上了一点血。忽然我感觉有什么人在看我，朝四周看了看，在小路对面的一户人家的大门旁边，有一只从额头到鼻梁上有一道白印的很像果子狸的猫正盯着我。那视线瞬间折成直角，我顺着它的视线往那边一瞧，不禁倒吸了一口凉气。因为我看到隔着几条街那边的一条狭窄的小路上，一位身穿紫藤色和服的艺伎无声无息地穿行而过。尽管我从小到大，在九段见的艺伎多了，但是在这陌生的土地上，如行云流水般快步走过的涂抹得雪白如凝脂的婀娜女人，却仿佛是超越现实的梦幻一般。对呀，哲治不就是和九段的半玉艺伎逃到这地方来的吗？我想起了上个月妈妈说的那些话。如果真有此事，哲治的那个浪漫的情人很有可能生活在这个地方。而且说不定她就是刚才走过去的那个涂抹得雪白的女人呢。我克制着涌上心头的激动，无力地站起身来。那只果子狸似的猫已经不在那里了。

　　又走了大约一个小时吧，贴着创可贴的脚趾越来越疼得受不了了，于是，一无所获的我走上了大路，坐上了去上野的都电。我坐在驶过吾妻桥的乘客寥寥无几的车里，回头望去，樱花街树那边的向岛已经沉入黑暗之中，浮在其上方的厚厚云层正将盖子严严实实地给它盖上。对于徒劳无益的时间换来的失望与疲惫的报酬，我忍不住想放声大笑。就这样，第一次探索无果而终。然而我并不接受教训，下个周五，下下个周五依然去了向岛。

　　一旦做出了这个决定，我就无论如何要再次见到哲治。不

227

过——虽然非常矛盾——随之日益膨胀起来的信念却是，只要不停地寻找他，自己就可以永久地避开再次见到他了。在这怪异的分裂状态下，我发疯似的在街头游荡着。心里一边念叨着不可能找到他，找不到他才是正常的，一边睁大眼睛，就连一个小小的落叶堆儿也不放过，让自己带电似的紧绷的皮肤浸没在黑暗的胡同里……

我每次去都特意在吾妻桥这边下车，而不是在桥那边，我喜欢一边眺望着黑暗的河面和鱼儿、鸟儿走过桥去。逐渐习惯了之后，我已经不限于在向岛地界，有时候还会再往北去，进入曾经是红灯区的那一带。尽管我很警惕，可出乎意外的是，根本没有人对一个年轻女人在昏暗的胡同里独自行走侧目。回想起来，在九段生活的最后几年里，也是同样没有人跟我打招呼的，因此，这也是很正常的吧。我不想被任何人注意，也不想注意任何人。

我借助酒吧和酒馆的灯光往前走，看到窗户就往里瞅，没有窗户，就在大门外侧耳倾听。随着来的次数增加，我越来越沉迷于寻找哲治了。有时会忽然感觉有人在看我，回头一瞧，盯着我看的是小孩子玩的皮球那么大的老鼠，或是一团绿藻样的雨蛙，以及第一天见到的果子狸模样的猫……都是些天生具有锐利目光的动物。它们是胜过任何人的有力的见证人。每当与它们的目光相遇，我便会被提醒，你的这种探索永远都不会有结果，于是乎，我会将准确开出的一天药量的失望，就着安心一起吃下去。

可是有一天，在鸠街酒馆林立的道路上，我正从一个小酒馆的明信片那么小的窗户往里面窥视时，感觉身后有点动静，回头一看，并不是老鼠或是雨蛙和猫，而是一个年轻男人抱着胳膊站在那里。

"你是一个人吗？"

我受到惊吓，身子根本动弹不得，男人迈着大步走到我跟前。

他穿着一件有着老虎刺绣的花哨衬衫，硬邦邦的寸发在路灯下黝黑锃亮的。

"你在这种地方，干什么呢？"

那男人的声音里含有锁链般质问式的严厉口吻，让人压根别想逃脱。问题是，此人怎么会看到我的呢？就像遭遇了鬼魂似的，我觉得这个人有点令人毛骨悚然。不过，仔细端详他的相貌，在红灯笼的映照下，他的嘴角怪怪地伤感般地抽抽着。平展的额头下，两道粗粗的眉毛有如青草般清新。眉毛下面一双湿润的黑眼睛，好像不堪被陌生女人注视似的，已经难为情地垂向了脚下的水泥地。

"我什么也……"

我在这条街上还是初次说话。

"什么也没干……"

男人放下胳膊，在身体两侧甩了甩，再次抱起胳膊。并且板起脸来，瞪着我，再次发出响彻胡同的吓人声音喝道："不会什么也没干吧。"他的鹅蛋形脸庞和滑溜溜的胸脯暴露在红灯笼下，被染得红彤彤的，看上去更衬出了他的年轻和柔弱。与其精致的相貌相称，他那厚实而健康的身体，很容易让人想象桃红色的内脏在里面严丝合缝而整齐有序地排列着。

"可我真的……什么也没干。"

"你刚才不是从那儿往里偷看了吗。"

他一把推开我，从那个小窗户往酒馆里面看了看。

"什么呀，都是些在喝酒的糟老头子啊。哪有什么可看的呀。"

"是……"

"你喜欢看这些？"

"不是……"

229

"我怎么没见过你啊。"

说着他后退了一步，盯着我的脸打量起来。我也不示弱地厚着脸皮观察起他来。尽管他的态度显得粗野，但从他脸上隐约露出的不安神情来判断，他比我要小几岁，于是，我稍稍放松了警惕。

"你一个女人，在这种地方转悠，看来……"

他眯起眼睛，要下判断似的咬着下嘴唇，两个雪白的大门牙战胜了其目光的傲慢，一排鲜灵的水果似的闪烁着晶莹的光泽。

"我不是一个人。"

他收回了雪白的门牙，"啊"了一声，蹙起眉头。

"我在找一个人。"

"找什么人？"

"一个年轻的男人……名叫哲治……大哥，你认识他吗？"

"tetuharu？不认识。那家伙什么样？"

"人很瘦，脸色很难看……他的脸型嘛，说是圆脸也算是圆脸，但又感觉有点方……还有，个头比大哥稍微矮一点……不对，没有那么矮，高中的时候比我高出一头呢，所以可能和你差不多吧，啊，对了，最后见到他的时候还是挺矮的……"

"什么乱七八糟的呀，跟打哑谜似的。"

他呸地吐了口唾沫，从兜里掏出一盒烟来，抽出一支递给我，我摇摇头，他要酷似的自己点着一支烟后，仰头朝空中吐出了一大口烟。

"没错……真跟猜谜似的。"

"那种男人就不要找了，不如跟我玩儿吧。"

"玩儿？"

我扑哧一声笑出来。他脸红了，把刚抽了两三口的烟扔在地上，用鞋底踩瘪了。

"对不起，我是在找人，没有时间玩的……不过，这一带如果有像你这样的年轻人聚集的地方的话，你能不能告诉我啊？"

"叫 tetuharu 的家伙，这一带没听说过啊。"

"可是，或许他在这里呢。"

"再说我也没有闲工夫免费帮人干活儿呀。"

"我没说是免费的，回头会好好答谢……拜托了。"

我低下头时，看见他那和他的头发一样黑亮的皮鞋。紧接着，不知从哪儿来的一只蜥蜴窜进了那黝黑发亮的皮鞋和我的鞋头颜色剥落的寒酸皮鞋之间，用黑芝麻粒那么小的黑眼睛冲我投来锐利的一瞥。

"怎么说呢，如果是这个事的话……"

我刚一开口说话，那只蜥蜴就被吸入黑暗的胡同里去了。我抬起头来，看见那男人就像被呵斥的少年似的又脸红了，一脸不服气的表情。在我张嘴说话之前，他已经嗖地一转身朝胡同里快步走去了。

我跟在他后面走了好一会儿，终于在一个装点着花花绿绿霓虹灯的旧电影院外面停下了脚步。整面墙壁上贴着的武打片或色情片的花里胡哨的海报，就像威胁观众们似的被照得雪亮。他回过头来问我："想进去吗？"哲治会看电影吗？ 不会，绝对不可能！ 我一直不认为哲治是喜欢看电影的人。因为他的兴趣是读书。尽管我一次也没有看到过他在看书……对了，我们一起度过的那些日子，在艺伎屋的小屋子里，哲治不是老在看报纸吗？我在他面前说话时，他总是跟没听见似的，专心地看着不知是从哪儿弄来的或是捡来的猴年马月的报纸……我摇了摇头，他缩起头，继续走起来。

之后他带我去了麻将屋、关东煮店、酒馆。每个店我都是站在门口往里搜寻一圈，确认没有哲治后，他便无所谓似的很干脆地继续走。在这个向导看来，我一家接一家地去这些店铺，简直就是为了证明在哪里也找不到哲治而收集其不在的证据似的。

"喂，我说大姐，差不多得了吧。"

找了十几家之后，男人露出厌倦的表情，坐在酒馆旁边的矮墙上说道。我也默默无语地在他旁边坐下来，给脚趾重新换了个创可贴。

"你这人也够可以的……带着你找了这么半天，也该给点奖励了吧。"

"是啊，好的。应该表示一下。"

我从包里刚拿出钱包，他就抓住我的手，吃惊地说："行了行了，你这人也太没劲了。"不过，我还是把一张一千元的纸币塞进他手里。

"这么少，不好意思，喝杯酒吧。"

"说什么呢，真是不通人情啊。你反正也闲着，干脆陪我喝一杯吧。"

"不行，那个……我有丈夫……"

"丈夫？大姐有老公吗？那个 tetuharu 是你老公？原来你在找老公？"

"是的，也在找老公……不过，现在找的是哲治。我下星期五还来，有什么消息的话，到时候告诉我吧……"

"还要来这儿找吗？你都到了这个地步了？"

即便怀有不良居心，他的天真尚存的脸上似乎已经浮现出了对我的怜悯之情。我仿佛从他那墨黑的眼珠里看到了与——迄今为止我在街上遇见的猫或是雨蛙，隅田川里跳跃的鱼儿或鸟儿，以及孩提时在九段街上听到的蛞蝼鸣叫，或哲治玩弄的地蜘蛛——这些没有语言的小生物们相通的质朴的生命力在跳动。

"你叫什么名字？"

"我叫彻雄。"

"哪两个字？"

"彻头彻尾的彻，英雄的雄。"

"彻头彻尾的彻，英雄的雄……"

"你的 tetuharu 君，是什么汉字？"

"哲学的哲，三点水的治……"

"哲学的哲，三点水的治……"

他把我送到向岛须崎站，也没挥手就朝来时的商店街方向走去了。

我在吾妻桥上回首望去，向岛的街道虽然像以往那样沉入了黑暗中，但仔细一听，仿佛听到了小虫子和鸟儿的叫声。我第一次对这条河对面的陌生土地、只是为了把哲治隐藏在某个屋檐下而存在的这条街，产生了近似爱恋的情感。

星期五的探索渐渐成为习惯性的行为了，我完全乐此不疲。

那天以来，我虽然一直没有见到彻雄，但我循着他带我去过的路走，有时会继续往前，一直走到锦丝町那边，在热闹的江东乐天地里流连，从一个星期的紧张工作中解放出来的人们。被鞋磨破的脚趾皮增厚了，虽然没有在太阳底下走路，肤色却越来越深了。公司里或酒吧一起工作的女孩子们很快注意到我的变化，纷纷半开玩笑地问我："开始什么运动了？""有男朋友了吧？"

一天，我结束了白天的工作，去了荒木町的酒吧。经理一看见我，就对我招手说："冈仓小姐，你来一下。"我面对他坐在吧台前，他的表情一如既往，直截了当地说："这个店要关门了，所以，今天是最后一天。"

233

"怎么了，这么突然……"

"这里的老板身体状况越来越不好了，这个酒吧留着也没办法经营，所以打算趁着自己还活着时，把它卖掉。说到底，我也是雇来的，虽然劝阻了老板，也没有效果。特别是夫人很固执，真是没法子……好像因为你丈夫和老板认识，你才来这里的吧。你没从你丈夫那里听说什么吗？"

"没有，一点也没听丈夫说………"

谎话脱口而出，我不禁低下了头，但仔细想来，也并非谎言。丈夫两个月前已经不回家住了，我怎么可能知道老人卧床不起的事情呢。

"是吗……我也只是听说了一点……听说这个店今天终于找到买主了。冈仓小姐，这么长时间，你工作非常努力，真是不好意思啊。听说太太明天会给大家送来这个月的工资，外加一点心意，就算是退职金吧，请你晚上过来领取一下。今天可以回去了。"

我不知说什么好，正不知所措时，已经化完待客妆、换上了裸露的服装的年轻女子走进柜台来了。经理同样让她坐在自己身边，把刚才对我说过的话又对她重新说了一遍。一向爱说话的那个女子，发出尖叫声，不停地刨根问底起来："怎么回事啊，老板身体那么不好吗？"我觉得既然关门了，再待下去也没什么必要了，就小声说了句"我走了"，离开了酒吧。

已经过了晚上七点。梅雨季节还没有要过去的兆头，今天从一大早，雨就下一会儿停一会儿的，天气很不稳定。路上笼罩着动物们呼出的气息和排泄的屎尿味儿，以及混合着燃烧什么东西后的香味的水蒸气味儿，白色的街灯在湿气的滋润下看似一个个很小的行星……而我呢，今天晚上没有事做。既然如此，就必须去向岛——从夜色深处传来这样命令我的声音。不管怎么说，与其现在回家熬

234

过无聊的漫漫长夜，不如去那河边的街道，闻着水汽漫无目的地走路更有趣些。

我换乘都电，像往常那样在吾妻桥这边下了车。我的重要副业收入——酒吧的工作没有了，从经济上说是非常糟糕的，我却感觉有种说不清的痛快。稍稍休息一段时间后，再找新的活儿干就是了。再说白天的工作还没有丢，每星期五夜晚寻找哲治，也使自己的身体越来越结实了，多少辛苦一些倒也挺好……走在吾妻桥上，我感到自从丈夫出走以来，就一直黏在自己身上的哀怨犹如去不掉的体味，但与此同时，从与这哀怨完全隔绝的身体深处正汩汩涌出重油般的东西来，逐渐变成充满全身的火热力量。是的，因为那时候的我就和现在的你一样，还是个二十多岁的年轻女子啊！想必你也曾经产生过这样的冲动吧。这是最纯粹的喜悦般的，或者说是最纯粹的愤怒般的感受。年轻这种东西具有人们自己意识不到的特质，倘若过于蔑视它的话，年轻就会自行挥舞其权利，有时会让浑身的细胞充满粗暴的热情，从内部将松弛的肌肉填充得满满当当，从而征服人的身心。

"哲治，今天我一定要找到你！"

我就像要将无法消化的热情发散出来似的说道，从大桥的低处，貌似蝙蝠又貌似蝴蝶的黑色生物一齐啪嗒啪嗒振翅飞了起来。长久以来被漠视被压抑到极限的我的青春，冲破胸中的小水闸，即将溢出隅田川的黑暗水面，并且将河岸的街道都给淹没。

从向岛的花街直到鸠街的商店街，我比以往更加仔细地搜寻着每一条胡同。

现在无论走在哪条街上，我都会回想起曾经遇到的某种动物或虫子。上周的星期五，我在小学校后面的住家与住家之间的小道上，看到了一条蝌蚪那么粗的大个头蚯蚓。上上周，在地藏坂路的蔬菜店头挂着的鸟笼里，曾经有一只色彩鲜艳的鹦鹉凝视过我。每当与这些动物相遇时，我都会回想起那个鲁莽而热情的叫做彻雄的青年，不过，他也和无数生物的视线一起被放进记忆之锅里熬煮，从而渐渐失去了作为一个人的形态。

我信步走着，不知不觉来到了彻雄曾经带我来过的电影院那条街上。越是走近电影院，聚集在电影院门外的年轻男人发出的笑声和怪叫声越是响亮起来。我走到正对电影院的地方，隔着小路瞧着烟气腾腾的那伙男人，从中搜寻哲治的身影。这时，最边上的一个穿紫色衬衫、戴墨镜的男人走近我，一把抓住我的手腕。

"你看什么呢？"

"放开我，"我扭动着身体，男人非但没有松开，反而把我的胳膊反拧到背后。

"哪儿来的小姐，把这儿当动物园了吧，是不是？ 你都盯着看了好半天了。"

"不是，我在找人呢……"

"哟呵，我还以为是什么正经人家的小姐呢，原来是妓女啊？"

"不是妓女，放开我。"

我朝他身后的那伙人看去，希望这个粗野男人的伙伴中能有个懂道理的出来说句话，可是，男人们都嘿嘿地笑着，没有人说话。我终于意识到了危险，向四周张望起来，警察，或彻雄，这样强有力的人一个也没有。我拼命想要甩开男人的手，可越是挣扎，男人就越是把我的胳膊往上拧，我的右胳膊已经被拧到了比头还高得多的角度了，特别难受。

"好疼！"

我疼得受不了，叫了一声，男人放下了那只胳膊，因反作用力，我的脑袋一阵眩晕，他又趁势用湿漉漉的双手用力夹住我脸颊，用大拇指和食指像眼科医生那样扒开我的眼皮。我因恐怖而发不出声音来，男人哈哈哈大笑着，粗暴地把我摔在地上。手袋也掉了，里面的东西散落一地，我刚要伸手去捡，男人就把钱包和钥匙踢得远远的。我不顾连衣裙的下摆翻卷起来，拼命地爬着去收回那些东西。就在这时，男人就像踢钱包和钥匙似的狠狠踢在我的屁股上。我强忍着剧痛想要爬起来，可是强烈的恐怖和屈辱使我的身体根本不听使唤。我明知要尽快离开这个地方，但男人们的笑声在耳边回响，震得我浑身颤抖，胳膊和腿都完全使不上劲。

"喂，阿哲！"

我蜷缩在因白天下雨而湿漉漉的地上，抖个不停。脸触到的柏油地面有股发酵粉的气味。

"喂，阿哲！ 你小子看热闹吗？"

我感觉蜷缩的后背上踏上了一只冰凉的鞋底，我闭着眼睛，全身更绷紧了。即使被他们杀死也没有法子。这肯定是老天的惩罚。丈夫离我而去，没有孩子，孤零零一个人在这陌生的土地上被男人们强暴后了此一生！ 我绝望了，只等着命运的裁决。在男人们起哄的声音之中，那只冰凉的鞋底隔着我薄薄的麻裙，一直踩在背上。过了一会儿，那只鞋尖慢慢从后背伸进地面和我的腹部之间，像钩子似的把我的身体翻了过来。被那只脚用力挑着侧腹时的压痛，使我昏厥了一瞬间——男人们的起哄声更高涨了——我为了看一眼要将我折磨至死的男人的脸，鼓起最后的一点勇气，睁开了眼睛。

啊，我看到的对方的目光是何等的懦弱！

四目相对的瞬间，有如闪电划过一般的沉默落在我们之间。我只觉得所有的喧嚣都远去了，所有的光亮都消失了。

由于男人们吐出的烟雾和电影院的霓虹灯的缘故，我朦朦胧胧看到的哲治的脸是古铜色的。

"哲治！"

我坐起来，一把抓住踩在我侧腹部的脚尖叫了一声。霎时间，又听到了男人们的起哄声，一度冻结了的臀部的疼痛也恢复了。

哲治似乎刚刚反应过来，甩着脚，想要摆脱我的手，我怎么能放手呢！我压上了全身的重量紧紧抓着他的脚。

"喂，阿哲！这女的你认识？"

哲治虽然回头看了看他们，却没有回答。只是啧了一声，从口袋里掏出烟来，用颤抖的手点了一支，只抽了一口，就扔在地上，用刚才踩我的那只脚踩灭了。

"你走吧。"

哲治低下头对我说了一句。刚才那懦弱的目光不见了，他的脸上浮现出我从来没有看到过的表情，既没有吃惊也没有后悔，

"嗨，抱歉啊。原来是你的女人呀。别生气啊。我一见到这种傲慢的女人，就气不打一处来。"

刚才那个男人抓着哲治的肩膀说道，但哲治只是默默地拂去他的手。男人俯视着仍然在哆嗦的我，又心满意足地哈哈大笑起来。

男人们走了，大概是进剧场里去了，或是去下个玩耍的地方了。他们走了以后，我仍然坐在湿漉漉的水泥地上，抓着哲治的脚不放。可是，无论我等多久，哲治只是站在那里一根接一根地抽烟。

强烈的失望不知何时止住了我身体的颤抖。

我深深吸了口气，飞快地躺倒，死死抱着哲治的腿，把他拽倒在地上。然后高高举起拳头，不顾一切地打起他的脸来。

"你为什么不救我！"

我发疯似的在他的胸口和腹部胡乱捶打起来。

"你原来是个看着别的男人欺负女人也不管的男人啊。甚至还没心没肺地帮着他们欺负女人啊。真没想到你变成了这么个混蛋！我讨厌死你了，讨厌死了，讨厌死了！"

喊叫时眼泪流了下来，但我没有松手，继续打着哲治。渐渐地视野模糊起来，什么也看不见了，手也用不上力了，最后，把脸埋在了哲治平板的胸脯上。

哲治缓慢地呼吸着。这熟悉的呼吸声、从恐怖中解放出来的安心，以及不得不以这种形式和哲治重逢的对命运的憎恨，足以让我一直保持这样的姿势哭上一整夜。可是，突然有两只胳膊伸进我的腋下，十分有力地把我扶了起来。

"果然是你啊。"

我回头一看，原来是那个彻雄。

"我说，大姐，你在大街上这是干什么呢？这么哇哇大哭的……"

彻雄很为难似的，来回看着仍然躺在地上的哲治和我满是眼泪的脸。我这才觉得不好意思起来，用没有弄脏的胳膊内侧抹去眼泪。

"莫非这家伙就是，你要找的那个……？"

"是啊，他就是哲治。就是这个不是东西的胆小鬼哲治。"

我站在彻雄身边，瞪着舒服地躺在自家榻榻米上似的哲治。这回轮到哲治来回打量我和彻雄的脸，然后耍赖似的一扭脸。

"可是，你这样子也太惨了吧，不会是打架了吧？"

我低头一看，新婚那阵子最喜欢的明快的天蓝色连衣裙脏得一塌糊涂，还破了好多口子。估计我的脸上也难看得一塌糊涂。

"被他们推倒在地上，又是踢又是踹的，太过分了……"

"我不是说了吗？这地方不是一个年轻女人能来的呀。你这是自作自受啊。这儿破了。"

彻雄轻轻地托着我的胳膊肘，从口袋里掏出皱皱巴巴的手帕按在我的伤口上，我用另一只手连同他的厚厚手掌一起按在伤口上，俯视着哲治。

"实在是太过分了。我还是第一次被人欺负得这么惨呢……我以为今天会死在这儿了……我受这么多罪，还不都是为了找这个人吗？可是他竟然冷眼旁观别人欺负我，也不出手相救。而且我还差点被他给杀死呢！就是这个家伙……这个家伙！"

我从彻雄手里夺过手帕，将染了我的鲜血的手帕投向哲治。

"的确很过分。"彻雄在旁边小声说道。

"是啊，可恶的男人。太可恶了……"

我感觉热乎乎的眼泪再次涌上来了。这也是因为被染了血的手帕遮住的哲治的脸上一定浮现出那再熟悉不过的表情，我绝对忘不了的那个表情，说不上是愤怒还是畏惧的表情……

我跪在地上，从哲治脸上把手帕拿开了。然后把他的脸扳向我，盯着他的眼睛。哲治静静地闭上了眼睛。

"哲治……"

他什么话也没有说。

"我，我是为了找你才来这儿的。我一直在找你啊。"

"你走吧。"

"你不愿意见我，我就走。只是，我……"

"你走啊。"

"我想见到你……"

哲治粗野地拨开我的手，慢慢站了起来，瞪了一眼站在我身边的彻雄，朝着墨堤方向走去。

"等一下。"

我慌忙站起来，追上去。

"等一下，哲治！ 我是来找你的。上次看樱花也是为了见到你才来这儿的。还有，你可能不知道，上野看樱花那天，我也看见你了。所以，今天是第三次了，我们见面……"

"不是三次，还要多。"

"还要多？ 咱们在其他地方还见到过？"

"小的时候，不是多得要死吗？"

"可是，咱们不是还没有死吗！"

好容易才追上了哲治，我看见他的侧脸，下巴的线条虽然犹如刀削的一般消瘦，在街灯的白光映照下，显得更不健康的脸色和不安地紧闭着的嘴唇，依然是我所认识的少年时的哲治的表情。尽管在上野公园看到他夹在两个警察之间时那么瘦小，可现在走在我身边的哲治比我高出一头，由于身材精瘦精瘦的，就越发显得高了。

"哲治，真成了大人啦。差不多算是小伙子了。"

我假装神气、开玩笑似的拽着他的袖子逗他说，他狠狠地甩开我的手。

"哲治，你怎么会在这里呢？ 到底是靠什么生活的呀？ 告诉我吧……"

"不想说。"

"为什么？"

"你不要问我。"

"因为没有时间吗？"

"对。"

"骗人！"

哲治突然站住了。

"你到底干什么来了？ 你可能找我有事，可是我没有事找你。而且你现在这样子……"

哲治瞅着我破破烂烂的连衣裙，再次嘟哝道"你走吧"。然后转过身去，往右边的小路跑去。我拼命在后面追赶，一边喊他，可是他一个劲往前跑，根本不理睬，就这样狂追了大概有半个小时吧，最后，我终于声嘶力竭地叫着抓住了他的胳膊，把他拽回过身来。

"好吧。你既然这种态度，我也不问了。不过我会再来的。然后会一直跟你说话，直到你跟我说话为止。就算被那些男人打成筛子我也不怕。这个，你拿着吧。"

我喘着粗气，从乱七八糟的手袋里拿出荒木町酒吧的火柴盒，递给哲治。

"晚上我一般都在这里干活。想找我的话，随时来这里。"

哲治接过来就扔在了地上。我捡起来没有递给他，直接塞进了他的裤兜里。

不知何时下起了雨。

我低头看向脚下的水洼，当我抬起头时，哲治已经不在面前了。

反正我这身衣服已是脏得不成样子，被雨淋湿了也无所谓，我心里这么想着，慢吞吞地朝都电车站走去。走着走着，突然想起那个酒吧今天就关张了，可见刚才自己有多兴奋了，不过不要紧，反正哲治多半也不会去的。

雨越下越大了。我在都电里从吾妻桥回望向岛街道，只觉得它仿佛会和这两个月来被涂抹的一层层生疏感、亲切感混杂在一起，在接下来的几个小时里，完全沉入河底消失不见似的。

谁料想，第二天，我很快就知道自己的猜想是错的了。

白天的工作结束后，我去酒吧领取工资。从经理手里接过工资信封时，他还给了我一个包裹。

"这也是你的。"

"这是什么？"

"说是给你的。"

"给我的？谁给的？"

"怎么说呢，不像是你老公。"

经理看着我，嘿嘿地笑起来。我猛然想到了什么，在吧台上打开了包袱。包袱里有一件和我昨天穿的连衣裙很相似的天蓝色麻布连衣裙。

"真是够潇洒的，你的那位。"

我感到心跳在加速。我颤抖的手指一边系好包袱，一边问道：

"经理，这个是什么时候送来的？"

"是刚才呀。那家伙看上去挺粗野的……只说了句给你的，就赶紧跑掉了。"

"刚才，大概是多久之前啊？"

"刚才就是刚才啦。不对，好像有好半天了，因为……"

没有听完经理的话，我就抱着包袱飞奔出去了。

是哲治，这是哲治送来给我的！从包袱皮里露出一半的天蓝色连衣裙和吃惊的纷纷给我让路的行人一起映在我的视野里。我拼尽全力在大马路上奔跑，只要看到相似的男人就抓住人家胳膊，对方回头时，一看不是他，就立刻朝着有可能是他的下一个人跑去。就这样跑过好几个这样的男人之后，我终于抓住了最后一个人的胳膊。

我看见他正置身于飞驰而来的汽车喇叭声之中，在亮着红灯的人行道上急速往前走着。

"哲治！"

在人行横道正中央，我们再一次相遇了。

尖利的汽车喇叭声包围了我俩，司机们纷纷从车窗里伸出头来骂着。在我听来这些骂声和向岛电影院门口那些男人起哄的声音差不多。我从包袱里拿出连衣裙，比在自己身前。哲治低下了头，然后抬起头想要说什么，我阻止了他。

"不用说了。"刚一开口，我的眼泪就顺着脸颊流了下来。

"不用说了……不用说了……"

这是和昨天晚上，我坐在地上流下的眼泪出自完全不同地方的非常痛快的眼泪。

我们两个人久久地面对面站着，一步也没有移动。

我强烈渴望触到的是他这个人，而不是他瞳孔里映出的我自身的模样。而且我觉得越是流眼泪，那眼泪之河越是能够将我送到他身边似的。

每当有车从我们身边经过时，天蓝色连衣裙便被风吹鼓，哗啦哗啦飘舞起来。在不绝于耳的噪音包围之中的人行横道正中央，只有这微弱的却令人快活的声音使我露出了一丝微笑。

而此时，哲治正目不转睛地看着我。

13

我们避开霓虹灯闪烁的灯火通明的大路，走进了胡同里的一个小咖啡店。蓝色箱形灯上映着估计是店名的罗马字母，宛如被人们忘却的仓库样的咖啡店……打开店门，铃声响成一片，横宽的店内一角，面对面坐着两个老人。靠窗户的座位上，坐着一个在抽烟的年轻女人，穿着打印出来的抽象画般厚重的长裙。我们在与他们成正三角形的座位上刚一落座，肥胖的老板便送来了两杯水，催促下单。我要了热红茶，哲治也要了同样的东西。老板退下后，我们都躲闪着对方的目光相互对视，一直沉默不语。背后的厨房里听不到哗啦哗啦用水的声音，或者是炒菜的声音，相对而坐的两个老人微微张着嘴唇，仿佛在等候从地下深处浮现出秘密的话语来似的。穿长裙的女人时断时续地哼着歌，给这静谧平添了奇妙的温暖。窗外，在大马路上闪烁的霓虹灯光亮与路人发出的各种声响中，夜的粒子已经开始漂浮了。

红茶终于送来了，我伸手拿起茶杯，尽可能不出声地将茶杯薄薄的边缘贴在嘴唇内侧。抬眼一看，哲治也把茶杯端到唇边看着我。两人的视线犹如腐烂的水果那样散发着熏人的气味，坠落在桌子上。我们用了很长时间喝完了那杯浅浅的红茶。

"该关门了。"

听到这声音，我吃惊地抬起头，看见肥胖的老板站在我们桌边。他把空了的两个茶杯和玻璃杯，如同对待一堆沙子般一眨眼划拉到了盘子里，用脏兮兮的抹布在桌子上擦了一把，就晃动着身体走了。此时，我才意识到刚才那安静的厨房里流淌出了音乐。没有歌声，只有高音部和低音部来回变换的非常轻柔的钢琴曲，这到底是什么乐曲呢？ 这是一支非常适合于这残留着水滴的桌子和夜色，以及这没有尽头的沉默的乐曲。为了让手指能够触摸到那看不见的旋律，我入迷地听着乐曲。

"该关门了。"

乐曲刚一结束，老板再次走过来说道。哲治站了起来。

"咱们得走了……"

喝下去的红茶的热度在身体深处再次苏醒，温暖了沉重的身体。我拿起放在身边的那个包袱站了起来。往店里面一看，那两个老人和抽烟的女人都已经不见了。和进门时一样，结账台对面的廉价的银色门把手闪着光。

我们走出了店，漫无目的地走起来。已经十一点多了。哲治什么话也不说，弓着背走在前面。我也找不到适合这种场合说的话，默默地走着。在深夜的娱乐街上，我俩一前一后，如同送葬队伍一般低着头走着。该回家了，可别错过最后一班电车，明天还要去上班……一个个"闪念"在脑子里刚一冒头，就被我踩在脚底下碾碎，扔在路上了。

直到没有什么可以踩碎的东西之后，脚底直接踩在地上发出咯噔咯噔的声音时，我抬起头，忽然发现我们走在到处闪烁着情人旅馆露骨的霓虹灯的街道上了。我吃惊地想要停下脚步，但前面的哲治却一点也没有放慢速度。旅馆街很长。这样一大片地区只是为了人们的性爱而开放着，而且此时此刻就在那里进行着——前面十米远的密室里，此时就可能有男人女人在交欢——这么一想，自己竟然走在这种地方的不协调感更加凸显出来了。我仿佛要把自己的标记刻印在上面似的，怀着特别的感觉注视着那些窗户的形状，霓虹灯的光色，擦肩而过的一对对情侣。其间不时瞟一眼走在前面的哲治的背影，突然间觉得他很成熟，转瞬间又觉得他变得像小孩子那么幼小。哲治有过这方面的经验吗？ 这个疑问突然浮现在我的脑海里。哲治也曾经将他那温柔而稚拙的动作，将他那一瞬间的粗暴，将他那犹如吃螃蟹黄般快乐的过程，给予过某个女人，或被某个女人给予过吗？ 比如那个和他一起逃到向岛去的雏妓，或是……我想起了多年前，在鹤家那个小屋里，看到过的穿着白色睡衣的阿姐躺在哲治身边的影像。没错，之所以从那天开始，我就不再去鹤家了，就是因为这件事吧？ 这里面恐怕有着思春期的虚荣心在作怪。因为当时我有一个大好多岁的有钱而帅气的未婚夫，正沉浸在无比幸福中，是绝对不会承认自己在嫉妒哲治和艺伎屋的阿姐的……

"哲治!"

仿佛对着海面上的万吨游轮呼喊似的，我喊着走在前面的哲治。他停下脚步，慢慢转过身来。

"我走累了。"

哲治只是皱了下眉头，并没打算为我做什么。我怀着恋旧的心情看着对于自己这样强烈的要求报以木然反应的哲治，每当他表现出这样的反应的时候，如果不对自己的要求进行更加详细而具体的强调，就什么事也不会发生的。

"我的脚好疼。找个地方休息休息吧？ 你也累了吧。"

"可是休息的地方……"

我们刚刚走出旅馆街。我没有看漏哲治露出的微妙的踌躇。马路上不时有空出租车驶过，可是我现在还不想叫住其中一辆。

"我想坐一会儿。太累了……这么走一晚上，我可受不了……"

哲治也不点头，转身往前走。到了下一个拐角，他离开大马路，走进密密麻麻排列着犹如天线般无机制公寓的住宅街，路过一个小公园，找到一个长椅子，也不说话，指给我看。

"这个呀……这个也行啊……好漂亮的长椅子……我真是累死了。"

一坐下来，我就脱了鞋，隔着丝袜揉着脚底，抖动着从膝盖往下的腿肚子。哲治什么话也没说，贴着椅子边坐下来，瞧着青白色的街灯。我心里清楚，和僵硬的腿肚子相反，疲劳已经逐渐使自己的内心变得柔软起来。这样默默无语时，感觉比刚才面对面坐在咖啡店时更加贴近哲治了。

"你的腿不累吗？"

"嗯，不累。"

"你经常走这么多路吗？"

"也没有……"

"那你每天都干什么呢？"

"没干什么……"

"怎么老是没什么没什么的，净装模作样……你已经不回九段住了吧？"

"那里已经没有家了。"

我猛地一惊。鹤家已经没有了，我是听妈妈说的，可是，不知怎的，我总觉得那个家无论过去还是现在依然在那里，哲治也早晚——即便是今天晚上，也理所当然会回那个家去的。

"是啊，我已经知道了。听妈妈说的。不过，我也很少回家，所以……你家的妈妈她们去哪里了？"

"不知道。"

"不知道？"

"她们毕竟不是我的家人。"

"可是……"

哲治从兜里掏出烟来，点上火，吐出了一大口烟。白色烟雾使他很显老。憔悴的脸颊好像被烟雾削得更薄了似的。

"哲治，我已经结婚了。"

哲治停下了正要举到嘴边的烟。

"你还记得吧，就是我跟你说过的那个英二啊。我真的和他结婚了……"

那一天，哲治第一次朝我微笑了。这时一阵难以忍受的胸闷突然袭来，他好像觉得温吞吞的夜风特别不顺眼似的，不得不扭过脸去。

然后我们又坐了很长时间，休息腿脚，可是坐在硬木板上，渐渐地屁股疼起来，我就站了起来。哲治也站了起来。我们都感觉这么站着不大自在，于是，不约而同地又朝着来时的大马路方向，再次一前一后地走了起来。走了一段路之后，看到椅子就休息一会儿，然后再继续走，就这样一直持续到了早上。

白蒙蒙的朝阳从高楼大厦的缝隙间撒向地面，我在心情舒畅的疲劳之中听到不知哪里的狗在叫唤，好像驱赶那狗叫一般，都电的铃声响起来了。街上穿西服的男人越来越多，低沉的噪音中，汽车喇叭此起彼伏，四处凝固的夜色逐渐被清爽的空气融化了。和黑夜一起变得疲惫不堪的我们缩着身子，躲开明亮起来的大马路走进小胡同，去了蓝色箱形灯上映着店名的罗马字母、宛如被人们忘却的貌似仓库的咖啡店……是啊，就是昨晚去的那个咖啡店，它成为我们两人度过漫漫长夜的出发点。和昨晚一样，那位肥胖的老板送来了两杯水，我们要了吐司和煮鸡蛋的早餐套餐。空腹感让我顾不得踌躇和羞耻，转眼间把简单的早餐一扫而光。哲治却像搬铁块似的费力地拿起面包塞进嘴里，很难吃似的嚼着。奇妙的暗夜冒险即将迎来尾声。我祈祷窗户外面黑夜会再度等候我们，可是无论我怎么看，窗外都是明亮而清爽的早晨。

不久，哲治也吃完了早餐，趁着两个茶杯里的红茶还没喝光的时候，我说道：

"我该走了。"

"……"

"我有工作的。"

"……"

"我在新宿的公司工作。已经习惯了。和以前的高中同学祥子在一起……"

"必须走的话，就走吧。"

哲治朝窗户望去，射进来的朝阳使他眯起了眼睛。我想要从他的表情中寻找能够表明在今后的漫长人生中会使我幸福的、这一夜对于我的人生将是重要一夜的最确凿的证据般的东西，可是，我看到的只有如同插不进手指去的封了口的手套般固执的侧脸。我在被白蒙蒙的朝阳洗刷了的对面脏兮兮的墙壁上，搜寻着他的目光的残影。

"还会跟我见面吗？"

哲治什么也没有说。我数到十，数到二十时，再也忍受不了沉默了。

"你要是不来的话，我就去找你。看到我绝对不许逃跑啊……"

哲治无力地笑了笑，低语着："逃跑的是你呀。"我也笑了，反驳说："不对，逃跑的是你。"拿起包袱站了起来。这个包袱皮里面的连衣裙是两个人一起度过一夜的最有力的见证。这么一想，觉得心里安慰多了。因为对于内心柔弱的人来说，有时候只有这样看得见的东西才成为通向未来的可信的路标。

以这一天为开端，我们开始了约会。

说是约会，其实并非世间男女之间发生的那种充满甜蜜预感与倦怠的色情的东西，而是那种事务性的感觉生疏的约会，说成是保护者与其保护对象之间的见面更为贴切。说到底，这么做是两人为了摆样子所必需的，所以，没有这种愚蠢的摆样子的话，长大成人的我们二人是无法实现单独见面。我独自一人拼命想要把做作而见外的态度中时而显露出来的曾经的亲近感拽出来。

每周五晚上，我们都会在那个昏暗的咖啡店见面。无论什么时候去，那两个老人都静静地坐在同一个地方。那个穿长裙的年轻女人难得见到。隔着桌子对面而坐时，我一点点问起哲治离开九段之后发生的所有事情。他和少年时代一样不怎么说话，但至少我知道他在倾听我说话。我说累了时，就反过来央求哲治给我讲他自己的故事，但他绝对不开口。哲治一如往昔是一张白纸。至少，我的手碰到的那些页上，没有写什么具有意义的文字。长大之后的他依然拒绝被我阅读。

一个周五，因公司内部调整，放假半天，我下午很早就去了那个咖啡馆。打算在那里一边看书，一边等哲治晚上过来。万万没想到，哲治已经坐在老地方，趴在打开的漫画书上睡觉呢。

"哲治。"

我摇晃他的肩膀，他抬起头看见是我，并没有表现出吃惊，一边揉眼睛一边把杂志叠起来推到了桌边。

"你什么时候来的？"

"刚才……"

"真早啊。"

"你也很早……"

"公司今天上半天班。今天可以玩半天了。"

我坐在他对面，仔细打量他的脸。不管白天还是晚上，咖啡店里总是很昏暗，也许是早上一起床就来了吧，冷不丁地被我叫醒的哲治脸上残存着非常浓厚的少年时代的影子。发现那影子的我自己也回归了少女时代轻松调皮的心态。

"我想去看隅田川。"

"隅田川？"

哲治皱起眉头。

"是啊。因为我想坐水上巴士啊。好不好啊？ 你也和我一起坐吧？"

"那种水上巴士……"

我站起来抓住他的胳膊，走出了咖啡店。

也许因为是平常日子，又是个不上不下的时间段，吾妻桥的水上巴士码头没有人排队，船内也几乎没有乘客。大概是想给暑假留下最后的回忆而来的吧，只有三个脸晒得黑黑的小学生模样的男孩子占据了船尾的座位，嘻嘻哈哈说笑着。我俩并排坐在通风很好的前排座位上，眺望着扬起了石灰般白蒙蒙的街景渐渐远去。哲治冲后坐着，看着吾妻桥上面开往向岛的都电，那都电的车身也倒映着水面的光辉，闪着白光。

"船一直这样往前走的话……"

阳光下波光粼粼的河水和湛蓝湛蓝的天空唤醒了遥远的回忆。我为了习惯那晃眼的余韵，闭上眼睛说道。

"是去海上吧？"

我睁开眼睛看身边的哲治，他已经回过身来，越过我的身体望着水面。对我的问话，他只是"啊"了一声，没有看我。哲治仿佛将看不见的钓丝垂进水里，想要钓起什么东西似的。他的心早已不在这小船上，而是被那钓丝勾引着浸入水中了。

"去海上的话……一旦进入海里……"

我半是自言自语地说，哲治没有任何反应。

"就会一辈子在海里生活的……"

低沉的马达声和轮船劈开水波的声音环绕着我们，我又对哲治重复了一遍。

"一旦进入海里，就会一辈子在海里生活的……"

水上巴士进入了大桥下面，我俩的脸暗了下来。后面的几个孩子一齐高唱起来，歌声回响在船里。

"人在海里……不可能生存……"

哲治断断续续地说。

"人在海里不可能生存……因为在海里无法呼吸……所以大家都会死掉的……"

水上巴士驶出了桥下，再次进入阳光下，我被太阳晃得使劲闭上眼睛。

"……这是你说的。"

我睁开眼睛一看，哲治冲着我露出无力的笑容。

"在长者崎的大海上……"

已经是十多年以前了，在长者崎的海滩上看到的死螃蟹、热沙子、遥远的海平线，又在我眼里无比鲜明地出现了。我绝没有忘记那风景，生与死、希望与绝望，以及幼小的我和哲治在火热的太阳下面互相对望的那个夏天的海滩……喝着饮料的妈妈、怎么也找不到的爸爸……哲治刚才说的话，是差点儿没有淹死在海里的幼小的我苏醒后的喃喃自语。那时候感受到的身子底下滚烫的沙子，此时再次埋没了我全身。

"哲治，你也记得吗？"

尽管我没想哭，可我的声音却像快要哭出来的小孩子似的颤抖个不停。

"是很久以前说的了……"

"是啊，很久很久以前……咱们还是很小的小孩子的时候啊。不过，我觉得在那个海滩上特别无助的我和现在的我完全是一样的……"

"不完全一样吧。因为你长大了，而且已经结婚了。"

"是结婚了，但也是一样的。哲治不也一样吗？ 我们什么也没有改变啊。所以，现在咱们俩不都是这样彷徨无助的吗……即便长大了结了婚，即便做出坏坏的样子，也是一样的呀。我们就像是被人丢弃在那个海边的东西一样……"

"你还是像以前一样喜欢夸张啊。你喜欢说话的确是一点也没有变。"

哲治很稀罕地用讽刺的目光瞧着我。这稀罕的眼神使我莫名其妙地欢喜，同时也使我焦躁。

"不是夸张。我向来说实话的呀。莫非你一直认为我在说假话？"

"是啊，是这样。"

"瞎说吧。还是坦白比较好。你故意装作没好好听的样子，其实心里不是这样的。你无论什么时候都是特别相信我说的话的。"

我虽然这么说，实际上哲治相信不相信我说的话根本不是问题。因为我坚信，只要我说出的话触到了哲治这个听者的耳朵，那些话就必然在手根本够不到的远方得到实现……

"而且吧，反过来说，无论那是多么真实的事情，也有些话是

254

不能对你说的呀……"

我想起离家出走的英而，沉默下来。信里写的出发去菲律宾的日期早已过了。他也没有任何联络。

一想到丈夫的面容，苦闷的空虚感便模糊了我的视线。映入眼帘的闪闪波光，河面送来的清风，一切都如同人工制作出来似的。自己到底在这里干什么呢？英而再也不会回到我身边了吧。可是，我还不能够完全从漫长的噩梦中醒来，难道说我只能独自留在新婚时期自己制作出来的爱情窠臼里消磨时光吗？还是意味着——我也即将迎来必须面对自己的时刻了呢？我对于那濒临崩溃的窠臼里发出的自己的呼喊声一直置若罔闻，那呼喊就是：我对这无望的生活已经彻底厌倦了，把自己浸泡在甜蜜的幻想中的时期已经结束了，我想要更好地活着！

"记得小时候经常去饭田桥的停车场……"

"什么？"

哲治背对着我继续说道：

"看很久很久，停车场……饭田桥町的……长长的货车出出进进，装卸货物……"

"嗯，我记得，当然记得。你特别喜欢看那些……"

哲治"嗯"了一声轻轻点点头。

"是啊，我想将来坐电车去很远的地方……只有我和你两个人，去一个比长者崎还远好多的地方……晚上也不睡觉，然后我把一起给你讲过的故事再从头说一遍……"

哲治扭过头来，直勾勾地盯着我，他的眼神充满悲哀，宛如眼看着只差几步就赶上的电车关上了车门一般。

我把自己的手按在他的手上，望向哗啦哗啦流淌的河水。透过粉尘般朦胧的灯光望见远方的浜离宫绿幽幽一片。

然而，这样被夏日河风吹得终于开始破碎的那爱的窠臼，却不会轻易地放开我。事情发生在和哲治坐水上巴士的当天晚上。

"我回来了。"

听到那低沉而温柔的声音的瞬间，窠臼就恢复了原来的硬度，四处开裂的缝隙眼看着弥合了，堵塞了我出逃的路。

一看到站在玄关的英而，我一时间以为肯定是英而的灵魂，他现在应该已经死在某个地方了。英而没有理会我的惊诧，脱了鞋，坐在厨房的椅子上，笑着说："这是给你的礼物。"一边晃悠着手里拎着的点心盒子。我的眼睛一直没有从他身上移开，捡起盘子冲洗干净，用毛巾擦干了手，但喉咙就像被蜡烛封住了似的根本发不出声音来。

"哎呀，吓了一跳吧。"

英而仰靠在椅子背上，伸了个大大的懒腰，悠然地跷起了二郎腿。看到他这久违的样子，才发现自己的丈夫比记忆中的要英俊得多。这令我略感欢喜。但是，从干涸的嘴唇里还是说不出一句话来。

"唉，这也难怪啊。你先给我拿瓶啤酒好不好？"

我敞开冰箱门，表示这里面没有他想要的东西。因为平时我喝的饮料都是烧开之后放凉的自来水。他遗憾地歪了下嘴，摇了摇头。我把脸贴近敞开的冰箱，感受着里面流出来的冷气深深吸了口气，关上了冰箱门。然后为了与不能确定是梦幻还是现实的丈夫抗衡，我坐在了桌子对面。

"那就泡杯茶来也行啊。这有曲奇，一起吃吧。"

我再次站起来，开始准备茶水。这期间我多次感到不安，回头去看桌子那边，但英而并没有像幽灵那样消失不见。我沏好了茶，将一杯绿茶放在他面前时，他也不顾刚沏的热茶，一口气喝光了。然后把杯子放在桌子上，说"再来一杯"。我慌忙拿起茶壶往杯子里倒茶时，他胡乱撕开包装纸，打开罐头盖子，嘎吱嘎吱地吃起了市松图案①的四方形曲奇来。我着迷地看着他那紧实的下巴的蠕动，不知不觉茶已经满出来了，弄湿了桌布。

"真是的，你还是那么心不在焉的。"

英而笑起来，嘴唇四周粘着曲奇渣滓。我慌忙要用抹布去擦桌子，但英而伸过胳膊来，一把抓住我的手。他的手掌好温暖，只觉得喘口气的工夫，那温暖就像毒素一样传遍了全身。

"别忙了，你坐下吧。"

我把擦了一半的抹布扔在桌上，乖乖地在他对面坐下，他马上把点心罐推到我面前，我往里一看，已经吃掉了一半。

"你吃吧。甜东西不管什么时候都能够让人放松。"

我提心吊胆地伸出手，捏起了一块四方形曲奇。弄湿嘴唇刚咬了一个边，嘴里就充满了奶油和巧克力温暖的香味。起初感觉有些发咸，随之而来的醇厚甜味盖过了一切。我立刻喝了一口茶，用热茶把嘴里的甜味送进喉咙里去。紧张的胃里充满了舒服的热感，稍稍缓和了近乎恐怖的紧张感。

"刚才你就一直没有说话，是不是病了？"

我摇摇头。

"那么你自己清楚地说没有病。"

"没有得病。"

"好的，听见了。很好，你没有得病。"

---

① 日本传统织布图案，即两种颜色相间的方格图案。

"可是，为什么……你为什么回来了？"

"这儿是我的家呀，当然回来了。"

"可是，你不是……"

"我怎么了？"

"你要去外国……而且……我们已经……"

英而从兜里掏出叠得整整齐齐的手帕，擦了擦嘴角和手指，发现我还在苦思合适的词语，愉快地笑着说：

"看来你还真是不明白啊。没错，我是打算不再回这个家了。觉得和你一起生活的日子已经结束了。没错，我也说过咱们的爱情是不可能的。你一天到晚都心不在焉，就像在梦里生活似的。从少女时代到现在一点都没有变……可我是现实的人。现实的人只有常常顺应当时的情况采取行动才能活下去。"

那么我的存在，你的妻子的存在，就不是你的现实吗？ 我没有这样质问，反而低下头咬紧了嘴唇。

"喂，你不要对我这副脸色好不好！……你现在听明白我说的意思了吗？"

"听不明白。我脑子笨。你说的不可能的爱之类的，我完全不明白是什么意思。其实只不过是你已经厌倦了我吧。"

我这样反驳。

"不完全对，不过，你这样想也可以理解。"英而又笑了笑，敷衍道，"不过，你更想问的是，你怎么回国了吧。因为情况有些变化。为了美国资本的农场土地，和当局发生了些摩擦……所以我决定暂时回日本，等待事情解决。只是其他农场据说已经准备就绪了。看样子，明年日本人可以吃到大量的菲律宾香蕉喽。"

"香蕉的事，跟我没有关系。"

"是啊。对于你来说或许是无关紧要的，不过……真是的，你别老这么绷着脸行不行？ 这可不像以前的你啊。"

这样说话时，我心里产生了奇妙的优越感。一直翘首以盼的英而的归来——无论是什么原因，曾经的我为了不让他再次离开自己，什么都会为他做的，我一直以为那恐怕是自己内心残存的热情的最后表示。可现在是怎么回事，他这样坐在自己面前，自己却没有产生任何感动或是冲动。不但如此，我对他的态度就像被大人无缘无故申斥的孩子表现出来的那样一脸不高兴。

是的，这无感觉不正是最好的证据吗？ 说明我已经不爱他了。现在我能够憎恨他了……能够发誓不再等待他了！ 我这样坚信，从桌子上拿了一块曲奇，一口气嚼碎了。可怕的甘甜成为滋养愤怒之芽的肥料，慢慢沉淀在了身体的深处。

我慢吞吞地喝着温吞的茶水，英而慢慢站起来，朝卧室走去。新婚时买的豪华床早已卖掉了，现在，小卧室里只剩下我的小梳妆台和一套单人被褥叠在角落里。英而站在曾经相当奢华的卧室入口，回过头来，看了站着不动的我一眼，走进了卧室。他没有碰梳妆台和被褥，一直走到窗户边，拉开了窗帘，眺望外面的景色。

"你过来。"

英而突然回头对我说。我也站起来去了卧室，站在他身边。昏暗的住宅街里，四处亮起了住家的灯光。牙齿里面残留的曲奇的甜味，一点点变成了苦涩的味道。

"看上去全都是没什么差别的无聊灯光……我站着的这个房间的灯光，恐怕在外人看来也是组成这城市的和平之灯吧，无论那里有着怎样的缺憾……"

我默默地听着。我想起英而是个喜欢这样自言自语的人，无论是第一次遇见他的时候，还是同衾共枕以后，他一直是这样自说自话的……

我清楚地意识到，自己的内心对归来的丈夫已经如死人一般波澜不起了。仿佛祝贺我的这一认知似的，熟悉的英而将厚重的手放在了我的肩膀上。然后不给我任何抵抗的时间，吻住了我的嘴唇……我们也没有铺被褥，没有充分触及对方的裸体，就在那里结束了极其短促的爱的行为。可以说与我们一起生活时的方式毫无可比之处，所有严格规定的程序都被取消，温柔的情话被省略，当我意识到该准备迎接即将发生的行为时，一切早已结束了。

之后，英而对着挂在墙壁的镜子捋了捋头发，去厨房喝了一杯水，便走出了家门。我洗了手，漱了口，没有洗洗了一半的衣服，只洗了他用过的杯子，把杯子扣在抹布上。然后换了内衣，铺好被褥，一直睡到第二天早上。

英而第二天、第三天也来了。几天后，做爱之后，吃完饭才走。又过了几天后，只吃饭不做爱，洗了澡后才走。无论待到多晚，他也不会在家里过夜，但是又像以前那样，把我当作妻子对待了，有时候，甚至像是回到了谈恋爱的时候似的，非常温柔地对我说话。

尽管我觉得可以摆脱那个窠臼了，尽管那样坚信已经不再爱他了——可是，危险的幸福感却开始盘踞在心里了。被长期的孤独深深毒害的我，不能不给这幸福送上厚厚的椅垫和变换花样的佳肴，竭尽所能地款待它。我再度兴高采烈地被他的魔法迷惑，一度瘪下去的爱巢重新在恢复往日的威力，我为自己感到羞耻，竟然轻率地祈祷要打破这爱巢，更好地活着！仅存的一点自尊心试图让我去回想他这几年来的所作所为，可是与眼前英俊的面孔、蓬松的头发和高大健壮的身体给予我的温柔爱抚相比，这些都不值一提。幸福感打败了自尊心，嘲笑其寒酸。为了给我和英而做出丰盛的晚餐，下班后，我哪儿也不去了，直接回家。并且和以前一样一边想象他的面容一边淘米、烤肉。我想，一定是自己做了什么善事得到了回报，我在心中对这"什么善事"合掌感谢……

周五晚上我没有去哲治等候的那个昏暗的咖啡馆。因为我担心如果我去了，英而就会再度离我而去。不管丈夫知道不知道我是去见哲治了，绝对会是这样的结果。这一确信使我远离了哲治。尽管如此，我和英而面对面吃饭时，一边沉浸在麻醉般的幸福之中，一边不能不去想象在昏暗的咖啡馆里等候我的哲治那瘦小的背影。然而，这个周五过去后，哲治的影子又变得像原来那样稀薄了。随着精心地收拾房间，在变换菜谱上下功夫，对英而的爱情如初夏的杂草一般迅速覆盖了我的身心。

就这样，我们夫妇的新婚时期的奇异复制降临了。所谓夫妇关系进入了新的阶段，大抵就是这样的吧……我也不去探究英而沉默的含义，陶醉于散发着阳光下的原野般清爽气味的乐观想法。再次涌上心头的幸福感绝非可以一点点消费，必须是存储起来以备不时之需的东西。那只是为了一个个瞬间被消费而存在的喜悦，什么也不会剩下，正因为如此，我才更感到幸福。

这样的幸福感达到最高潮是一天晚上，英而临走之前对我说的话。

"我明天傍晚出发，你来送我吧。"

他希望我这样做。他需要我！仅此一点，就令我陷入了眩晕般的陶醉。

"明天？出发？菲律宾？"

"是啊。"

"横滨，五点。你会来吧？"

"嗯，我一定去。"

"那就明天见。"

说完他打开门走了出去，我坐在厨房的椅子上，在地板上蹭起脚底板来，以便把强烈的不安感驱赶出去。我在手边的纸上写了"出发……明天……横滨……五点……"高高举起来，盯着那些字看，想要将那里面所有的含义无一遗漏地弄明白。他说的是，明天出发，出发……出发……？ 没有我这个妻子陪着他，自己一个人出发？ 刚才的陶醉顿时变成了极大的愤怒。他这两个多星期的回归到底意义何在？ 他厚颜无耻地将我浸泡在赶制出来的幸福之中，现在又要独自一人去旅行了。难道说，作为从一个不在，跳到更长久的不在的跳板，他才需要这些日子的吗？ 还是为了给我施加更大的痛苦，特意来找我的呢？ 恍然醒悟之后，我愈加搞不懂他了。英而所谓的爱的"真情"究竟在哪里呢？ 无论他的真情在哪里，我又怎么能够忍受他如此随意摆布呢？

然而，翌日我还是跟公司请了半天假，去了横滨。皮包里装了些最低限度的随身用品和内衣。还从银行取出了仅有的一点存款。明知是徒劳，可事到如今，我不能斩断这唯一的希望。即便没有护照，只要他心里还有一丁点爱情、诚意和温柔，觉得我可怜，就会带我一起去大洋彼岸的。我抱着这样的一线希望。

坐在电车里，我不可思议地回想起了九段的料亭度过的少女时代的最后时光。我一门心思地把和英而结婚作为内心的支撑，一天天熬过那闷闷不乐、百无聊赖的日子时的幸福，与现在一个人前往港口的孤独相比，我忽然觉得今天才是适合自己去死的日子呢。万一他抛弃了我，真的一个人去旅行的话，到了那时候，我也用不着悲伤了，直接投身面前的大海就可以了……这个念头发出的甘甜温暖了我的心。我居然露出了微笑。

"你来啦。太好了。"

英而全身沐浴着蜂蜜色的夕阳，愉快地笑着。我只是点了点头。

"今天这一走，谁也不知道什么时候能回来……就连我也不知道。"

"是啊。"

"我觉得做了对不起你的事。就像人贩子似的，把你一个人扔在这里，一走了之……"

"没关系的。"

"你会等我吗？"

"……"

"你会等我的吧？"

我回答不出来。我真的不知道自己会怎么做。也许再过几分钟，自己真的投身大海，也可能垂头丧气地坐上来时的电车回家去，然后再次钻进空壳里，把自己封闭起来，回到守望他有朝一日回来的日子去吧……

我微微一笑，代替了回答，抬头望着他。一瞬间，我仿佛看到他的眼睛闪烁着绿色的光。那是初次遇见他的那天晚上，在昏暗的草丛里看到的目光。那是令人难忘的无比夺目的深绿色。

"如果你想说等不了的话，现在就跟我一起走吧！"

我吃了一惊。一直微笑着的英而，脸色骤然一变，精悍的嘴角歪斜着，开始颤抖起来。

"如果你想说等不了的话，现在就跟我一起走吧！"

"我当然跟你一起走啦！"

抛却了所有的顾虑，我不顾一切地这样回答。就在我握住英而伸过来的手的瞬间，有一个人使劲一拽我的肩膀，我们的手被拉开了。

我回头一看，是哲治站在面前。

我一时不明白发生了什么，只是呆呆地盯着他。

哲治穿着灰暗的绿芥末色夹克，又破烂又肮脏的皮鞋，和周围来来往往的港口工人没什么两样，唯一和他们不同的只是他那病态的苍白脸色。

"哲治，你怎么了？ 怎么会在这里？"

我好容易从干渴的喉咙里挤出声音来，哲治用小得似有似无的声音说道：

"我是来告诉你……"

"来告诉我什么？ 你怎么会在这里呢？ 是跟踪我来的吗？"

"我是来跟你告别的……"

"告别？ 啊，可是，我现在就要……"

我回头看着夫君的脸。英而摘下帽子，根本无视我的儿时玩伴的存在，温文尔雅地笑着。

"我现在要去国外了。不过，是这样，你的情况我一点也不知道，因为我们已经……"

"所以我才来找你，和我一起走啊！你得和我一起走！"

哲治这样喊道，然后转身跑进人群里去了。

"好了，咱们该走了。"

我听见英而摇晃着我的手，在我身后说。回头一看，他保持着温柔的微笑，目不转睛地瞧着我。

在夕阳辉映下，他的绿色眼睛已经不闪烁了，只有嘴角露出的白色牙齿和外套相互媲美般闪着清洁的光。我松开了他的手。他想要把我再次拉回他的怀抱里。

当我意识到时，我正不顾一切地扒开人堆，去追赶哲治了。

"等一下！"

我听见丈夫在我背后怒吼，可是为了追上那瘦小的背影，拉住他那瘦瘦的手，为了再次从他脸上看到那说不清是愤怒还是畏惧的表情——我拼命地往前奔去。

14

哲治和我背靠着电车的硬座椅背，呆然望着窗外闪过的风景。西边低垂的天空上，透过薄云射下来的太阳释放出一天最好的光芒，将一排排房屋的窗户和招牌以及突然开阔又再次被逐渐缩小的原野染成了橙色。同样的夕阳刚才平等地照耀在站在横滨港的自己身上，可是那光照仿佛已是很久很久以前做的梦一样了。

尽管我俩并排坐在座位上，却一直没说一句话，如同偶然乘坐同一趟车的素不相识的乘客似的，两人显得很疏远地默默随着车身摇晃着。也许是走了很远的路才到车站太累了吧，一落座，疲劳就像溶化的糖果般从后脖子蔓延开来，慢慢浸透了全身，此刻眼看就要滴落在地上了。哲治不时从兜里掏出皱皱巴巴的行车路线图，全神贯注地瞧着。咱们去哪儿？不回东京了？每到一站，我就想这么问，可是一看哲治那惨白的侧脸，这问话就变成比沉默更厉害的将两人切成形同陌路的他人的剪刀似的，使我不得不闭上嘴巴。太阳消失在西边的尽头，窗外的景色一点点沉入淡蓝色的夜幕中去了。

电车的终点是小田原。我偷瞄着哲治下一步打算怎么做，只见他没有去买票，而是换乘了新进站的开往岛田的电车。车里乘客很少，都在看杂志或晚报，或者和同行的人说话，没有一个人注意我们。因疲劳和不安，我打起盹来，电车拐大弯时，我恍惚看见对面黑乎乎的窗户玻璃上出现了在横滨港分别的英而的脸，礼帽下面的脸上没有任何表情，只是睁着两只空洞的眼睛直直地盯着我。我下意识地抓住了哲治的胳膊，吃惊得扭头看我的哲治眼睛里也同样令人恐怖得空洞洞的。我放开手，再次垂下眼睛，默默坐车了。

我在这里干什么呢？ 为什么不和想带我出国的丈夫一起走呢？ 怎么苦思我也想不出像样的答案来。英而、妈妈、祥子、公司和荒木町的酒吧同事们……回想那一张张熟悉的面孔，就好像小时候在庙会上看到的无数祭祀的面具似的，被人工的吓人的色彩搅和得乱七八糟，根本无法分辨每个人的特征、令人怀念的局部表情。他们到底是不是像我记忆中那样存在过呢？ 我感到十分惶惑，恨不得随便揪住一个人问一问。因为我完全被自己在一瞬间做出的抉择的现实状态给吓住了。

那天晚上，我们一直来到浜松，直到无车可换乘时，哲治结清了两人的车票，走进车站附近的一家小酒馆。我跟在他后面走进去，挨着他坐在吧台前。刚刚喘了口气，他终于开了口。

"你还是回去的好。"

我想笑，却未能如愿，立刻扭过脸去反驳：

"你说回去，让我回哪儿去啊……？"

吧台里面的穿着烹饪服的老婆婆伸过长胳膊，将两小碟下酒菜放在我们面前，一碟是毛豆，一碟是放干了的凉拌菠菜豆腐。哲治要了烧酒，我喝不惯酒，要了橙汁。好像是独自一人操持小店的老婆婆，一言不发地送来饮料后，就坐在吧台最里面的椅子上，深深地垂下头，就像睡着了似的。看着她，在电车里一直挥之不去的疲惫感又复苏了。我定了定神，打算聚焦在碟子上，但脑子里面犹如硬邦邦的颗粒炸开了一般阵阵作痛，阻止我集中精神。我一口气喝光了一瓶橙汁。

"没想到你真的来……"

这样低语的同时，哲治伸手拿起一个毛豆荚，快速挤出三颗豆子在手心里，却没有送进嘴里，而是放在小碟边上。

"你说的让我跟你走的呀。我问你，到底为什么要离开东京呢？"

"……"

"说呀，为什么呀？"

"你吧……"

"什么呀？"

"还是算了吧。你回去吧。"

"哲治，你知道你在说什么吗？ 你是真心这么想的吗？"

他没有答话，而是把刚才放在小碟边上的三粒毛豆一口吃掉了。接着，他就像被什么附体了似的，一个接一个地拿起毛豆荚直接对着嘴把毛豆挤进嘴巴里。

"如此说来，你就是个地地道道的无赖……如果你真是这么想的话……太可气了……到了这么远的地方，让我回哪里去啊……"

我说出来的这些话，只不过从机械地埋头吃毛豆的哲治耳边滑过去罢了。我抬起头，看见坐在吧台里面的老婆婆微微仰起脸，也不知是对着谁在点头。我想她说不定是在朝我点头吧，就顺着她的视线望去，看见前方摆着一个不发出声音的小电视。这一整天，我第一次产生了后悔的念头，自己很可能轻率地做出了一件无法挽回的事。

半夜两点一过，酒馆关门后，哲治坐在车站外面的长椅上，缩起了身子，看样子他是打算就这么坐到天亮了。我也只好坐在他身边。虽说时值初秋，白天还残留着暑热，但一到深夜，还真是冷得要命。哲治把他那件绿芥末色的夹克给我穿上，可是它也未能让我舒服地睡着。虽然身体又累又困，但一闭上沉重的眼皮，轻微的响动或被迫采取的不舒服的睡姿使我身体的所有关节都疼个不停，不让我入睡。

面前的道路上，旧杂志上掉下来的残页、踩瘪的纸杯被夜风吹得滚来滚去。看这情形，这个地方城镇正在向阴冷的季节推进，我的心情愈加阴郁了。看着旁边宛如睡在被子里似的发出均匀呼吸声、坐着睡觉的哲治，我半是憎恨地度过了悲惨的一夜。（不过，比在船上好多了……）我念咒似的重复着这句话，可是丝毫也没有减轻此时的悲惨。不过越是悲惨，这句话里的真实分量就越是增加了似的。

我的身体不时地打摆子似的轻轻抖动。这是因为寒冷还是不安或恐怖发出的颤抖，还是属于抖擞精神呢，不管我怎么琢磨，死活也判断不出来。

次日早上，电车开始行驶的声响终于吵醒了哲治。他刚瞅了一眼身边的我，便像是在做梦一般说出昨晚那句话："你还是回去吧。"眼圈发紫，脸颊洼陷，胡子拉碴的哲治，一本正经对我说这句话的样子，看上去十分滑稽。

"怎么啦你，一醒来就这么说……"

"我要走了。你回去吧。"

他一边用手背使劲搓着脸颊，一边费力地站起来。

"你昨天也这么说了，可是，你让我回去，我回哪儿去啊？ 还有，你说要走，到底要去哪儿啊……？"

"你回家去，我去吃早饭。"

"那我也跟你去。我也饿了呀。再说了，我可比不了你，一夜都没睡着！"

哲治没有回答，甩开大步腾腾地朝街道上走去，完全看不出是刚睡醒。幸而昨晚的小酒馆旁边有家荞面店很早就开门了，我们

269

进去吃了碗热乎乎的面，只有放蔫儿了的葱花，和浅浅一层泡湿了的天妇罗碎渣。吃完后返回车站，哲治买了一张去京都的车票，一个人快步朝检票口走去。"等等我呀。"我也急忙买了张同样的车票，跟在他后面。

还不到上班或上学的高峰时间，乘客稀少，车厢里很空，很暖和，再加上刚填饱肚子的关系，我感觉就像坐在某个饭店前厅的沙发上那么舒服，而不是电车上。一想到要去京都，我的困意全消，心里突突乱跳。

"那个，你去京都打算干什么呀……"

我本来也不指望他回答，他果然没有吭声。我贴近他的耳朵，明确宣布："虽然你说了好几遍你回去吧，我也绝对不会回去的。"

哲治抱起胳膊，假装打盹。

"是你说的让我跟你一起走的。现在又说让我回去，哪有你这样的呀。再说我也没地方可回了……你不是看见了吗，我老公上了那条轮船去外国了。肯定不会再回来了……不过，无所谓啦，比起坐轮船来，我更喜欢坐电车……"

我对着哲治的脸盯着他看，他只是皱着眉头，露出特别厌烦的表情，不理睬我。

"更重要的是，你为什么离开东京？做什么坏事了？偷东西了？杀人了？还是，还是……你说呀，到底是因为什么呀？"

我摇晃着他的胳膊，哲治甩开我的手，往旁边挪了挪，我也不在乎，仍然紧贴着他，用力摇晃个不停。也许实在扛不住了，哲治终于轻轻啧了下舌头，开了口：

"你就是喜欢问问题。"

"谁让哲治不回答呀。哪怕稍微回答一点，我也不会这么追问了。你要是有想问的问题，也可以随便问我呀。"

"……"

"什么呀？有什么想问的就问吧。"

"……你为什么没有来？"

"什么？"

"你不是让我问问题吗，现在我问你呢……你为什么没有来……星期五……那个咖啡店……"

哲治咬着嘴唇，不说话了。我马上问自己是否应该如实回答。"因为我觉得，如果和你见面的话，就见不到英而了。"——这样的不合情理的理由，此刻我在他面前说得出口吗？回答是否定的。我本想采用哲治惯用的沉默代替回答，可是，这沉默与哲治的沉默有所不同，是无法忍受的。于是，为了掩饰自己的尴尬，只得问起了别的事。

"我想，咱们一到京都就找个旅馆吧，便宜的地方也没关系，我好想躺下休息休息。从昨天晚上到现在一直坐着，屁股和后背可疼了。"

"你可以去住店，我已经没有钱了。"

"钱的话，我带了很多呢，也不是很多……在东京取出来的。住旅馆的花费，一个人和两个人都差不多。"

"可是……"

"没事的，就这么定了。"

中午过后到了京都，我拉着明显不乐意的哲治走出车站。然后夹在观光客喧嚷的人流之中，在站前叫了辆出租车，把哲治推进车里，去了清水寺。因为我想起今年春天去京都旅行的女同事，愉快地说过清水寺的景致特别美。

站在清水寺的舞台上，眺望尽收眼底的街景，我不知疲倦地大发感慨，旁边的哲治闹别扭似的望着下面，一点也不高兴。然后，

271

我们去了金阁寺、银阁寺等所能想到的有名景点，可是不论去哪里，哲治一直都绷着脸，既不抽签，也不看土产，只有我自己像修学旅行的中学生一样有说有笑的。"哲治，好不容易来一趟，高兴一点好不好。"不管我说多少遍，他还是那副样子。

直到京都的天也黑了下来，走出京都御所时，连我也累得不行了，就提议找个住的地方，哲治坚决地说："我去车站。"

"车站？ 你说去车站？ 为什么呀？"

"坐电车。"

"等一下。不是说好今天住在京都了吗？"

"要是喜欢这儿，你就留在这儿好了。"

说完他就突然跑起来，直奔停在路边的出租车，我慌忙追赶，直到现在我还是搞不清楚哲治到底在想什么，很是气恼。本打算好好盘问他一下，可是到了这个份儿上，说什么都是徒劳。

"喂喂，你去哪儿呀？"

终于走到车站后，哲治对着墙上贴着的路线图，比对自己那张图。我的问话当然没有得到回答。

"好吧，事到如今，我也只能跟你一起去了……随你去哪儿好了。"

"去鸟取。"

我从来没有见过哲治这样，某种坚定的决心让他紧紧闭着嘴。我感受到莫名的震撼，与白天我面对寺院、佛像、庭园品味到的感动截然不同。我有些茫然地问："为什么去那儿？ 有朋友或亲戚在那儿？ 鸟取那种地方……"

我正百思不解时，哲治买来两张车票，塞给我一张，自己快步走进了检票口。我在通向站台的楼梯上追上他，劈头问道："喂，为什么去鸟取啊？ 去那儿干什么呀？ 而且，虽说是鸟取，可是去鸟取的什么地方呢？ 米子？ 还是因幡的白兔的……"

"因幡的白兔？"

"小学时，我在运动会上做过的游戏呀。就是大家排成一行蹲在土地上，充当道路。扮装兔子的孩子一个一个地从他们的背上跳过去。等兔子一跳过去，排在末尾的孩子便立刻绕到队列最先头，蹲下来延伸道路，直到终点的白线……这些充当道路的孩子都是扮装成鳄鱼的，你不记得了？"

"哦，不记得了。"

"那可能是女孩子的比赛项目。反正，那个游戏就叫作因幡的白兔。那个因幡的白兔的故事就是鸟取的什么地方的。"

"又是故事……"

哲治扭头看着我，嘴角露出浅浅一笑。

他本来好像是打算当天就换车去鸟取的，无奈又饿又累、浑身无力的我实在扛不住了，结果在这趟车的终点下了车。我们在站前商店街的快餐店吃完饭，走到外面，没走多远，看到了一家土气而简陋的旅馆，挂着"有空房间"的牌子。

在前台的住宿登记本上登记时，我没多想就写上了自己的名字和住址。写完后立刻发觉眼角有一颗大黑痣的女服务员看着我的眼神似乎想问什么，我意识到在这种场合填写假名字和假住址或许比较明智，可是已经写了也没法改了。我刚一放下笔，对方就问"和你一起这位的……"我这才想起了哲治。扭头一看，他正无聊地低头站着。于是，我在自己的名字旁边点了个点，添上了"哲治"。作为夫妻，这名字确乎不大自然，但作为姐弟的话，仿佛原本就叫这名字，看上去极为自然了。女服务员拿着带着箱形钥匙链的钥匙，领我们去了房间。然后端来了茶水，动作麻利地铺好了被褥，就走了。

273

"以前可能是艺伎游乐的酒馆吧……"

我喝着温吞吞的茶,打量着摆放了简单家具的陈设说道。哲治脱了鞋,伸展着一直蜷缩着的苍白的脚趾。

"你来过这样的地方吗?"

他没有回答我的问题,喝了一口茶,便倒在铺上,把脸埋在枕头上。

"真是的,明明听见了……"

我躺在他身边,戳了戳他的肩膀。

"喂,你来过这样的地方吗? 来过吧?"

哲治不高兴地钻进被窝里,遮住了脸。

"你是不好意思吧。我一次也没有来过这种地方。更没想到会在这样的地方住宿啊。真吃了一惊。"

"……"

"你去泡个澡吧。身上多脏啊。"

"……"

"看来你就喜欢脏乎乎的吧。我去洗了。"

我拿起放在更衣箱里的浴衣,去了浴室。浑身搓了好多肥皂沫,彻底洗干净后,出来一看,哲治早已睡得死死的了。我凑近他的脸仔细看了看,不像是假装的。

我用毛巾擦着湿漉漉的头发,一边看着他的睡脸。脸晒得黑黑的,骨骼越发突出,眉毛稀疏了,嘴唇干燥得发白,颧骨和下巴上各有一道浅浅的刀疤,很久以前,曾经这样盯着他脸上的伤疤看的记忆朦朦胧胧浮现在眼前。这些年来,哲治走过了他自己的成长之路,我也同样走过了自己的路……

自那时以来,两个人走过了各自的岁月,就像是两条平行的瀑布一样,如今在这个土气旅馆的一个房间里合流了,然后两个人又将被冲到不知什么地方去。

"哲治，你累了？"

我问道，他也没有睁开眼睛。我尽量不发出声音，轻轻钻进自己的被子里，很快就沉沉入睡了。

次日一大早，我们就离开旅馆，继续坐了好几个小时的电车，临近傍晚时，终于到达了鸟取站。

一走出检票口，哲治立刻朝站前的出租车停车场走去。坐进出租车，我听到他对戴着白手套的满脸深深皱纹的老司机说："去沙丘。"我就皱起了眉头。

"沙丘？ 原来你是要去沙丘吗？"

"是的。"

"到底为什么呀？"

哲治扭脸去看窗外，我也不期待他回答，把头转向另一边的车窗眺望外面的景色。行人寥寥无几的鸟取街头，比起夕阳的橙色来，构成其暗影部分的色彩更浓厚得多，眼看着就会用它那犹如厚厚的黑炭一般的暗影之舌吞噬掉整个街道似的。出租车驶出了街道，在两车道的空荡荡的主路上行驶了一段时间。不久，视野的一部分突然变得开阔了，那里出现了沙滩和天空。一打开车窗，刮来的海风里混杂着海潮的气味，我不禁一阵眩晕。我沉醉于这空气之中。这时，我突然发现马路已经到头了。

"哇，快看啊！ 哲治，是沙丘！"

在浅浅的沙谷那边，高高隆起的沙丘在夕阳下熠熠生辉。

从出租车里一下来，我们不约而同地朝沙丘走去，继而跑起来，最后像孩子似的一边发出欢叫声，一边朝着呈现出温柔的波浪形线条的沙丘狂奔起来。登上沙丘后，辉映着夕阳的蔚蓝色的日本海展现在眼前。从沙丘顶端下到海滩去的坡度非常陡，稍微一不留神，就会一直滚下去似的。我手搭凉棚，深吸了口气。

哲治背朝夕阳，沿着沙丘上的小路走了起来。我想抓住他的胳膊，却被他先抓住了胳膊，我的眼睛一直盯着自己的时而被沙子埋上、时而露出来的鞋尖，在他身边走着。犹如一只生物，我们的脚步在沙子上留下了一串足迹。我耳朵里听到两个人的呼吸声，分辨不出是谁的。仿佛一停下脚步，立刻会被沙子埋没似的，我一边拼命地往前走，一边想要捕捉隔着薄毛衣抓着我胳膊的哲治的手掌和手指的感触。我感受到他的长指甲嵌入毛衣，回头脱下毛衣就可以看到，在柔软的胳膊上留下的浅浅的月牙形指甲印……

走了一段路后，哲治突然站住，朝大海的方向转过身去。天已经黑了，西边的天空犹如淡水鱼的鱼鳞一般染成了淡淡的青绿色。海面上浮现出刚才根本没有看到的龟背样黑乎乎的小岛。

我脱掉鞋，把里面积存的沙子倒出来。隔着丝袜感觉到沙子冰凉冰凉的，似乎会很快夺走我的体温。

“黑下来了。咱们回去吧？”

我抬起头看着哲治的脸，但海边的黑暗已经笼罩了我们，看不清楚他的表情了。

“即使要回去……”

回头朝着来时的马路望去，白色的街灯在相当远的地方。那景象就如同把望远镜倒过来看的世界似的，不自然地被扭曲着，遥远得缺乏现实感。

“能够回到那边去吗？ 还是在这儿过夜呢？”

“你自己回去好了。”

这是昨天就听到过好几回的话，但这次的声音里含有不同以往的冷冷的拒绝。我间不容发地回答：“我不愿意。”

"一个人走下这个沙丘，我是绝对不可能的。走吧，咱们回街里去吧。我都快累死了。"

"那你就一个人回去吧。我不回去。"

"现在就不要这么任性啦，好了，回去吧。"

我拉拽哲治的胳膊，可是他像铁塔般纹丝不动。我走近一步，想要从他脸上看出真意。然而从浮现在昏暗中的他那呆滞的眼神里，捕捉不到任何信息。

"哲治，你在想什么呢？"

"你想要回哪里去，就回哪里去好了。"

"我不。"

"我不回去。"

"那可不行。"

"你必须回去！"

"我不是说了不愿意了吗！"

哲治发出怪异的叫声，抱着头蹲了下来。他这极其软弱的动作与固执，强烈刺激了我的神经。

"不要做出这样的动作！你不是知道吗？你绝对不会一个人的！"

我忍无可忍，大声训斥起来，但哲治更加使劲地抱着自己的头，拒绝着我。我蹲下来伸出手放在他的肩上，才发觉他浑身都在微微颤抖。

"你睁开眼睛吧，用你的眼睛看一看你那么讨厌的我……无论你多么希望我消失，无论你怎样闭眼睛，我也绝对不会从这里消失的！"

我伸出双臂使劲去拽他抱着脑袋的胳膊，我越是拽，他越是收缩身体，就像被攻击的虫子似的，在沙子上蜷缩起来。没办法，我

277

只好松开手，只是轻轻地抱住了他的肩膀，感觉他的身体渐渐地恢复了原来的松软。

因我的呼吸而变得湿润的他的夹克领子上有个小小的扣子，每当我眨眼睛时，那颗扣子就微微闪烁白光。波涛声越大，它的光也越亮似的。我慢慢放下了胳膊，就像安抚婴儿似的在他后背上抚摸起来。

"我不会消失的……因为不管什么时候我都是和你在一起的……很久以前就是这样，当然我们很长时间没有在一起……肯定是我……是因为我曾经走错了路……"

"错的是……"哲治沉闷的声音在耳边响起，"错的是，我前天不应该去港口。"

说完，他突然一把推开了我。

"我为什么要去追你，对你说那些话……你总是那么自以为是，只是因为可怜我，才一直跟着我的！"

失去重心倒在沙子上的我，透过昏暗看到一双透着憎恨的锐利目光正盯着我。"哲治也是一样！"仿佛被他的目光弹起来似的，我猛然站起来，滔滔不绝地说起来。

"哲治也是一样啊。你一向假装老老实实地在听我说话，其实根本就没有听！现在也是这样，现在你也不过是把我看作一个妄自尊大的幻想家、一个不可救药的大傻瓜，觉得我可怜罢了……我是怎样熬到今天的，怀着怎样的心情跟着你来的，不管我怎么简明地给你讲解，你那一点点脑子，根本就理解不了啊！"

"是啊，你说得没错。你老是喜欢编些无聊的故事，看你的表情，就仿佛这世上只有自己一个人活着似的！甚至连下雨啦、被蚊子叮啦之类的破事也叨叨个没完……我对你这种人实在忍受不了了！"

哲治声嘶力竭的怒吼和波涛声混合在一起，沉入了冰冷的沙子之中。

他在我面前说这么多话还是从来没有过的。这样大声吼叫也是头一次……在沙子上尽管隔着一段距离，也可以看到他浑身颤抖得比刚才还要厉害。

"而且，你还爱管闲事，又特别任性……想来就来，大哭一通，发通脾气就走人了……只考虑自己，什么也不说就……"

"可是，叫我跟你走的不是你自己吗？"

哲治想要说什么，又闭上了嘴。我换了一大口气，接着说下去。

"你忘了？ 前天，来求我帮你的不是别人，正是哲治你呀。正因为你叫我跟你走，我才没有跟着英而上船，来了这里的。现在我不就在这里，在你的面前吗？ 所以说你有着不可推卸的责任，有接受我帮助的责任啊！"

"我不需要什么帮助。"

"当然需要。你就老实承认吧。你这个骗子！"

当我听到野兽般巨大的吼叫声时，脸上同时被扬了好多沙子。我闭着眼睛一边咳嗽，一边不服软地双手抓起沙子，使劲朝他扔去，于是乎，更多的沙子扔在我脸上，我更剧烈地咳嗽时，哲治站起来，在沙丘顶上跑起来。我挣扎着爬起来，在后面追赶，朝他扑上去，把他扑倒在沙子上。

"你这家伙就是个胆小鬼、大骗子？ 我要杀了你，把你埋在这里！"

我骑在哲治身上，双手抓了大把沙子往他身上砸。

"埋了你！ 埋了你！"

哲治也不抵抗，就仿佛他自己希望这样似的，在我的身体下面一动不动地躺着，任凭我发疯似的往他身上扔沙子。他既不咳嗽也不叫唤，简直就像一具尸体似的，头、手、脚都渐渐被埋进了沙子里……

当我意识到时，哲治全身几乎都被冰冷的沙子覆盖了。

筋疲力尽的我终于停下手，软软地隔着沙子趴在他的身体上。

我侧过头，把脸贴在沙子上，看见遥远的前方是一片黑乎乎的海平面，与天空已经分不清界限了。

我拂去了哲治脸上的沙子，湿湿的沙子沾在手掌上，被夜风吹拂着。

"也许你不相信……"

犹如睡着了一般长时间的令人惬意的寂静之后，哲治轻轻地开了口。他的声音仿佛从沙子深处冒出来的遥远的回音。

"以前，艺伎屋的妈妈说过……"

我闭上眼睛，感觉那声音更近了。

"我的爸爸和妈妈……就出生在鸟取的沙丘附近……"

我仰起脸，细看在我身子下面的哲治的脸。用手指仔细抹去他脸上剩余的沙子后，露出了一对深深的伤痕般的紧紧闭着的双眼。

"所以，我……"

"……所以来这里的？"

哲治默默点点头。

"你是想有可能找到你的爸爸和妈妈？"

"可是，他们已经不在这里了……"

哲治闭上眼睛，扭过脸去贴在沙子上。我慢慢地从他身上下来，摸索到伸在旁边的他的右手，轻轻握住。

我们就保持这个姿势躺在冰凉的沙子上，一半身子被埋在沙子里。

我觉得在这个城市，不，在整个世界的任何地方，都找不到比这里更适合我俩的地方了。

凝视着遥远的黑蒙蒙的海平面，我想起了多年前的长者崎的海滨。而且觉得这个海平面和长者崎的海平面是相通的。阳光刺眼的长者崎的大海……我旁边有个长着两条白桦树样的细长腿的少年和螃蟹的尸体，我俩默默地给螃蟹挖坟墓……

"这里就是尽头了吧。"

我朝着遥远的海面说道。

"那边的海平线和长者崎海平线……其实我们可能就在两条海平线之间走来走去吧。这里肯定是尽头了……"

哲治什么话也不说。

"如果这里到头了的话……如果不能再往前走的话……那我想返回原来的路，往回走……不是港口，也不是东京的家，是和你一起给螃蟹挖坟墓的那个时候……"

"这里没有螃蟹。"

哲治喃喃道。我坐起来，俯看着他。

"这么高的地方，螃蟹也爬不上来呀……"

我这么一说，哲治稍稍睁开眼睛，咧嘴微微一笑，慢慢坐了起来。

"哲治，即使回不到那个时候去，我也不想回家去。"

比水平线更远的地方，在黑暗的大海远方，如同刚才哲治的夹克领口上看到的那样的微光闪烁起来。那闪光好像一点点在接近。

"所以……你会跟我在一起吧？"

哲治默默地盯着我。躲藏在黑暗中的他的黑眼珠里，恐怕再一次看到了幼年时两个人曾经感受到的那难以名状的恐怖了吧。倘若是这样，那恐怖也已经浮现在我的眼睛里了。

"没事的。没有什么可害怕的。"

我再次面朝大海，凝视着四处留下的光的残影，仿佛在对自己说话一般重复道：

"没有什么可害怕的……"

那天晚上，我们在车站附近的一个比昨天还要寒酸的旅馆里住下了。

我躺在和他并排的被子里，一动不动地等着睡意降临。可是沙丘的冰凉沙子仿佛仍然残留在身体的每一寸地方，心怎么也静不下来。我不停地翻着身。忽而发觉挨着枕头的脸颊上感受到某种异样的冰冷，我忍不住睁眼一看，看见旁边铺上的哲治面朝我这边躺着。我小声问："哲治，睡着了吗？"他均匀地呼吸着，并不回答。我刚想再叫一声哲治，那双眼睛睁开了，目不转睛地瞧着我。两个人就这样默默无语地凝视着对方的脸。哲治的视线犹如蜘蛛丝一般纤细，仿佛一眨眼就会溶化进黑暗之中消失不见似的。我慢慢靠近他，伸手去摸他的脸。粗糙而硬邦邦的脸一点点吸收着手掌的热度，变得温暖而柔软了。哲治也伸出手放在我的手上。啊，果然不出所料，那只手慢慢把我的手从自己脸上拿开了。然后，隔着两床被子，两只手在即将分离之际——就在一阵迄今为止从未有过的犹如酸性物质那样强烈的依依不舍之后——我们不知何时紧紧地拥抱在一起了。

与其说是做爱，不如说是搏斗更贴切。我们互相粗暴地剥去对方的浴衣和内衣，这期间，我的耳朵里一直回响着几千个细小金属颗粒在地板上蹦跶的声音。哲治平板的裸体，出乎意料得非常有分量，从外表根本想象不到。我在他的身体下面都快喘不上气来了。我翻过身来，坐在他身上时，他露出吃惊的神色。于是我明白了。

他也并非第一次和女人做爱。虽然这是我早已知晓的事，虽然是我曾经想象过无数次的事，我俩还是吃了一惊，保持着合体的姿势对视着。从不曾有过的以裸露之身搂抱在一起的皮肤，可以感受到对方呼吸的那么近的距离，给予皮肤最表层的火辣辣刺激的体毛的热度——几秒钟之前两个身体所共同拥有、本应构成这一行为依据的某种迫切的东西，已然化为乌有了。

我就像在沙丘上那样慢吞吞地从他的身体上下来，躺在他身边。

欲望的波涛仿佛从不曾有过一般远远退去，只在原地留下了令人窒息的沉默。

我们穿上还留着各自体温的浴衣和内衣，回到自己的被子里，闭上了眼睛。

哲治和我在沙丘附近的一个旧公寓的一个房间里过起了日子。

那是个适合我们的简陋的木结构二层小公寓。终于找到了安身之所的安心与想到此处也不外乎是为了逃避什么的临时居所时感到的不安交织着，制造出令人舒服的火热感，使我彻底放弃了思考。东京的家、工作的事、需要偿还的债务以及大海彼岸的丈夫……后来我在车站后面的小酒馆找到了一份钟点工的工作，哲治也找了个大厦清扫工的活儿，为了糊口我们分别出去挣钱了。

每天早上醒来，我都会占用一点时间一边闻着充斥房间的混合着两人气息的气味，一边在难以形容的安宁的包裹之中凝望着旁边哲治的睡脸——他为什么一定要离开东京呢？ 一直都没有问他这个问题。比起搞清楚这个问题来，我更想要的是，独自一人尽情地享受在这陌生的土地上，每天早晨一睁眼，便看到和自己十分相似的人发出均匀的呼吸在身边沉睡的这份乐趣。随后哲治也起了床，送他出去干活之后，我就怀揣着这喜悦的余韵跑到沙丘去，不顾鞋里灌满了沙子，一鼓作气地爬到沙丘顶上去。那起伏的沙丘形状每天都在变化。既像哲治的侧脸，又像他的胳膊肘，也像他的浑圆的腿肚子。我坐在巨大的哲治身体上，一边用手掌抚摸细细的沙粒，一边祈祷现在的生活能够持续得更长久一些。哲治瞅着我一天天晒黑的脸，笑着说："你怎么像过暑假似的。"

然而，一起生活后，已经过了一个月，两个月，我们还是不能睡在一个被窝里。其实我们也尝试过很多次。尽管一搂在一起，就发疯似的想要更多地触摸对方，但是，第一天经验的那种不可思议的感觉一降临——欲望就在我们不知所措的间隙飞速地萎缩下去了。不过，就连随之而来的尴尬，我也喜爱起来了。不必下任何决心，就可以去喜欢什么，在这个远离东京的海边沙丘的小镇，这是相当容易的事。

在我打工的车站后面的酒馆里，有一个比我年长一点的女招待，名叫直子姐，对我很关照。看到我不会高声说话，做事也不得要领，端着放着啤酒和小菜的托盘，在后厨和餐桌之间来回转磨时，她就会立刻用我听不太懂的当地方言大喝一声："声音尖一点！""多笑一笑，开朗点！"她有着一张圆圆的脸，加上剪了个齐刷刷的少女模样的招牌式河童头，熟悉的客人都喜欢她，亲热地叫她"河童姑娘"。起初她常常训斥我，但随着一起休息、关门后一起收拾的时间增多，我们逐渐要好起来。后来她见我每天要骑一个小时自行车回沙丘的家，很同情，甚至还让我搭她的车。在车里，我们一点点向对方唠起了自己的身世。直子姐有个五岁的男孩子，孩子的爸爸已经很久没有音讯了。

"反正将着就能活下去，只要我干活。"

她虽然笑着这么说，但是她不单在酒馆工作到很晚，白天还要在某不动产公司做事务员，可以说从早到晚都在工作。我猜测她也没有多少时间去看寄养在母亲家的儿子。尽管直子姐说话时显得很快活，可她那瘦削的身体、眼下的凹陷，暴露了操劳生活的疲惫。也许是这个缘故吧，别看她经常鼓励我，自己却经常犯错。比如给客人结账时，啤酒少算了几瓶啦，或是找错了钱等等。关门后，常常会挨店长的训。比我这个来店还不到三个月的新人出错都多，所以连她自己也说："我太粗心大意了……"虽说这样，她倒也不给人感觉有多沮丧，第二天又照样大大咧咧地犯同样的错。只有一次例外，那是十二月的忘年会旺季，她听错了订餐电话，多接受了一桌预约，结果，被直接来店吃饭的客人和店长狠狠训斥了一顿，一向乐观的直子姐好像也多少受到了打击。在短暂的休息时间，她坐在厨房一角的椅子上，一边叹气，一边这样对我说：

"说真的……没有老公虽说也能活下去，但还是有的好啊。你也要好好对你老公。虽然有好多好多不满，也要咽下去，让他想干什么就干什么。对老公好得过头，才是刚刚好。"

我不知该如何回答，只是不置可否地笑着。因为我告诉过直子姐，由于一些原因，我和丈夫刚从东京搬到这儿来，住在沙丘附近。

"在这儿要是没有孩子的话，我是绝对生活不下去的。要是没有那个孩子，我老早就完蛋了。……你瞧瞧这孩子，这张照片是去动物园远足的时候拍的。将来多半是个美男子吧？"

直子姐从兜里掏出照片给我看。孩子的眼睛很像她，圆溜溜的，虽有些腼腆的样子，的确是个非常可爱的男孩子。我实话实说后，她高兴地笑了。

"是吧，我没说错吧。就是有点杵窝子，爱哭鼻子，没办法。对了，这个周末，你和老公一起来我家玩吧。和这孩子交个朋友吧。"

"可是，难得一个休息日，怎么好……"

"没事没事，他就喜欢人多呢。就来玩玩吧。好不好？"

按照约定，那个周末我和哲治一起去了直子姐家。哲治借口打工的地方有事，磨磨唧唧地不想去，可是我觉得直子姐是我在这个地方结交的第一个朋友，不想拒绝人家的好意，就一个劲地劝说他，最后他终于同意了。

直子姐母子住在距离酒馆和我家中间地区的集体住宅里。儿子博君认生，腼腆地躲在妈妈身后，当我们一打开给他带来的一盒巧克力，他马上眼睛发亮，说了句"谢谢"。

"第一次见到你们的时候，还以为你们是双胞胎或是兄妹呢，你们俩还真像啊。看来夫妻就是越来越像啊。"

给我们端来茶水的直子姐，直盯盯地来回打量着并排坐在矮桌对面的我们两个，笑着说道。把哲治介绍给自己的朋友这是第一次，所以我很担心他是什么态度，正如预想的那样，哲治比平时还闷，我们说笑他也没有表情。好在和博君似乎还合得来，不知什么时候，两人跪在地上玩起了拼图。那拼图好像是远足时在动物园买回来的，每当拼出长颈鹿或是大象的时候，博君就孩子气地给哲治讲述在动物园里看到这些动物的印象。

"两个不爱说话的人，倒成了朋友啊。下次一起去动物园远足好不好？"

直子姐呵呵地笑起来，看到哲治和幼小的孩子一起玩，我不知怎么胸口一阵发热，好容易才无力地笑了笑，算是回答。是的，因为此时我的脑子里突然形成了迄今为止从没有想过的我俩未来的具体图像。不，说是未来的，其实只能说是因某种阴差阳错而未能实现的、像过去的记忆一般原本就应该那样的图像……说不定，说不定……我们成为真正的夫妻，养育了孩子……我和哲治的孩子……像他爸爸一样不爱说话、笨拙，是有着一双深邃眼眸的男孩子……那个孩子甚至有可能在那个沙丘的家里等着我们下班回家……。

到了傍晚，我们开始准备回家时，博君眼泪汪汪的，央求我们"别走"。

"要不吃了晚饭再走吧。太晚的话，我开车送你们回去。"

虽然直子姐一再挽留，但难得一个休息日，再打扰下去的话，就太过意不去了。

"打扰了，下次请来我家玩吧，虽然地方很小……"

在玄关，我和哲治同时低头告辞时，感觉我俩俨然是在一个屋檐下生活了多年的夫妻，我的胸口再一次堵塞了。刚才闪过脑海的未能实现的过去的记忆，还没有完全消失。

"博君，挺喜欢你的啊。"

朝着最近的车站一边走，我一边说道，哲治粗鲁地"嗯"了一声，但表情显得很愉快。

"哲治会不会当哪个孩子的爸爸呢？"

"谁知道呢。"哲治回答。立刻补充了一句："我可想不出你成为哪个孩子妈妈的样子啊。"我再一次想象起了在那个沙丘的家里，等着我们下班回家的可爱的小男孩儿。抱着暖水袋，裹着毛毯，盼着我们回来的男孩子……那是看不到一片恐怖或不安的影子的、出乎想象的完美而幸福的世界的图景。

"咱们该买个炉子了。老是依靠暖水袋的话，会冻感冒的。"

"哦，是啊。"

我们上了开来的巴士，在附近的小商店里买了些东西后，回到了公寓。看到通向二层的楼梯上，窝着背坐着一个戴帽子的小个子男人，我没在意，打开一楼角落里头的房间门，立刻闻到早晨煮好的一锅炖菜的味道。

"啊，肚子饿了。"

我先进了房间，一边脱鞋，一边顶着门，哲治却一直面朝后面，没有进屋的意思。

"哲治，外面冷，进屋吧。"

我对他说话，他也不回头。

"哲治！ 你怎么了？"

我伸手摇晃他的胳膊，他才猛然回过头来。

"你先吃吧。"

"我先吃？ 为什么？"

"我忘了买牛奶了，出门时我给喝光了。"

哲治把我推进房间里，使劲关上门。我赶紧又穿上鞋，追了出去，已经看不见他了。我顿时有种不安的感觉，回到屋里，打开冰箱一看，的确他每天早上去上班之前喝的牛奶没有了。商店离得不太远，不一会儿就会回来的，我就开始准备晚饭。过了二十分钟，哲治一只手拿着两瓶牛奶回来了。然后我们面对面吃了晚饭，就洗洗睡了。

在进入舒服的睡眠之前，我想起了今天在直子姐家看到的哲治和孩子跪在地上专心致志地玩拼图的情景。接着又想象起了夹在我俩的被子之间甜甜地睡觉的小男孩。他那柔软的头发，发出炼乳般甘甜气味的脸蛋，热乎乎的圆圆的小膝盖……他会发出怎样可爱的声音喊我"妈妈"呢？

"明天，咱们坐电车出去吧。"

哲治突然说道。沉浸在空想世界里的我，一时间没有明白他的意思。

"出门……去哪里？"

"不知道。只是想再到西边去看看。"

"这么突然，怎么回事？ 你这么快就想去远足了？ 还是不想工作了呢？"

我笑着说。可是回答我的哲治的声音里，却没有我所期待的那种开朗。

"你不去的话，我自己去。"

"等一下，你是当真吗？"

哲治坐了起来，但他转向墙壁，背对着我。

"你是当真吗？"

哲治只是"啊"了一声。一听到这简短的回答，一种仿佛被打碎的冰块装满了内脏般的伴随着疼痛的冰冷的不快感袭上我的心头。

"即使问你为什么，……你也不会回答的吧？"

他什么话也没有说。我又躺在了被子里，缓慢地呼吸着。

"一天就回来？"

"不知道，不过打算这样……明天只请一天假，然后还回这儿来。"

"真的？"

"是啊。"

"真是真的？ 只是打算出去换换心情吧？"

"是啊。"

哲治翻来覆去睡不着。昏暗中，我知道他的两只眼睛和他的冷淡的声音相反，哀求般一直盯着我。

"好吧。我明天也请假一天。偶尔也需要放松放松。说起来，这三个月除了工作，哪儿都没有去过。难得你有兴趣，咱们去出云大社怎么样？"

于是，今天和博君玩拼图时露出的那种放松下来的微笑又浮现在了哲治的脸上。

睡吧，他说完，就冲着墙壁翻过身去了。

我从自己的被子里悄悄钻进他的被子里，把脸贴在他的后背上闭上了眼睛。

翌日一早，我们一起坐上了开往山阴的西行电车，但并没有在出云站下车。

哲治买来的的确是去出云的车票，可是，上午到站后，他却只是摇着头说"不在这儿下车"，坐着不动弹，根本不打算下车。我催促了好几次，可在这当儿，电车开动了。

"我问你，到底打算去哪儿呀？"

因为继续坐下去的话，将会从山阴通过下关，前往九州的。

"我说，你不会是要去九州吧？那今天就回不去啦。"

对我的追问，哲治并没有像以往那样沉着脸，不予回应。不知是什么缘故，他脸上又浮现出了昨天看到的那种微笑。一想到那微笑，严厉追问的欲望立刻就泄了气，我怀着爱怎样就怎样的心情不再吭声了。

哲治一看到窗外时而出现的大海或奇形怪状的大树，就立刻指给我看。今天的哲治身上，仿佛同时栖息着第一次出远门的少年所表现出的紧张感与一辈子只旅行这一次的人那样凡是进入视野的东西都要刻印在脑子里绝不忘记的执着心。其表情中有着令人担忧的决绝，与我们几个月之前从横滨乘车来的时候的表情迥然不同，以至于我觉得自己也应该以同样的严肃态度去配合他……哲治在我面前露出这样的表情是绝对不会持久的。对，就是小时候，听收音机、看货车、玩蜘蛛窝时那认真的表情，那种表情，今天在我面前重现了。哪怕只有今天一天也行，只要能够多看一会儿他这样的表情，即便去了九州，今天不能回沙丘的家，也没什么大不了的。

听到即将到达下关的广播时，哲治突然开口说道：

"从下关回东京。"

"你说什么？"

"我是说从下关回东京。"

由于太吃惊和意外，我一时说不出话来。哲治的嘴紧紧地闭成一字型，又沉默了。

"……这是为什么呢？"

我好容易说出了这句话，他也不回答。我使劲摇晃他的胳膊。

"回东京去……有事要办。"

"有事，和谁呀？ 和谁有事啊？"

"……"

"你，真的做了什么坏事了吧？ 在向岛有什么麻烦吗？"

"……麻烦都了结之后，我立刻回那边的家。"

"我可以跟你一起去吧？"

哲治侧过身面对着我。我害怕直视他的眼睛，看到那双眼睛里反映出的真心，便立刻避开了。

"好的……要是你愿意的话。"

"太好了。"我放了心，但不安并没有完全消除。

"可是，什么时候回去呢？"

"等麻烦全都了结之后……"

"所以我问你，麻烦什么时候了结呢？ 一天？ 还是一个星期？ 一个月？ 一年？"

哲治微微笑了笑。

"顺利的话一天就够。因为只是见个面。"

"……你说的是真的？是真的吧？"

"从下关开始有特快卧铺，咱们坐那个吧。"

"特快卧铺？哇，太奢侈啦！我一直想坐一次呢。可是，钱……"

"钱不成问题。抽屉里的我全都带来了。"

"全部？"

我皱起了眉头。哲治不好意思地红着脸说："偶尔也想让你奢侈一下……"看他的样子实在可笑，我忍不住扑哧笑起来。我从包里拿出钱包，塞进哲治的裤兜里。

"好吧。既然你这么说，我的钱也全都交给你保管吧。把这些钱也加上，请让我更奢侈一些吧。"

在下关站下车后，哲治让我在长椅上等着，他去买两个人的车票。

现在要回东京了。一想到明天早上自己就在东京了，从不曾有过的奇妙的感慨慢慢在心里蔓延开来。回去后，首先去九段的妈妈家看看……不，这个安排没多大意思……还是先回下落合的公寓，打扫卫生，收拾些那边生活所需的东西……正想着这些的时候，哲治回来了，把车票递给我。

"买到了最后一间。"

"真的？太运气了。不过，要是本来就打算回东京的话，何必非要绕到这最西头来啊。"

"可是，我……"

哲治想要说什么，可是又像刚才那样脸红了，闭紧了嘴。

"算了，一想到要回东京，我心里就兴奋起来了。又是坐卧铺，我一个人的话，可不会这么奢侈的，反正你也会和我一起坐的，我才这样快乐的。在餐车可以吃些东西吧？明天早晨一睁眼，就到东京了。真像做梦啊。"

"你是不是打算一晚上都不睡觉，从头开始给我讲故事呢？"

"故事，什么故事？"

哲治顿时沉默下来。立刻说了句"晚了可不得了"。抓住我的胳膊，快步朝月台走去。

昏暗的月台上没有几个人，我们坐在最里头的椅子上等车。

凉飕飕的寒风不停地吹到我们脸上，鼻子和耳朵都变得冰凉，手也冻僵了。忽然我感觉一阵忐忑不安，仿佛只有自己一个人前往陌生的城市旅行似的。我把自己的手放在旁边哲治的手上，他抓住我的手，塞进旧夹克的兜里。

列车一进站，其他椅子上的乘客都拿起沉甸甸的旅行包纷纷站起身来。哲治预约的不是价格便宜的开放式卧铺，而是只有两个人的单间。我觉得真是太奢侈了，不合我们的身份，可是一想到这是哲治尽自己所能对我表达的一份心意，便又高兴起来。

车门一打开，我们一起上了车，走进小巧玲珑、温暖而整洁的单间里，我正脱去外套时，哲治一摸裤兜，"啊"地叫了一声。

"钱包没有了。"

"讨厌，钱包吗？丢在哪儿了？"

一看窗外，我们刚才坐的椅子上果然有个黑色钱包样的东西。哲治慌张地说了声"我去拿来"，也没穿挂在衣架上的夹克，就跑出了单间。我从窗户里往外看，他大概是忘记放进上衣口袋里了吧，我拿起了那件绿芥末色的磨得很难看的破夹克时，一个东西掉在了地上。

我蹲下来拾起一看，是小手指粗细的小瓶子，里面是空的。

这是我见过的非常熟悉的形状……我一眼就认出来了。这到底是怎么回事？没错，它就是那个瓶子，那个令人怀念的瓶子。小时候，我每次哭泣的时候，哲治都像变魔术似的递给我的那个眼泪瓶子啊！

这个东西，为什么会在这里？

我望向窗外，正好看到哲治坐在那个椅子上的背影。他回头朝我挥手。他好像在笑。我也朝他挥手，这时发车铃声响了，哲治急忙朝乘车口跑去。

我对着单间的电灯，端详着手里这个闪光的瓶子。我把它塞进裙子兜里，打算只等哲治一回来就好好问问他。我无所事事地把哲治的夹克重新挂在衣架上，对着墙上的镜子整理被寒风吹乱的头发。这时电车慢慢启动了。可是也太大意了，把钱包给丢了……儿时伙伴的粗心大意让我会心一笑。他马上就会气喘吁吁地跑进来的，我真想尽快调侃调侃他那难为情的样子，还有被寒风冻红的手指和脸，然而，当我无意中往窗外一看，却看到了完全想不到的东西。

那是哲治的脸。

苍白而冰冷的，分不清是愤怒还是畏惧的那种表情……脸上布满那种表情的哲治站在月台上，目不转睛地凝视着我。

这一瞬间，我才恍然明白了可怕的事实。

从他去买车票开始，不，说不定是从两人并排坐在开往下关的车上，眺望外面的风景时开始……或者是从昨天他向我提议出门的时候开始……他就根本没有打算坐这趟车！

“这究竟是为什么？”我贴在厚厚的玻璃上叫喊。

哲治什么也没有说。只是垂下两只手，瞪着眼睛，像柱子的黑影一般伫立在黑暗的月台上。

“哲治！”

列车徐徐开始提速，很快就把他从我的视野里夺走了。我只觉得从不可能打开的车窗里猛然刮进一股冷风，刺眼的强光在眼前啪的一闪。

随后视野一变，我便坠入比窗外的黑夜更黑的黑暗中去了。

15

　　我时常想，人的一生就好比在连绵不绝的山脊上无止无休地跋涉一般。

　　好不容易抵达了山顶，本以为那是最后的目的地，可是气喘吁吁地爬上去一看，前方必然会出现一条通向另一座山顶的路，我们片刻也休息不得，不断地前行……因为还没有到头，还要继续往前走……人们何时才可以从中感受到喜悦和安心呢？　我觉得从我懂事时起，每当爬上一座山峰，就会怀着受到背叛般怨恨的心情盯着脚下的路。到底走到哪里才能到达那里呢？　这没有尽头的跋涉究竟意义何在呢？　我们得不到答案，只能拖着疲惫的身体，朝着面前的路继续迈出脚步。只要往前走，早晚有一天可以走到那里。尽管这一保证无从获得，却不得不怀着遭遇新的失望的预感，不顾一切地迈着满是血泡的麻木的脚继续往前走。

　　和哲治在沙丘度过的二十四岁的秋天和冬天——恐怕是我第一次拒绝继续前行。不过，背对面前的路，不往回走，在没有任何人打扰的那个沙丘的家里和哲治生活期间，难道我真的忘却了前面还有一条新的通向山顶的路吗？　还是装作忘记了呢？

　　无论是哪个可能，前方的路绝不会消失。而且，只要有路，只要路边还有一个生命在燃烧，我们迟早都不得不挣扎着爬起来，迈出伤痕累累的脚的。

　　那天的夜晚不知有多么漫长，多么难熬……你肯定也是这样吧。眼泪止不住地涌出来，与呼吸混合在一起，我也懒得抹眼泪了，任凭它们在脸上流淌。以至于渐渐地感觉流泪的理由溶解了，只剩下为了哭而哭了，或者说远离了个人悲伤，为了更重大的某种事情而哭泣似的了……那天晚上留在记忆里的只有独自一人去餐车吃了晚饭。当我沉浸在弥漫着咸味儿的潮乎乎的黑暗中时，突然听见有人敲门，吓了一大跳。打开门一看，站着一个年轻的乘务员，一只手里拿着笔记本样的本子，来推销餐车预约座位。面对满脸都是黏糊糊泪水的我，他一眼也没有看，腰杆挺得笔直，像体育教师那样充满活力地朗读餐桌空位的时间。"完毕，最空闲的时间是八点三十分以后。"乘务员忽闪着讨人喜欢的圆眼睛，浮出爽快的一笑。"敬请光临！"门关上后，我注视着映在昏暗玻璃窗上的满是泪痕的丑陋的脸，静静地等着八点三十分到来。一到时间，我拖着一直到脚趾都很冰冷的腿，去了餐车。

　　我慢吞吞地吃着送来的三明治，如同在咀嚼时间一般。旁边餐桌的孩子碰倒了一杯橘子汁，女服务生撤换了雪白的桌布……对于在这种时候仍然脸色苍白地默默吃饭的女人，那个女服务生是怎么看的呢？　餐桌都预约满了，不知为什么一直没有人来催促独自一人吃饭的我。直到餐车营业结束，我最后一个离开餐车后，并没有回自己房间，而是坐在过道的硬椅子上，等着天亮。为什么哲治……哲治……再也见不到哲治了……一个接一个出现在脑海里的念头都没能固定为音节清晰的词语，只是一味变成热乎乎的液体从双眼溢出来。还放在裙子兜里的眼泪瓶子——每当指尖触到它冰凉的表面，伫立在下关昏暗月台上的哲治的黑影便浮现出来。即便我想要把眼泪注入这瓶子里，把它装满，能够给我新瓶子的人也不会出现在面前的。我紧紧攥着瓶子不停地哭泣。列车在一块巨大的天鹅绒一般的暗夜之中向东行进着。由于呜咽过久，喉咙或鼻腔不时

297

产生的痉挛与车轮和铁轨的摩擦声混合一起，甚至让我感觉自己变成了无法控制的巨大列车了。我觉得空荡荡的列车会永远行驶下去，一直驶向没有白天没有黑夜、只有雾霭迷蒙的乳白色的混沌之中……

过了三十年之后的今天，由于记忆模糊，已经想不起那天的早晨是怎样到来的，自己是一副什么样子在东京站下车的了。我只记得，当我回过神来时，发现自己提着小小的手提包和哲治丢下的夹克，站在九段的妈妈的料亭——八重前面。

那天早上风很大，冰冷的阳光照射下的大门旁的八重樱枝条乱舞，被风吹得快要断掉了。抬头望见二楼上的玻璃窗犹如冬天小路上结的一层薄冰一般，眼看就会冻裂似的。我下意识地把手伸进外套里，冻僵的手触到一个东西。拿出来一看，是用一块没有印象的白色手帕包裹着的那个小眼泪瓶子。这是来检票的乘务员看到乘客哭泣，出于同情给我的呢，还是在哲治的夹克里找到的呢……不管怎样，肯定是哭得精神恍惚的我，没有使用自己的皱皱巴巴的手帕，而是用当时看到的这块叠得很整齐的手帕把瓶子仔细包起来的吧。我把瓶子放回兜里，习惯地绕到后面的厨房，去拉拉门，可是，拉门上了锁，我正打算返回大门时，拉门开了，露出一张不认识的女人的脸，那张白皙而丰腴的脸透着严厉。那张脸上会清晰地呈现出愤怒、轻蔑、暴力的预感——我不禁想要后退，此时，她突然露出无比温柔的微笑说道："你回来了。"我瘫倒在女人宽大的怀抱里，一下子睡了过去。

记得我好像睡了整整一天。但次日早上一醒来，我以威胁般的架势向妈妈借了一些钱，让我只身一人回了鸟取。好容易回到沙丘附近的公寓里，没有看到哲治的身影。非但如此，就连我的随身用品，两个人从旧家具店买来的茶碗、矮桌等也都不见了，屋子里一样东西也没有剩下。被彻底打垮的我，当天返回东京的妈妈家后，就发起了高烧，也不想吃东西，喝什么吐什么。在料亭的二楼上，我整天躺在被子里，不时从手帕里拿出小瓶子，目不转睛地看，或是把它紧紧攥在手里，不管谁来劝我也不理睬。

可是，这样的状态持续了大约一个星期后，一天，一直没有说什么只顾照料我的妈妈，突然打开隔扇，这样发话：

"你打算一直这样躺着吗？　赶快起来去工作吧。你应该不会忘了吧？　虽说是母女，可借的钱总是要还的呀。"

尽管妈妈的口吻冷酷无情，我却像个什么也不能自理的婴儿一般，想要扑到她那丰满的身体前哭泣一通。倘若妈妈什么都知道，在横滨港发生的事情，在鸟取自己和哲治过的什么样的日子，他是以怎样的方式让我远远离开他的……如果是这样的话，我真想放弃所有回忆，把自己全都交给妈妈。什么也不去想，全都在妈妈面前释放出来，抱住她那丰满的胸脯和紧实的大腿，就连眼珠都可以深深地埋进她的肉里去，从而不用再去看那危险陷阱无处不在的外面的世界了……可是，妈妈身上已经没有为了保护我的丰腴的肉了。我必须离开那里。

从那以后的十二年来，我独自一人走在狭窄黑暗的山脊小路上。

我走在一条不知是往上去还是往下去的平坦而单调的小路上……有时我觉得永远抵达不了下一个山顶，有时又觉得根本不想走到下一个山顶。无论前方出现多么美的景色，无论耸立着怎样壮丽的楼阁，我已经没有了以往那样在短暂的安宁之后，去忍受那无尽的等待带给我的巨大失望的心力了。我所期盼的只有一个，那就是脚下的路走到了尽头，再也没有路可以走了。

我和以前一样在下落合的公寓里生活，在神田的一个可长时间存储的食品制造公司当会计，该公司在地方上有个很大的罐头工厂。那里不像曾经工作过的新宿的公司那样年轻人那么多，是一个很事务性的彼此之间关系冷淡的职场，不过，不必与同事们有过多交往的环境反而让我感觉挺自在。只是，每天下班之后，和谁也不交谈，回到自己的公寓里，百无聊赖地度过漫长的夜晚，渐渐令我难以忍受起来——在那里，可怕的孤独总是让我感到窒息——虽然晚上找了份像以前工作过的荒木町的酒吧那样的钟点工，可是人们的喧闹我也受不了，很快就辞工了。然后，找的是几年前开始流行的叫做水母旅馆①或是幽会旅馆——现在叫做 love hotel 的清扫工。看来是人手不足，也没怎么询问，就立刻录用了我。白天的工作结束后，直到深夜的一段不长的时间，我就变身为清扫工了。如果被公司知道了，可就成问题了，但是想必同事们谁也想不到我会干这种活到深夜的。其他清扫员似乎也各有各的情况，从年轻女学生模样的女孩子，到疲惫的老大爷，互相之间也不大交谈，两个人一组平淡地干活。有时会看到房间里肮脏得令人作呕，但是把污秽的东西打扫干净，把乱糟糟的房间收拾归位，这明快而单纯的作业居然给我的心情带来了平和。虽然很少见到使用了房间后离开的客人，我竟然时常在心里对那些素不相识的人道谢。

白天一手拿着计算器计算经费，夜晚打扫不认识的男男女女的交媾之所……这样的生活，无论是体力还是精神都持续不了多久，我虽然清楚这一点，但身心俱疲填补了其他任何东西都无法消除的空虚。只有干活，只有身心疲惫才能给我的心带来平静和安宁，成

① 隐语。最早由来于温泉旅馆的标记形状很像倒着的水母，后来由于情人旅馆使用这种招牌而得名。

为独自在黑暗的山脊上继续前行的干粮。越是这样干活，我的身体越是变得不需要充足的睡眠，生活也变得极其有规律，连疾病都避开了我。只不过，即便埋头工作，成功地将茫然的不安和欲望埋没在疲劳之中，但心灵深处仍有一张无论做什么都无法消除的面容——对，我无时无刻不在想着哲治。

在黑暗的下关车站分别之后，不管过去多少年，我没有一天不是在思念他之中度过的。

在神田的公司里计算数字时，用吸尘器打扫旅馆的走廊时……我会突然意识到自己每时每刻想的都是哲治，以及在遥远的沙丘附近的公寓里度过的简朴的二人世界。那里的生活中断后到底去了哪里？到底是什么事情搞错了，导致自己现在现在这里过着这样的生活呢？那天夜晚，我和哲治隔着车窗玻璃对视的瞬间，在沙丘的土地上的二人世界咔吧一声折断了，消失在了夜幕中。不过，我总是感觉那个生活的后续现在仍然在我触摸不到的某个地方存在着，我们和当时一样平静地过着日子。哲治，哲治！我一天无数次抚摸兜里的那个瓶子，呼唤他的名字，向车站最后看到的那个黑影不停地追问。你到底去了哪里……

在车站分别之后的一两年间，我多次去鸟取或是向岛打听哲治的下落，但一点也没有得到关于哲治的消息。有时候也去问过妈妈有没有听说九段一带关于他的什么传言，也没有得到像样的回答。不但如此，每当我一说出哲治这个名字，妈妈就立即露出惊讶的神色，用讥讽的口吻提起很多年没有回家的英而来。"比起他来，你倒是应该打听你老公吧……"英而给我的账户里打来的汇款总是像突然想起来似的没谱。由于一直没有来信，他在哪里做什么，我都一无所知，但看到他的汇款金额，感觉他现在过得并不算拮据。然而横滨一别正好十年过后，在我刚刚三十四岁的那年秋天，我接到了一封航空信。在发自新加坡的信封里面，装着一封他已经签章的离婚申请。除此之外英而一个字没有写。我在上面盖了章，递交给了区公所。从此我们的夫妻关系完全解除了，但是，我仍然继续在还他欠下的债务。因为距离还清债务已经为时不远了。尽管觉得自己很愚蠢，可只有干活和疲劳才是让我活下去的食粮，所以我无法自动地放弃这样的生活。两年后，我终于迎来了不用再给已经十五年没有见面的爸爸寄汇款、不用再把装了钱的信封交给妈妈的那一天。

最后一次给妈妈还钱时的情景，我至今记得很清楚。在三帖屋的桌子对面，她像以往那样只说了声"辛苦了"，就低下头去看打开的账本。此时的妈妈的穿着一改曾经的花枝招展，变得素朴无华了。不光是穿着，珍珠般富有弹性和光泽的白皙皮肤也衰老了，细细的皱纹布满全脸，唯独表情变得越来越苛刻了……我仔细打量着妈妈脸上出现的衰老。不知什么缘故，我渐渐地感到自责起来，正是自己这十几年来不间断地放进信封交给她的几百张纸币堆积在妈妈的肌肉里，才会化作现在这些皱纹的。

"你看什么呀？"妈妈锐利的目光扫了我一眼。

"没看什么。"

"好久没见，你可真是显老了哟。"妈妈凑近我，盯着我的脸打量着。

"可是，上个月我不是来了吗？"我反驳道，但是把下面那句"妈妈也老了呀。"咽了下去。

"我太忙了，哪有时间仔细瞅你呀。"

"是啊，妈妈总是很忙的……"

"让我怎么说你好呢，你的模样原来还凑合着看，可瞧瞧你现在，变得这么憔悴，像个可怜的大妈似的。还不都是这些欠债给折腾的吗？到头来还是被老公给休了，你简直就是个冤大头。"

"妈妈，今天还的可是最后一笔了。"

"啊，我知道。我都记着账呢，要是把账算错还不麻烦了。以后你得好好存些钱，为将来多打算打算，真是的……"

妈妈沉默了片刻后，张开净是皱纹的薄嘴唇，想要说什么，还没等我打起精神去听从那里发出来的那些熟悉的唠叨，就立刻闭上了嘴。

"什么？想说什么呀？"

"没想说什么。"

"想唠叨就唠叨吧，有什么想说的，我洗耳恭听。"

"要是没其他事的话，你就回去吧。我可没有时间和离了婚的女儿唠嗑。我忙得很。"

我只好站起来，从厨房门走了出去。

由于是星期六的午后，九段街上静得听不到一点声音。既看不到穿着短外褂的阿姐们拿着手巾叽叽喳喳说笑着去浴池的风景，也听不到三味线的声音。这一带原来都是屋檐低矮的二层木房子，近几年连续建起了结实无比的钢筋水泥写字楼。好几年没有在夜晚来九段了，我已经不了解附近的料亭是否一如往昔的夜夜笙歌了。变化着的街道、衰老着的妈妈，还有衰老着的我自己……在那里能看到只有过去的变化的堆积。哪里也看不到像以前一样，能够让人抱有什么希望般的指引未来的路标了。我今后仍将继续机械地工作，每日疲惫不堪地回家，逐渐老朽下去吧……

我站在路中央，抬起头，看到冬天的夕阳将空中最低层染成浓烈的橘黄色，一群黑色的鸟朝着北方飞去了。

十二年来在白天工作的公司里，没有交到一个可以称作朋友的

303

人。只有高中时代的同学，也是以前的公司的同事祥子，一直关心我。因十二年前的失踪——我去鸟取的事，别人是这样看的——给公司添的种种麻烦，据说都是她代我处理的。实话说，在神田的工作也是她给我介绍的。

祥子已经和很久以前在墨堤看樱花的时候提到的那个未婚夫顺利结了婚，那时已是个八岁女孩子的妈妈了。生产之前向公司提出辞职，做了家庭主妇的祥子，每当周末丈夫出差时，她就邀请我去几年前新盖的阿佐谷的家玩儿。女儿牧子是个可爱乖巧的女孩子，很像妈妈。

"你真是不见老啊。"

一年夏天的一天，三个人坐在檐廊吃西瓜时，祥子突然这么说道。

"妈妈说阿姨不老。"

我正发呆的时候，牧子调皮地重复道。

"是吗？不过，前几天我妈妈还说我特别显老呢。"

"阿姨的妈妈，太过分了！"

牧子那一脸不满的嘴边，粘着几个眼泪形状的黑痦子似的西瓜子。

"牧子说得对，你根本就不见老。简直不可思议……我每次见到你，就觉得只有我在上年纪似的。真是气人，难过死了。"

"没那回事。人必然会老的。不老是不可能的。牧子不是也一眨眼长这么大了吗？我们也和她度过了同一个时间，所以，理所当然会老的。"

"是啊，说得没错，不过……"

祥子围着一条漂亮的自制围裙，像个典型的心灵手巧的妈妈，犹豫着又切了点西瓜说道。

"不知为什么，我觉得你吧，越来越像以前的你了。我说的不是性格，是你的相貌，或是一举一动什么的……"

"以前的我？ 你真会说笑话啊。"

"以前的阿姨是什么样的呀？"

牧子拽着妈妈的衣袖问道。

"以前的阿姨嘛，怎么说呢，和别的女孩子不一样，给人感觉很老成，也很神秘吧。不过，有时候满脸悲伤，就像在百货商店里迷了路的牧子那么大的女孩子一样……"

"妈妈和阿姨怎么好起来的？"

"妈妈主动跟阿姨说话呀。只要主动和别人说说话，自然就会要好起来的。不过，有时候正说着话呢，阿姨会突然沉默下来，快要哭出来似的，又好像忍不住想笑的样子，说不上来是什么表情，妈妈都不知道该怎么办才好了。"

"怎么回事呀？ 阿姨，你那时候到底是哭还是笑呢？"

牧子一边啃西瓜，一边好奇地问。表情和过去祥子在教室里看我的脸时一模一样。我不由得盯着孩子看，祥子笑着说：

"是啊，那时候，你在想什么呢？"

和从前相比，变得富态了的祥子温柔的脸，和仰脸看我的牧子的脸重合在一起，两个人犹如不同时间出现的同一个人一般。见我沉默着，祥子微笑着说道："我有时候真的不知该怎么办呢。你老是看上去像是想要说什么，可是不管我问什么你都不说话……我还以为你看不起我呢。"

"没有看不起啊。只是不知道该说什么……不过，我有时候会觉得别的女孩子挺可怜的。我那时候很自负的。"

"可怜？ 为什么？"

"是因为……"

"因为你秘密在和人恋爱吧。"

祥子恶作剧似的眨着眼睛，用手巾擦了擦女儿沾满西瓜汁的手指。

"我告诉你，牧子，阿姨有个未婚夫的事一直对妈妈保密呢。结婚之后才告诉妈妈的。"

"阿姨的老公是什么样的人呢？"

"什么样的人，妈妈也不知道。虽然和阿姨是朋友，可直到最后也没有让我见到。你能相信吗？不过你不觉得特别美好吗？能够和初恋的男人结婚……"

"可是，阿姨离婚了呀。牧子，离婚，你懂吗？"

我插嘴道，牧子说："我懂！"眼睛闪闪发光，很得意地挺着胸脯。

"这些事牧子还是不懂的好。"

祥子嗔怪地戳了戳女儿的肩膀，把托盘里叠着的新手巾递给我。

"最后虽说是那样的结局，但是和听说你结婚时的吃惊相比，就不算什么了。那时候真是吃了一大惊呢。因为你一点消息都没有透露给我。我一直以为你在银座电影院里当了个女检票员呢。"

我莞尔一笑，接过手巾擦了擦湿手指。

"因为我们约好结婚的事，毕业之前谁也不告诉的。对你保密很对不起。不过，不光是祥子，对谁都没说，对谁都……"

"阿姨，真的吗，真的对谁都没说？"

面对牧子的直视，我竟然感到心怦怦直跳。她看着我的眼睛犹如一对天然宝石般黑亮亮的。

"牧子，用肥皂洗一洗嘴巴。"

祥子用手巾给女儿轻轻擦了下嘴，抓住坐在檐廊上的女儿乱晃荡的两条细腿，给她脱去了运动鞋。牧子一站起来，就“啊”了一声，冲我嘻嘻一笑。

“对了，阿姨，我给阿姨带纪念品了。”

“真的？ 买纪念品了？ 去哪儿了？”

“噢，前几天临海学校组织去逗子了。”

妈妈代替她回答，牧子一下子噘起了嘴，但马上说：“等一下啊！”就啪嗒啪嗒跑去洗手间了。

“这孩子就是疯……”

祥子慈爱地望着孩子的背影，耸耸肩说。然后我们摇着团扇，一边东拉西扯着聊天，一边眺望庭院。没什么话说了的时候，祥子哼起了《圣者的行进》。

“牧子现在在学习竖笛呢。”

我也随着她哼起来，她唱着唱着突然停下来，说道。

“你这个人总是很神秘……”

我吃了一惊，盯着祥子的脸。

“而且经常显得很悲伤的样子……刚才也是这样。”

她说着低下了头。我不知该如何回答，一个人独自继续哼着《圣者的行进》。这时洗完嘴、高高兴兴地回来的牧子也加入了进来，最后祥子又唱了起来。唱完歌，祥子说“给你这个”，不好意思地从口袋里拿出一个红格子小包。然后，拉过我的手，打开包，把里面的东西倒在我的手心里。

我不禁发出“啊”的一声惊叫。

倒在我手心里的是装着白色沙子和五颜六色的星形石子的小瓶子。那个小瓶子和十二年在夜行列车里看到的那个小瓶子——从那以后我一直带在身上的那个泪瓶一模一样的形状。

我吃惊得说不出话来，牧子奇怪地望着我。我声音颤抖地好容易说了声"谢谢你"，牧子问："阿姨为什么哭了？"

　　其实，此时哭的人并不是我。

　　哭的是牧子。

　　那双没有一丝阴翳的清澈的黑眼珠被泪水濡湿了，不眨眼地看着我。

　　那出乎意料的重逢，是在那年的秋天即将过去的时候。

　　周六深夜到周日早晨的旅馆清扫工作结束后，我走在回家的路上。正当我穿过行人稀少的昏暗胡同往车站走去的时候，背后有人喊道"喂"。以前下班后回家时，也曾经遇到过莫名其妙的男人跟我搭话，所以，我立刻紧张起来，假装没有听见，加快了脚步，可是背后有节奏的脚步声越来越近了。我跑起来后，脚步声更近了，终于一只有力的手抓住了我的肩膀。

　　"喂！"

　　我被他扳过身去一看，这个男人好像在哪里见过。理得短短的黑发，好看的鹅蛋脸，健壮的体格，与之不相称的纯真的圆眼睛，以及它上面两道清楚浓密的眉毛……

　　"果然是你啊。"

　　男人亲热地嘿嘿笑着。

　　"你大概是忘了吧。是我呀，向岛的彻雄啊。"

　　看见他嘴里露出的雪白的大门牙，我突然一惊。遥远的往昔那个夜晚的记忆复苏了。不错，就是为了寻找哲治，我一个人在向岛的街头徘徊的记忆……那么，站在我面前的不正是给人生地不熟的我当过一次向导的彻雄吗！见我吃惊得说不出话来，他笑嘻嘻地点点头说：

"啊，看样子你是想起来了。我就是你在向岛见过的彻雄啊。你这人也够薄情的，我打老远就一眼认出你了！ 不过，你还真是一点没变啊。"

"彻雄也……"

"恭维话就算了吧。"

他不好意思地笑着，正了一下有点歪斜的上衣领口。

"我已经发福了，也改邪归正了。不过，你还真是没变样。那个时候你就像个散步走错了地方的年轻夫人，现在还是一样。你怎么会在这里啊？"

"是因为……"

我一时语塞，后退了两三步，这时看见街对面，有个穿着鲜艳的桃红色套装的女人，手扶着大楼的墙壁望着这边。追着我的视线，彻雄也回过头去，那个女人喊了一声什么，然后一扭头，步子蹒跚地朝大马路方向走去。

"回头再联系啊！"

彻雄挥着手喊道，但女人没有回头，又大声喊了句什么话，生气地大步拐过街角走了。

"没事吗，那个人？"

我一问，他摆摆手笑着说："没事的，没事的。"

"我又跟那种无聊的女人纠缠上了。别看那家伙，还蛮有点女人味哦。"

我不知该怎么回答，困窘地低下头。

"难得在这样的地方碰见你，咱们去喝杯茶，聊一聊好不好？说起来还真是奇妙啊……居然又见面了。太不可思议了。自从在向岛见过你以后，有时候遇到什么事，总是会想起你来呢。真是的，咱们多少年没见了？"

"十二年了。从那以后，已经过了十二年了。"

"是吗，这么多年了吗？"

哈哈哈，彻雄憨憨地笑着，和我并肩走起来。

"跟我说说吧。我最想知道的是，你怎么会在这里呢？"

我们走进附近一家雅致的咖啡店，一起吃了早餐。

尽管十二年前只见过两次面，但是我对这个男人感觉就像多年的老朋友。没有他的话，我可能不会在向岛见到哲治，也不会和哲治说话的。彻雄也应该是在某个地方度过了这十二年时间，可是，在他身上几乎感受不到岁月的痕迹。依然残留着天真的脸上，仔细看的话，也能捕捉到细细的皱纹，但与他唤醒的回忆中的他相比，几乎没有什么变化地坐在桌子对面。彻雄告诉我，他父亲在向岛附近开饮食店和弹子房，他继承了父亲的一部分店铺，"所以，别看我这样，也算是个'老板'了。"他就像在谈论别人的事似的呵呵地笑着。

"那么，你和你的男人，后来怎么样了？"

后来，是指的什么时候呢，我一时间也弄不清楚。见我沉默着，他苦笑着继续说：

"还记得吗？我最后见到你的，就是那天晚上啊，你和你的那个男人……"

"是哲治，他叫哲治。"

"对，就是在路中央，你骑在哲治身上哇哇大哭的那天晚上呀。"

"是啊，是有那么回事……"

"然后，你们俩撇下我就走了。一句话也没有对我说，就你们两个人……"

"我想起来了。那天晚上咱们都跟疯了似的……"

"那是最后一次。从那以后，无论是你还是哲治，我后来在向岛都没有见到过。不过，刚才我也说了，时常会冷不丁地想起你来，还有你们两个的事来。那以后，又发生什么事了？"

于是，我开始诉说起来。从那天夜晚发生的事，第二天和哲治去的咖啡店，在街上走了一整夜之后，早上再次回到那个咖啡店，每个周五的约会，乘坐隅田川水上巴士的下午……我越说越激动，渐渐打开了话匣子，把所有的记忆都一股脑向彻雄倾吐出来。在横滨港发生的事，在鸟取的短暂生活，以及在车站的分别等等。我说话时，彻雄一直低头看着桌子，耐心地倾听着。

我全都说完之后，彻雄仍然手扶着咖啡杯把儿，在碟子上咕噜咕噜转着，没有说话。我顿时为自己这样自顾自地倾诉了这么久觉得很难为情，便站起身来。

"喂喂，你别走啊。"

"对不起，我只顾自己说……"

"是我要你告诉我的，这样挺好。"

"可是……"

"我一直在想，这世上还真是无奇不有啊。"

彻雄点了一支烟说道。

"我刚才说了好几次了，自从在向岛见到你以后，平白无故地，比如傍晚下小雨的时候，或是听到远处汽笛声的时候……不知怎么回事，我就会想起你们两个来。你们俩在路中央互相揪扯，转眼间一起逃走了的情景……"

"真的吗？"

"于是，我觉得那小雨或是汽笛，也许是个信号，是在告知我，你们在我不知道的遥远的地方幸福地生活着，每当此时，我就'切'地咂一下舌头。看来，现实似乎并非如此啊。也许只是我搞错了吧……不过，我这个人还是挺讲义气的吧？"

　　我扑哧一声笑出来，回答"是啊，没错"。不知怎么，我的笑容立刻没有了。而且不知何时变成了眼泪……我捂着脸，在彻雄面前哭泣起来。这十二年来，我是第一次能够跟一个也认识哲治的人这样回忆往事。这件事竟然让我难以言表地愉快，不顾脸面地流下眼泪。

　　"喂喂，在这种地方可别哭啊。……你这么大的人了……别人还以为我欺负你了呢。"

　　我正想抹眼泪，彻雄从兜里掏出一块旧手巾样的皱皱巴巴的手帕，不由分说地摁在我的脸上。我使劲摇着头，从手袋里拿出自己的手帕捂在脸上。

　　"从那以后十二年过去了……十二年绝不是一个很短的时间……"

　　"从那以后，你一次也没有见过哲治吗？"

　　我抹去眼泪，点了点头。眼角积存的眼泪仍在不断涌出，一时半会儿擦不干。

　　"没有找过吗？"

　　"开头几年找过……可是……"我又摇了摇头，"不知他是活着还是已经不在了……我害怕一直这样思念着哲治活下去……可又害怕……自己会慢慢地把他忘记……"

　　"如果他还活着，你想去见他吗？"

　　我抬起头，彻雄拿着那块皱皱巴巴的手帕，缓缓地说道。

　　"就是说，你现在还会不会厚着脸皮，托好久没见的我帮你找他呢……"

　　他那招人喜欢的脸上浮现出的紧张，显得十分不自然，也不是场合。我满脸是泪，还是再次忍不住笑了出来。

彻雄唉了一声，一只手挠了挠头。

"这也就算是冤家路窄吧。可也没法子，谁让我先叫你的呀。即便你现在已经没有这么厚脸皮了，我也帮你这个忙。对了，还有找工作之类的，不管你拜托我多麻烦的事，对我来说，就跟打发时间差不多。"

彻雄从兜里掏出一个绿色的本子，递给我说："把你的联络方式写在上面。"在我写电话和住址的时候，他立刻站起来，结了二人的早餐费。我打算把我那份还给他，他死活也不要。

"对不起，谢谢了！"

我只好道了谢，他露出的焦躁不安又有些不好意思的表情，把我嘴里残存的久违的眼泪味如同蜡烛火苗一般倏然抹去了。

一个星期后的晚上，就接到了彻雄的电话。他拜托道儿上的朋友给问了问，说是有人在千叶的乡下酒吧里见到过一个很像哲治的男人。

"我问了那个店的名字……你打算去一趟吗？"

我没有立刻回答。说实话，这么短时间，就得到了这么具体的信息，大大出乎我的意料。

"你会去的吧？"彻雄急躁地问，"是吧，你会去吧？"

"彻雄，那个……对不起，可以让我考虑考虑吗？"

"考虑？考虑什么？"

"……"

"到底考虑什么呀？考虑哲治的事？"

"……"

"怎么回事？这十二年来，你不是每天都在考虑哲治吗？还没考虑够？"

313

"很抱歉。不过，这么突然，太突然了……突然间一知道有可能见到他，我就……"

"胆怯了吗？你还是害怕见到他吧。"

电话里，彻雄故意叹了口气。

"看来你是害怕看到上岁数的变丑了的恋人吧。同样，你也害怕让恋人看到自己上了年纪的老态吧？"

"不是那么简单的事……前几天我对你说的我和哲治的事，并不是全部……彻雄可能还不了解……"

"你说这些，是想要逃离那个家伙吧？这十二年，你是为了找到躲藏之所争取时间的吗？不对，正相反，你花费了十二年光阴，一直在埋头铺设走到今天的路呢。有什么可害怕的。只要一见面，就什么也不用担心了。"

花费十二年铺设走到今天的路……这句话强烈震撼了我的心。这么说来，那山脊之路并非原先就有的了？难道说那些路原来是我花了十二年光阴开凿出来的了？看我沉默无语，彻雄显得不耐烦似的再次叹息了一声。

"如果半途而废的话，就永远也不会收获幸福。"

"彻雄……你为什么这么说呢？"

"因为我想要帮助你呀。"

"你为什么总是帮助我呢？"

"前面已经说过，我也不知道为什么。只是觉得如果对你不好的话，会受到惩罚。好了，我的朋友好不容易找到的，你准备一下就去吧。"

"那你也跟我一起……"

我鼓起勇气说道。

"你也跟我一起去好吗？"

"虽说不是那么情愿，不过，既然你这么请求，也没法子。我跟你去，明天你方便吗？"

约定了碰头的地点，放下电话后，我喝了一杯凉水，坐在厨房的椅子上。

十二年没见了，哲治会是一副什么模样，我完全想象不出来。更何况，哲治和我会说些什么，也无法想象。而且，时隔多年，再次相见，到底需要确认些什么呢？那时候你为什么让我一个人上了那趟车？为什么什么也不说，就以那么残忍的方式将我远远推开……？十二年来我一直在心里问的这些疑问，如今已经变成犹如滴落在纸上的墨水一般复杂的一种心理状态，试图寻求真实答案的劲头早已消失了。的确，在这十二年间，我一直在心里呼唤着他的名字。然而，这真的是为了活着再一次见到他吗？我拼命祈祷想要取回来的，并不是在鸟取度过的二人生活的继续，而是哲治本人，是从那以后，天各一方度过了十二年岁月的哲治这个人——我真的能够挺起胸脯，这么断言吗？我越是这么想，越是觉得真实的心坠入灰色的泥沼里去了似的。尽管在泥沼的深处，电话里听到的彻雄的声音并没有消失。"不对，正相反。你花费了十二年光阴，一直在埋头铺设走到今天的路呢。……有什么可害怕的……有什么可害怕的……"

是啊，没有什么可害怕的！

我站起来，打开了衣柜，拿出十二年前拿回来的哲治的绿芥末色的夹克，和比其他衣服显得色彩明亮的淡黄色套装，并排挂在门框上，并且想象明天哲治看到它们时的眼神。我仿佛要提前吸收那锐利的目光一般，长时间地盯着那两件质地全然不同的衣服。

次日一早，我跟公司请了假，花了比平时多的时间打扮了一

315

番，就等着出门了。就在我把一只脚刚伸进头天晚上擦亮的皮鞋里时，电话铃突然响了。我连拖鞋也没顾上穿，就慌忙拿起电话，听见轻轻叫我的名字的声音。是妈妈的声音。

"妈妈，怎么了？"

电话里沉默了片刻，"说话呀，怎么了妈妈？"……妈妈打断我的催促，用听不出情感的声音说道：

"你的爸爸死了。"

16

"你说什么？"

妈妈没有回答。话筒里面发出的低低的吱吱声，令人感觉就像是涂抹了厚厚一层沉默般的刺耳。

"妈妈，你说什么？"

"……"

"什么呀，你说的是……"

"你爸爸死了。"

然后妈妈以机械性的语气告诉我"现在马上回九段的家"，就挂断了电话。我把话筒贴在耳朵上，呆呆地站在原地好久。

爸爸死了……那个爸爸，死了？ 由于妈妈的口吻就像朗读一篇写好的稿子似的冰冷而不自然，我一点也没有感受到现实的沉重。她肯定是在跟我开玩笑呢。或许是因为妈妈也终于迎来了老年，身心混乱的缘故吧……我的心妄自寻找着无根无据的理由，想要保持冷静，可是，握着话筒的左手却一直在微微颤抖。一看表，早已过了离开家去和彻雄碰头的时间了，我慌忙从包里拿出他的联络电话，给他打电话，可是他大概已经出门了，铃声响了半天没有人接。我把电话一扔，跑出了家门。

到了九段的家，一拉开后门，就看见妈妈和女佣垂头丧气地坐在桌子旁。桌子上放着两杯不冒热气的绿茶，就像什么仪式似的，茶杯之间隔着一段距离。妈妈慢慢抬起头看了我一眼，嘟哝了一句"怎么穿得这么喜气……"又马上垂下头去。

"妈妈，爸爸的事……"

"……"

"是真的吗？"

"是真的呀。"

我脱了鞋，坐在妈妈旁边的椅子上，妈妈仍然低着头没有看我。我想不出该说些什么，更不知道在这种场合该想些什么，等着妈妈开口。像以往那样的斥责或是讥笑的话都没关系，只要是能够打破厨房里笼罩的难以忍受的静寂的话语……可是沉默一直持续着。我终于受不了一点点沉入喉咙深处，以至于快要妨碍呼吸般的静寂，"什么时候的事？"我问道，妈妈终于抬起头，眼神迷离地看向我说："昨天，早上……"

"昨天？ 昨天……发生什么事了吗？"

"被车撞了。"

"汽车？"

"今天是守灵……没有叫我们去。"

"这怎么可能！"

我忍不住叫起来。爸爸死了。昨天早上被车撞了。今天守灵，却没有让他的妻子和女儿去！ 太不像话了。我浑身颤抖起来。

"妈妈，这玩笑也太无聊了吧。不像妈妈的风格呀。到底你哪句话是真的呀。"

"没有什么真的假的。"

"爸爸死了也是假的？"

"啊，是真的。"

"你说的死了，也是真正意义上的死吗？"

"我不是说了死了吗，要说多少遍你才明白啊。真是个蠢丫头！"

妈妈一拳砸在桌子上，大声吼道，随后，猛地趴在桌子上号啕大哭起来。看到妈妈这样痛哭流涕，不，无论是哪种哭法，看到妈妈哭泣，这还是开天辟地头一回。

"死得好惨哪，好惨哪……"

仿佛即将溺死在浊流之中的人拼命地张开嘴呼吸空气一样，在痛哭流涕时，妈妈痛苦地重复着这句话。坐在对面的女佣脸色发青，嘴角颤抖着，只是呆呆地看着妈妈。我无法这么坐下去，站起来在狭窄的厨房里转来转去，但是找不到任何东西可以告诉我如何应对这一状况。我半无意识地一口气喝干了桌子上的凉茶。于是，通过喉咙的又凉又苦的口感让我的心情多少平静了一些。现在，我该怎么办，如果妈妈的话都是真的话，我们该怎么办？——我想了半天，能做的只有一件事。

"妈妈。"

我拉开妈妈身边的椅子坐下来，温柔地抚摸她的后背。

"我们必须去守灵。"

"人家没有叫我们去呀。不管是你还是我！"

妈妈抬起头，我看到她那非同寻常的扭曲的容颜，倒吸了一口冷气。我用尽可能冷静的口吻慢慢开导妈妈。

"不管他们叫不叫咱们，有什么好在乎的呀。妈妈是爸爸的妻子，我是爸爸的女儿呀。现在待在这里才是不正常呢。妈妈赶紧准备一下，现在就得赶过去。"

"不正常的向来都是那个老家伙。神经有毛病的是那个老头子！就是因为那个老头子，就是因为那个老头子……"

没等说完这句话，妈妈的眼眶里又噙满了眼泪。流出来的泪水渗入迷宫一般细密的皱纹沟里，被无声地吸进了褶皱的皮肤里面去了。呻吟了一声之后，妈妈又要趴在桌子上，我抓住她的胳膊，阻止了她。

“妈妈，不要再哭了。这么大岁数，不怕人笑话吗？对了，还得准备一下衣服，咱们得穿丧服去……”

“你不会是真的要去吧？”

“当然得去啦。妈妈，振作一下吧。妈妈可千万别像祖父那样不正常啊。”

“我怎么可能像那个老头子一样呢。”

妈妈两手按在桌子上，好容易才站起来，用与她那虚弱的动作完全不协调的锐利眼神瞅了女佣一眼，两人一起上二楼去了。过了不一会儿，女佣一个人下来了，把一件散发着卫生球味儿的黑衣服小心翼翼地递给了我。

“妈妈呢？”

“正在换衣服。”

“请问，你叫什么名字？”

“雏子。”

“雏子姑娘，妈妈一个人没事吗？”

“她说自己穿衣服。”

“你还是帮她梳梳头吧。”

“她说，梳头也自己……”

“是吗？不过，你还是尽量在外面看着点……”

深深鞠了个躬后，她后退着退到黑乎乎的走廊里去了。

我去茶室换了丧服，重新化了妆，等着妈妈下楼来。闲着无事，我拉开隔扇一看，后院依然是那样荒凉而缺乏情趣。以前，我经常把这个茶室的窗户敞开着，做作业或是绘画。在院子那边有个寒碜的竹林，夏天风铃声声、凉风习习，冬天冷风从缝隙无情地吹进来……可是现在看到的，只有将对面的住家和我家的占地分割开来的灰色水泥墙。那毫无情趣的无机质的灰色中，我在这个家里度过的孩提时代的回忆连一片印迹也找不到。不用说，小时候和爸爸一起度过的回忆也……那里已经是一个和我曾经住过的家全然不同的另一个家了。没有什么可奇怪的。这样也难怪爸爸会死——无法判断是断了念想还是有所感慨，我的感受就像掷向水面的小石头，在心里激起静静的涟漪。我一边闻着硬邦邦的穿起来不舒服的丧服气味，一边怅然若失地试图从记忆深处拽出有关爸爸的回忆。在祖父家一起散步的爸爸；在这个家的二楼上，埋头写什么东西的爸爸；夺走我手里的彩色铅笔，胡乱给绘画涂色的爸爸；除夕夜一起听钟声的爸爸……

妈妈终于从楼上下来了，刚才的号啕大哭仿佛不曾有过似的，脖颈挺得直直的，穿着带家徽的合体的黑色丧服，高高盘起的黢黑发髻，不愧是长年经营料亭的老板娘，果然是风采照人。

"走吧。"

妈妈不等我回答，便走出了玄关。我穿上脱在后门的皮鞋，跟在妈妈后面。母女俩这样同时走出玄关，在我的记忆中，这是第一次也是最后一次。

可是，半小时后，面对很久没有造访的祖父宅邸，我和妈妈都惊愕万分。宅邸已经破败得看不出原来的模样了。十几年前，我来这儿跟爸爸借钱时看到的那座城堡，已如同废弃已久的废墟一般，失去了所有的色彩和光辉。

庭院里杂草丛生，到处暴露着尘土飞扬的干燥地面，那边的半圆形浅坑已经空空如也了。曾经女王般傲然君临的喷水池、粉红色的蔷薇拱形门、小巧玲珑的亭子也都四处开裂，变得黑黢黢的了。我和妈妈之所以能够顺利进入院内，就是因为大门洞开，看不到从地面发出的那种奇妙的通话设备，也没有一个人看守大门。

"这也太不像样了。"妈妈就像看到不该看的东西似的摇了摇头。"比我记忆中的难看多了。"

"妈妈,多少年没有来这儿了?"

"不记得了。"

"真的是在这儿守灵吗? 怎么没有看到一个人,也没有听到和尚念经……"

"没有错的。"

妈妈将严厉的目光投在宅邸的玄关上,然后毫不犹豫地走上了台阶。她好容易才推开了那扇威严而沉重的大门。随着大门豁然洞开,从里面涌出一股令人难以置信的阴森森的冷气来。尽管外面是久违的小阳春,暖和得没走几步就会出汗……

我越过站在门口一动不动的妈妈的肩头,看到在大厅中央有一幅镶在巨大黑框里的爸爸遗像,高达旋梯中段。在遗像下面摆着一副有着精雕细刻图案的大棺材。妈妈向前迈出一步,走进了大厅。在鸦雀无声的大厅里迎候我们母女的只有祖父一个人。祖父坐在棺材旁边的椅子上。我一看到祖父,不禁大吃一惊。我内心描绘的祖父形象——头发脱落,裸露出满是褶皱的丑陋头皮,拖曳着干瘦干瘦的细腿——被瞬间打碎了。坐在我们面前的,是身子板比以前还要结实得多,肌肉如同被河流冲刷过的岩石般巍然紧绷,灰色的头发越加蓬勃地爬满脑袋的祖父!

身穿丧服的祖父没有站起来,像个守护人似的翻着眼皮死死瞪着我们。那双眼里透出的尖锐敌意,连他那不像个老年人的健硕体格都被虚化了。双方都没有说话。首先打破这冻结般空气的是妈妈。她大步走近灵柩,正想打开灵柩上面的小窗户。

"你要干什么?"

说时迟那时快,祖父高高举起手杖,转瞬间就在妈妈的手背上

322

留下一道深深的红印。

　　我一把夺过手杖，照着祖父后脑用力打下去，可是妈妈从后面抓住了我的手，手杖掉在了地板上。刺耳的不祥声音在宅子里久久地回响着。祖父那尖锐的眼神消失了，只是用偶人般无动于衷的目光茫然地望着大厅中央。

　　妈妈再次伸出被祖父抽打的手打开灵柩的小窗户。她的手在微微抖动。紧接着一股百合花香扑鼻而来。躺在白花丛中的爸爸的脸已经面目全非了。一向凛然而高贵的漂亮鼻子塌陷下去，从闭着的眼皮下面直到脸颊的一道伤口，使得干了的肉向外翻着。从那张和皮肤无法区分的薄嘴唇里，依依不舍似的露出茶褐色的牙齿和紫色的舌头。我判断不出来，这是被无情的车轮造成的呢，还是十几年来的漫长时间侵蚀了他的衰老导致的呢？ 突然，妈妈哇的一声大哭起来。她捧着爸爸惨不忍睹的脸颊，弯下身体，把自己的脸颊贴上去。

　　"这家伙是被杀死的！"

　　祖父喊道。

　　"他是被杀死了！"

　　这喊声是与拐杖掉在地上的声音等无法比拟的，是伴随着妈妈的痛哭声，在整个宅邸的每一个角落发出细微的回声，化作不吉利的乐谱，渗透进墙壁上一般的恐怖无比的声音。

　　我们在爸爸的遗骸旁坐了一整夜。

　　死亡会带来怎样的变化？ 这个灵柩里的爸爸和昨天早上的爸爸，其存在的区别与自己有什么关系吗？ 一整夜我都在问自己。可能你会觉得我对亲生父亲的死未免太薄情，可说实话，我没有感到丝毫悲伤或后悔。不，当然不是没有感到，只是在那情感的前面有一道巨大和坚固的堤坝，与面无表情的木头人一般坐着的我相反，妈妈不断地痛哭失声，每当此时，祖父便以"我儿子是被杀死的"的叫嚷来回应。尽管这是令人无法忍受的场景，我却像得到了一个不知该怎么玩的玩具，一门心思地摆弄它的孩子一般，遮蔽了周围的噪音，一味蜷缩在自己的内心，等待黎明的到来。

　　到了早晨，不知哪里来的和尚开始在灵柩前念经。也许是被这声音吸引来的吧，稀稀拉拉地有几个穿丧服的吊唁者走进了大厅。没有一个是年轻人，都是拖着细腿走路、分不出谁是谁的老人。我看见其中有个长着一颗仙鹤般小脑袋的长腿男人，从吊唁者们手里接过香典，引导他们去上香吊唁。随后，有一辆从未见过的豪华灵车停在玄关外面，从车上下来的黑衣男人们对哭得死去活来、根本站不起来的妈妈看都不看一眼，只让灵柩和祖父上了车，飞驰而去。我跑到大马路上去叫出租车，可是，虽然上了出租车，却不知道关键的火葬场在哪里。就问司机："这附近有火葬场吗……""火葬场？"司机皱着眉头，回答不出来。我坐在后座上，不知该怎么办，"算了吧，"这时坐在旁边的妈妈声音嘶哑地开了口，"已经完事了，回去吧。"

　　停止哭泣的妈妈的妆容已然不见，我从包里拿出手帕，给妈妈擦去脸上的泪痕。料亭老板娘的派头再度丧失殆尽，坐在这里的充其量是一个疲惫至极的老太婆，是袒露着失意与绝望的柔弱不堪的妈妈。

　　"我想回家。"

　　"回家……现在马上回去吗？"

　　"是啊。下面只剩下火化了。"

　　"那倒也是……不过，遗骨什么的怎么办？"

　　"骨头还要它干吗？"

328

妈妈突然睁大眼睛，瞪了我一眼。

"骨头不就是骨头吗？ 那东西也不是原来的那个人，什么也不是了。"

"可是……"

"我累了。在这个地方已经无事可做。好了，回去吧。"

妈妈颓然靠在车窗上，再也不说话了。我只好告诉司机九段的地址，让车开动了。

开动后过了一会儿，我偶然往窗外一看，只见从祖父宅邸出来的穿丧服的老人们排着队低头走着，大概是回家去吧。那里面有多少是爸爸的朋友呢？ 在那里面有多少人是和爸爸要好的，真心爱爸爸的朋友呢？ 爱爸爸的人，想到这儿，我不觉一个激灵。此时才想起了那些女人们。她们……不错，就是在那个宅邸的厨房里，对幼小的我宣称，多么多么爱他的那个漂亮的女佣现在在干什么呢？ 还有某年正月，在厨房痛哭流涕的那个非常可爱的樱子现在又在哪里，在做什么呢？ 她们爱着的男人死了，得知这一消息之后，如今她们还会悲伤吗？ 还会流泪吗？

爸爸过的是怎样的一生，对妻子女儿怀有怎样的情感，终于没有能够听到他亲口对我说。因为无论爸爸在遥远的地方生活还是死去，他一直都是我无法接近的……不过，坐在出租车里望着那些走着的阴郁老人，回想起对爸爸有好感的那些年轻女佣们时，我才终于感到一缕悲伤越过堤坝流淌到了我这边。至少在当时，只有那些女佣比这个亲生女儿还要爱爸爸。爸爸那个时候很英俊，而且爸爸被爱着、被年轻美丽的女人爱着的，这样的爸爸死了！ 这样一想，我第一次感到眼泪从眼睛深处溢出来了。

出租车到达九段的料亭外面，妈妈什么话也没说，就下了车。我正在结车费，雏子有些慌张地走出来，对我说："太太说，请您现在就回去吧……"并递给我几张纸币。

"妈妈说的？"

"是的，太太这样说的……"

"不要让她一个人待着。"

"可是，太太她……"

雏子面露难色，一直伸着拿着纸币的皲裂的手。

"说是让我回去，是吗？"

她很抱歉似的轻轻点点头。我默默地接过纸币，直接坐那辆出租车回了下落合的家。

回到家，脱去丧服，才想起我唯一一身像样的套装忘在了妈妈家，可又没有心情去取。估计暂时也穿不上……而且妈妈现在想一个人待着，我也不想和任何人说话。玄关的地上还扔着装有哲治的夹克的纸袋，我从里面拿出夹克，放回了衣柜里。

我坐在厨房的椅子上，等着铁壶里的水沸腾，困意犹如温暖的波浪阵阵袭来，遍及了全身。我想起昨晚守在灵前一夜没有合眼，缓慢地进行深呼吸时，意识渐渐地朦胧起来。我得趁着还没有睡着之前把火关了，这么想着，刚伸出手去——电话铃响了。我猛地跳起来，抓起了电话。

"喂……"

传来的是彻雄不高兴的声音。没等我说话，他就气冲冲地嚷嚷起来。

"你昨天到底是怎么回事？你说让我陪你去，我一直等你来。可是等了两三个小时也不见你人影，我就自己去了千叶。后来给你打电话，也没人接，昨天晚上，今天早上一直在打，现在才联系到你。你到底打算怎么着啊？"

一口气说完，彻雄等着我说话。我深吸了口气，说道：

"爸爸死了。"

我感觉到他在电话那边，吃了一惊。

"什么，你说什么？"

"爸爸死了。昨天……准确地说，应该是前天……"

"爸爸死了？ 你的父亲吗？"

"是的……"

等了很久，彻雄低声说："是这样啊，我很抱歉。"

"没事的。因为事出突然，是交通事故……今天是葬礼。让你白等了，很对不起。还让你跑了一趟千叶……"

"这没什么。这些都无所谓的。刚才我说的，你都忘了吧。"

"好……"

"那么，你好吗？"

"我？"

"是啊，老爷子走了……"

"不要紧的。只是今天有点累，特别困……"

"是吗，那就好好休息吧。千叶的事，回头再说吧。"

"好的，真的对不起。"

挂断电话后，我关了火，铺好被褥，穿着衣服就睡了。

爸爸死了。爸爸死了！ 无论说多少遍，即便在爸爸遗体旁边守了一夜，也仍然像在做梦似的，身心都感受不到任何现实的分量。我放弃了去回溯曾经的种种往事，却模模糊糊想起了和彻雄的对话，渐渐地，我发觉一个想法在心里慢慢发芽，长出了暗绿色的叶子。那些树叶仿佛重合起来，发出啪的声音，要把我引导到某个方向去。对了，原本你是应该去见哲治的……你是应该去见哲治的……可是……你的爸爸，死了……

渐渐地身体里充满了困意，一切都隐没在暗绿色的树叶阴影里，看不见了。

第二天，我从神田下了班，直接去了九段的妈妈家。

尽管妈妈很要强，也很喜欢经营，可是在丈夫葬礼那天也不会开门的，不过，妈妈那种个性，也说不定……我胡思乱想着走到料亭外面，果然正门外没有挂灯。从后门进去后，看见穿着黑衣服的雏子正在洗衣服，一看见我，她慌忙洗掉手上的泡沫，说着"马上给您上茶……"把水壶放在了火炉上。

"不用了，不用忙活，妈妈呢？"

"今天太太一直躺着……"

"一整天？"

"是的……"

我脱了鞋，刚踏上地板，就感觉家里不大对劲。具体说哪里不对，也说不清楚……硬要说的话，就像是刚刚把家里所有家具都擦亮，变更了摆放位置，重新裱糊了新的隔扇，换了钟表电池之后，又特意花费工夫，丝毫不差地全都恢复为原来脏兮兮的状态一般，令人感觉某种眼睛看不到的奇妙的不舒服。不过，这也许没什么可大惊小怪的。因为这家的女主人破天荒地躺了一天。倘若女主人病倒了，那么那个家也就整个都有病了，所以说这应该不算是多么值得奇怪的事……

"是不是身体不舒服？"

"是的，太太昨天回来以后，除了喝水以外什么也没有吃……"

"什么也没有吃？"

"是的。我做了容易消化的东西给太太端去，却惹得太太特别不高兴，不让我进去……但是，每隔一个小时，我还是去看一下。

如果太太在休息的话，就没有回应；没有休息的时候，就和我说几句话。"

"我能去看看吗？"

"很抱歉，小姐。太太说，暂时谁也不想见……"

"谁也不想见……也包括我？"

"是的，我不好对您说什么……太太这么说的，绝对不见……"

雏子红着脸咬着薄薄的嘴唇，就像被冤枉的少女似的可怜地垂下了头。

"没关系的。如果妈妈说绝对不见，那就肯定不会见了，所以我也不想太勉强。今天我先回去了，不过，这段时间，我每天晚上都会过来看看的。妈妈可能会任性一些，但你每天还是让她吃点东西。"

"是，我知道了……"

从那天起，我辞去了干了很长时间的旅馆清扫工，白天的公司一下班，就直奔九段。那期间，把自己关在二楼上的妈妈，不单是女儿，一直拒绝见任何人。但是快到一个月时。一天，妈妈终于通过雏子告诉我，可以上二楼了。

"太太说，时间不长的话，可以见见你。"

"现在，她醒着吗？"

"是的，多半起来了。三十分钟之前我去的时候，让我送水去呢。"

"好吧，我上去看一看……这屋子真冷啊。该点炉子了吧？"

我穿着外套，上了二楼。以往来看妈妈，都是在厨房或茶室说完事就走了，所以已经有十二年没有上二楼来了。自从鸟取回来后暂住在这里，妈妈伺候了我几天后直到现在。这关着隔扇的没有开灯的宴会间，也好久没有看到了。我轻手轻脚地走上楼梯，在妈妈的卧室外面坐下，倾听里面的动静时，感觉房间里的妈妈似乎也同样在倾听外面的动静。

"妈妈，起来了吗？"

我问道。间歇了一会儿里面回应道："嗯嗯。"

"可以进去吗？"

我等了片刻，没有回答。

"我进去了。"

我不等回答，就拉开了隔扇——看到眼前的情景，不禁哑然了。这是怎么回事啊。在笼罩着昏暗的橙色灯光的房间正中央，有一只难以置信般巨大的红色蝴蝶展翅欲飞。那深红色的翅膀上，闪烁着一连串耀眼的金色斑点的蝴蝶……这是在任何图鉴里也看不到的华丽、优雅而妖艳的大蝴蝶。我倒吸了一口凉气，被眼前呈现的奇观震撼了。这时，一只翅膀张开了，金色的磷粉在房间里飞舞，芳香的风吹到我的脸上……

"你来做什么？"

我回过神来，定睛一看，大蝴蝶不见了，在房间中央，只有妈妈从有着金色刺绣的羽绒被子里坐起来看着我。芳香的风消失了，人长时间闷在房间里的特有的发酸的空气流淌到走廊上。

"你感觉好些了吗？"

我轻轻地调整着呼吸，走进房间里，在妈妈的枕边坐下来。

"没有什么好不好的……"

妈妈拿起托盘上的水杯，喝了一口，仰靠在被子上。她的手变得皮包骨头，瘦成这样在过去的妈妈来说是绝对无法想象的。

"能好好吃饭了吧？"

妈妈翻了个身，背朝着我。我移动到那边去，想要摸摸妈妈的额头，她却像个闹别扭的孩子似的皱起眉头，扭过脸去。

"让雏子受累了……"

"她是我雇来的女孩子，给她的报酬很多，没什么可抱怨的。"

"妈妈要是不舒服的话，不如请个大夫来看看吧。"

"我不需要大夫。"

"可是……"

"我从出生到现在，从来没有请大夫看过病。在静冈，半夜三更生你的时候，也是农户的女人们给我接生的。"

"我出生的时候……？"

我在脑子会描绘起记忆里所没有的静冈农村的夜晚。一定有很多虫子在鸣叫吧。空气里还残留着夏天的气息，星星闪烁的夜空宛如挂了一层薄布一般朦朦胧胧的……

"我出生的时候，爸爸在做什么呢？"

妈妈没有回答。

"爸爸在那里吗？"

沉默长久地持续着。过了一会儿，我发现妈妈在被子里无声地哭泣着。这是那天守灵之夜我多次看到的光景，虽然在爸爸的灵柩前不觉得什么，可是在这个熟悉的料亭二楼上，哭泣的妈妈的样子却非同寻常。我对在我的眼前、浑身颤抖着独自哭泣的妈妈甚至感到了愤怒。如果妈妈是妈妈的话，在这个家里是绝对不会这样做的。

"妈妈，为什么哭呢？ 不要哭了。不要再哭了。"

无论我怎么摇晃被子里那明显消瘦的肩头，呜咽一直没有停。

"妈妈，不要哭了。即便爸爸走了又怎么样呢？ 他很早以前不是就不在这里了吗？ 他活着还是死了又有什么区别呢？"

我虽然意识到自己的声调渐渐提高了，却控制不住地一股脑说了出来。

　　"妈妈也应该知道呀，他扔下我和妈妈走了啊。比起我们来，他不是选择了和那个祖父一起生活吗？可是，我们不是仍然活到今天了吗？没有爸爸，不是也一样活下来了吗？现在有什么必要这么伤心呢？我根本不觉得他是我的爸爸。临终前没能叫他一声爸爸，我一点都不觉得伤心。所以，妈妈……"

　　"他可是你的爸爸啊！"

　　妈妈从被子里探出头来，盯着我。洼陷的被眼泪浸泡的眼眸反射着橙色的灯光，看上去就像什么非人类的来历不明的生命之火在发光似的。

　　"不管是他死了，还是你死了，他永远都是你的爸爸啊。"

　　"可是……"

　　"你自己不是也很清楚的吗？"

　　妈妈直勾勾盯着我的眼神反射的光令我恐惧起来，不由得闭上眼睛。

　　"这是你必须承认的，因为这是……这是……这是他的做事方法……"

　　我在闭着的眼睛里的一片黑暗之中，看到金色的粉漫天飞舞着。不知从哪里刮来柔柔的风，给鼻腔里留下了那熟悉的芳香。

　　因为这是他的做事方法……

　　爸爸就在这里。在黑暗中我明白了这一点。

　　爸爸的确一直在这里。

　　我恍惚觉得只要一睁开眼睛，就会看到爸爸那美丽的眼神，我屏住呼吸，长时间地凝视着在眼皮里面飞舞的金色的粉。

　　再次和彻雄见面的时候，他向我报告了前几天千叶之行的情况。

他去了朋友说的那个酒吧一问，那里果然有个女招待知道貌似哲治的人的情况。她告诉我，哲治是个每周来几次的客人。彻雄就在店里等着哲治来，可是一直没有等来，于是，他就坐当天的末班车回来了。

"这虽然是我的第六感，但我认为可能性很高。这么一说可能看上去没有特点，这个很伤脑筋，但是那个说法的确可信，而且年龄也相仿，总之，据说是一个沉默的男人……因为不是女人独身可以前往的地方，所以等你有时间的时候可以再一起去，怎么样？"

位于东京都中心的高地上的这家咖啡店，我们面对着面。夕阳的光线透过窗户照射在彻雄身上，他微微低下头等待回答。看着他认真的面孔，我一度咽下了自己要说的话，而且怎么也没有找到可以替代的语句。

"我说，你老是不说话，我也不知道你想的什么，快说吧，打算怎么着？"

看我摇了摇头，他的眼睛里浮现出了失望的神色。

"你这是什么意思啊……"

"我不去了……不去千叶了。"

"为什么呀？"

"我想了很多……"

"想了很多，什么呀？"

"就是，那个……"

我不知说什么好，彻雄哼了一声，抱起了胳膊。我实在受不了他那责备般锐利的目光，低下头去。长久的沉默之后，我提心吊胆地抬起头来，他也目不转睛地盯着我，最后就像到了时间似的，微微笑了笑，嘟哝了一句："我明白了。这么说是我多管闲事了。"

"真是对不起。让你费了这么多心，可是我……"

"是我自己愿意的。我可不能勉强你啊。"

彻雄像以往那样爽朗地哈哈大笑起来。我再次说了声"对不起"，他突然不笑了，稍稍沉默了一下，从桌子上探过身来，认真地说道：

"不过，你到底为什么改主意了呢……要是可以说的话，就告诉我，好吗？我不是想责备你，只是出于单纯的好奇心。"

这回我没有躲避他的视线，笨拙地选择着词汇，把自己心里藏着的事，像数豆子似的一点点地说了出来。

"彻雄，我从小到大都是个特别喜欢胡思乱想的人……自己信口编出一些故事，并把这些故事当成真的去相信……甚至认为既然相信是真的，就应该按照自己想象的去行动，就是自己主动跳进虚幻的暗示里去的那样的人……我这样说，可能你很难明白……"

"没关系，不明白也没关系的。我就是想要听你说话。"

彻雄就像看拉洋片的孩子一样，全神贯注地盯着我。我觉得他的眼神里除了生气勃勃的好奇心之外，还包含着一些安慰或关心的情感似的。

"我在想爸爸的事。"

"爸爸的事？"

"爸爸他……"我吸了口气说，"或许是爸爸阻止了我吧……"

他没有说话，以平静的眼神催促我说下去。

"爸爸是个离我很远的人……一向不怎么在家里住，我上中学的时候，就彻底不回家了。……后来，只是结婚之后，我去跟他借过钱。那时候，作为借钱的条件，爸爸提出了一个很奇怪的要求。就是……绝对……"

"绝对？"

"就是绝对……不能要孩子……"

"哼"，彻雄歪着头，抱起了胳膊。我喝了一口红茶，慎重地选择着词汇，断断续续地说下去。

"虽说是个奇怪的条件，可是我非常需要钱，所以就接受了这个条件……坦白地说，是假装接受了。我觉得这种条件没有任何意义……只要借到了钱，以后就顺其自然吧……倘若有了孩子，爸爸也不能怎么样。可是……我就是一直没有怀孕。尽管有很多机会……我觉得这和答应爸爸的条件没有什么关系。怎么可能有关系呢？不过，现在爸爸死了以后我才明白，那个约定，果然还是约束了我们。"

"你的意思是说，因为答应了爸爸的条件，才没有怀孕的？"

我踌躇着点点头。

"可是，这个约定和这次的事有什么关系呢？"

"很难解释清楚……不过，我是这样想的，或许爸爸只能用这样的方法干涉我的生活……他不是像一般的爸爸那样和我一起玩，告诉我什么道理，而是以这样的方式选择做我的爸爸……即便是这次的意外，也像是在宣告爸爸永远是我的爸爸……"

"所以，你才会说不打算去见你的哲治了吗？哲治和你父亲之间，又有什么必然联系呢？"

"可是，正因为爸爸死了，那天我才没能去见哲治的。我想，这说明爸爸似乎在宣告，我今后永远也见不到哲治了。不然的话，现在我何以只觉得哲治的时代已经结束了，那个时代结束了……爸爸死了，我却完全感受不到悲伤或是寂寞……因为我心里只剩下什么事情结束了的余韵……"

"我一点也听不懂你在说什么。"

彻雄笑着说。他那无忧无虑的开朗笑容，宽慰了因紧张而收缩的我的心。

"是啊，这些话对谁说，都听不懂的。"

"按照你的逻辑，老爷子给你留下不吉利的遗言之后，才走的?"

"倒也算不上遗言那么夸张……"

"好了，你考虑的事情太深奥了。不管我怎么认真听，还是稀里糊涂的。"

"我嘴笨，说不清楚，很抱歉……。"

彻雄又一次注视着我的眼睛。我感到那目光中，除了刚才感受到的抚慰之外，还含有迄今为止我没有在任何人眼睛里看到的、只对我一个人投射的温情。意识到这一点的瞬间，我发现多年来独自一人行走在黑暗的山脊上所寻求的，既不是儿时玩伴的影子，也不是那沙丘的家的继续，只不过是眼前的这一点点温柔而已。于是，我感觉到长久以来纠结在心里的线团顺利解开了，那条线的一头连接着的某种念头正在爬上我的嘴。

"不过，说实在话，我实在太累了……我独自一人已经去不了任何地方了……倘若有一条宽阔的河流横在前面的话，我也不想逆流而上了……我只想什么也不做，顺其自然，随波逐流了……"

"真是的，服了你了。听你说话还真需要找个翻译啊。"

彻雄呵呵地笑着，眼睛眯了起来，那里面存储的柔情如同花洒一般即将从眼角溢出来了。

"你这人说出的话真是很特别……第一次见到你的时候就是这样，所以我才一直忘不了你的。"

他突然伸出粗壮的大手拿起我的手，轻轻地握住了。

"千叶那儿，你不去也罢。不过，以后你也要经常跟我见见面，给我讲你的故事。"

视野很好的咖啡店玻璃窗外面，已经是晚霞满天了。细长的云层被染成了淡紫色，在西边的天空下面柔和地重叠着。宣告一天结束的光芒从云层的缝隙间透出来，照亮了家家户户的屋顶。

　　我抬起放在桌子边缘的另一只手，轻轻放在了彻雄的手上。

17

爸爸走后还不到两个月，妈妈就去世了。是的，我在这几个月里接连失去了双亲。

和爸爸一样，妈妈也是死于车祸。可是——这样的巧合怎么能够让人相信呢？"太太遭遇了车祸……"听到电话里雏子颤抖的声音，我立刻感知到了控制此次事故的妈妈的意愿。这是作为女儿的强烈直觉。

听到这一讣告时，我正在公司里上班。我好容易才从惊慌失措、语无伦次的雏子嘴里问出了医院的地址，便立刻奔出公司，火速赶往医院。一走进九段某医院的一个病房，就看见妈妈的脸上已经蒙上了白布。脸色苍白的雏子站在角落里。我跑到床边，从妈妈脸上揭去了白布。自从爸爸死后，瘦得不成样子的妈妈脸上竟然仔细地化了妆。然而，那油彩也不能完全遮住车祸的痕迹，脸色看上去相当难看。

"化妆用具呢？"

我没有回头地说道，听到身后的雏子快步走出病房去了。

剩下我一个人目不转睛地看着妈妈的脸。美丽而要强的妈妈，一向非常有主见，充满自信，总是穿着得体而优雅，沉甸甸的宝石戒指在手上闪闪发光——我心里先于悲伤浮现出来的是，如果我这副样子躺在这里的话，妈妈看到了，一定会大发雷霆，严厉地命令给我重新化妆吧。

"妈妈！"

无论怎么喊，妈妈也不回答。

"妈妈！妈妈！……妈妈！妈妈！妈妈！"

我一直这样呼唤着，渐渐地想象中的妈妈的愤怒变成了我自己的愤怒，一股脑涌上心头。妈妈，你为什么要这样去死？妈妈应该有更加合适的时机，更加合适的方式啊！不知不觉眼泪流了下来，我颓然坐在遗体旁边的椅子上，再次凝望着妈妈。妈妈那深深的皱纹下面凸起的颧骨异常显眼，半张着紫色的干枯嘴唇，顽固地拒绝着我的视线，沉默不语。我强睁着被久违的泪水模糊的眼睛，盯着妈妈的脸，慢慢地发觉这张脸上浮现出了某种异样的表情。——你这孩子真是没脑子。就算你再怎么不满，也只有你的眼睛看到的才是现实啊。人的活法，除了现实存在的方式之外没有其他的，你知道吗？与她那因悲伤而变形的脸不同，九段妈妈看上去像是在以她活着的时候难得一见的温柔，这样开导着我。

眼前的妈妈的遗容，不知哪里和爸爸的遗容有些相似。

妈妈终于和爸爸在一起了，这样就好……如此想来，尽管妈妈降生于这个世界的瞬间和辞别这个世界的瞬间我都没有看到，却仿佛作为旁观者，比任何人都更近距离地看到了妈妈的一生似的。以后妈妈再也无法用她那锐利的眼神瞪着我，无法用她那浑厚低沉的嗓音呵斥我了。悲从中来，我控制不住地啜泣起来。爸爸死后，巨大的堤坝从心里妨碍我的情感宣泄，与之不同，此时没有任何东西能够妨碍我了，我就像个听凭悲伤和愤怒左右的幼小的孩子，放声大哭起来。

不多久，雏子回来了，她没有打扰我，在我哭泣期间，一直站在床铺对面等着。我不知哭了多长时间，眼泪终于慢慢止住了，她用一块干净的手帕擦去我脸上的泪水，把手里拎着的化妆盒轻轻地递给了我。我的眼泪又涌了上来，我一边哭，一边蘸着白粉给妈妈补妆，顺着每一道皱纹仔细地扑粉，给凸起的颧骨扑上粉红色的腮红，最后描了口红。即便如此，妈妈的脸也没有找回生前那水灵灵的光泽，仍然笼罩着灰色的死亡阴影。

"真好看。"

身后雏子喃喃道。

"是吗……还是一点都没改变啊，死了的人再怎么化妆也……"

"改变了，很好看。"

雏子从化妆箱里拿出松鼠毛小刷子，给妈妈的脸颊上补了些腮红，用龟背梳子给妈妈拢了拢头发，然后退到房间角落去了。

"现在该做什么啊……现在该……办葬礼……"

"小姐。"

"我记得好像是，对了，应该……应该先给检番打电话……然后再……"

"小姐。"

"雏子，以后能不能不要叫我小姐了？"

我回头一看，她眼睛里噙满眼泪，胆怯地望着我。

"我已经不年轻了……"

"小姐，太太给您留了话。"

"留话？"

她深吸了口气，走到我跟前，张开了微微颤抖的薄嘴唇。

"迄今为止，无论怎样的孤独我都自己一个人忍受过来了。而且我赢了。但是我永远也赢不了你的爸爸。我希望你慎重地选择你今后的人生。"

雏子一口气说完后，低着头退后了几步。

340

"还有呢?"

我催促道,她为难地只是摇头。

"这些话是什么意思呀? 写在哪里了?"

"太太以前说的,如果自己有什么不测,就把这些话如实地传达给小姐。我刚才说的每个字都是太太的原话,没有错的。我背诵了很多遍呢。"

"什么赢了,赢不了的……到底是什么意思呢?"

"我也不知道。"

"你一直不知道什么意思,只是背诵吗? 不明白的地方,怎么没有问妈妈呢?"

"是,没敢问太太。"

"为什么呀!"

我忍不住提高了声调,雏子更深地低下头,不敢说话了。

"对不起……可是我,真的不明白呀……比你更加不明白呀……"

我把白布盖在妈妈脸上,坐在旁边的椅子上。

不知什么时候来的,穿白大褂的高个子医生和一位胖乎乎的女护士表情怪异地说明了事故的细节和救治妈妈的过程。"我们尽力了。"医生说了两遍这句话。

我感觉这句话比任何语言都更加确切地表达了在这个病房里弥漫的虚无之感。

很多人从九段的花街赶来参加妈妈的葬礼。

虽然有些面熟,但差不多都忘了叫什么名字的梳头师傅或料亭的人们前来帮忙,出出进进。就在我这个丧主茫然若失地发呆时,葬礼有条不紊地进行着。彻雄一直陪伴在我的身边,他穿着不合体的丧服,给雏子或帮忙的人们下指示,不时给我端来一杯水。

就这样，八重的房子和其他遗产一起由我这个独生女继承了。

也就是说，小时候的憧憬如愿以偿，我终于成为料亭的女主人了。尽管如此，我丝毫不打算继承从祖母传承下来的这个料亭。看账本上没有什么欠账，但八重每天的流水微乎其微，也不知一直雇着的女佣雏子的费用是怎么筹措出来的，真是匪夷所思。大概是因为时代变了，客人们已经不像过去那样奢侈地来消遣的缘故吧。不，在那之前，这整个九段上，我小时候那样的花街特有的氛围就已经变得越来越淡薄了。我也是在妈妈死后，才意识到这一点的。不管怎么说，我不想按照检番的人劝说的那样，把妈妈经营的八重连同名称一起盘给同行。因为我觉得八重即是妈妈的化身。把它处理给别人，妈妈是绝对不会原谅我的……我对彻雄说，要去八重收拾遗物，他表示要帮我一起收拾。无论我多么闷闷不乐，少言寡语，彻雄一直都对我很温柔，大概是同情连续失去双亲的我吧，他放下自己的事，帮着我处理了很多事情。

我很发愁，不知从哪里着手开始收拾，最后决定先从茶室柜子的抽屉开始。我慢慢地把这个家里积累的时间的痕迹都逐一摊在了榻榻米上。于是有的东西从应该在的地方，也有的东西从意想不到的地方被我发现了。比如，电话桌的最下面的抽屉里有个平绒小盒子，里面收藏的是什么动物的骨头；在玄关的鞋柜里，翻出一张不知是请谁画的妈妈的油彩肖像画。说到画儿，在很小的显像管电视机和电视柜的缝隙间，夹着我上小学时画在绘画纸上的三味线和猫咪的画。

随着这样的吃惊多次重复，我渐渐地熟视无睹了，不管看到怎样珍奇的东西也不再那么惊讶了，淡然地收拾着。谁知，快到傍晚的时候，整理三帖屋的彻雄拿来那张照片时，我不由得叫了出来，停下手，看得出了神。

"这里有你吗？"

他用两只脏手指捏着两个角，横过来给我看。这是将近三十年前的老照片——在长者崎海边拍的廿日会的慰劳旅行。

"这是从哪儿找出来的？"

"三帖屋的抽屉里，只有这一张……"

我把照片拿到眼前仔细地看起来。在缓缓倾斜的海滩上，做作地笑着的九段花街的人们。后面的背景是小山坡上并排的松树，不高兴地看着照相机的我……还有最边上的穿着运动衫的哲治，他蹲在地上，看着别的地方……那年夏天，照片贴在茶室的挂历旁边，我每天都不厌其烦地看上好半天。一想到这个剃着和尚头的小男孩，幼小的内心里就热血沸腾。我不记得照片是什么时候被摘下去的，现在才知道，原来是妈妈在这三十年间，把这张照片悄悄收藏在了三帖屋的这个抽屉里的。

"我是这个孩子。"

我一指，彻雄把照片里的女孩子和我的脸来回比对着，吃惊地说："长这么大了啊"，然后呵呵笑起来。

"还有，这个是妈妈……"

中间那排的最右边，戴着宽檐帽微笑着的妈妈很美丽，充满了青春的活力，即使是黑白照片也可以清楚地看出来。估计妈妈三十出头吧，但浑圆的身体线条仍然透露着姑娘般的清纯，根本看不出已是一个孩子的妈妈。我现在的年龄早已超越了几天前死去的妈妈照片里的年龄了，让我觉得难以置信。

"真漂亮啊，你妈妈。"

彻雄也赞叹道，在旁边看得入迷。

"是吧，妈妈年轻时是个大美人呢。"

"旁边的是你父亲吧？"

他这么一说，我才注意到妈妈左边站着的人。没错，正是爸爸。和妈妈一样年轻、活泼、帅气的爸爸……爸爸微微露出牙齿微笑着，穿着浴衣的身体虽然正对着照相机，但仔细看，他的目光却不是对着相机，而是朝着妈妈站着的右侧方向，也就是大海方向的。发现这一点后，我恍然大悟。为什么妈妈珍藏了这张照片三十年，为什么会收藏在三帖屋的随时可以拿出来看的地方，一瞬间我仿佛明白了。

说不定是因为爸爸的视线吧？

正如我追逐着照片里的哲治的视线，祈祷他是朝我这边看的一样，莫非妈妈也曾经和我一样，注视着爸爸的视线，祈祷自己就位于那视线抵达之处吧？

看着照片，我竭力从头回想三十年前那个夏日的一天发生的事。早上，在饭田桥站等候出发的廿日会的人们；离开大家，独自在铁栅栏前看蒸汽机车的哲治；从电车上看到的和他一模一样的男孩子；上年纪的鹤家妈妈和枕头阿姐们……当年幼的我只顾惊讶地看着这些的时候，我的爸爸和妈妈到底在干什么呢？ 到达长者崎海边后，我寻找他们的时候，爸爸已经不见人影，只有妈妈一个人在喝饮料。可是——可是，之前他们是亲密地在一起的。因为这是我在那个车厢里亲眼看到的，他们俩并排坐在一起，对我绽开着犹如亲兄妹一般相似的笑容！

想到这些，我终于意识到了。那次旅行不单是我和哲治的旅行，也是爸爸和妈妈的旅行。爸爸和妈妈虽然什么也没有说过，但是恐怕那次旅行，是自从去静冈疏散以来，第一次也是最后一次吧。说不定，妈妈……幼小的我是根本想不到的……说不定当时的妈妈，比我更加期待那次旅行吧。所以才会和深爱的丈夫并肩坐在一起，将这张司空见惯的一对夫妻去海边旅行的纪念照片珍藏了一辈子。

"我好像是第一次看到爸爸和妈妈一起拍的照片。"

"不是一直贴在这个墙上的吗？"

"是啊，没错。可是，我一直没有注意到……我一直在看自己……"

凝神看着这张照片时，雏子告诉我的妈妈的遗言又回响在脑海里。"迄今为止，无论怎样的孤独我都自己一个人忍受过来了。而且我赢了。但是我永远也赢不了你的爸爸……"如果说这些话是妈妈真实心声的话，就意味着，妈妈直到生命的最后一刻，一直爱着我的爸爸，屈服于爸爸的吧。并且一直在等待爸爸的回归吧？这样一想，妈妈等待爸爸的无比漫长的时间的沉重分量仿佛突然压在了我的双肩上，我不由得把照片塞给了彻雄。

"怎么处理，这个照片？"

"扔了吧。"

"可是，这是你妈妈珍藏的照片啊。要不放在别的相册里……"

彻雄刚要拿走，我一把夺过来。

"怎么着，你打算马上就扔掉吗？"

我摇了摇头，那已经不再是遥远的昔日我用火热的目光注视的我和哲治的照片，而是爸爸和妈妈的照片了。

彻雄缩了下脖子，回三帖屋去了。

我仍然站在原地，直勾勾地盯着这张照片。仿佛这样盯着看的话，这视线的能量能够超越几十年的时空，让照片里的爸爸的视线改变方向，正对着妈妈这边似的……

我希望你慎重地选择你今后的人生。

妈妈给我留下了这样一句话。要慎重地选择人生……自己一直

345

以来选择的生活是正确的还是错误的，我没有一点自信。可是妈妈，妈妈那个时候没有选择人生吗？ 难道说妈妈除了爱这个男人之外，什么也没能够选择吗？

我在心里这样问着，长久地凝视着照片里的妈妈和妈妈所爱的男人。

爸爸和妈妈之间发生了什么，在两人都已离世的现在已经无从知道了。但是，自从看到长者崎的这张照片以来，我越来越觉得爸爸和妈妈的关系似乎并非像我小时候的片断回忆那样复杂，而是更为单纯的。

妈妈深爱着爸爸，而且一直在等待爸爸回家……对了，就像新婚时期的我爱英而，一心一意等着他回家一样，妈妈在等待爸爸回家。不对，真实的顺序应该是反过来的。由于妈妈一直在等待爸爸回家，所以我才会等待英而回家的。说到底，我这个女儿只不过是把父母经历的一部分压缩再现罢了。不同的只是，女儿缺乏妈妈那样的坚持和忍耐力罢了。因为我轻易地输给了孤独，寻找了逃跑之路。而妈妈是值得自豪的赢家，同时也承认了自己是爱情的输家，终生不渝。我实在无法与妈妈比肩，幼年时无数次感受到的这种屈辱感已经不会再给我带来任何痛苦了。我只是通过父母的相继去世，第一次发自内心地明白了，自己身体里流淌的血毫无疑问是来自爸爸和妈妈的。

在九段收拾了两个星期遗物，终于收拾完了。我打发雏子离开时，她含着眼泪给我深深鞠了一躬："承蒙关照了！"

"哪里，妈妈很任性，让你受累了。谢谢你了！ 你一定受了不少委屈吧，她那个脾气……"

"没有……"

"突然让你离开，很抱歉啊。应该给你介绍个人家的……"

"请不用介意。"

雏子再次低头施礼，正要走出厨房，她又犹豫着胆怯地开了口：

"小姐，太太常常对我说起小姐。"

"……"

"太太说，真是怪可怜的。那个孩子过得那么不顺，都是我的错……"

"妈妈说的?"

雏子点点头。

"对你说的?"

她再次点点头。我们两个互相对望着，看着她那胖乎乎红扑扑的脸，柔和湿润的眼睛，我忽然觉得有些面熟。可是，没等我说话，她就拎起行李走出了厨房。彻雄手里拿着抹布走进厨房，开始准备沏茶。

"终于收拾得差不多了。你还是打算卖掉这个房子吗?"

"为什么没有对我说呀……"

"什么?"

"妈妈，为什么没有对我说呀……"

彻雄停下手，把他那温暖的手轻轻按在我的肩头。然后拉出椅子，让我坐下，就去沏茶了。

"我想尽快把这个房子卖掉。卖给跟花柳街没有关系的人……这里是妈妈的家，已经不是我的家了，所以……不管什么价钱，能卖了就行。"

"既然这样，就尽可能卖得高一点吧。我有个不动产的朋友，会帮这个忙的。继承税什么的，这个那个的会被克扣一些去……不管，至少可以进一笔钱，你也不用再这么辛苦工作了。”

"我没有那么辛苦工作啊。我喜欢工作。旅馆的活儿也都辞了……"

"白天的工作也辞掉得了。"

"不能辞。要是辞了，我就不知道为什么活着了……"

"还有很多可以做的事啊。"

彻雄停下手里的活儿，回头说道。

"买漂亮的衣服，出去旅行……喜欢做什么就做什么好了。你还年轻呢。"

被他这么一本正经地开导，我突然觉得难为情起来，不由得低下了头。"反正你自己喜欢就行。"彻雄微微一笑，把茶叶放进茶壶里，注入了开水。

"彻雄，"

我对着他的后背，终于开了口。彻雄的后背看着比以前略微厚实了些。

"彻雄，谢谢你。要是没有你的话……葬礼不会这么顺利的。"

"有了困难就得互相帮助。"

"可是，有困难的每次都是我……"

"可也是啊。我什么时候也困难一次就好了。"

彻雄哈哈哈的笑声回响在空荡荡的厨房里。我也不禁跟着他笑起来。笑着笑着，忽然发现近些日子，我都没有这样开怀大笑了，也没有听到他这样笑了。

"真的非常感谢！多亏了你，我的心情好多了。"

"实在是太突然了。不瞒你说，我老妈也是死于事故。那时我还小……邻居家着火了，结果……"

虽然彻雄一边给两个茶杯均等地注入开水，一边平淡地说着，可看他的脸色有些凄凉。

"老妈提着水桶想要去救火，结果被大火卷了进去。没法子，就是个好心肠。"

"原来是这样……"

"母子俩一个样，都是好心肠。"

他说完又笑了。把沏好的一杯茶递给了我。

"是啊，母子就是母子啊……无论我怎么挣扎，永远都是父母的孩子，我现在终于明白了。"

"是啊，那是肯定的。"

"现在说起来，你会觉得可笑，以前，我曾经相信自己应该还有一个亲生父亲呢。我的爸爸不是他，肯定在其他什么地方有个亲生父亲在等着我……还给《寻人》广播写过信呢。"

"真的？小孩子还真够有胆儿的。"

"可笑吧……但是我的亲生父亲依然是那个人。即便没有任何证据，除了他不可能是别人。"

"这么说来，以前你说的……你父亲让你保证的那个事……"

"是啊，说过那样的事……"

"和你父亲的约定还有效吗？"

"什么？"

"你不是保证了吗？借给你钱的话，就不生孩子……"

"这个嘛……怎么说呢……爸爸虽然死了也是我的爸爸，所以，即便现在已经还清了钱，也是一样的。不管怎么说，不是我能决定的。"

"是吗……"

我沉默了好久，小口喝着热茶。外面很亮，从窗户刮进来的风送来了春天的气息。

"还是刚才说的那件事，你还打算独自一个人工作吗？"

彻雄突然露出毅然决然的神色问道。

"嗯，是的。不怕你笑话，除了工作，我没有别的能耐。"

"可是……购物啦，旅行啦，除了工作，你不愿意享受一下人生吗？"

"对这些我已经没有什么兴趣了。要是再年轻一点说不定还会考虑考虑……不过，现在的我，已经一点都没有那种人生乐趣啦、目标之类的东西了。"

"那么，今后请你为我而活吧。"

我吃了一惊，盯着彻雄的脸。他把手轻轻按在了我的手上。

"你应该得到幸福。应该更加快乐。你总是一副心事重重的样子，就连笑的时候都好像是对不起谁似的。似乎获得了幸福就会遭到惩罚一般……人不应该那样生活。无论是什么人，都是被赋予了与他相匹配的幸福的。这种幸福倘若近在咫尺的话，就应该大大方方地把它拿来，好好生活下去啊……"

彻雄一口气说了这么多，低下头，然后又抬起头说道：

"请和我结婚好吗？"

一瞬间，我没有明白他在说什么。但是彻雄的表情非常严肃，一眼不眨地看着我。

"彻雄，这个事……"

"你还在等着那家伙吗？"

我紧闭着嘴，避开他的视线，低下头。

"等着那个不知道在哪里，也不知道在干什么的家伙？"

"……"

"我想要让你幸福。你不用再等待任何人了。我想让你和我一起，组成家庭。你父亲的约定肯定会失效的。"

我更深地低下头去，在脑子里反刍着彻雄说的话。

"好了，你这样沉默，说明没有话反驳我了。我们是同命相连，一定会幸福的……尽管不是什么轰轰烈烈的幸福，却是适合我们的幸福。"

彻雄紧紧握住了我的手，等着我的回答。他的手的温暖好像逐渐渗入了我已经不年轻的皮肤里，变成血液在体内循环起来了似的。我点了点头。彻雄也点了点头。

在失去了主人的寂静的房子里，我们从对方的眼睛里终于找到了可以托付的未来。

以结婚为契机，我搬出了住了二十年的下落合的公寓，用卖掉八重的钱和彻雄的存款在千驮木买了一栋独门独院，住了进去。而且完全没有想到，不久就发现自己怀孕了。这真是令人吃惊——且不说和爸爸的约定，第一次婚姻的经历已经让我对这方面完全失望了。尽管彻雄和我的婚姻，不是像第一次那样有着强烈的爱情基础，但我坚信这一次是自己选择的人生。

经过近三十个小时的难产，终于诞下了一个女婴。她出生的早晨恰好下了那年的第一场雪，因此，我给女儿起名雪子。雪子是个不大爱哭的孩子，遗传了她爸爸的开朗阳光的性格，随着一点点长大，爱说话爱逗能的个性越来越明显。要是爸爸和妈妈还活着的话，该多么疼爱这个雪子啊。每当想到这个，我就泪水盈眶，赶忙把视线从孩子身上移开。

自从有了家庭以后，曾经长久的混乱时期就像不曾发生过似的，生活平静似水地流淌着。我仿佛突然被人从暗室拉到野外的灿烂阳光下的人一般，看似日复一日却又每天不同的平凡家庭生活、女儿的一举一动、因点滴小事发生的无谓争执——这一切放射出的耀眼光芒令我眩晕。而且，自己可以在逐渐加深的与丈夫之间的纽带以及女儿茁壮成长的过程中，守护这安宁的家庭生活，可以安心地在无边无际的时间积蓄之中迎接死亡这一感觉，尽管是朦朦胧胧，却令我感到很幸福。

"最喜欢妈妈。最喜欢爸爸。最喜欢雪子！"

一个冬天的星期日，我们拉着才三四岁的雪子的小手，在外面散步的时候，雪子突然这样说道。我很吃惊，问彻雄："是你教她的？"彻雄只是调皮地嘻嘻笑，不回答。自从当了爸爸，相貌愈加变得和善了似的彻雄，对雪子喜欢得不得了，每天下班一回家，就马上坐在熟睡的女儿枕头边，出神地盯着孩子的睡脸看，看他的样子，要是我不叫他，说不定会坐上一晚上的。

"是你教她的吧？"

"不是我。"

"肯定是你。趁我不在家的时候教的吧？"

"不是，对吧，雪子？"

彻雄张开胳膊，猛地抱起了正在走路的雪子。

"最喜欢妈妈。最喜欢爸爸。最喜欢雪子！"

被爸爸抱起来的雪子，似乎觉得妈妈困惑的表情很好玩，嘎嘎嘎地笑了。这么一来，我也不得不跟着笑了起来。从那以后，这句话就成了三口之家的暗语。

"最喜欢妈妈。最喜欢爸爸。最喜欢雪子！"……一遇到什么事，就这样叫嚷的女儿，我觉得实在太可爱了，同时也感到十分伤感。小时候，自己哪怕一次，对谁说过"最喜欢"这几个字吗？晚上睡觉时，我和丈夫把女儿夹在中间，我独自睁着眼睛听着两人的呼吸时，有时候会觉得这安静和安宁过于完美了，甚至感到恐怖，仿佛已经攥在手心里的幸福，稍微一哆嗦就会溢出来似的。为了赶走这恐怖而回想起来的，是如今已成了画本里的童话般遥不可及的九段少女时代的往事。我可能不曾对谁说过"最喜欢"，但那时候我每天的生活都充满了惊喜与沉迷。是的，我只是没有说出来而已，那里的确有我最喜欢的东西。八重的阿姐们的丰富多彩的生活，在街上走着便飘然入耳的三味线，泡在浴池里浮想联翩的梦幻时间，妈妈讲的过去的故事，两个小女友，以及那个要好的小男孩……

不可思议的是，近来，雪子常常会做出跟哲治小时候很相似的动作来。

比如正走着的时候，她会突然站住，盯着脚下什么叫不上名字来的小虫子看半天，或是默不作声地看着过街天桥上驶过的电车。我在干家务休息时，打开收音机时，她会一直坐在旁边听得入神，脸上露出奇妙的表情……这些或许是小孩子们很正常的举动，但是，每当看到女儿的这些举动时，我就不能不联想起发小那恍惚的眼神。而且，随着雪子一天天长大，和她一起看到的景色越多，我越是从她那幼小的眼睛里看到了少年时代的哲治的影子。

和丈夫、女儿睡在同一间屋子里的幸福的夜里，我越来越多地沉浸在孩提时代的那些往事之中了。

哲治，哲治，你现在在哪里啊？

一度停止的这一发自内心的呼唤，再度从遥远的地方传来了似的。我在心中回应了那个声音。——哲治，我终于寻觅到了自己的幸福。虽然走了一些弯路，但最终找到了幸福的港湾。可是，你现在怎么样呢？你现在在做什么呢？每当想到这些，我就感受到了隐隐的罪恶感。我置他于不顾，独自享受温馨幸福的家庭生活，这是对那段难以忘怀的少年时代的背弃，我开始这样苛责起自己来了。

以结婚为契机扔掉的天蓝色连衣裙和哲治那件芥末绿夹克，以及迄今为止被我拗断的时间的延续部分，这三者混合在一起，使我感受到哲治好像仍然在这个世界尽头的巨大洞穴深处徒劳的挣扎着。可是，就连这罪恶感，我也在早晨到来之前，像收起一张老照片似的，把它收进了内心的抽屉里。无论回忆多么吸引着我，现在丈夫和女儿给予我的幸福的家庭生活，有着足以将摸不到边际的过去推回属于它自己的地方去的巨大力量。

　　不久，茁壮成长的雪子到了上学的年龄，我也有了一些属于自己的时间。在那段时期，我有时候也和高中时代唯一的朋友祥子去看电影，喝咖啡。现在回想起来，对我第二次结婚比谁都高兴的恐怕就是这位祥子了。

　　时间过得真快，她的那个曾经"阿姨，阿姨"地跟着我屁股后头叫我的女儿牧子，此时已经是个高中生了。祥子是个很让人信赖的育儿前辈，不管双方的环境发生了多少变化，她一直都是我最乐天最忠实的朋友。越是上年纪，我越是感到这样的朋友太难得了，对她一直怀有难以言表的感谢之情。我俩都四十出头了，尽管彼此的脸上都增添了岁月的痕迹，但是比学生时代似乎更要好了，更能够互相理解了。

　　"咱俩就像高中生似的这样喝咖啡，挺好笑的。"

　　在阿佐谷的祥子家附近的咖啡店里，她一边吃着奶油蛋糕，一边笑着说。

　　我笑着摇了摇头。

　　"咱俩都成了欧巴桑了。时间过得太快了，这句话虽然是老生常谈……不过，一点也不假。"

　　"就是，简直是一眨眼就过来了。"

"不过，我很高兴。这个年纪还能和你一起这样吃蛋糕，悠闲地喝咖啡。"

"是吗？"

在祥子少女般率直的视线面前，我有些难为情，垂下了眼帘。

"当然了。我为你现在这样幸福而高兴。年轻时受的苦，还不是为了这一天吗。人生吧，就是这样越来越现实了……"

看着沉默的我，祥子以为我又要哭起来，吓唬我似的张开大嘴，吃着蛋糕，一边吃一边满面堆笑地说太好吃了。

"牧子，好吗？"

"好着呢。不过，现在正处于反抗期，我说什么，都和我呛着，我像她那么大时也是这样，不过，还真是让我头疼。她像雪子那么大的时候最可爱了。"

"大概快要考大学了，压力大吧。"

"就为了这事，昨天还大吵一架呢。真是烦死我了。根本就不好好跟我说话。居然说什么，我要是再管她，就跟男朋友离家出走……"

"牧子，有男朋友了？"

"有啦。第二次说的还是'再啰唆，我就跟人私奔'呢。简直是瞎胡闹，可这孩子还摆出一副特别认真的样子，你说可笑不可笑。"

"我上高中的时候，每次和妈妈吵架，都在心里这样叫喊，只是没有说出来……"

"可是，你还真的跟他结了婚啊！ 不过，我家这个孩子绝对不会的。还是个什么都不会的毛孩子呢。"

在这样的对话中，我已经不会再回味过去的苦涩了，能够单纯地细数琐碎的往事，一笑置之了——只有一个是例外。

迄今为止和祥子回忆的往事多得数不清，但是有关哲治的事，我一次也没有提起过。二十多岁时的失踪事件，祥子至今都相信那次是我一个人离家出走，而不是和某个人一起私奔。

这样最好。我对自己说。

已经没有必要让任何人知道我和哲治的事了。人恐怕就是这样从别人的心里消失的。

和哲治在下关的月台一别，已经过去了快二十年的岁月了。

儿时他的样子，就像雪子昨天带到家里来的同学一样，还能够鲜明地回想起来，但是，从夜行列车里看到的他最后的面容，我却一点点在忘却。越是想要清晰地回想起成年的哲治，他的面容和声音、眼神就越是和丈夫或雪子重合起来，渐渐分不出谁是谁了。

就是这样，我终于逐渐把哲治淡忘了。

18

　　和彻雄、雪子共同生活的十几年间，我度过了自己人生中最安宁的一段日子，每当想起这段温馨的岁月，都会让我感到内心充满了温暖和欣慰。我就是如此的幸福，以至于我现在对你这样讲述时，彻雄那温柔的目光和雪子天真的举止都会立刻浮现在我眼前。

　　每天三个人围着桌子吃饭，在院子里看焰火，第一次出国旅游，雪子生日给她买的文鸟皮皮，皮皮死时哭了一整天的雪子，那不久后我骑自行车摔断了腿，出院后回到家里后那久违的感动，美好的家庭生活让我禁不住热泪盈眶……在这些琐碎的日常积累中，日子按部就班地一天天过去了。只是在一切都远去了的现在看来，感到不可思议。当时的我，真的相信这样的幸福会永远持续下去，一直到死吗？　我真的发自心底认为过去已经被收进了过去应该在的地方，上了锁，它再也不会抓住自己的肩膀，把我拽到黑暗的岔路上去了吗？

　　父母去世后，把自己在那从小长到大的料亭卖掉之后，我和过去连接的东西除了回忆之外就什么也没有了。虽说如此，想要去看看自己成长的场所，或是儿时的小伙伴等欲望几乎不再产生了。毋宁说，我想要将这些东西彻底忘掉，让自己全身心地投入眼下的家庭生活之中。经过多年的孤独岁月，终于构筑起了与家人在一起的生活，我只想用自己余下的生涯去爱他们，去经营这个家。丈夫和女儿对我的期望给予了最好的回应。可是，不知究竟是为什么，我所相信的直到死都不会中断的平凡的家庭生活，多年来倾注在其中的自己的爱，竟然在某一天，突然屈服于更加巨大而坚韧的力量了——不知是否可以把它叫作命运，我至今仍在犹豫——不对，应该说是我太软弱了，对这压倒一切的力量不能抗衡到底吧。我前面已经对你说过了，人活着，这世上所有的偶然就如同在茂密的森林里，闭着眼睛去摸树上结出的果实那样。不过，有时也会因为一个微不足道的事情，深感人在不可改变的命运面前是那样的无能为力……经过那么漫长的时间，我和哲治竟然会那样再度相遇，难道仅仅是单纯的偶然吗？还是两人命中注定的不可改变的"命运"使然呢……？

无论怎么说，正是那次偶遇，使我坐在这趟列车里的，并且这样给你讲了这么久的。

不错，一切事物无论有着怎样的人的智慧所不及的神秘而庄严的理由，也只有那短暂的结局允许人们做出解释……不管有没有原因，结局恐怕都是同样的，然而，我们在事后肯定会念叨"为什么会是这样？""那时候，难道就没有别的路可走吗？"……

我一直以为，自己和自己所爱的家人走的路是一条笔直的漫长的路——可是，最终我是没有一直走到头的幸运的。不，或许从来就没有什么岔路，从一开始就是一个人在走着自己那条路的吧……总之，告诉我那里有另外一条新路的是雪子。是她将两个时间的圆再次重合成了一个的。当然，生下她的毫无疑问是我自己，因此，我不能不反复追问这个奇妙的因缘和合——究竟为什么会这样？难道就没有别的路可走吗？

雪子本来就长得快，中学毕业前后开始，个子一个劲往上蹿，就连她那可爱的脸蛋上也出现了难以驾驭的独特感觉。只有活泼好动的性格，上了高中也没有改变，跟她爸爸一样的滴溜溜的眼睛仍然那么可爱，只要一迷上什么事，不干到底不罢休……只有这一点倒是很像我这个妈妈。在高中参加了小号部的雪子，立刻迷上了小号，只要一有空，就使用消音器在家里练习。

"我不上大学了，我要去马戏团。"

二年级后，到了需要考虑发展方向的时候，雪子也不积极考虑去哪个学校，就知道这样嘻嘻哈哈地说笑。她的学习成绩也不咋的，说不定她真是打算做个江湖艺人呢。我一个人这样忧心忡忡的，而一向无条件地袒护女儿的彻雄反倒推波助澜，总是不以为然地说："雪子愿意做什么就随她吧。"彻雄从爸爸那儿继承来的饮食店，也由于经济不景气，半数以上关张了，家里的经济条件没有以前那么宽裕了。最终我还是输给了他们父女俩，按照雪子的希望，给她报了音乐教室的课程，而不是准备高考的高中补习班。我压根就预料不到，这个决定除了让我看到深受我们宠爱的女儿的笑脸之外，还会和什么事情发生关联……

对了，事情发生在一个星期日。那天，女儿央求我给她买一件教室发表会上要穿的连衣裙，我就带着她去了上野的百货商店。也许是考虑到家境的关系，雪子没有要太贵的，但是，我为了表达对她的支持，一咬牙给雪子买了她一直盯着看的天蓝色连衣裙。雪子担心地问："真的可以吗？"看着女儿那兴奋得直发光的眼睛，作为母亲比什么都高兴。之后，我们顺便散散心，在上野公园里的点心铺里吃了碗豆沙凉粉，然后正准备朝地铁站走去的时候，"妈妈！"雪子突然拉住了我的袖子，还没等我问"干什么"，她就叫了起来。

"我听见小号的声音了！"

她踮起脚尖，朝四周张望，也顾不得身旁站着的妈妈，朝着发出声音的方向跑去了。

"雪子，等一等。"

我慌忙跟着后面追赶，可是，敏捷的雪子的身影已经消失在人群中了。没办法，我只好竖起耳朵倾听小号的声音。声音好像是来自和车站相反的方向，我就逆着人流，很费劲地往那个方向走去时，那旋律断断续续地飘进了我的耳朵里。声音听起来很凄凉，犹如轻松地刺破初夏的天空时发出的碎裂声一般，简直不像是和雪子吹的小号同一种乐器发出来的，而且是那种丝毫不给我拒绝的空隙，当我意识到时，已经深深地侵入我的内心深处，一点点渗透全身一般的声音。

"雪子！"

我终于发现了雪子，想要把她从人群中叫出来，她也不回头。我拨开行人，终于追上了她，她瞅着我，嘿嘿一笑，就像看到了什么宝贝似的，两眼放光地慢悠悠指着声音的出处说：

"妈妈，你看……"

站在那里吹小号的男人，是个小个子，瘦瘦的，衣服脏兮兮的，不仔细看的话，还以为是耸立在树丛中的一棵树呢。看他弓着背，低着头吹号的姿势，给我感觉就像是被乐器拉拽着似的。

可是，接下来，当他随着撕裂耳朵般的高音，痛苦地仰面望向天空时，我不禁倒吸了一口凉气。

我眼前的所有东西都刺眼地闪烁起来了。

我只能听见自己的心跳声音了。

在让人眼花缭乱的闪烁之中，身边女儿的呼吸、充满四周的树木的气味、远处大马路上汽车喇叭的喧嚣等一切噪音都消失了，只有站在我面前的吹小号的男人，以无比清晰的轮廓逼近着，令我两眼发痛。

树干般干燥的晒得黑黑的脸即将爆裂般鼓着，紧闭着的双眼如同两道深深的裂隙，这张脸似乎在哪里见过……

哲治！

我的声音没有发出来，在喉咙深处被烤焦般的消失了，只是从嘴里冒出烟雾般的气息。

不知何时，我的剧烈心跳已经被小号的高音吸了进去，一个高音引发着另一个高音，直到穿透耳膜那么尖利的时候，演奏突然结束了。他闭着眼睛，静静地放下了小号，过了好久，才慢慢睁开了眼睛。

"妈妈，你怎么了？"

雪子捅了下我的胳膊，我才意识到自己在哭泣。

"妈妈，你怎么了？　怎么哭了？　妈妈，说话呀！"

哲治手里拿着的小号，在初夏午后的阳光照耀下白晃晃的，特别刺眼。

我不记得这样呆呆地站了多久，无情地暴晒在身上的夏日骄阳变得稀薄了，女儿抓着我胳膊的手越来越用力，我仿佛变成了塑料偶人。小号反射的刺眼的阳光不知何时消失了，只剩下了存蓄在小号褪了色的金色表层之中的微弱的光，还有映在那光里的哲治的脸——哲治已经变得几乎认不出来了。

他小时候苍白得近乎病态的皮肤变成了咖啡色，皱皱巴巴的，伸展到下巴的胡须稀疏而斑驳。我所认识的他那少年时代的羸弱可怜的表情、青年时代的精悍的表情已经不见了。在他的脸上，清晰地刻印着让人联想经受了多年坎坷磨难所遭受的身心痛苦留下的痕迹。而哲治从我身上看到了什么呢？　他那没有表情的茫然目光里，似乎什么也没有看到。不管是我，或是我身边的雪子，还是来来往往的人流……

"妈妈！"

361

雪子终于按捺不住，横在了我和哲治之间。雪子白白的脸遮住了金色的阳光，犹如挂在东方低空上的满月般发散着光辉。

"妈妈……"

我用手指抹去脸上的眼泪，一边摇头，一边把手搭在雪子的肩膀上，她咧开厚厚的嘴唇，露出洁白的牙齿笑了，随后，可爱的脸上立刻露出与之不协调的警惕的神色，回头去看身后的男人。他在我们母女的注视下，把小号装进皮革的破盒子里，转身朝车站反方向走去，消失在了树林里。

"妈妈，你认识那个人吗？"

再次转过头来看着我的雪子脸上，又出现了十六岁孩子的天真表情。但是，在她的两只眼睛里似乎还残留着已经走了的哲治的目光。我既不能点头也不能摇头，只能默默地模棱两可地微笑一下。

"那个人，吹得很不错……就是挺可怜的……肯定是无家可归的人。"

这是她这个年纪的姑娘，非常自然地说出口的棉花糖似的怜悯语言。

可是，我不得不感觉到女儿的眼神里隐藏着的轻微责难和轻蔑。这眼神不是对哲治或其他人，而是对我的，也就是说，是哲治对我投来的责难和轻蔑——我站在这里，带着可爱的女儿，一只手拎着刚买的昂贵服装的纸袋，脸上充满虽然平凡却是幸福的母亲的表情，之后将会回到丈夫等候她们的小小的独门独院去……

那天晚上，雪子特别的兴奋。吃晚饭时，就迫不及待地穿上了那件新买的天蓝色连衣裙，一边香甜地吃着彻雄亲手做的咖喱饭，一边给爸爸讲述一天里发生的事。

"我跟你说，今天发生了一件怪事。"

快要吃完饭的时候，雪子探出身子，想要引起爸爸的注意。

"怎么了？ 不会是从楼梯上滚下来了吧。"

他也配合着雪子，同样在桌子上探出身子。

"才不是呢。告诉你吧，我也吓了一大跳呢。因为妈妈跟精神病似的，突然哭起来了。"

"妈妈哭了？"

彻雄微微皱了皱眉头，看着我，对女儿的夸张说法苦笑了一下。

"你肯定不相信吧？ 是真的，是吧，妈妈。"

雪子噘着嘴问我，我只好对她点点头。

"怎么样，妈妈都承认了。绝对没有骗你。妈妈站在路当中突然哭起来了。在吹小号的叔叔面前……我真是吓了一大跳。"

"这是怎么回事啊？ 雪子是不是对你妈妈恶作剧啦？"

"我都说不是啦！ 不过，我也觉得特别奇怪。妈妈也不告诉我为什么哭，只是说自己也不知道怎么就哭了。妈妈不会是真的被叔叔的小号感动了吧？ 那个人吹得相当棒呢。"

我觉得彻雄的表情瞬间暗淡了一下。不过，那暗淡马上就被熟悉的微笑取代了。他问我："是这样吗？"他的话里没有丝毫的怀疑或责备，只有十七年相濡以沫的家人的温情和关爱。

"是啊，大概是年纪大了吧，有时候不知不觉就流眼泪。"

"那也太不正常了吧，妈妈。别人哭的时候，都是有原因的。我吧，一开始以为妈妈是觉得那个吹小号的叔叔很可怜才哭的。因为那个人穿得破破烂烂的，头发乱七八糟的，路过的人，根本没有一个人听他演奏。"

"吹小号的，跟雪子一样啊。"

"是啊。不过，我不会像他那样在公园里吹的，要是公园里的人谁都不看我的话，我就该哭了。那个人，除了我和妈妈以外，根本没有人看他。"

除了我和妈妈以外……我在心里不断重复着，只觉得眼眶里一股热乎乎的东西又涌了上来，我实在控制不住，不由得低下头。

"唉，妈妈，你没事吧？ 脸色这么不好。"

我抬起了头，雪子正拿着小勺，担心地看着我。我想要朝她笑，却不能如愿。雪子表情惊讶地沉默下来。

"你是不是累了？ 不舒服的话，就稍微休息一下吧。"

彻雄说道。

"桌子，我和雪子来收拾。"

"是啊，妈妈，今天太热了……"

夹在两个人温柔的目光之中，我还是不能自然地笑出来，好容易才默默地点了点头。在我发呆的工夫，彻雄和雪子已经动作麻利地收拾完了桌子，洗完了碗，烧热了洗澡水，命令我第一个泡澡。

除了我和妈妈以外，根本没有人看他……

雪子的话和在地面回响的小号的音色一样坠入我的内心深处，怎么也消失不了。没有人看他，也没有人记得他……是的，恐怕哲治直到现在都没有改变。在九段街上不被任何人留意的哲治，现在仍然是这样活着的!

我躺在黑暗中的被子里，仍然睁着眼睛，毫无困意。几乎三十年后重逢的哲治的相貌和那小号尖利的高音忽近忽远，使我无法安眠。

"你没事吧？"

听到这声音，我才意识到彻雄已经躺在我旁边了。我为了不让他听出自己声音发抖，咳嗽了一声才回答。

"嗯，没事。"

"多半是中暑了吧……"

"好像是……"

"雪子……"

"什么?"

"雪子好像没事。"

"那孩子特别抗热。哪儿像冬天出生的呀。"

"是吗……"

随着年龄的增长,就像被爱说话的雪子压了一头似的,彻雄渐渐变得话少了,不过,今天晚上他有些不同以往。继续跟他交谈下去的话,担心不绝于耳的小号声会从我的话语之间漏掉似的,我紧紧闭上了嘴。彻雄既没有盘问也没有责备我,只是和我一起,仿佛畏惧那音色里隐藏的黑影一般,轻声地继续说道:

"你之所以白天会哭……之所以会哭……"

窗外停车场有车开进来了,车灯在天花板上绘出了斑驳陆离的图案。我盯着每时每刻都在变幻莫测地流逝的白色的线,等着丈夫说下去。

"不会是因为那个男的吧。"

发动机的声音停了,光的图案也消失了。剩下的还是在耳朵里缭绕的悲凉的小号声和两个人的沉默。

我翻了个身,面朝着丈夫,他好像已经睡着了似的,仰面躺着,闭着眼睛,均匀地呼吸着。

"那个男的?"

"就是那家伙。"

在昏暗中,彻雄睁开眼睛,扭过头目不转睛地看着我。即使什么也不说,我和彻雄都知道他所指的是谁。

"你这么想的……"

彻雄微微一笑,回答道:"是的。"

"为什么？"

"不知道是为什么。不过，听雪子说的时候，就立刻想到那个家伙了……"

"……"

"那个吹小号的男人，说不定就是那个家伙吧……"

"怎么可能那么巧啊。"

"不是他吗？"

"……也许只是有点像他吧。"

"我看不是，肯定就是他，肯定……你认出来了。"

"为什么你这么说呢？ 太奇怪了。"

我笑了笑，彻雄也同样轻轻地笑了笑。我害怕被他这样继续看下去，就朝墙壁翻了个身。

"记得以前的你，总是充满自信地这样说的。"

"那是以前。现在可不行了。因为已经过去了太长时间，哲治的事早就忘得差不多了……连偶尔回忆都很少了……"

"你忘了，可不等于他也忘了。"

"不会的，他肯定也早把我忘了。这样挺好的。我们再也不会见面了。因为我有你和雪子，而且哲治身边肯定也有人了。"

"要是这样的话，你为什么哭呢……"

"我小时候就特别爱哭啊。真是奇怪啊，自己都不知道怎么会哭起来的……雪子也不明白……"

彻雄什么话也没有说。

我蜷缩着身体，使劲闭上眼睛。我感到旁边的丈夫在沉默之中迫使我做出一个决断。"不用担心。我不会离开这里的。"我很想立刻坐起来，摇着他的肩膀，大声对他这么说，却还是一动不动地躺在黑暗中——不错，这是因为此时我已经知道了，明天我会再一次去那个地方，站在他面前，乞求他原谅一般，目不转睛地盯着他的眼睛，从中寻找那令我思念的目光的。

翌日，我在昨天和雪子听到小号声音的同一个时间，站在了上野公园的大路上。

背后茂密的小树林里回响的小号声依然是那么悲凉，即便想要捕捉吹小号者的悲伤，对方却仿佛在拒绝单方面的伤感似的，总是那样的坚硬而清澈。哲治和昨天完全一样的姿势吹着小号。我站在稍远的地方，努力让眼睛适应他改变得很厉害的容颜，可是无论我怎样看，都不像是我熟悉的哲治的样子，但同时又觉得，正是这不适应，才证明了眼前的这个男人不是别人，千真万确是哲治。

他对眼前走过去的人们看都不看，一直凝视着空中的一个地方，仿佛连自己在吹乐器都没有意识到似的，与其说是在吹小号，不如说是在倾听来自远方的旋律……

"哲治！"

最后的高音被杂沓吸入，哲治放下小号的时候，时隔多年我叫了一声他的名字。哲治没有抬头，坐在地上，用一块脏布擦起乐器来。

"哲治！"

我站在他跟前，盯着他看的时候，闻到了他身上散发出的多日没有洗澡的汗味和污垢的气味。他被我的身影整个遮住了，终于抬起头来。虽然和我四目对视，脸上却没有任何表情。

"哲治，是我啊，你还记得吗？"

他盯着我看了一会儿，又低下头去擦乐器了。我站也不是坐也不是，就在他旁边蹲下来，对他说起话来，想到哪儿就说到哪儿。

"那个，哲治，咱们已经三十年没见面了吧。真是太巧了……

昨天，是我女儿找到你的。女儿现在在学校里学习小号呢。你也马上就认出我了吧。咱们俩都老了，不过，我立刻就认出你。和以前相比变化好大，可是，我还是立刻就知道是你。在这样的地方重逢，真是太意外了。我一直以为咱们再也不会见面了呢，可是……还是见到了啊。"

哲治一直低着头，没有停下擦乐器的手。我却感到特别高兴。因为很久以前，在那个艺伎屋的小房间里，在饭田桥的停车场，在九段的街头，我每次都是这样一个人说个不停的，哲治也是这样毫无表情地听着。

"哲治，你一直以来在做什么？我又结婚了。还有个女儿。她叫雪子。昨天你见到了吧？"

哲治把小号收进盒子里，对我一眼也没看，站起来朝着和车站相反的方向走去了。从后面看，他瘦得皮包骨头，走路姿势颤颤巍巍的，每走一步，细小的关节好像都在一个个破碎似的。我想要追上去，但是由于感受到了从那令人心痛的凄惨的肉体里表露出的拒绝的意志，我站在原地没有动。

尽管如此，我绝对不会只去一次就作罢的。次日我还是在同一时间去了同一地点，当他的唯一的听众。演奏完一支曲子后，我从包里掏出一个手帕包递给他。里面包着的是我在家里做的三个鲑鱼饭团。可是哲治没有接，又把小号举到嘴边，开始演奏下一个曲子。曲子演奏完了之后，我再次把手帕包递给他，哲治还是没有接。这样重复几次后，我终于不再坚持，把它放在小号盒子里，离开了。

次日再去，看到饭团包放在哲治身后的花坛边上。肯定是他收拾乐器时，扔在那里的。我把它收进包里，拿出当天新做的饭团放在小号盒子里。

"哲治，你必须要吃。你要是不吃，我就每天都到这儿来。"

在两个曲子之间，我对他说道。哲治没有一点反应。从此以后，我继续了一段时间这样徒劳的行动。每天下午，我都给站在公园路上吹小号的男人送去三个饭团，回收前一天没有吃的饭团。

过了两个星期后，我终于看到了变化。我像往常那样打算回收饭团，伸手一拿，却发现放在花坛边上的显然只是一块山茶花图案的厚手帕。我伸着手，不禁盯着哲治的脸看。究竟是不是他吃掉的呢？ 也可能是这一带的野猫或乌鸦吃的吧？ 可是，在我注视着一直望着空中吹小号的哲治的样子时，心里产生了无法否定的无可置疑的确信——就是哲治吃掉的！ 我拿回花坛边上叠着的手帕，那轻飘飘的感觉令我的心战栗了。我装作什么也没发生过的样子，若无其事地从包里拿出今天的饭团包，放在盒子里就走了。在回家的一路上，胳膊上挎着的比往常轻了很多的手袋如同祝福之钟一般晃荡着。

"妈妈，你怎么了？"

那天晚上，雪子这样问我。彻雄还没有回来，只有母女俩坐在饭桌前。

"什么怎么了？"

我反问道。

"也没什么……"雪子低下头，好像欲言又止。

"倒是雪子怎么了？"

"最近，妈妈好像有点奇怪……"

"妈妈吗？ 哪有啊。"

"妈妈是不是瘦了？ 而且黑眼圈也挺厉害的。"

"哇，还真的是。这么说，我和你们同学的妈妈比起来，像个老太婆了。"

"不是那个意思。妈妈，最近你老是发呆……人也瘦了，整天迷迷瞪瞪的……身体哪儿觉得不舒服吗？"

"根本没觉得呀。你瞧瞧，多精神哪。瘦了，是因为苦夏嘛。最近食欲差了点儿……"

"可是，中午怎么吃那么多呢？"

女儿的话指的是什么，我马上就明白了。见我沉默着，女儿没有消除惊讶的表情，继续说下去。

"最近，回家一看，电饭锅里的米饭一点也不剩，也没有冷冻起来……"

雪子虽然很瘦，却正是能吃的年龄，有时候饿极了，就会把电饭锅里剩的米饭做成饭团或是炒饭吃。可是最近，早上的剩饭都被我做成饭团给哲治了。

"对不起啊。现在早饭做得少了。妈妈胃口也不太好，所以，加上你带的盒饭，每次都尽量吃光。"

雪子还是有些不能释怀，只说了句"这样啊"，没有再说什么。看到一向爱说话的女儿不吭声了，我觉得越是想要打消女儿的疑问，就越是会令她疑心，于是我也闭上了嘴。

然而，意识到我的变化的不仅仅是女儿。

"你睡不着吗？"

我常常躺在床上，过了三个小时也睡不着，彻雄不知是什么时候注意到了。

一天半夜，我以为早已睡着了的丈夫突然对我说道，我顿时紧张起来。

"嗯……"

"白天睡得太多了？"

彻雄开玩笑似的问，我却笑不出来。

"哪里不舒服？ 还是有什么心事？"

"没有，只是入睡不太好。以前就有这毛病。"

"没有这回事啊。你睡觉一向是很快的呀。"

我感觉彻雄翻了个身，面朝着我。一直平躺着，看着天花板的我，慌忙朝着墙壁侧过身去。

"已经是老太婆了，所以动不动就醒……"

"一直和那个男人见面吗？"

这句话的回声在黑暗的房间里留下了寂寞的余音。我等着这余音完全消失后，小声回答："没有。"

"真的吗？"

"是啊。"

"即使你和那个男人见面，重温旧情，我也不会说什么的。因为无论是什么样的人，能够有说不完的回忆的多年的老朋友是很宝贵的……不过，我不希望你被那个家伙搞得那么痛苦，拿出莫名其妙的命运说，让现在的生活付诸东流。雪子和我都需要你。希望你不要忘记……"

"不用担心。我已经不年轻了。而且是你的妻子，雪子的妈妈，知道该怎么做。"

尽管嘴里这么说，我却无法回应丈夫平静的声音，也不能转过身去，对他微笑，而是一直冲着墙壁瞪着眼睛。

还说什么"知道该怎么做"！

对自己说出的话，自己都不相信。这不是欺骗又是什么。一涉及哲治，我便彻底失去了理智。纵然已经把他遗忘很久了，可只要一见到他，就不能不觉得那遗忘的时间才是人生最大的欺骗一般。

不管女儿怎样怀疑，丈夫怎样担忧，我都像个十几岁的女孩子似的，不能不去看他。

次日，去了哲治身边一看，昨天放在盒子里的包也空了，在花坛上只有一块绿色的手帕。

我收起那手帕，把新的饭团放进盒子里，然后坐在花坛的草丛里，听着哲治演奏。这样望着儿时的小伙伴吹奏乐曲，那感觉真是难以形容。我轻轻地闭着眼睛，沉浸在他的音乐之中——从不曾哼过歌的，一直活在距离音乐很遥远的世界里的那个少年，到底是在哪里学会的小号呢……

"我走了。"

一支曲子结束后，哲治朝我扭过头来，说道。

这是时隔三十年后听到的他的声音。

我吃惊得一时没有反应过来，哲治很快收拾完乐器，就像以往那样朝和车站相反的方向走去了。刚才这句话是对我表示的拒绝呢，还是邀请呢，或者是像打喷嚏那样没什么含义呢……尽管是一句怎么理解都可以的话，我仍然慌忙紧跟在了他后面。仿佛稍微一不留神，就会跟丢他似的。我对人群、信号灯、辉映在大厦上的夕阳一概视而不见，只盯着他瘦小的背影往前走。

走了差不多一个小时后，哲治停在了一座看上去很破旧的二层木造公寓前。他一直走到一层最里头一间屋子前，嘎啦嘎啦地打开了门。他回头看我的脸上露出刚刚发现我跟在后面似的混合着狼狈和不快的神色。自己不应该跟来的念头闪过我的脑海，却唤醒了几十年来学会的厚脸皮，对他开了口："可以给我一杯水吗？"哲治默默点点头，走进了房间。这是个四帖的小屋子，里面只有一个很小的水槽和一个旋涡状的电热器。洗手间多半是公用的，洗澡也得去澡堂子，在那个时代，这种式样的公寓已经相当少见了……屋子里看不到一个家具，只有一团很薄的被褥和一个旧旅行包，此外还有一些看过的报纸扔在榻榻米上。哲治拿起放在水槽旁边的玻璃杯接了杯水，递给我。我接过来喝了一口，有股很重的消毒水味儿。

"你什么时候搬到这儿来的？"

喝第二口之前，我问道。哲治沉默着，很痛苦似的皱起眉头。这种故弄玄虚的表情令我焦躁，稍微提高了声音再次问道：

"我问你是什么时候搬到这儿来的？"

"四年前……"

刚才没有意识到，现在才发现他的声音听起来是那样的随便和乖戾，和我记忆中的哲治的声音迥然不同。这声音不是发自他体内的声带震动，只是作为传达信息而连接起来的音节进入耳朵的无意义的声音。我感觉从同一张嘴里吹出的乐曲反而更接近他的本性，属于构成他肉体的一部分。

"要是肚子饿了的话，就把这个吃了吧。"

我看着他手里拎着的那包饭团说道。可是他只是不知所措地站着不动。

"不用顾虑，快吃吧。"

我指着饭团说，他的脸上露出松了口气似的、又难为情的、年轻时在他的脸上没有看到过的表情。但是，这犹豫不决立刻消失了，我看到回归常见的冷漠之前，他眼睛里闪过的悲哀之色，才终于意识到了一个问题。

"哲治，你的耳朵……"

我指着自己的耳朵问，哲治点点头，嗯了一声。

"一边已经……"

"那……另一边呢？"

"不久也听不见了吧……你得大点声音说话……"

我稍微提高了声音，问："这样听得见吗？"他轻轻点点头。

"怎么搞的……"

不知听见了没有，哲治坐在了榻榻米上，开始吃饭团。哲治一直凝视着榻榻米上的某个点，绝对不朝我或者其他地方看，就像那里画着什么重要的印记似的。转眼间就狼吞虎咽地吃完了三个饭团后，他去了水槽，对着水龙头喝水，然后在榻榻米上坐下来，弯着身子看摊开的报纸。

"你还是喜欢看报纸啊。"

我轻轻说道。也许这等程度的声音，哲治听不见，所以没有抬头，当然，就算是听见了，恐怕也不会有所反应的。

"现在，我感觉仿佛回到了从前……就像以前的以前，小学生或是中学生的时候那样……你总是这样埋头看旧报纸，我在旁边说个不停，或者只是呆呆地坐着……收音机你已经不听了吧……咱们那时候就这样静静地待着，是吧？ 那是多少年以前了……"

尽管对方听不见，我仍然这样说起来。说着说着，眼睛湿润起来。隔开两个人的漫长的时间之流，那无法挽回的岁月，在九段，在隅田川上的水上巴士里，在沙丘的家里，二人度过的那段光阴的继续，说不定已经以其他形式给年轻的我们预备好了未来……早已一去不复返的庞大时间突然在我的胸中卷起波澜，什么也无法思考了，我抬起了头，哲治正直勾勾地看着我。我慌忙收回眼泪，极力想要笑出来，可是，在他的目光面前，我假装出来的表情逐渐融化了。尽管我的眼泪绝对没有流出来，但积存在下眼睑的边缘，模糊了视野。

"你还是没有变啊。"

哲治微微叹了口气说。

"不管结几次婚，有没有孩子，你……还是没有变啊……"

"哲治，你为什么那时候……"

虽然我的声音很小，但刚刚说出来，就看到哲治的脸抽搐了一下。我靠近他，对着他的耳朵，又慢慢说了一遍。

"哲治，你为什么那时候，没有和我坐一趟车……"

哲治低着头，一言不发。

看着他那瘦削的肩膀、衰老的肌肉、洼陷的脸颊，比什么都准确地再现了分别之后他过的是怎样艰难的日子。他所经历的我根本无法与他相比的孤独和忍耐，已经从最里面腐蚀了他的身体，使他变成了今天我看到的模样。这样一想，我甚至想要诅咒这十几年来自己过的毫无阴影的幸福生活。

为什么没有人帮助你呢？ 为什么你不向别人求助呢？

我没有向他发问，而是把手放在了他的肩头，隔着衬衫把脸贴在了他那瘦削的肩胛骨上。他的身体冷漠而固执，和我所知道的他年轻时期的身体判若两人。哲治轻轻地颤抖着，拒绝着我。

外面蝉在鸣叫，听起来像是在嘲笑和责备我俩的徒劳的尝试。

然而，我还是祈祷可以通过触摸哲治的肩膀，来靠近长期以来一直孤零零生活的他和他那孤独的时间。可是，我的努力没有能够持久。因为在他那一直拒绝接纳我的体温的冷漠的固执之中，已经把一切极其明确地传达给了我——我们已经不年轻了，天各一方的时间实在太长久了，曾经紧密联结二人的东西已经消失殆尽了。我站起来，洗干净了刚才喝水的杯子，什么话也没有说，走出了房间。

我觉得在房间里待了很长时间似的，而外面还是夕阳热辣的夏日傍晚。从包里拿出手帕擦去额头的汗，突然感到一阵晕眩，我保持着这个姿势在公寓旁边的树荫下，闭着眼睛站了好一会儿。好容易能够迈动脚步时，我抬起头来，恍惚看到白色的碎纸般的东西从视野里一闪而过。我打算从中解读出某种重要的暗示，可是恍惚的头脑里想不出任何词语来，我只好朝车站走去。

那天晚上，彻雄很早就回家了，于是一家三口难得一起围着餐桌吃晚饭。可是，雪子一直闷着头不说话，不知是不是学校里遇到什么不开心的事了。我也是沉浸在白天和哲治在公寓里度过的时间里，丈夫和我说话，也只是心不在焉地应付着。

"不会是拌嘴了吧，怎么你们俩都不说话……"

"没有，没有拌嘴啊，是吧，妈妈？"

女儿对我笑了笑，可她脸上露出的表情却不似往日那样开朗。看上去和她平时因一些小事不高兴时的面相有着微妙的差别。"怎么了？ 雪子，遇到什么不开心的事了？"

我问道，她也不说话。

我瞅了瞅她的脸，她目光锐利地看了我一眼，想要说什么。但立刻张着嘴低下头去。意识到女儿笨拙表现的彻雄大概是想转移话题吧，说起了下下周放暑假后去旅行的事。去年的上高地或是河口湖的西式旅馆怎么样？ 我立刻表态，上高地好。但是由于估计到雪子还想去曾经一家人一起去过的澳大利亚，尽管觉得不大可行，我还是问了句："去外国好不好？"

"去外国嘛，肯定到处都是人。而且是旅游旺季，飞机票也会贵一些。暑假恐怕不行了，雪子考完大学可以作为奖励去一趟。"

"雪子，你爸爸说等你考完大学再说。真值得期待啊。夏天的话，就去上高地和河口湖吧，你愿意去哪儿？"

"妈妈，那个人……"

女儿刚一开口，圆圆的大眼睛里眼看着涌满了泪水。张着的嘴唇在微微颤抖。

"那个人是谁？"

雪子颤抖的嘴唇，今天触摸哲治颤抖的肩膀的感觉在我的手指尖重新复苏了。

被突然的沉默覆盖的餐桌上，搬过来时就挂在墙上的钟表嘀嗒嘀嗒走动的秒针声音格外响亮起来。听上去仿佛是在宣告这个家所剩无几的时间即将终结。

我把手指紧紧地握在拳头里，很久很久没有说出一句话来。

19

　　我记不清沉默持续了有多久。

　　以秒针分割为一秒钟的时间，我感觉就像分隔开我们三人的墙壁一样堆积得越来越高。我越是觉得必须说点什么，焦急地寻找词汇，那墙壁就越是吸收我的焦躁，渐渐增厚着，就连缩在嘴里的舌头都承受到了静静的压力。

　　"雪子。"

　　彻雄的声音像平日一样沉稳。那声音在餐桌上轻盈明快地回响着，令人以为刚才的沉默不过是插入一家人轻松闲聊之中的短暂噩梦而已……至少我抬起头来看到丈夫的表情之前是这样的。丈夫苍白的微微张开的嘴唇是干枯的，稍微一动就会掉在桌子上似的。他也被这沉默的墙壁控制了。我恐惧得不敢去看坐在身边的女儿的脸。

　　"雪子，你稍微离开一下。"彻雄对雪子说道，只是声音保持着平静。

　　"我不。"

　　"马上就说完……"

　　"不愿意！"

　　我慢慢地朝雪子望去。和我对面的丈夫相反，她的脸上红彤彤的，眼看着就会呼呼燃烧起来似的。可爱的眼睛、鼻子和嘴唇的轮廓都扩充到了极点，仿佛用一根细细的感情之针一戳，就会从里面全部崩溃似的脆弱而危险的表情……可是，迫使女儿做出这副表情的不是别人，正是我自己。

"妈妈。"

雪子伸出手，使劲抓住了我的胳膊。

"妈妈，我问你，那个人是谁？不只是今天，我已经看到好几次了。妈妈去见那个叔叔……到底是为什么？那个叔叔是妈妈的什么人？妈妈为什么偷偷去见他？"

"雪子！"

彻雄罕见地大声喊道。雪子吓了一跳，不说话了。

"真的吗？雪子刚才说的……"

我舌头发干，发不出声音，脖颈也僵硬地无法左右摇动。呼吸困难起来，气息一味地逃出，却不能吸入。

"妈妈，别不吭声，说话呀。我亲眼看见过两次了，妈妈和那个人在一起，绝对错不了！"

雪子的眼睛里浮现出的从来没有见到过的强烈愤怒和冷静之色相互交织着，露出了比她的实际年龄更为成熟的表情。到现在我才强烈感到，女儿是作为一个有着自己头脑的独立的人坐在我面前的。雪子在用她自己的眼睛看事物，用她自己的嘴巴说话呢。我吞下嘴里的空气，深深吸了一口新鲜空气，然后，直视着她的眼睛，怀着祈祷般的心情问道：

"雪子，你确实看清楚那个人了吗？"

雪子点点头。于是，突然间，与这个场合完全不吻合的幸福感充满了我的全身。

雪子清楚地看到了我的哲治。清楚地看到了谁都不注意、谁都不关心的那个哲治！

女儿亲眼看到了他，我感觉这就是——现在这里发生的现实，与自己心中沉睡的过去是同一段时间的持续的最确凿的证明。长期以来被封着盖子的特殊的感情之壶出现了裂缝，从那里渗出的强烈的激情即将冲破所有的屏障，把我冲向很远的地方去了。

"妈妈，不要哭啊。"

被雪子瞪着，我才意识到自己已经噙满了眼泪，慌忙用指尖抹去。

"你就那么可怜那个人吗？"

我默默地摇摇头，可是她没有停止攻击。

"我怎么也搞不明白！ 妈妈为什么要偷偷摸摸的？ 为什么不能给出解释？ 妈妈到底是那个人的什么人？"

"……"

"说呀。妈妈到底是那个人的什么人？ 那个人到底又是妈妈的什么人呢！"

"是朋友。"

回答的人是彻雄。

"那个人，是你妈妈的朋友。"

盯着我的彻雄的脸上浮现出异常安详的表情，就像终于从长年的疾病中解脱出来的人那样。

"原来是朋友啊……"

雪子紧咬着嘴唇，睁得溜圆的两只清澈的眼睛瞪着餐桌上方。然后猛地站起来，默默走出了房间。

"我恐怕已经不能在这个家里待下去了……"

那天晚上关灯之后，在卧室里，我这么说的时候，彻雄没有马上回答。

"到了这个地步……我……自己也不知道怎么搞的……"

"只是雪子……"

长长的沉默之后，彻雄终于声音沙哑地说，

"只是雪子……要为她考虑得长远一些。"

"是啊。"

"说来说去，她毕竟还是个孩子……"

"是啊。"

"还需要妈妈……"

"是啊。"

"可是你……你却……"

我不由得坐起来，俯身看着躺在身边的丈夫的脸。彻雄没有睁着眼睛。仿佛在忍受什么似的闭着眼睛，紧紧闭着嘴，伸在被子外面的胳膊紧握双手放在胸前。

看着他的这张脸，我想起了三十年前在向岛的街头初次见到他时的样子。他有着年轻而健康的光滑的皮肤，说话粗野，与残留着幼稚的面相不相称，给我在向岛当向导……经过三十年的时光，正如哲治老了一样，彻雄也上了年纪。现在，比起幼年时和哲治一起生活的时间来，和丈夫在一个屋檐下生活的时间要长得多。然而，我的心已然不在这个家里了。此时此刻面对在昏暗中闭着眼睛的丈夫，我仍然在想哲治。这个念头是无论如何也打消不了的。救救我！救救我吧！我一边这样呼喊，内心某个角落拼命想要逃离他的影子，可是，即便如此，在那个小小公寓的房间里孤苦伶仃一个人睡觉的哲治，仿佛变成了我的身体器官的一部分，无论是闭着眼睛还是屏住呼吸，他都不会消失不见的。

"我打算搬出去。"

我不知不觉说出了这句话，声音没有颤抖。

"明天就走。"

彻雄睁开眼睛，慢慢坐起身，面对着我。

"你说什么……我不让你搬出去。"

"你应该明白我的啊。"

"不明白……"

"应该明白的呀。"

"反正你不要走。"

"不，你应该明白我的！事到如今，我已经，我已经，做不到了……我已经……"

"你是想要去那个家伙那里吗？"

看我点点头，彻雄沉默了一会儿，开始开导起我来。

"你为什么一定要做得这么绝呢？你有我和雪子，我们需要你呀。可是那个男人算什么？那家伙只是你的朋友，重要的朋友……我也明白你的心情……不过，这里的我和雪子，可是你家人啊。请你不要忘了，你是有家庭的。你的朋友……"

"哲治可不是朋友。"

我直直地看着丈夫的眼睛。

"哲治……就等于是我啊。"

没错，哲治已不再是从小一起长大的发小，也不是逢场作戏的情侣，哲治在我的心里已经长得太大了。我心中存留的有关他的所有记忆已经和我自身的经历混为一体，分辨不清了。我一直想要和被从我心里挤出去的哲治这个人拉起手来，只有这样，我的存在才会成为连接两个哲治的温热的催化剂般的东西。

"抛弃哲治，就等于抛弃我自己的人生。不关心他，就等于是不关心我自己的人生。我知道我在说傻话……可是，我实在无法在这里待下去了……如果再年轻一些，或许不会这样……可是我已经没有抗拒的能力了。你和雪子都是我唯一的家人，即便是现在，为了雪子，让我去死也可以。"

"既然这样……"

彻雄露出哀求的神情盯着我。

"是啊，我真是很纠结啊。不过，没有雪子，我也见不到哲治……"

"你把责任推给雪子吗？"

"没有……全都是……全都是……我的责任。"

"你还是冷静地考虑考虑吧。"

"我冷静得很！"

我闭上嘴不吭声了。彻雄把手放在我的肩头，

"这样大声，会把雪子吵醒的……"

他声音更低了，几乎听不见。

"你去见他，没有关系……多年的朋友是很宝贵的……只是，请你不要搬走。我不知道他现在的生活状况，如果需要帮助的话，方法是很多的。只要你坦率告诉我，我也可以帮一把的。而且，雪子……她觉得自己已经是个大人了，可是，这个年纪的女孩子，对于妈妈这样离开家，心里会怎么想呢？ 我不想让雪子憎恨妈妈。我不想看到因为这件事你和雪子哭泣的样子。"

放在我肩头的手微微颤抖起来。我知道他在努力克制着自己，无声地哭泣着。

可是，从我的嘴里没有说出一句安慰的或是为自己是个残忍而任性的妻子而道歉的话来。我能做到的只是全身感受着为了不发出呜咽而浑身颤抖的丈夫，同时用力咬着舌尖，不让自己发出呜咽。

次日，在公园的路上，看到我提着比往日大得多的行李，哲治也没有任何表情，只是在吹小号。演奏结束后，哲治收拾好乐器，

往回走的时候，我默默地跟在他的后面。一直走到公寓前面，我拉住他的胳膊，凑近他的耳朵说道：

"哲治，我从家里搬出来了。"

他立刻往后一退，皱起眉头。我仍然不退缩，继续凑近他的脸说：

"我离开家了。我是为了从今天开始，和你一起在这里生活。所以，你也一定要改变。因为我们都不年轻了……不能再拖下去了……我们要重新开始。我和你都要重新开始。"

哲治摇摇头，想要一个人走进房间里。我再次从背后抓住他的胳膊，他粗暴地甩掉我的手，我仍然执着地抓住他的胳膊，让他回过头来。

"你以前就是这样，老是背对着我。总是在寻找谁也看不见的黑暗，从光明的地方逃离。不过现在，该打住了，我希望你可以抬起头来活着。"

"可是，就算是这样，你为什么一定要来这里呢？"

哲治终于停下了甩动的胳膊，直视着我。

"因为你和我，注定要在一起的。"

"这只是你的一厢情愿。赶快回去吧。"

"我不回去。"

"回去吧！"

"就不回去！"

互相对视只是短短一瞬间。是的，我和哲治同时想起来了——三十年前和这同样的对话在向岛的街头，在浜松的小酒馆，在鸟取的沙丘上，都这样重复过。我忍不住扑哧一声笑出来，哲治默默无语地走进了房间。我跟在他后面走进去，他既没有拒绝也没有欢迎，盘腿坐在日光照不到的榻榻米上，背靠墙壁，脑袋低低地垂到腿上。

"咱们俩老是做着重复的事情……"

我站着靠在面对他的墙壁上，俯看着他。

"哲治，你老了……"

"你也一样。"

"你变得这么瘦了，真难看。你照照镜子吧？"

"你也一样啊。"

"哪儿一样啊。不管在谁的眼里，你都不像是和我同样年纪的人。你就像个八十岁的老头子……"

于是，哲治仰起脸，嘿嘿地笑了。

"你的脸色也难看得像个死人似的呀。"

我从包里拿出手镜照起来，果然是脸色惨白，憔悴的颧骨下面有一块暗影。

"还真是……看样子我也像个老太婆啦……"

我把手镜递给哲治，他也对着镜子看起自己的脸来。而且，就像是第一次看到自己的模样似的，很好奇地用指尖来回描画着从胡子拉碴的下巴到耳朵的消瘦线条和额头上深深刻印的皱纹，从各个角度端详着。

"怎么样，满意吗？ 你的可怜的脸……"

"嗯，很满意。"

哲治粗暴地把镜子还给我，站起来走出了玄关。没过几分钟，就回来了。这回灰色的胡须已经从他的脸上彻底消失了。

"胡子哪去了？"

"在厕所刮掉了。"

"有剃刀吗？"

"也不知是哪个家伙的，一直放在那里……"

"出血了。"

我赶紧递给他一张卫生纸，他胡乱擦了擦下巴。没有了胡须的苍白皮肤简直惨不忍睹。原本消瘦的下巴愈加尖了，我不由得移开了目光，低着头又递给他一张纸，对他说："右边的下巴那儿还有"，直到划痕多少被遮盖了一些，我才好歹能够正视他了。

"这回利索了，比原来精神了不少啊。"

"少管闲事。"

"明天开始，该找个工作了吧。"

"不用你说，我也在工作。"

"干什么呢？"

"送报纸。"

"真的？ 什么时候开始的？"

"早就开始了……"

"早就开始了，不会是从九段那时候就一直送报纸吧？"

哲治发出苦涩而沙哑的声音笑了。我已经好久好久没有看到哲治这样笑了。

"你现在还是喜欢异想天开啊……不过，八九不离十吧。我说不定从小到大一直在给不认识的人家送根本没有人看的报纸吧……"

"就是说你一直在工作了？ 怎么一直没有告诉我呢？"

"因为你没问我呀。"

"可是……"

"成了老太婆了，你这毛病可是一点也没变啊。"

哲治再次面壁而坐，从盒子里取出小号，用布擦拭起来。

从窗户直射进来的夕照，将发黄的榻榻米的纹路照得一清二楚。

我坐在那光线之中，交替看着在哲治的手里重现了光辉的乐器与窗外染成了橙色的世界。

就这样，我和哲治再一次生活在一起了。

开始同居后不久，我就在一家很小的物流公司找了份工作，开始上班了。哲治也在送报纸的工作之外，找了个土木方面的临时工的活儿。他不再去公园吹小号了，也很少从盒子里拿出乐器擦拭了。

我想雪子停止学习小号大概也是同一时期。

雪子——我去千驮木的家里取余下的行李时，她什么话也没有说。只是对离家出走的妈妈投去略带同情而非轻蔑的目光……离开家之后，我想要给她写信，可是又觉得无论我写什么都难免被看作可鄙的辩解似的，最终连一封明信片也没有寄出。不过，无论她怎样蔑视我憎恨我，我也是应该写的。我觉得通过以沉默回应雪子的沉默，应该可以传达些什么给她，可这或许是任性而自我的妈妈的一厢情愿吧。

至于彻雄，也是没有写给我一个字。

我想要离婚，可他坚决不同意。总是说现在还早了点，再好好考虑一下再说，就这样一次次地拖延做决定……即便丈夫对我和哲治的过去很了解，是唯一能够理解我们的人，但在多次谈话之后，我越来越强烈地感到，我和哲治的关系是这个世界上最博学最聪明的人也永远无法理解的关系。"你虽是一个家庭主妇，也是能够帮助朋友的，若非是出于爱情，而是纯粹的友情的话，除此之外，可以有很多办法。"虽然彻雄这样说，我只是摇头。尽管知道自己是在说傻话，但哲治现在已经无可动摇地占据了我的内心。正如那天晚上，我对彻雄说的那样，抛弃他就等于是抛弃我自己的人生。

明知伤害到了无辜的丈夫和女儿，我也无法阻止自己。

　　经过一年节衣缩食的生活，我们存下了一些钱，我和哲治租了一个更宽敞一些、带卫生间的公寓，搬了进去。来帮我们搬家的是祥子。我对她提起有些原因搬出了千驮木的家，她就告诉我，她妹夫的一家不动产公司里空出了一个公寓房间，你要是愿意的话，就搬去那里吧。并且帮我申请了破格的优惠租金。我万分感激，但哲治的事毕竟有些理亏，实在羞于出口。我，不知怎么，特别害怕被多年来一直关照我的这位和善的好朋友瞧不起。巧的是，公寓离我曾经工作过的荒木町的酒吧很近，"咱们还总是在同一个地方搬来搬去的。"哲治说着轻轻笑了笑。

　　虽然在一个房间里生活，但两个人已不再像在鸟取那天夜里那样，互相寻求对方的肉体温暖了。即便偶然互相碰到对方身体，朦胧产生一些肉体欲望，转瞬间就烟消雾散了，没有办法。不过，我们经常晚上出去散步，并不是报告一天发生的事情，而是各自望着不同的方向，从中发现了美好也不会互相分享……自从几年前突然失聪以来，哲治一直没有去医院治疗过。他的右耳一直未能恢复听力。我劝他去医院，他也执拗着不去。加上这个原因，我们的对话很少，即便如此，只要两个人在一起，我们就觉得很满足。

　　一天晚上，在一如既往的散步时，我发现在街灯下的烟铺墙壁上，有个浅茶色绳子样的东西粘在上面。那是什么东西？ 我刚刚这样一闪念，答案立刻从遥远的过去被呼唤回来了。

　　"哲治等一下！"

　　这个时候，我是一定要抓住他的手腕，让他停下脚步的。

　　"那个，你看，在那个墙壁下面的……"

　　哲治眯着眼睛，看着我指的方向。

　　"是地蜘蛛啊。"

"啊?"

"你看,是地蜘蛛的窝呀……你不记得了? 小时候,你不是经常玩那玩意吗?"

我拉着哲治,蹲在地蜘蛛窝跟前,小心翼翼地碰了碰它,感受到了那久违的又干又脆的触感。

"你弄了好多地蜘蛛窝,在地上排成队列,我问你在干什么,你说,什么也不干,也不理我……"

哲治只是盯着地蜘蛛窝,不回应我说的那些话。我以为他听不见,就大声重复了一遍,他还是没有言语。

"哲治,你不记得了?"

他摇了摇头。

"讨厌,骗人吧?"

"没有,真的不记得了。"

"你不可能忘记呀。"

"真的不记得了。这是地蜘蛛窝,我还是第一次知道。"

"瞎说。还是你告诉我的呢。说这是地蜘蛛窝……"

"……大概是别人告诉你的吧。"

哲治寂寞地笑了笑。我不知该怎么回应他的笑,只能半张着嘴站着发呆。因为我不明白他是在跟我开玩笑,还是真的忘了。然后他往前走了,我一边追赶去,一边怀疑起了在自己幼小的时候,看到小哲治在路边低着头玩地蜘蛛窝的事是否真有其事。在九段的路边,玩地蜘蛛窝的哲治的身影本应是绝对不会忘记的宝贵的记忆之一……

不光是地蜘蛛的事,一起生活时,类似的事情发生过好几次。

关于长者崎的小旅行,九段的浴池,以及在那个寒冷的冬日早晨的小学教室里,我第一次跟哲治说话时的事,他都不记得了。这每一桩每一件在我的记忆中一直干净地保存着，连一个指纹都没有印上，而哲治却完全不记得了——至少看样子已经不记得了——每当这时候，我就感到脑子一片混乱，狼狈极了。这些事情真的曾经发生过吗？难道是自己幼年时很自鸣得意的爱想象的毛病，导致自己编出来的故事吗？如果这些记忆是真实的话，就说明哲治的记忆存在着一些白纸或缺页。是的，小时候我觉得他就像是一本全是白纸的书，或者是一本缺了所有页的书一般，我也曾经在自己内心里寻找过那些空白。然而我这个人，是一本充满了错别字或夸张的想象或来自多方的混合音，就连让眼睛休息片刻的余暇都没有的忙忙叨叨的书。妈妈和有可能是亲生父亲的军官的浪漫爱情，尽管成为令我怀疑那里有着唯一缺页的关键性要素，也被淹没在其他页里溢出来的字或想象或声音的泛滥之中，不知何时丢到哪里去了。可是哲治呢？他那本应该与年龄同样增长的书里，满是白纸和缺页。地蜘蛛、长者崎、火炉子、牛奶糖——本应和我幼小的容貌一起被记录下来的那些缺页到底丢到哪里去了呢？

无论我问什么，都回答"不记得"的哲治，令我开始产生幻灭和嫉妒混杂的情感。我感觉被读不完的字覆盖的我的半生和他度过的半生之间有着根本无法弥合的质与量的差异。我感到和他分开的岁月里，无论他度过的是怎样心酸的人生，这差异也是来自对活着的热情的差异。这样生活过来的哲治，此时此刻或许仍然在增加着白纸，而且那些白纸追逐着他的人生，将他的灵魂都逐渐染成白色也未可知……每当这样恐怖地想象时，我就想要放弃自己的所有记忆，将它们一字不落地抄写在哲治的白纸上。

"你对以前的事记得太多了。"

看见我垂头丧气的样子，哲治笑着说道。那天晚上，我好像是提起和女友看完结婚仪式回来后，衬衫掉了个扣子，被哲治看到了，我特别不好意思的往事，哲治当然是不记得了。外面啪嗒啪嗒下起了晚秋的小雨。

"那些事，记着也没有多大意义。"

"有意义……至少，正是因为还有值得回忆的过去，我才得到了拯救。不是我要回忆，而是回忆本身在不断地、不断地说着'再回想一次'。"

"即便你记得，别人也会忘掉的。只是一个人记得，其他人不记得的话，也没有意义。"

"可是，你也忘得太干净了……像我这样的不会忘记的人是幸运的。'再回想一次'，只要回忆的声音一出现，在我的头脑里的各种各样的时间就复苏了。"

"也有人会因为回忆而变得不幸的。"

"你说的是你自己？"

"反正你属于是幸运的……"

"可是健忘的人在我身边的话……我敢肯定，像我这样的不爱忘的人遇到哲治这样爱忘的人时，才会遭遇不幸。不过，爱忘的人没有幸运也没有不幸……因为全都忘得一干二净了。"

"不对，正相反……不爱忘的人，实际上才是把什么都忘得一干二净呢……所以你们总是那么幸福……"

"那么，你到底还记得什么呀？"

哲治没有回答，不置可否地笑了。然后轻轻拉开窗帘，面对打在窗户上的雨滴，闭上了眼睛。

记得是从那些对话时候开始的吧，哲治比以前更加沉默寡言了，偶尔看他时，他正呆呆地瞧着我的时候越来越多了。"你怎么了?"我问他也不回答,只是默默地移开了目光。然而他的眼神的余韵仍然像小时候刚刚认识他的时候那样,长久地沁入我的皮肤里难以消退。

得知祖父患肾病住院也是在这个时期。

我离开家已经两年多了。听到电话里传来的女儿的声音,感觉成熟了很多,由于多年未通过电话,所以听起来很疏远。尽管我感到很内疚,但毕竟是自己亲生的女儿,听到她的声音很愉快,特别渴望能够和她见面聊一聊。

"雪子,咱们一起去看望祖父吧?"

我鼓起勇气提议,雪子稍微沉吟了一下,小声嗯了一声。

我们约定第二天傍晚在医院附近的咖啡店里见面。一看到坐在最里面的我,雪子就露出笑容,轻轻地招招手,喊了声"妈妈",走了过来。两年没见了,比最后见到她时个子更高了,表情也显得很沉稳。我做好了思想准备,女儿会像电话里那么疏远,可是看到女儿的瞬间,我感到一直极力压抑的内疚之感涌了上来。女儿刚一坐下,就递给我一条围巾,说是送给我的生日礼物。我道了声"谢谢!"赶紧打开了包装,把一条红色格子围巾围在了脖子上。

"不过,妈妈今天已经有围巾了,这个明天再围吧。"

雪子说着,把围巾照原样漂亮地叠好放回了盒子里。看着女儿麻利的动作,我感到分开这段时间里她成长了很多。

雪子没有问起我和哲治的生活,我也没有提及她不学习小号的事。我们一直在谈论她现在学习经济的大学生活,有关彻雄的情况,以及电视剧和千驮木的邻居之类无关痛痒的话题。在聊天时,我深切地回想起并感受到我们曾经是关系很好的母女。即便我现在这样子,仍然有个这么好的女儿,我深感幸福,在心中一直向女儿低头道歉。

"马上要去见的外曾祖父，是个什么样的人呢？"

被女儿问起，我才开始谈论祖父。爸爸去世以后，我和茗荷谷的祖父就没有了来往，我以前告诉过雪子，但说起来，在九段度过的那段日子的事情并没有对她讲过。

我从那些像是孩子们胡乱画的怪兽般不明缘由地膨胀起来的回忆中选择一些容易理解的事情，说给女儿听。在很会做生意的外祖母跟前，从小学习技艺，从艺伎成为老板娘的妈妈，不怎么回家的爸爸，以及爸爸和祖父之间异样紧密的关联，茗荷谷那座漂亮豪华的宅邸，小时候在那个宅邸的树林里掉进捕兔器，脚被夹伤的事……

"那个宅子，现在还有吗？"

雪子两眼放光，对这些往事听得津津有味。

"不知道，应该还有吧。你外祖父去世后，妈妈一次也没有去过。妈妈到现在还特别害怕那个宅子呢。"

"可是我想去看看。真的有一个跟树林一样的院子吗？ 而且，我还没有看到过，这个年代谁家会有橘黄色屋顶的城堡那样的房子呢。"

"说是院子，其实那个后院真是一个树林呢。是怎么从树林里出来的，我到现在也不明白呢。"

"可我想去看看。"

"是啊，现在变成什么样子了……只是去看看当然可以了。有时间的话，回头咱们一起去吧。不过，妈妈很害怕，不想进树林里去。"

"那我就替你进去吧。"雪子爽朗地笑着说。她的笑声明显地保留着从小到大都没有改变的开朗天性。

人家告诉我们病房在最高层的拐角，不知是谁送来的，好几个花瓶里插着和这个病房很不协调的盛开的牡丹和百合花。大概是药物的副作用吧，好久没见的祖父，看到我也没有任何表情，意识好像已经模糊不清了。听到来病房护理的年轻女护士告诉我，我才知道，此时祖父已经一百零六岁了。我吃惊地和女儿对视了一眼。

"我竟然有个如此长寿的外曾祖父啊。"

在宅邸里那么不可一世的祖父，终于不能再与衰老抗衡，看上去不过是一个躺在白色病床上的衰弱至极的老人。从睡衣里露出来的手腕上满是黑斑，脸色也很难看，眼睛虽然睁着，却什么也看不见似的十分浑浊。我想要叫他，却不知该叫他什么。

"外曾祖父，我是雪子。"

我虽然沉默着，雪子却贴近祖父的脸说道。祖父没有任何反应，干燥褪色的与皱纹没有区别的薄嘴唇半张着，视线在空中游离。不用问医生也看得出，祖父已经走到终点了。妈妈这边没有亲戚，爸爸的亲戚，有一段时期虽有些来往，也只有这位祖父，所以，除了雪子外，现在我可以称作亲戚的只有这位祖父……我在已经濒临死亡的祖父跟前意识到这一点的瞬间，与怀念还是爱怜无关的不可思议的感慨油然而生。因为此时此刻，只有这位祖父是从我一出生就知道我的唯一的人。祖父正在死去，这就等于把我和这个世界联系起来的纽带之一正在消失。

这样一来，从自己这个人之中又有一个时间在逐渐消失。越是活得时间长，这种时间编织出来的图案就越是复杂，与此同时，时间也在一点点消失——当我沉浸于漫无边际的遐想时，雪子则一刻也没有闲着，一会儿摆弄花瓶里的插花，一会儿对意识蒙眬的祖父说些毫无意义的话。看着女儿，我恍惚觉得此时的她或许应该是曾经的自己。无声地躺在面前的祖父仿佛让我看到了爸爸和妈妈，迄今为止认识的为数不多的几个人，以及不远的将来的自己的样子。

"今天，我和女儿见面了。"

回家后，我对哲治说道。他露出一瞬间的惶惑，但只说了句
"是吗"，就开始准备做饭了。最近，哲治有空的时候也开始帮我
做些家务活了。

"那孩子真是长大了，没想到。"

"你祖父怎么样了？"

"……已经二十年没见了……所以，变得快认不出来了。"

"变成什么样了？"

"真是老了。"

"那是当然了。"哲治回头朝我笑了一下。

"没有几天了，一看就知道。哲治你看到过快要死的人吗？"

于是，哲治不笑了，沉默了一会儿，回答"没有"。

"我一直认为爸爸和妈妈也是突然死的。其实，也可能是一点
点死去的……"

"我们也都会那样的。"

说完，哲治背朝着我，就像要切断对话似的，用菜刀咔嚓咔嚓
切起蔬菜来。

从那天起，每隔两个星期，我就和雪子一起去看祖父。

雪子因为打工和考试抽不出时间的时候，我就一个人去病房，
坐在慢慢死去的祖父身边。即便这样两个人单独在一起，我也找不
到可对他说的话，只是呆呆地望着昔日威风不再的一天天衰老下去
的祖父的脸。祖父以我所不懂得的方式爱着我的爸爸，同样，以我
所不懂得的方式恨着我的妈妈……如今我的爸爸和妈妈都已不在人
世了。祖父虽然活在自己的时间里，却好像也活在已经逝去的爸爸

395

和妈妈的时间里似的。祖父之所以活得这么久，说不定是将从他们二人的生命中同时失去的时间，就像取出一个内脏一样，与自己的那个内脏强行连接在一起，才活到现在的吧。气息奄奄地躺在床上的祖父的身体，犹如使用变成一条线的好几段时间才好容易缝合而成的人的形状，被放在床上一般。不错，渐渐消失的并非祖父的肉体和灵魂，不过是由许多时间编织出来的一条线……看着祖父，有时候我甚至会不知缘由地悲从中来，独自流泪。

祖父住了八个月医院后，终于在八月的一个早晨死去了。给他送终的只有我一个人。

不知是谁通知的，当我意识到时，雪子和彻雄也在病房里。不多时，一位穿着很有档次西服的自称是律师的人来了，依照遗嘱，不举行葬礼，茗荷谷的房子已经不是祖父的财产了，由某不动产公司全权处理，其他财产全都留给嫁到远处去的女儿，也就是我的姑母——据说这位姑母也在几年前去世了——的子孙。律师宣布完就走了。

祖父死后，我为了兑现推迟的约定，和雪子一起去了茗荷谷的宅邸。名牌已经被人摘去，还残留着昔日威严的大门上着锁。但是绕到后院，轻轻一推通向树林的后门，很容易就推开了。我和雪子对看了一眼，就走了进去，虽说早有精神准备，但树林已经完全失去了往日的样子。树木几乎都被砍光，有的好像是被连根挖掉，地面出现了好几个大坑。小时候觉得那么大一片树林，现在看来，只有一般人家地皮的三倍大小，不过是个后院。从外面远远可以看到的那不吉利的高高的侧柏已不见踪影，以葱郁的树林为背景的那鲜艳夺目的墙壁和屋顶，如今已经变得如同刚刚发生了火灾的房子似的黑黢黢的。二十年前，我得知爸爸去世赶到这里时，虽然这个宅邸已经衰败了，但至少还和祖父一起存活着，可是如今……

"好荒凉的地方啊。"

站在我旁边的雪子叹息道。

"用不着进去看就知道，这儿已经是没有人气儿的房子了。"

曾经那样奢华得近乎滑稽的"豪宅"，如今已是千疮百孔，与躺在病床上的祖父脸上深深的皱纹相似乃尔。我突然感觉自己就像站在死了的祖父身体上似的，不由得想要扔下女儿朝后门跑去，就在此时，雪子说着"咱们走吧"，抓住了我的手腕，就这样，我们头都没有回，就离开了宅邸。从那以来，我再也没有去过那里。以后恐怕也没有机会去了……离开宅邸之后，我和雪子一起去了后乐园附近的咖啡屋，吃了蛋糕，约好下次见面的日子，回了各自的家。

从地铁出来，我在超市买完东西后，回公寓的路上发生了一件奇怪的事情。我忽然感觉有人盯着我的后肩。我想一定是哲治在我身后呢，可是回头一看，街上来来往往的只有急匆匆赶路的主妇和学生，没有什么熟悉的面孔。我回过身接着往前走，可那视线仍然贴在我后背上，并没有消失。莫非是雪子在悄悄地跟着我吧，我就凝神细看周围，哪里都看不到雪子的身影。为了确认一下，我走进附近的电话亭给雪子手机打了个电话，只是听到雪子吃惊地问了声"怎么了"。走出电话亭我一再回头张望，也没有发现视线的主人。直到打开公寓的房门，走进房间里，才好容易觉得那视线消失了，肩头顿觉轻松了下来。

"我总觉得好像有人在看我。"

我走近坐在窗边吸烟的哲治说道。他猛地一惊，抬头看着我。我以为他没有听见，就提高声音重复了一遍，他的表情越来越不自然地绷了起来。

"你怎么了，这副表情……"

"你说有人看你？"

"起初我以为是你呢。无论在哪里我都能够区分出你的视线。从小就是这样……不过，今天好像不一样，因为不是你在看我。"

"那是谁在看你？"

"我也不知道啊。我以为是雪子，可是给她打了电话，她说在家里呢……我是不是也上了岁数，脑子犯糊涂了？"

尽管我是开玩笑这么说的，哲治却少见地严厉追问我；"到底是谁，你看清楚了吗？"

"肯定是我搞错了。哪儿有人喜欢跟踪我这样的老太婆啊。"

我笑着结束了这个话题，准备去做饭，哲治却连烟头都没有掐灭，就放在烟灰缸里，一言不发地走向了玄关。

"唉，你去哪儿？"

我叫他时，已经晚了一步，他蹬上凉鞋打开门就出去了。我从敞开着的门里看着他的背影，他一直没有回头，我以为他一会儿就回来，可是，晚饭做好了以后，他也没有回来。

那天晚上，我上了床，迷迷糊糊快要睡着的时候，他才回来。我听到开门声音，从开着的隔扇望去，看到他身后的厨房灯光映出的身影。

"你去哪儿了？ 怎么现在才回来呀……我先吃了……你的饭在冰箱里呢……"

哲治没有回答，大步走进卧室里，脱去身上的衣服和裤子，往边上一扔，钻进旁边的被子里，背对着我。

"你这是怎么了？ 也不打招呼就出去了，饭也不吃……"

哲治什么话也不说。

我懒得提高声音再问一遍以让他能够听清，干脆放弃了追问，渐渐睡去了。

之后的几个月，那奇怪的视线就如同被风刮跑的衣物一般在我的后背上飘来飘去。

早晨去上班的电车上，公司的仓库出入口，超市回家的路上……偶然的瞬间，会感到它拍打我的肩膀，留下无法描述的令人厌恶的酥痒感觉。这并非心理作用，我怀疑视线的主人倘若不是哲治的话，恐怕还是雪子吧。那时候，雪子一边上大学，一边在千驮木附近的书店里打工。和女儿一起去看祖父以来，不知不觉间我感觉和雪子的感情也形成了某种有别于以前母女关系的新的关系。尽管雪子心里还憎恨在自己最需要母爱的时候离家出走的妈妈，但她没有将憎恨表现出来，像对待一般的人一样与我接触。不过，她这一宽容背后，或许有什么话想对任性的妈妈说吧，或许她暗暗等待着这个机会来临吧……同样，我对于和她重逢感到高兴的同时，也对此怀有担忧。

祖父死后，我俩虽然不再定期见面了，但雪子会时常给我打来电话，或寄来报告近况的漂亮的明信片。明信片里有时会提到爸爸，什么"爸爸感冒了"，什么"最近越来越早起了"……我并没有那么乐天，不会认为雪子这样写是毫无含义的。看来那个视线的主人还是雪子吧。说不定倒是我给了她相当的压力呢，否则她何必有事没事地打来电话或寄明信片呢……尽管感到内疚，但我依然在给她写回信。

可是，有一天，雪子寄来的一封信给我的这一怀疑骤然涂上了一层新的不安。这不是以往的明信片，而是信件。她特意写信来，说明有什么不能够让别人看到的内容吧？我回到家后，急忙打开信封。

　　妈妈：

　　　你好吗？今天没有写明信片而是写信了，因为有一件奇怪的事情。

前天我在书店里摆杂志的时候,有个男人一直从窗户外面看我。他没有穿西服,看样子好像是上班族。是个比爸爸稍微年轻一些的大叔。由于他一直盯着我,我觉得很不舒服,假装没有意识到他,继续干活。尽管好几次和他对视,但下班时,他已经不见了。可是我还是有点害怕,就让裕翔君(我可能告诉过你,是我的男朋友)送我回家。如果只是那一天也没什么,昨天去大学的路上也看见那个人了。我从电车上下来后,觉得掉了什么东西,回头一看,那个人正看着我呢。他没有下车,然而,就在车门关上之前,我清楚地听见他对我说:"别忘了你妈妈。"

不用他说,我也没有忘了妈妈。虽说不是常常想着,但一有时间,我就会这样给你写信的,所以,那个人为什么这么说,我完全搞不明白。够吓人的吧?

昨天晚上,我也把这事告诉爸爸了。爸爸说没关系的,以后回来晚的话,我就去接你。还说,为了慎重起见,你也告诉妈妈一声。

根据我的直觉,那个人并不是跟妈妈同居的那个男人。

妈妈要注意提防可疑的人。

就先写到这儿吧。

保重身体。

雪子

看完信后,我立刻想到,让雪子感到不舒服的那个人,肯定就是那个视线的主人。我拿起电话,可一想到万一正打电话时,哲治回来了可不好办，就把信揣进兜里，走出家门，去附近用公用电话给雪子的手机打电话，可是，打了好几次，都被切换成留言了。我踌躇了一下，直接拨通了千驮木的家里，彻雄接了电话。

"是我。"

彻雄停顿了一下，"哦"了一声。

"我收到了雪子的信……"

"……现在，她还在书店打工呢。"

"那个……我担心……"

"跟那个男人有关系吧？"

"什么？"

"如果跟那个男人有关系的话，你不是也很危险吗？"

"你说跟哲治有关系？ 为什么？"

"那种世界是不可能轻易摆脱的。我虽然了解不太多，但这样的人见得多了。当你以为已经没有关系的时候，那些家伙就找来了。因为他们是绝对不会忘记的。"

"可是，不会的吧……"

"所以……你也要多加小心。雪子，我会想办法保护她的。可是我现在保护不了你了。"

"好的……可是，如果真的和哲治有关系的话，我也绝不允许牵连到你们。我保证。"

"……你多加小心。"

挂断电话后，我靠在电话亭的玻璃墙壁上，呆呆地望着外面，心脏不规则地跳动着，一时间走不了路。我打算去雪子打工的书店一趟，顺便看看那边的情况，就在这时，哲治从马路对面走过来，进入了我的视野。

下班回家的哲治，手深深插在外衣口袋里，围巾遮住了半张脸，弓着身子走着。我隔着厚厚的玻璃看着他，感觉就像是个从来没见过的陌生人似的。尽管他已经摆脱了刚刚重逢时那样的营养失调的状态，但头上的白发增加了很多，在街灯下，皱纹显得更深了。虽说正值壮年，已然像个老人了。

哲治！ 我喊他，他也没听见，从电话亭外面走过去了。我走出电话亭，稍稍拉开距离跟在他后面。回公寓途中，哲治几次停下脚步，双手扶在别人家的围墙上，或低声吼叫，或突然仰头望天，心神不定的样子。然后，又像刚才那样慢吞吞地走起来。且不说哲治一副老态，还一味地含胸缩头，简直像个迷了路的小孩子。于是乎，感觉追赶他的我自己也像个迷路的小女孩似的，心情越发忐忑不安起来。

"哲治！"

我紧张得实在忍受不了，从后面喊了他一声，但他没有回头。走近他后，抓住他的胳膊，再一次叫他的名字，哲治这才浑身一抖，回过头来，死盯着突然出现在面前的我的脸。

"你干什么呢？"

"我刚才在散步。刚巧碰上你了，一起走回去吧。"

公寓已经出现在一条街前面的拐角了，可是我现在实在不想回那个黑暗而封闭的空间里去。但是，哲治不安地看了看四周，拉着我的胳膊，说"不散步了，回家"。

"为什么呀？"

"我想回家。"

"我想散步呢。"

"那就随便你吧。太冷了，我回家了。"

说完，哲治转身朝公寓走去，但走了一段路后，又飞快地跑回来，催促道：

"不行，你也跟我一起回去吧。"

"哲治，我想跟你谈谈。"

"那就更得回家了。"

"哲治，你有什么事瞒着我吧？"

他没有回答我的问话，只是用力拉着我的胳膊，没办法，我只好被他拉进了屋里。

我们脱了鞋，穿着外衣，打开炉子，坐在榻榻米上。哲治飞快地摩擦着手背和脸颊，像发高烧的病人一样身体微微颤抖着。"你没事吧？"我去摸他的肩，他却躲开我，"就是有些冷。"说完扭过头去。

"今天，我收到了雪子的信。"

我从兜里掏出信封递给他，哲治只瞥了一眼，没有接。

"信里说，她遇到一件让人担心的事。打工的地方来了个奇怪的男人……还跟着她上了电车……然后，那个男人对她说什么'不要忘了你妈妈'。雪子好像特别害怕……"

说到这儿，我瞄了瞄哲治的脸色，他只是紧紧地闭着嘴，抖动着身体。好容易燃烧起来的煤油炉的橘黄色光照亮了他那苍白的脸庞。

"其实，最近我也……"

哲治猛地抬起头，直勾勾地看着我。

"不久前，我就感到很奇怪的眼神在看我。祖父去世的夏天，我跟你说过一次吧？ 我虽然没有告诉你，但后来也经常感觉有人在盯着我似的……不会有什么事吧，你估计会是谁呢？"

"……"

"你有什么事没有告诉我吧？"

"……嗯。"

403

哲治点点头，他的脸上逐渐浮现出从未见过的恐怖神情。

"什么呀，你倒是说呀。哲治告诉我。"

"是这样……有点……麻烦的事……"

"麻烦的事是什么？ 过去的哥们儿？"

"是啊，在向岛……"

"向岛？"

"……我为一个曾经对我有恩的人做了点事情。我以为只是帮他个忙……可是，事情不像我想的那么简单。"

"怎么回事啊？"

"就是说，我……被人盯上了。"

哲治打算点烟，可手指哆嗦得怎么也点不着，最后"啧"的一声，把烟盒打火机扔在了榻榻米上。

"这么说，那家伙连我和雪子也盯上了？ 我且不说，跟雪子一点关系也没有啊。"

"那些家伙，是怀疑你把钱存在女儿那儿了。"

"钱？ 什么钱？"

"我也没有拿的赃钱……"

"你既然没有拿，又何必吓成这样哪？"

"可是，他们认为我知道钱在那儿。"

"那你就老老实实说不知道不就完啦。"

"不是那么简单的……"

"那就把我的雪子也给卷进去吗？ 凭什么呀！"

哲治哭丧着脸，不吭声了。长久的沉默之后，他摩擦着干涸的嘴唇，挤出一点声音说道：

"我早就想好了……我打算……暂时……离开这里……"

"离开？ 你要离开，打算去哪儿？"

"你还是回家去吧。"

"回家?"

"回你的……原来的家呀。"

"我回不去了呀。"

"不,能回去的。"

"回不去了。你还不明白吗? 我抛下丈夫和女儿,为了和你一起生活才来这里的呀。"

"这样会杀死咱们的!"

他突然大声吼道,我吓得倒吸了一口凉气。然后,哲治口若悬河地快速说起来。

"你明白了吧,即便咱们在一起也得不到什么,什么也得不到。我给你添了很多麻烦,可是,你和我从过去就已经走上了不同的路……现在两条路已经不可能合为一条路了。"

等一下,我想要阻止他,哲治却不理睬我,继续声音嘶哑地说下去。

"我在你所不了解的世界里生活了很长时间,那是个肮脏阴暗的、比垃圾箱还要不堪的世界……到了这把年纪,和你生活在一起后,曾经一瞬间我以为已经摆脱那个世界了。可是我错了,一旦进入那个世界的家伙,一辈子都要生活在那个世界的阴影之中……是不可能在其他世界生活的……"

"哲治,你还打算重复以前那样的做法吗?"

"我不能继续和你在一起了。这是咱们两个的……两个的必然的命运啊……"

"你又打算一个人逃掉,扔下我,让我伤心吗?"

我仿佛把身体里所有的声音都喊出来似的。哲治只是大口大口地喘气,一声也不吭。我拿起他的手,使劲握住。

"可是，再也不能这样下去了。咱们经过这么长久的时间，现在才终于走到了一起啊。不正是因为你这样，咱们才一直天各一方的吗？因此，以后咱俩再也不应该分开了。给咱们留下的时间已经不像以前那么多了，所以……"

我注视着他的眼睛。他那犹如从肉里面被刻出来般的深深的皱纹遍布的脸上，唯一还算湿润的黑黑的双眸骤然闪烁出了微弱的光辉。

"咱们走，马上。"

我站了起来。

"走啊！"

我从壁橱里拿出大旅行包，开始飞快地把随身物品塞进去。哲治只是一直坐着呆呆地看着。装完之后，我使劲拉起他，一直拽到玄关，打开了门，就在此时，只听见有什么东西迎头砸在我脑袋上发出的一声闷响，我就倒在了水槽旁边。不知失去了意识有多久——我突然清醒过来，看见在玄关和哲治搏斗的一个岩石般巨大的黑色身影，举起了一个闪光的细长东西。我猛地坐起来，伸手从水槽里摸出一个盘子，用尽浑身力气朝那个大黑影扔了过去。

野兽咆哮般的恐怖叫声在房间里回响，哲治夺过那个掉在地上的细长棍子样的东西，飞快地打在吼叫的人头上。

等我明白过来，我俩已经死命地朝着地铁跑去了。

我只觉得街上刮的寒冷的北风如同沙漠的热风一般。脑子里还回响着低沉的嗡嗡声，全身的血液都在剧烈地沸腾着。

"快跑！快跑！"跑到地铁站，上了电车以后，在渐渐朦胧的意识中，我一直这样呼喊着。

20

　　我感知到强烈的光睁开眼睛时，发现自己站在又白又宽阔的像是人行道的地方。

　　可是，哲治的脸却近在眼前，胸口受到不自然的压迫，两腿悬空——没错，我是被哲治背着待在那里的。是来医院了吧，我在朦胧的意识里这样想着，随着视野越来越清晰，看见了拿着大行李来来往往的人流和摆着五颜六色的箱子的商店。不对，这里不是医院，是车站！ 定睛细看，果然是在到处都堆砌着色彩和数字，以及人们的庞大车站里面。

　　突然脑袋一阵剧痛，我发出了呻吟，哲治朝我扭头说了句什么，可不知怎么，他说的话我一句也没听清楚。不光是哲治的声音，人们的喧嚣，车站的广播，通知发车的短音乐，这里所有噪音我都听不见。一瞬间，我怀疑自己还在做梦，可是太阳穴疼得越来越厉害，用手一摸，好像脑袋上缠着什么布。看来不是在做梦，于是我顿生恐惧，快跑！ 快跑！ 我声嘶力竭地喊叫起来，根本不知道能不能成为语言传进哲治的耳朵里。我忍着疼痛，闭着眼睛时，突然感觉身体被放在了冰冷的地上，我再次发出了低低的呻吟。睁开眼睛一看，以鲜艳的绿色为背景的一条黑乎乎的粗线填满了视野。我看到哲治的身影逐渐被吸进那里去，忍不住要发出哀叫，可仔细一看，刚才看到的那条线其实是一排黑色的画面，里面有细小的数字和○或×的标记，哲治前面有几个人在排队。那里好像是新干线的售票处。不久哲治回来了，我想要问他"去哪里"，可是舌头好像麻痹了似的，发不出声音。身体这样不听使唤，我难过得差一点哭出来，他拉着脚步蹒跚的我，快步走向月台，列车已经到站了，我们在车门即将关闭之前跑了进去。

列车奔驰在都市的夜色之中，我倚靠着哲治的肩头，不可思议的安心感战胜了疼痛和委屈，我闭上了眼。很久以前，两个人就曾经这样坐车西去……那次是从横滨出发的，我甩开了说是想和我一起出国的英而，去追赶哲治，默默坐上了傍晚的列车的……然后，换了好几次车，下车的是哪个车站？已经是三十多年前的事了，却好像一个星期前发生的一样，当时感受到的悸动和害怕都清晰地回忆起来了。咱们总是在重复同样的事啊，我想要对哲治这样说，可是舌头仍然没有知觉，嘴唇硬得跟石头一样，连嘶哑的声音都发不出来。然而，"嗯，是啊"，我似乎清楚地听到哲治在我耳边这样回答。这声音和脸颊触到的哲治的肩膀，他温暖的手，此时此刻这些真实的感觉，缓解了每隔几分钟就会袭来的阵阵疼痛。已经没事了，这样暂时就没有什么事了……反复对自己说着时，我沉沉睡去了。

突然被人摇晃，我猛地睁开眼睛，看见了月台上的姬路站的牌子。时间已近零点，车里除了我俩，好像没有别的乘客。哲治拽起我，下车来到站台上，穿过空无一人的检票口，仿佛事先看好似的，他径直朝着对面一座大厦走去。在那个大厦有着并排两个细长蜡烛般的床铺的房间里，哲治面对我不停地问着什么，可我什么也听不见，只是一个劲地摇头，很快就一头躺倒在了床上。

第二天早上，我醒来后坐起来，看见哲治站在两个床铺之间，目不转睛地盯着我。

早上好，我刚一说出来，头里面就一阵撕裂般的剧痛，不由得紧紧捂住了两只耳朵，忽然发现脑袋上紧紧缠着的布没有了，只摸到了冰过的枇杷那样的柔软的耳朵。"早上好，"这回我小心翼翼地说道，仍然没有以往那种声音穿过开放的空间般的感觉，我不安地抬头看哲治，尽管眼看着他的嘴开始嚅动，却仿佛隔了好几层薄玻璃似的，只听到浑浊不清的回音。见我没有反应，哲治突然凑近我的右耳问："听得见吗?"

我听得一清二楚。嗯，我点点头，他又凑近我的左耳，但我只感觉到痒痒的温乎气息。他离开我的脸，定定地看着我。

"看来我听不见了?"

说着我轻轻摸了一下左耳。虽然还是原来的那个耳朵，感觉到的却只有柔柔的冰凉。哲治突然走向门口，拿起挂在过道上的外衣，走回我身边，对我说了句什么，我勉强听出他说的含混不清的"医院"两个字。

"我不去医院。"

我一把抓住还残留着他的体温的床单，哲治露出遇见了幽灵般的表情，默默地瞧着我。他一动不动地站了片刻，然后以奇怪的不自然的动作坐在我的右边。

"如果及时看医生的话，可以治好的……"

"不去医院。"我摇摇头。

"血已经止住了，意识也恢复了，而且也能听见你的声音了。这样就可以了……"

"不可以。"

"不，可以了。这样就可以……而且，我现在这样，就和你一样了，所以，这样就……"

"这怎么行……"

"没事的，真的可以了。就这样吧……就这样吧……"

409

哲治闭着眼睛，垂着脑袋。我靠在他的肩头，也闭上了眼睛。

这样默默地坐着，我怀念起了遥远的往昔，在那九段的艺伎屋里，听收音机时的那种沉静。从那时到现在已经过去了将近五十年的漫长岁月，简直难以置信。小时候的我们绝对不会这样互相依偎，可是一直像现在这样在内心深处相互依偎着……幼小的心灵虽然意识不到的二人之间这种特别的相处方式，如今已经如水流缓缓渗入干涸的身体里那样自然而然地理解了——那时候，我们通过心灵相互触碰了解了自己的内心，同时感知到了相互之间内心的边界。小时候，我一直想要消除这边界，一个人徒劳地空翻……不过，现在我明白了，这个边界是绝对无法消除的一条线。没错，就如同我们现在在这个小房间里无论怎样紧紧依偎着，身体也不可能合为一体一样，两个人的心也绝对不会变成一个的。尽管如此，自己的前半生一直耗费在这一虚无的尝试上了，照此下去，今后所剩不多的人生恐怕也只能一如既往……虽然我并非心甘情愿选择这样的人生，可是我只能这样活下去。明知会在徒劳之中结束一切，可事到如今，朝着这个方向奔跑过来的脚步，是无法放慢下来的。

我摸索到了哲治的手，哲治马上紧紧握住了我的手。于是，将灵魂交付给了某种无比强大的存在一般超越所有情感的安宁感从心底浸透了我的全身。在这安宁感的最深处有着不可思议的暖流。那是位于身体最深处的，如同不断形成清晰的语言涌出来之前的深不见底的火热温泉一般的东西，是能够让我存活下去的唯一的、也是所有的源泉。

睁开眼睛时，我感觉过了很长时间。

"哲治。"

我坐直了身子，伸出双手托着他的脸颊转向我。这张满是皱纹的脸，刻印着岁月痕迹的悲哀的脸——与懵懂无知的幼年时代相比完全变样了，然而我又觉得仿佛从那时候起，他就一直是这个模样，不觉浅浅地笑了笑。于是，哲治的脸上也出现了同等分量的笑容。可是笑容转瞬间就消失了，再一次被绝望的悲哀覆盖了。悲哀犹如沙砾一般从他脸上掉下来，要把哲治这个存在冷酷地从脚下开始一点点埋起来似的。我在捧着他脸颊的两只手上加了力。

"哲治，我想去鸟取……"

在我说话的时候，沙砾仍然从我的手缝之间掉下来似的，我就像要阻止它们继续掉下来似的，一字一句地提高声音说道。

"咱们一起去鸟取……然后，继续像以前那样生活……那段时期的生活，仍然在那个家里等着你和我回去继续呢……"

哲治沉默着，没有一句话。

"好吗，求你了。带我回鸟取去吧。我想要再看一眼那沙丘……"

我感觉到手里干枯的脸颊，闪过了一点热感。哲治缓慢地把手放在了我的手上。

我紧紧握住他的手，他无言地点了点头。

在开往山阴的列车上，我们一直手握在一起。这把年纪的男女还这样互相握着手，在其他乘客眼里一定很滑稽吧……我们让听不见声音一侧的耳朵朝着外面，听得见的耳朵互相贴着，倾听对方的心声。随着列车穿过一条条隧道，困意犹如潮水般阵阵袭来，我们打起了盹，不知不觉间窗户外面已是一片白茫茫的雪景了。

——鸟取的冬天真够冷的啊……

我不知道是不是自己这样说出来的。不过，扭头看我的哲治确实点点头，"嗯"了一声。

——那个房间里特别冷，可是咱们到底也没有买炉子，是吧？

哲治又点点头，"嗯"了一声。

——你还记得来咱家玩的直子姐姐吗？

——记得啊。

——那个小男孩，叫什么名字来着……那孩子和你特别对脾气呢。

——是吗？

——他肯定已经长大成人了。

——是啊。

——我也没告诉她一声，就回了东京，肯定让直子姐担心了。

——是啊。

列车到达鸟取站之前，我们一直这样回忆着。只靠一只耳朵听到的外面世界的模糊声音，我渐渐习惯起来了，但唯独哲治的声音，仿佛不是从外面传来，而是从之间身体深处的那个热乎乎的温泉里直接发出来似的，能够一字不落地听得清清楚楚。

鸟取的街头没有下雪。阴沉沉的天空是深灰色的。干冷的风掠过站前马路，和以前一样，我和哲治叫了出租车，前往沙丘。看着车窗外的风景与残留在记忆中的印象大不一样，但是每当拐过一个个拐角或大弯时我都想喊叫，心里充满了重回故地的兴奋，曾经在这里度过的日日夜夜在脑子里鲜明地复苏了。终于远远看到了沙丘，这刹那间心中涌出的情感——那是怀念之情和其他全部情感混合为一体倾泻下来的某种东西，我这小小的心田根本承受不了。我既无法喊叫，也无法指给哲治看，只能在记忆和情感的无声的决堤之中睁大眼睛看着沙丘。

从出租车下来，我们没有像以前那样跑起来，而是拉着手在冰冷的沙地上慢慢地往前走去。冬天的沙丘上几乎看不到人影，只有远处的半坡上有两个人影在移动，也看不清是大人还是孩子，是男人还是女人。

——好冷啊。

——是啊。

——我们能走到那个顶上吗？

——不知道。

——第一次来这儿的时候，咱们像小孩子似的跑上去了。

——是啊。

——可是现在不行了。膝盖特别疼，一直坐着的关系。

——因为你已经是老太婆了。

——哲治也一样啊。要是不小心滑倒了，骨折了，被沙子埋了，就交代在这里了。

我们一点点向前迈步的时候，远处的沙丘越来越近了。我们很小心地一步一步登上陡坡。刚才看到的朦胧的人影是小学生样的女孩和男孩，虽然比较远，看不清楚，好像有个短发女人跟着他们后面走着。偶尔一回头，看到我们登上沙丘来，朝我们露出笑容，说了句什么。虽然无论我还是哲治都听不见他说的什么，但也报以笑容，她很满足似的回过头去继续往前走了。

好不容易爬到沙丘顶上，灰色的日本海展现在眼前。尽管浑身承受着冷风，但海面很平静，只有朝沙滩涌来的层层海浪，宛如被风吹拂的窗帘的褶皱装饰一般，时时刻刻变换着模样。

"真静啊。"我慢慢地有意识地发出声音。

"是啊。"哲治也说道。

"好怀念这里啊。"

"是啊。"

"咱们终于回来了……"

我眼睛里溢满的眼泪流出来之前，哲治用他那干燥的手指温柔地抚摸我的眼角，吸走了水分。

"真是的。我已经不怎么爱哭了。"

我摇摇头，哲治咧嘴一笑，一屁股坐在了地上。我也学着他，坐在他的身边。

像三十三年前，第一次来到这里时那样，我们互相揪扯着在沙地上翻来滚去，火山喷发般的某种无法控制的强烈冲动已经从二人的身体里彻底消失了。取而代之的是尽管很微弱，却一直不知熄灭的灵魂之火安静地温暖着两个人。

朝着那海平线横渡大洋的话，是否会抵达三十三年前的海平线呢？然后从那里继续前行，是否会抵达四十八年前的长者崎的海平线呢？在海平线的彼岸愁眉不展的八岁的我和哲治是否还在给螃蟹挖掘坟墓呢？

此时我才忽然意识到，自己正在一边眺望与灰色的天空难以区分的遥远的海平线，一边在心中反复诘问这一无从解答的问题。如果从哪里传来"正如你想的那样"的回答的话，我是否有勇气立刻跳进海里，朝着那海平线游去呢？是的，如果有人告诉我"正如你想的那样"的话，我还有什么可犹豫的呢？我绝对会不顾疼痛的膝盖，跑下沙丘跳进海里去的。如果，如果海平线的彼岸真的有我们逝去的过去在等着我们的话……不过，与此同时我也清楚地醒悟了。逝去的时间永久地逝去了，是不可能回来的，对了，要说到我们被允许的唯一一件事，只有——

"老是在同一个地方来来去去。"

我听到混杂在风声里的这个声音，顿时绷紧了身体。

"刚才，你说什么？"

"咱们老是在同一个地方来来去去。"

哲治凑近我的右耳对我说完，有些抱歉似的微微一笑。

"以后咱们怎么办……"

哲治把手支在身后，使劲先后仰着头。我也模仿他的姿势，看着灰色的天空。

在堵塞天空的厚厚云层那边，看似根本就没有那个光辉闪耀的太阳，然而，到了明天或后天，或者大后天，太阳会若无其事地放射出万丈光芒，毫不吝啬地普照大地的。这就足够了，我暗想。是的，两个人今后会怎样，这一不安尽管将会永远盘踞在这里，但是我们知道，太阳此时就在厚厚的云层那边，只要耐心地等待的话，必然会看到灿烂的太阳——仅凭这必然性，就足以令此时此刻的我们两个感到自己是多么幸运的了。

——给你讲个童话故事好吗？ 虽说咱们就连对方说的话都越来越听不明白了……

我在心里这样嘀咕着，没有听到回答。旁边的哲治闭着眼睛，像是忍受着什么折磨似的紧闭嘴唇。

我眺望着灰色的海面，一边抓起手边的沙子，让它们被风吹散。然后用手指碰到的小细棍儿，挖起了面前的一个小坑。小坑挖得越深，构成巨大沙丘一部分的沙子也变得越硬越冰凉。挖到了一定的深度后，我干脆扔掉了不好用的小棍儿，用双手使劲去刨冰冷的沙子了。

"给螃蟹挖墓穴吗？"

不知何时，哲治已经睁开了眼睛，我扭头一看，他正一脸吃惊地瞅着我呢。

"跟傻瓜似的挖……"

我忽然觉得可笑起来，扑哧笑了。

"螃蟹怎么可能爬到这么高的地方来呀。很早以前我也说过的吧。"

"那你挖这么深，打算干什么……"

"万一有螃蟹拼了命地爬上来的话，也好奖励一下啊。"

"这坑是给你自己挖的吧。"

"哪儿啊，这是给你准备的，怕你走不动，会死在这儿呢。"

我们一齐笑起来。虽然这样哈哈笑着，却感觉会自动转变成哭似的。

"哲治，我，我们……"

我扔掉手里的沙子说道，这时，低着头的哲治已经不笑了。

"我们……原来我们那天在长者崎的海边不是在给螃蟹挖墓穴……那时候挖的不是螃蟹的墓穴，而是我们自己的墓穴……原来就是在这里的，这个墓穴啊……"

哲治默默地摇了摇头。他的侧脸仿佛吹一口气就会跟沙子一起被吹跑似的，我忍不住紧紧抱住了他的肩膀。

沙丘上的那两个孩子和女人已经不见了。

在默默无语的我们面前，只有天空、海洋和一个黑乎乎的小洞穴。

哲治很慢地站起来，我也拽着他的手，站了起来。

我们互相拂去对方衣服上的沙子，朝着路灯闪烁的来时的路往回走去。

我们循着记忆找到了三十三年前租住的那个公寓，可是，当时已经很破旧的建筑早已没有了影子，那里已经变成了一个小公园。没办法，我们只好返回车站，在很简陋的简易旅馆休息了疲惫的身体，第二天早晨，我们去了站前的不动产公司。和蔼的年轻男店员按照我们的要求，给我们介绍了沙丘附近的廉价公寓，麻烦的是，他说没有保证人的签字，无法签租房合同。以前租房子时，不需要保证人，东京荒木町的公寓是祥子当的保证人，可是这大老远，也不能让她跑这儿来一趟呀。我们让他把房子先给我们留着，又去了几家不动产公司，可是，不管去哪家，条件都是一样的，找不到明天就可以入住的房子。这时，天已经黑下来了，万般无奈之下，我抱着一线希望，决定去找昔日打工的小酒馆碰碰运气。

我做好了小酒馆也和公寓一样已经拆掉了的精神准备，所以，当我们在车站后面的清净胡同里找到昔日的那个招牌时，就像找到了救星一般。窗户里面还有个隔扇，从外面看不清楚里面的情况，不过，我把听得见的耳朵贴在窗户上，确实听到了熟悉的洪亮嗓门。"是直子姐！"站在我身边的哲治显得很不安，我还是鼓起勇气，推门走了进去。

外面看着不起眼，想不到店内坐满了穿西服的男人。桌子加上榻榻米，差不多将就坐得下二十人的店里，已经坐得满满当当的了。我正有些惶恐时，从后厨跑出有个围着围裙的女孩子来，两手拿着好几杯扎啤。她看到我们站在门口，就笑着招呼道："请稍等一下。"把扎啤送到榻榻米去之后，开始收拾角落的桌子上的餐具。看着她忙碌的背影，我畏缩地问道：

"请问……"

"什么事？"她背朝着我说，手没有停。

"冒昧地问一下，这个店里，有没有叫做直子的女子……"

她停下手，回过头，微微蹙起眉头。

"直子？"

"就是很早以前，大约三十年前在这里干活的……"

"你问的直子，是仓田直子吗？"

"对不起，她姓什么我不知道……"

"如果你要找仓田直子的话，是我的祖母啊。"

说完，她嫣然一笑，朝着里面大喊了一声"奶奶！"于是，一位身子板挺得直直的，圆圆脸，花白头发剪成了河童发，穿着烹饪衣服的女性大声说着"什么事"，一手拿着酱油瓶，走了出来。一看她的脸，我不由得大叫一声："直子姐！"她露出惊讶的表情，但转眼间就张开了嘴：

"你，不会是……"

"直子姐！你还记得吗？我是……我是……"

哟！只听见一声尖叫，直子姐满脸笑容地跑了过来。

"你是，你不是那个女孩子嘛！很早很早以前，突然就不见了……"

"是我，是我。"

直子姐把酱油瓶递给旁边的女孩子，一把抓住了我的双手。

"真是没有想到啊！你也变成老太婆啦。"

"是啊，是啊，可不是吗。"

"真是好久没见了。哎呀，多少年没见了……"

"三十三年没见了。直子姐，现在道歉虽然太迟了……那个时候，你对我那么好，可是我突然走了，真是太对不起了。"

"是啊，谁说不是呢！你真是不够意思。让我担心死了。"

直子姐提高声音嗔怪着，一边温柔地把手放在我的肩膀上，露出一脸熟悉的笑容，问道："你过得好吗？"

"好，我很好……直子姐呢？"

"你也看见了，我还是那样。哦，这位，会不会就是……"

她的视线现在转向站在我身后的哲治。

"是他。以前曾经一起去你家做过客的，是哲治。"

哲治低下头。沉默了片刻，直子姐扭头对身后站着的女孩子吩咐：“阿满，去拿啤酒来！”

“好——！”女孩子大声回答。直子姐眯着眼睛望着她的背影。

“这孩子是我的孙女。我已经当奶奶喽。”

“真的呀。直子姐，都当奶奶了……”

“真的。难以相信吧。这儿太乱，说不了话，你们先坐到那边去。”

说完，直子姐就回了后厨。我们照着她说的，移动到了角落的小桌子。她的孙女阿满姑娘一只手擦着桌子，很麻利地收拾桌上的盘子后，给我们端来了下酒菜，给我上了乌龙茶，给哲治的是扎啤。

“奶奶问，你还能喝酒吗？”

“嗯。”我微笑着点点头。

过了一会儿，她端来了好几小碟热菜，虽说都不是什么佳肴，却是花工夫精心制作的家常菜。很久以前的好友还记得自己，不但记得自己，而且还记得哲治，令我万分欣喜。好久没有这么想吃东西了，我仿佛又回到了年轻的时候，食欲特别得好，端上来的一盘盘料理都吃得精光。

两个小时后，到了小店关门的时间，一直在店里热热闹闹喝酒的穿西装的男人们，跟阿满和直子姐开句轻松的玩笑或是说句“辛苦了”，恋恋不舍地离开了小店。

“阿满，你和你妈妈收拾一下吧。”

说着走出厨房来的直子姐后面跟着一位小个子女人，对我们鞠了个躬。

“这是儿媳妇，早苗。来店里帮忙的。”

早苗腼腆地微笑着，再次回了后厨。其间阿满一边哼着歌一边穿梭在桌子和榻榻米之间，利索地收拾着摊在桌上的盘子和酒杯。直子姐脱去烹饪服，拉了把椅子在我们的桌旁一坐下，就吩咐阿满"拿啤酒来。""奶奶，别喝多了啊。"阿满噘着嘴说，但还是拿来了啤酒和玻璃杯。给玻璃杯里倒满了啤酒，递给奶奶。

"真是的，看到你们真是亲切啊。"

直子姐很香甜地喝着啤酒。不眨眼地看着我俩。

"真是好久没见了……啊，刚才你说多少年没见了？"

"三十三年没见了。"

"虽说过了这么长时间，不过，人的模样一般忘不了的。对了，你们怎么又……"

"我们好久没有来这里了。觉得说不定在这个店里还能见到直子姐，所以就……"

"是这样啊。你们肯定特别吃惊吧。我这把年纪怎么还在这儿干活呢？ 是这么回事，后来我和这个店的店长结了婚。就是你也认识的那个店长。"

直子姐笑着指着最里面的墙上挂着的照片。照片里直子姐和我在店里干活时的那位店长挽着胳膊，背景是什么地方的美丽群山的照片。

"他岁数比我大了一轮，你走后一年，不对，好像还要往后一些……反正，就在一起了。可是，两个人一起经营这个小店十年左右，丈夫得肺癌死了。从那以后就我一个人撑着。好在有阿博帮着我。那时候他已经是高中生了。就像阿满似的在店里给我帮忙，还真亏了有他帮着。虽说没有阿满这么能干。"

直子姐用下巴指了指阿满，阿满说："奶奶又在说爸爸的坏话吧？"一边擦桌子，一边笑道。

"那个小博君已经当爸爸了？"

"是啊，现在是镜港的某个水产公司的厂长呢。我记得……哲治先生来我家的时候，那个孩子可喜欢哲治先生了……"

在直子姐的注视下，哲治有些为难地和我对视了一眼。由于直子姐坐在我旁边，对面的哲治可能听不到她说话。

"直子姐，很抱歉。我的耳朵也不好，他的耳朵更不好。一边已经听不见了……另一边也……"

"耳朵不好？ 你也是？"

"是啊，我这个耳朵听不见。"

我揪着没有贴近她的另一侧的左耳。

"怎么搞的，两个人都这样？ 怎么回事？"

我歪着头笑着没有回答。直子姐吃惊地来回审视着我俩的脸。此时我才担心起了离开东京时留下的左边太阳穴上的伤痕会不会被她发现。明知已经来不及了，我还是用头发遮住伤痕，低下了头。

"以前我也说过同样的话，你俩吧，实在太像了，简直就像双胞胎似的，像得都吓人……"

直子姐没有提及伤痕，笑着打趣道，一口喝干了玻璃杯里的啤酒，似乎是为了驱散这种尴尬。然后，她把空杯轻轻放在桌子上，突然认真地问道：

"我问你，那时候，你怎么突然就走了？"

猛然间记忆被人倒着抖落时，我想要寻找简单明了的词语来说明，可是好容易找到的词语却都关联不上。尽管从走进这个小店，见到直子姐开始，我就知道，那是必须说明的事情，可是，一旦到了需要说明的时候，词语却支离破碎地一味逃窜，张开嘴想说话，也不知道该说什么，就这样反复张嘴闭嘴地笨拙地沉默着，也许是等得不耐烦了吧，直子姐左手托着腮说：

"不方便说吗？ 你们来得这么突然，我就觉得有什么原

421

因……”

“……直子姐，对不起。”

“原因不好说吗?”

“也不是不方便说，……只是不知道该怎么说……”

“都是我不好。”

哲治突然开了口。我吓了一跳，盯着他。

“都是我不好……”

阿满已经回了后厨，餐厅里只有我们三个人。除了洗碗的声音外，听不到其他什么声音。我正竭力寻找词语时，里面传来阿满明快的声音：“奶奶，啤酒差不多了吧?”打破了沉重的气氛。

“啊，够了。谢谢。”

直子姐不耐烦地大声回答，然后轻轻笑了。

“反正都是些以前的事了。问也没有多大必要啦。这辈子有幸还能这样见面，那些不愉快的事情就都忘了吧。”直子姐站起来，叉着腰，一边转着脑袋，一边大口呼吸。

“我上了年纪，身体吃不消了。当年和你一起干活的时候，为了活下去，拼命干活，哪儿还顾得上累不累啊。”

“不过，直子姐，现在还是很年轻啊。比我显得年轻多了。”

“说什么呢。也就是看着年轻罢了。成了像咱们这样的老太婆，都差不了多少，谁还能比谁年轻多少啊。对了，你们现在住在哪儿?”

“这个……”

我告诉她打算在这里生活，只是找不到保证人，房子无法落实。然后，也顾不得面子了，直截了当地请求她帮忙。

“不怕你见笑，我想拜托你帮我们找一找，这一带有没有适合我们住的地方？小一点的房间就可以。房租会按时交的。"

"那你们就住我们这个二楼好了。"

直子姐随口说道，指了指楼上。

"结婚前老公住在那儿，不过，房间很小，现在堆了好多东西。我现在和儿子住在一起，离这儿不远。所以，随你们怎么支配。"

我和哲治不由得对视了一眼。

"只是要住人还得打扫一下，而且被褥也没有。明天，从我家拿来。"

"可是……真的可以吗？"

"你不是说没有地方住吗？"

"真是太感谢了，真是……"

"房租可不含糊啊。今天太晚了，明天再详细谈吧。"

"真是不好意思。突然跑来，给你添了这么多麻烦……实在是……"

"别跟我客气了。你看，还有个法子，你也可以在我这干活交房租啊。不过，再怎么也得先打扫一下，不然今天晚上连睡觉的地方都没有。跟我来吧。"

丈夫去世以后，多年来，虽然有家人的帮忙，但几乎是直子姐一个人操持这个店的。她不但把二楼的小房间租给了我们，还雇用了连阿满一半活儿也干不了的我和哲治。尽管我有时也觉得自己很可悲，到了这个岁数，竟然还厚着脸皮接受别人的关照，可是我现在已经没有余力去考虑体面和将来的事了。不管是怎样的生活都没有关系，只要余下的时间能够和哲治在一起活下去就够了，我脑子里想的只是这个。

虽说如此，在这里安顿下来没过三天，我又无法控制地担忧起了没有请假就缺勤的东京的公司，还有连夜出走后的荒木町的公寓，生怕给祥子和雪子带来什么麻烦，这担心与日俱增。更担心的是不愿意去回想的那个不祥的黑影……在公寓的玄关袭击我们的那个黑色岩石般的男人……这件事就像是我和哲治各自做的一个噩梦似的，在来鸟取的一路上，我们一句也没有谈论那个男人。那个男人现在怎么样了？　哲治击打的那一下，是不是杀死了他？　如果杀死了他的话……左边太阳穴上的那道五厘米的伤痕，颜色一天天越来越深，伴随着时而袭来的剧痛，总是在提醒我这不是噩梦，而是无法逃避的现实。

　　我再也无法忍耐越来越强烈的担忧了，来到店里过了一个星期后，一天，白天的营业结束后，我瞒着哲治去了车站，打了个公共电话。记在脑子的电话号码只有荒木町的家、雪子的手机、千驮木的家的。所以我本打算通过雪子要一下祥子的电话号码。其实，我只是特别想听听雪子的声音，想知道她平安无事。我打定主意，就说是我们去京都旅行了，然后拨通了她的电话，于是话筒里传来了女儿"喂喂"的不高兴的声音。

　　"雪子吗？"

　　"是妈妈？"

　　"是我，"还没等我说完，雪子就焦急地问："你现在在哪里？你到底在哪里啊，妈妈？"

　　在京都呢。隔着话筒，面对女儿，一句很容易的假话却瞬间从喉咙里消失了。连对女儿撒谎是一件如此困难的事情，我都给忘记了。

　　"我问你呢，在哪里啊？"

　　"在哪里……为什么问？"

"妈妈，我昨天去荒木町了。"

一瞬间，女儿在那里看到的情景浮现在脑海里，我感到一阵眩晕。可是，雪子不管我沉默，着急地说下去。

"打开门一看，玄关有血迹。我就进屋里等着。可是一直等到晚上，妈妈还有那个人都没有回来……我告诉了爸爸，爸爸让我报警。妈妈，到底发生什么事了？ 妈妈现在是安全的吗？"

"雪子，报警了吗？"

"还没有，不过，今天晚上……"

"不报警也行。绝对是不报警为好。妈妈很好，什么事也没有。你根本不用担心。"

"和那个人在一起吗？"

雪子的声调突然提高了，我停顿了一下，用尽可能平静的语气回答：

"是啊，和那个人……哲治在一起呢。不过，雪子你为什么会来我家呢？"

"因为给你写了信，也没有收到你的回信啊。周末，有朋友的芭蕾发表会，我写了想要和你一起去。打电话也没有人接……妈妈，你现在在哪儿呢？ 我去接你吧？"

"接我干什么呀……不行啊。"

"这么说不在东京了？ 在很远的地方吗？"

"雪子，我可能暂时回不了东京了。所以想拜托你一下，告诉我祥子的电话号码，好吗？ 你也记得吧，就是妈妈的朋友，阿佐谷的祥子阿姨。"

"祥子阿姨？ 可是，等一下，妈妈为什么不能回东京啊？"

"这个……这个……"

"因为那个人？"

425

"不是啊。"

我知道雪子非常吃惊，又说了一遍"不是"后，她沉默了一会儿，只说了一句话。

"妈妈马上回来吧。"

"雪子，这个……"

"不对，肯定是因为那个男人吧？ 如果需要逃避的地方的话，就来咱家吧。爸爸也是这么说的。"

"不行，雪子，那是不可能的。"

"没有什么不可能的。因为妈妈是我的妈妈呀。"

"可是……"

"因为妈妈是爸爸和我这个家庭的一员。不光是我，爸爸现在仍然在等着妈妈回来呢！"

"雪子，还是先把祥子的电话号码告诉我一下吧，那个旧电话本大概放在电话桌最下面的抽屉里……"

"我现在在外面，看不到的。"

"那我明天还是这个时间给你打电话，在那之前，去找一下吧。真的不用找警察，我现在什么事也没有。那我就挂了。"

"等一下……"雪子喊道，我没有听雪子说完，就挂断了电话。我是个多么残忍的母亲啊。我无力地靠在电话机上，罪恶感涌上来，恨不得马上再给雪子拨个电话，向她道歉，可是，我竭力控制住了自己，回到了小酒馆的二楼。哲治正倚靠在被褥上看报纸。

——有什么有趣的消息？

我坐在他身边在心里问道。

——没有。

在这个狭小的房间里，我们两个几乎已经不再用声音交谈了。

就是说，我是发出声音说的，还是在心里说的，自己都分辨不出来了。而哲治的回答，我也搞不清楚是那只能够听见的耳朵听到的，还是自己心里随意这么想的。无论是发出声音说，还是在心里说，反正都是一样的，感觉不到任何别扭或焦躁。尽管我没有这样问过哲治，但恐怕他也是一样的感觉吧。我们已经不再为跟自己的意思相左的对方的话而生气、发火了。

我俩使用的语言在只有傍晚才能见到日光的这个昏暗房间里浮游着，必要的时候，只要将其中一部分话语吸收到手掌里，像投掷肥皂泡那样轻轻地推向对方，就结束了对话。

第二天，我如约给雪子打电话，可是，响了好半天也没有人接。回到店里和哲治、直子姐喝茶的时候，我也在担心女儿会采取什么行动，一直沉默寡言，只是直子姐一人在说话。"哎呀，你俩还真像，都不爱说话……"直子姐说着，刚站起来，我就听到背后拉门哗啦一响。

"对不起，白天已经关门了。"

我循着直子姐的目光回头望去，哑然失语了。一瞬间还以为是个和雪子长得特别像的女孩子呢。可是，她一直盯着我看，我这张脸毫无疑问是我的女儿，是我的女儿雪子。

"小姐，抱歉啊，白天已经……"

对于直子姐的严厉声音，雪子毫不畏缩，径直朝我走来。站在我面前盯着我。

"喂，你干什么……"

"直子姐，她是我女儿雪子。"

直子姐顿时呆住了，但立刻皱起了眉头。

"女儿？你有女儿吗？"

听到这一声喊，雪子的脸上好像微微抽搐了一下。

"雪子，怎么会……"

"妈妈，回家吧。"

雪子一直瞪着我，抓住我的胳膊，用力把我从椅子上拽起来。

"雪子，等一下，这是干什么……"

"什么也不用问了。马上回家！现在就回家！"

"放开我。雪子，听我跟你解释解释，稍微等一下。"

"我不需要什么解释！"

"放开我！"

我用尽浑身力气，甩开了雪子的手。雪子稍稍跟跄了一下，扶在了旁边的桌子上。她的脸红红的，微微在颤抖。

"好了，两个人都平静一下……我这就去沏茶。"

直子姐尽管吃惊，还是为雪子拿来一把椅子。可是，雪子没有坐下，将逼人的目光投向我的后方。哲治坐在那里。

"我说，姑娘，你坐下吧。"

直子姐把绿茶放在桌子上，雪子连看都没有看一眼，也没有道谢。直子姐越来越困惑似的，朝我看，看到我低头致谢，才耸了耸肩，默默地退回了后厨。

"雪子，你坐下。"

我自己先坐下说道。

"现在我把一切都告诉你，你还是坐下吧。"

"我不坐。"

"你到底来干什么？你怎么知道我在这里？"

"听爸爸说的。以前妈妈和这个人在鸟取住过……那里是妈妈非常怀念的地方……住在离沙丘很近的房子里……在车站后面的酒馆打过工……那里有个比妈妈年纪稍微大一点的女人，虽然时间很

428

短，和妈妈很要好……这些事情爸爸全都记得。妈妈可能连对爸爸说过这些事都给忘了，可是爸爸全都记得一清二楚呢！"

听到身后发出吱的一声使劲拉椅子的声音，我知道是哲治站起来了。回头一看，他也没有看我，朝着楼梯走去了。

"等一下！"雪子大声喊道，"请等一下！"

哲治停下脚步，转过身来。

"对不起，突然到这儿来……"

雪子现在是对哲治，而不是对我说话。

"我是来接妈妈回家的。因为我不愿意让妈妈遭受伤害。我可以带妈妈回去吗？"

哲治没有说话。

"雪子，你再靠近他一点，或者大声说。"

"不用，我听见了。"

哲治慢慢走近了雪子。然后用勉强能够听见的沙哑的声音说道：

"请把你妈妈……带回去吧。"

雪子的脸上立刻露出了胜利的表情。哲治再也没有说话，一个人走上楼梯。我追上去，抓住他的胳膊，让他回过身看着我。

"哲治，我绝对不回去。"

哲治苍白的脸上露出了好久没有看到的愤怒表情。他想要甩开我的手，我死活也不撒手。两人就这样有气无力地揪扯了好一会儿，当我被身后突然伸来的有力的手抓住了肩膀才想到了女儿的存在。

"妈妈不要再这样丢人现眼了。回家吧，跟我一起走。"

雪子使出浑身的力气把我拉向门口。

"雪子，放手！放开我！"

被我的喊声惊扰，直子姐从厨房探出头，提心吊胆地想要说些什么，站在楼梯口的哲治就像冻僵了似的，只是默默地看着我们母女俩。

"哲治，阻止这孩子呀！ 我们不是约好了吗！"

为了打开门，雪子一只手刚一放开我，我就像老鼠一样趁机从女儿的胳膊里逃出，跑到了哲治身边。

"雪子，真的很抱歉。你一点都没有错，你是妈妈最宝贝的女儿，是妈妈根本不配有你这么好的女儿……"

雪子那只胳膊还保持着刚才拽着我的姿势，身体倚靠在拉门上。她想要说什么，又闭上嘴，这样一张一合了好几回，好容易才挤出来的声音，可怜地颤抖着。

"妈妈，你为什么要这么做啊？"

"……"

"这个人就这么重要吗？"

"……"

"比我和爸爸都重要吗？"

我什么也回答不出来，于是，雪子的嘴角隐约浮出了笑意。这是与她很不协调的讽刺的冷笑。雪子将悬着的胳膊放下来，紧紧抱住自己的身体，只盯着我，大声吼道：

"是这样吧。因为比我和爸爸都重要，妈妈才离家出走的吧！"

眼泪沿着雪子笑容消失了的红彤彤的脸颊流了下来。

"其实，早在多年前我就知道会这样了。妈妈说到底只考虑自己。对自己做的事一次也没有负过责任。还有，妈妈是不是认为，爸爸和我这样的人，不像你自己那么软弱，所以能够坚强地活下去吧？ 妈妈，为什么你就不明白呢？ 无论是爸爸，还是我，都是和妈妈一样的人啊。妈妈只想着要和这个人逃避现实罢了。其实你们不过是以为自己才是这个世界所有不幸的代表，两个人一起做出无比悲伤的表情，故作疯狂，利用这种装模作样来获得别人的宽容罢了！　你们太丑陋了！　你们……"

"你回去吧！"

我挤出身体里所有的力气大叫。

眼泪哗哗的雪子的表情，一下子冻结了。

"你在干什么呀。赶她走吗？　你是母亲呀。"

我一动不动站着，也不去追赶转身往外走的女儿，直子姐使劲摇晃我的肩膀。我拂去她的手，推开站在楼梯口的哲治，跑上了二楼。

透过灰蒙蒙的玻璃窗，只看到拐过街角的女儿的背影一闪而过。

那天晚上，小店像往日一样开门营业，但直子姐看我的眼神里明显含着谴责。我尽管没有什么事，也在店里来回转悠，客人们跟我开着玩笑。就连不知内情的阿满也笑着说："今天是免费服务啊。"我脸上虽然和她一起笑，满脑子都是白天发生的事情。结果客人点的菜总是出错，要不就是上错菜，以至于最后，直子姐实在看不下去了，对我说："还是我来吧，你去休息一下。"

终于到了关门的时间，我匆匆解下围裙，比处理垃圾的哲治提前一步回到楼上，靠在了窗边。从下面不断传来直子姐和阿满的说话声，或不时发出的笑声。不知此时，哲治是以什么样的表情待在她们二人旁边的……不可思议的是，哲治的笑容我怎么也想不起来了。不光是哲治的笑容，雪子的、彻雄的、英而的、妈妈的、爸爸的、祖父的，我认识的所有人的笑容我都想不起来了。不，他们到底曾经对我笑过哪怕是一次吗？我记忆中的笑容其实都是我自己臆想出来的，他们对我笑的时候，其实并没有人是真的在笑吧，而且就连我自己，或许也从来没有发自内心地笑过吧……这么一想，自己迄今为止度过的人生，仿佛都将变成一张白纸，我使劲闭着眼睛，试图把自己的心投到那白纸上去。

　　不知过了多长时间，当我抬起沉重的眼皮时，看见哲治坐在我的对面。

　　——泡完澡了吧？

　　——没有。

　　——那，现在睡觉？

　　——不。

　　——那么，你想干什么？

　　"我和你，就在这儿分开吧。"

　　哲治盯着我的眼睛，清晰地说道。

　　"我和你，就在这儿分开吧。"

　　我笑了。

　　"又说同样的话……"

　　"我说的是真的。"

　　"雪子的事就当没有发生过。"

　　"不行。我做不到。"

　　"说多少遍都没有用。你也看到了吧，我的亲生女儿也不能把我从这儿带走啊。你和我已经分不开了。这种话就不要跟傻瓜似的来回说了吧……我已经累了……这次你就不要管我了……"

　　"你要是不回去，我只好自己回去。"

　　"回去？你回哪儿去？回东京？回东京的话，你不是会有危险吗？打你的那个男人肯定还活着呢……"

"不管怎么说，咱们这次真的是最后一次了。"

说完哲治就站起来，朝楼梯走去，我慌忙起身抓住他的胳膊，让他面对我。

"哲治，你这一招已经不灵了。总是这一套不可能逃开我了。你也知道得很清楚吧。"

哲治粗暴地想要甩开我的手，我是绝对不会松手的。

"不要固执了，这样做没有意义。"

"不，我要走。"

"不行，绝对不让你走！"

"那就你走！"

哲治突然以他的体重把我扑倒在榻榻米上，然后，拿起放在房间角落里的手袋和外套，打开窗户扔了出去。然后拽起我，抱住我的身子，不顾我百般挣扎，一直拖下楼梯，在地板上拖到门口，要把我推出门去。我虽然拼命反抗，到底还是没有他力气大，被推到大门外的柏油路上了。身上疼得我直哼哼，好容易才爬起来，可是门已经从里面锁上了。我拼命地敲打玻璃，却没有回音。

"哲治！"

我一边喊，一边更加使劲地打门，我知道他就站在玻璃门里面。他的脸上浮现出绝望的表情，木然呆立……其实，我根本分不清这是他的脸，还是朦胧映在昏暗玻璃门上的我自己的脸。

"不开门的话，至少把鞋给我……"

我用自己都听不见的声音嘟哝着，却听见门锁咔哒一响。我摇晃着走进昏暗的店里，哲治捂着脸，窝着身子坐在门旁边的椅子上的背影，在外面街灯的光照里朦朦胧胧浮现出来。

"哲治！"

我走近他一看，他的身体在微微颤抖。

"你怎么了?"

我摸到了他捂着脸的手,想要看看他遮挡着的表情。可是那两只手犹如贴在脸上似的纹丝不动。我抓住哲治的肩膀,使劲摇晃起来。

"哲治,你怎么了? 说话呀!"

就在这时,我再次被他一把推倒在地板上了。

哲治的脸扭曲着,俯瞰着我。借着透过磨砂玻璃照进来的微弱街灯,这回我清楚地看到了他那张脸——就在这一瞬间,无论是被扔在地板上的疼痛,还是我俩正在被人追赶到悬崖边上的恐怖都一下子消失不见了。

哲治哭了。

我猛然跑出大门,捡起被他扔在地上的手袋又跑了回来。然后坐在蜷缩着的哲治跟前,从手袋里摸索出了那个东西,轻轻按在他濡湿的眼睛下面。

"哭泣的时候,就往这里哭。"

我拿起他的手,放在拿着小瓶子的自己的手上。这个东西就是从那次下关分别后到现在,我一直带在身上的那个小泪瓶。

"哭泣的时候,就往这里哭⋯⋯"

抬头看我的哲治的眼睛里流出了一串眼泪,从瓶口的边沿无声地顺着透明的玻璃流了进去。

"哭泣的时候,就⋯⋯"

每次眨眼,哲治的眼泪就掉进瓶子里面去。

"怎么会⋯⋯"

他的手从外面紧紧包裹住了握着小瓶子的我的手。

"怎么会⋯⋯"

我用另一只手的食指按在哲治的嘴唇上,不让他说出来。

434

哲治静静地哭泣着。

瓶子里的液体一点点增加着，很快就满了，从瓶子里溢出来湿润了我的手指。

"哲治，你还记得它吗？"

"……嗯，可是，为什么……"

"我一直带着它呢。自从那天晚上在下关分别后，就一直……"

"下关的……车站……"

"对，从那以后一直带着它……我已经不打算为自己使用它了……为了什么时候……什么时候你会需要它……"

仿佛把一辈子的眼泪都哭出来了似的，他的眼泪无止无休。

原本只是弄湿了手指尖的眼泪，不知何时流到了我的手腕上，流到了身体上，一直从腰部流到了脚脖子。我仿佛变成了一个瓶子，接收着哲治的泪水似的。渐渐地哲治的轮廓变得模糊起来，我恍惚觉得自己身体内外的所有东西都温柔地融为一体了，这个小店里的油、酒精、各种各样的东西混合起来的气味，从窗户照进来的街灯，以及在我眼前的哲治衰老的身体，似乎一直都是自己身体的一部分，就这样感觉逐渐麻痹起来……到了最后，终于连这种感觉都丧失了。

不知什么时候开始，我已经感觉不到一直抱着我的哲治的身体是冷或是热了。这身体原来就是我自己的身体。我闭上眼睛，感到渐渐接近终点了。

"明天，咱们去下关吧。"

仿佛没有尽头的长久沉默之后，哲治开了口，我才意识到刚才他那疲软的身体已逐渐勾勒出铁丝那样冰凉而坚硬的轮廓来。

我抬起脸，望着哲治。

435

"下关？"

"是啊，是下关。"

"你这么说……又打算让我一个人回东京吗？ 这次我可绝对不会上当了。"

我说完笑了，哲治也淡淡一笑。

"不……这次不一样。两个人一起去。我有个朋友，住在下关。"

"朋友，是谁呀？"

"以前的老相识。说是可以住一段时间。咱们也不能老是在这儿住着吧……"

"的确是不能老是在这儿住着……不过，也不可能老在人家那儿住着呀……"

"没事，肯定会让咱们一直住到死的。"

"真有那么……那么好的人，你的朋友里？"

"那是……就算我这样的，偶尔也会有个这样的朋友嘛……"

就连抱一箱啤酒都颤颤巍巍的哲治的细胳膊，温柔地把我抱起来。

听着两个快要生锈的轮廓互相摩擦的声音，我缓缓放松下来，委身于那轮廓变得七零八落的坠下去的山谷中。

第二天早上一睁眼，看见旁边的被子是空的。

不会吧，我心里这么想着，可是一看他的外套和装随身物品的旅行包也不见了。我立刻跳起来去看窗外，只看到了清晨没几个人影的小巷。

"哲治！"

尽管我知道他已经不在了，仍然一边喊着一边跑下楼梯，打开了厨房、卫生间、店里所有的门。既非气愤也非恐怖的某种强烈的情感在身体里激荡，如果不胡喊乱叫，它就会从身体里爆炸似的。

"哲治！　哲治！"

筋疲力尽的我趴在了桌子上，想要调整一下呼吸，可是全身的血液就像倒流回来一般，坐也不是站也不是。我再一次跑上二楼，看了房间一圈，终于发现在被褥的枕头边放了一张小纸条。拿起来一看，字歪歪斜斜的非常难看，写着下关的住址，那是个从来没有听说过的街名。我浑身一软，瘫坐在地上。刚才强烈的惶恐刹那间冷静下来了。我怀着被摩擦得已经感觉不到任何愤怒或恐怖的空洞的心，看着这个住址。

尽管再次被哲治丢下，剩下自己孤零零一个人，但不可思议的是，我并没有像三十三年前那样陷入绝望。我知道，我和他是无论怎样也分不开的两个人。倘若哲治是出于什么考虑留下这个地址的话，我就没有理由一个人在这里待下去。我收拾了被褥，大致整理房间时，意识到昨晚那个接满眼泪的瓶子不见了。是哲治拿走了。这么一想，我更感到有了把握，我们两个人永远也不可能天各一方的。我头也不回地走下楼梯，给直子姐留了个字条，写上"我要出门一天，有什么情况一定会给你打电话的"，然后离开了小店。

坐在去下关的电车上，我无数次地看哲治留下的那张纸条，呼唤着他的名字。

乘坐特快和新干线到达下关时已经是下午了，我向车站的交通警察打听路线，换乘了几次巴士，终于到达那个镇子时，已经是傍晚了。望不到尽头的马路中间的一条白线似有似无，两边各有一条车道。马路两侧都是一家挨一家的旧电器店和钟表店，在这个偏僻街道的一角下了车，停在电线上的乌鸦一齐朝着夕阳方向飞去了。

由于看不到门牌号码的标识或地图，我就向遇到的人问路，终于找到了纸条上写的那个地址的住家门前。

这是个只有鸟取的直子姐的小店一半大小的酒馆，门上挂着"鹤"的招牌。

破旧的门上挂着一个牌子，好容易才看清写着"准备中"。我鼓起勇气敲了敲门，也没有听到有人答应。一拉拉门，好像没有上锁。我稍微拉开了一点，问了一声"有人吗？"听到里面传来咔啦一声响动。我又问了一声"有人吗？"这回听到一个女人清脆的应答声，和昏暗的店内有些不协调。

"您是哪位？"

这声音让人听不出是哪个地方的方言，宛如东京大百货店的扩音器里传出来的那种很有底气的清晰的声音。我站在门口，不知该说什么，忽然闻到一股熟悉的洗发香波味儿，声音的主人快要出现了。

"您是哪位？"

站在我面前的是一位头发随意拢在脑后，裹着一件灰蓝色毛衣的矮个子半老徐娘。脸上布满深深的皱纹，盘起的头发好像是染过的，黑亮得不大自然，看样子少说也有六十出头了。然而，间距稍宽的一对圆眼眸里闪烁的光辉犹如十岁少女般水灵灵的。

"突然打扰，不好意思，我是……"

她就像个等着礼物的少女那样仰望着我，等着我说下去。

"我是……那个……哲治的……"

这个名字刚一出口，她的眼睛突然睁大了。

"哲治？"

"是的，哲治……武中哲治的……"

"那个孩子吧。"

她轻轻笑着，敞开门说道"请进吧"，打开了屋里的电灯。橘黄色的灯光照亮的店里只有吧台前的四个椅子和角落的一个小桌子，比从外面看还要小好多。

"随便坐吧。"看我在吧台最边上的椅子上坐下后，她去里面拿来两个茶杯。然后目不转睛地瞧着我，笑着说道："你长大了。"

"对不起……您认识我吗？"

"见过好几次呢。"

"那是，在哪儿……"

"你想想，在哪儿呢？"

她在我旁边坐下，调皮地笑着，轻轻点点头。这是让人越看变得越年轻般的，连店里流淌的时间都静静地回流一般不可思议的笑容。我从沉没在自己记忆的海洋中的所有女人中搜寻着这张笑脸，可是，渐渐觉得连自己也即将被拽进深深的海底去似的，只好作罢了。

"很抱歉，我一点也……"

"想不起来是很自然的。因为那是很早以前的事了……"

"哲治，您也认识？"

"那当然了。"

我不知说什么好，她喝了一口茶，用可爱的粉红色舌尖舔了一下薄嘴唇，然后，像是要告诉我什么重大秘密似的，凑近我说道：

"你是在东京的九段长大的吧？"

这句话使得我进入这个店时觉得那种怀旧感，那个香波味儿顿时有了形状和热度，它变成一个强烈的光源，让三味线的声音、夜晚的宴会、不眠之夜的记忆在我的心里苏醒了。

"因为，我曾经在鹤家住过呀。"

我吃惊地抬起头，她盯着我，很得意地使劲点点头。

"没错……就是那个孩子的家。"

面前这个老女人曾经在那个鹤家住过，在那个艺伎屋的二楼生活过，在我和哲治生活的时间里生活过……从那里直到时隔多年后的现在，在这如此遥远的地方，我感知到沉睡不醒的众多记忆骤然苏醒了，开始膨胀起来。

"鹤家……在那个家……在那个家？"

"是啊，就是你们说的枕头阿姐的家。"

她耸耸肩笑了。

"记得在那个家待了一两年吧。那时候你是哲治的朋友，对吧。是那个孩子唯一的朋友……而且现在也是。真是让人羡慕啊。"

"原来阿姐知道我们的事？"

我无意识地脱口而出。对"阿姐"这个称呼，我感到甜蜜而愉快。

她好像也是如此，有些腼腆地一边说："还算什么阿姐呀，真是的。"一边摇晃着身子笑。

"不过……说起来，我的确是真正意义上的那个孩子的'阿姐'啊。"

她的笑容还挂在脸上，接着说。

"哲治是我的亲弟弟啊。"

一瞬间，我感觉眼睛看到的所有景色都大大扭曲了。

弟弟，这个词语和我所知道的任何年龄段的哲治都联系不上。哲治既不是谁的弟弟，也不是谁的哥哥，更不可能是谁的孩子，永远是孤独一人的。就像是从别的星球上偶然落到这个世界来的那样孤零零的存在。是一本都是白纸和缺页的没有人会看的孤独的书……这就是我所知道的唯一的哲治。

弟弟？ 我连这样反问都做不到，她缓慢地开导般地对我重复了一遍。

"是的，是我的亲弟弟。"

"虽说一起生活的时间很短，你听哲治提到过我吗？"

我摇摇头，她又腼腆地微微歪着头说道：

"也是啊，那孩子就是不爱说话。和我正相反……我们的父母非常贫穷。父母是山阴地方的一个小村子的，大概是太年轻，养不起孩子吧。这也难怪，我们上面还有三四个孩子呢。所以就拜托东京的远亲或是什么朋友吧，我去艺伎屋做雏妓的时候是十岁或十一岁的样子。跟我一起去的弟弟还是个不怎么会说话的小孩子……当然，本来说好姐弟俩都放在向岛的，可是一到了那儿，介绍人阿姐说，哲治要送到别的地方去，结果只有我一个人被寄养在向岛的一户人家了。"

她喝了一口茶，像刚才那样舔了舔嘴唇。

"那个孩子实在太小了，由很多阿姐给带大的，根本不知道自己还有亲姐姐，不过，最后经过许多周折，我也去了九段……那时候艺伎业已经开始衰败了。我跳舞唱歌都不太好，到处都受欺负，换了一家又一家。鹤家是以前关照过我的阿姐给介绍的，没想到，竟然是收养那个孩子的人家。"

我吃惊得忘记了附和她，不知是以怎样的表情听她讲述的，她和我一对视，有些难为情地继续说下去。

"说实话，多年来，我几乎已经忘记了我还有个弟弟，但是，一眼就认出来了。啊，这个孩子是我的弟弟，在这偌大的东京，是唯一和我有血缘关系的人，是唯一一个生生分开的弟弟！要是被老板娘知道了，可能会惹麻烦、被赶出去的，我就打算装作不知道。可是那时候我也很年轻，各种各样的事，特别寂寞特别害

441

怕……那个孩子就更寂寞了……实在是忍不住了。我对他说，我是你的亲姐姐。你也知道，鹤家是那种感觉的地方。所以这样落魄的艺伎的话，谁会相信呢。可是，也不知道为什么，那个孩子对我说的话毫不怀疑，真令人吃惊。对了，你曾经在我和哲治一起躺着的时候，突然进屋来过吧？"

我不禁"啊"地叫了一声。记得那是刚上高中的那年冬天。在那个艺伎屋的一个房间里，躺在哲治身边的那个雪白的树干般的女人身体……看到这个情景，我气得不得了，和他大吵了一架。那个人，那个丰满娇小、浑身香气的皮肤白皙的那个人……我睁开眼睛，盯着面前的可爱的老女人。

"是的，那个女人就是我啊。你很吃惊吧。不过，因为是亲姐姐，你就原谅了吧。除了那次之外，我可没有打扰过你们。"

她轻轻拍着我的胸脯微笑了。

"那么……那么……"

我声音颤抖着，她温柔地点点头，耐心地等着我说话。

"看来阿姐还记得那个时候的我们？"

"是啊，记得啊。忘不了啊。上了年纪后，最难过的就是记得自己年轻时的事的人渐渐没有了。那是很重要的事情啊。"

我只能点点头，因为已经快要哭出来了。

"我和哲治一直没有联系，直到昨天。最后见到他好像是三十年前，或者还要早了……他一直杳无音信，那次突然打来电话，听起来很急迫似的。说是和同伴一起来，可是第二天夜里来的只是他一个人。虽然好久没见了，但他一进来我就认出来了……你也知道的，那孩子总是闷闷不乐地绷着个脸，可有时候却突然要哭出来似的，对吧？那天晚上也是这个样子，像个孩子似的眼睛通红。他只住了一晚上，就不知去哪里了。我不让他走，叫他说有事要办……"

"他真的说过，有同伴一起来的吗？"

"是啊，说过……"

"……"

"说不定他说的同伴就是你吧？"

我想起了三十三年前在开往下关的车里时哲治的样子。第一次出远门的少年般生动的表情，想要把进入视野里所有景色都刻在眼睛里永不忘记的紧张的表情，小时候，盯着收音机或货车或地蜘蛛窝时的专注的表情……在他那些表情的后面，是在思考我和他未来的新生活呢？ 还是在想有一天会长久地别离呢？

"昨天……昨天，他说什么了……"

她稍稍沉默了一下，很抱歉地摇摇头说道：

"只是说最近会去，其他什么也没说。我问他和谁在一起，也没说……今天，他没有来，只有你来了。真是的，也不知道这孩子去哪儿了？"

我实在忍不住啜泣起来，她干脆把抽纸盒递给了我，说："哎呀，别哭呀。"

我笑了笑，抹去了还在眼眶里转悠的眼泪。

"你是来找哲治的？"

我点了点头。

"你也看见了，他不在我这里。不过，你要是愿意的话，在这里住一段时间也可以。在这里等着他，他早晚会来的吧。我这个老太婆一个人也寂寞。过去的友谊，一下子也放不下的。"

"可是……哲治会来吗？"

"谁知道呢。"

她耸耸肩，眯起眼睛望向射进大门里来的夕阳。我也和她一样，凝视着那橙色的日光。

它就像好多年一直这样静静地照耀着那里似的，只要回头看，它肯定在那里，但是谁也没有注意到那一直温暖着空气一般柔和透明的光线。

这样的光照，以前也曾经看到过，我一边不停地眨眼，用眼皮去捕捉那温柔的绚丽，一边这样想。没错，不止一次，曾经好多次看到过这样的光照……小时候，在一个人迷了路的祖父的森林里……在拆解钟表的女友的房间里……在听收音机的艺伎屋的小屋里……在等候恋人的料亭二楼的卧室里……在做晚饭的新婚时期的下落合的公寓里……在去上野公园看樱花的电车上……在横滨港的巨大客轮的前面……在鸟取的空无一物的沙丘上……在一天都没有和任何人说话的下班回家的路上……在和彻雄对坐在咖啡店里……在和丈夫女儿并排坐着的檐廊上……在听哲治吹小号的公园的路上……在看着哲治擦那个小号的窗边……以及一切语言都已消失，远离了任何场所的酒馆二楼的小房间里……我的确见到过这样的光照。

每次在那些地方看到的，都是同样的光照。

一切都释然了一般，又像是放了心一般的无比平和的心情静静地包裹了我。

"我可以借用一下电话吗？"

她点点头，指了指收银台旁边的电话。我从兜里拿出写有鸟取酒吧的电话号码的纸条，有些紧张地摁了电话号码。"喂喂？"话筒里传来直子姐的声音，我忽然感到胆怯，深深吸了口气，叫了声："直子姐。"

"哎呀，是你吗？ 你在哪儿啊？ 发生什么事了？"

"直子姐，哲治在吗？"

"不在啊。没和你在一起吗？"

"嗯……"

"不知道发生了什么事，你今天回来吗？"

"嗯，如果能赶上电车，大概……"

"那么，最快也得明天了？"

仿佛看穿了我的犹豫似的，直子姐生气地补上了一句。

"雪子姑娘来了。"

"雪子吗？"

"她回来了，说是想跟你和好呢。真是个了不起的姑娘。长得真漂亮。你就快点回来吧。"

"雪子吗……"

"你跟她说话吗？"

"好的，谢谢。"

"要跟你说话。"紧接着直子姐的话音，响起一阵喊里喀嚓的杂音，然后话筒传来了呼吸声，"雪子？"我问道，"嗯，"雪子小声回答。

"雪子，真是对不起。妈妈就是个傻瓜。你说得没错。"

"妈妈，你现在在哪儿？"

"在下关。"

"下关？ 为什么呀？"

"……"

"妈妈，回来吧。"

"……我知道了。"

我挂断了电话，"你有女儿？"她吃惊地瞪圆眼睛问，"不会是哲治的吧？"

我笑着摇了摇头。

"哲治不是当爸爸的人。哲治他……哲治他总是什么人的……"

"你，回去吗？"

她站起来，走到我身后，就像给五岁的少女梳头似的用她那细细的手指给我梳理头发。

"你走之前，稍微洗洗脸吧。女孩子一定要干干净净的。"

我顺从地借用了洗手间，对着镜子整理散乱的头发，补了补妆容，这时，听见隔壁店里的电话响了。她立刻接了电话，跟对方说着什么。我本想趁着她打电话的工夫涂口红，谁知，刚拿出口红，电话就打完了。

我从洗手间出来，看见她脸色苍白，直勾勾地盯着我。一瞬间，无法逃避的恐怖预感划过我的全身。

不要说，在我喊出声之前，她颤抖着张开了嘴。

"哲治他……"

就这样，我现在坐在了你的面前。

已经过了名古屋，过了静冈，再过一会儿，就会广播到横滨站了。外面天色已经发亮了……太阳很快就会升起吧。

哲治被送到了东京的一家医院，内衣、鞋子都没有穿，身上什么也没有穿，赤条条的身体血肉模糊，失去意识之前，他说出了下关的地址和我的名字……我听阿姐告诉我后，立刻返回车站，登上了从下关开往东京的夜班车。详细情况不清楚，据说是昏迷不醒，生命垂危。

分别的时候，阿姐紧紧握住我的手，说："无论是现在还是过去，那孩子都是我唯一的弟弟。"唯一的弟弟……对于哲治来说，阿姐也是他唯一的姐姐……可是上了车之后，我一直在思考的是，那么对于哲治来说，我这个人又算什么呢？

无论是现在还是过去，哲治都是我唯一的朋友。当然，我并没有忘记当我遇到困难的时候，总是会热情帮助我的温柔的女友祥子。不光是祥子，儿时的小伙伴千惠子和浪江，公司工作时候的女同事们，直子姐……这些总是对我非常好的温和的朋友们……可是，如果她们做了十恶不赦的坏事，不得不逃亡无人岛的时候，求我跟她们一起去的话，我会抛下一切跟着她们一起去吗？ 或许会被人认为薄情吧，但我没有这样的自信。能够让我这样做的，只有唯一的女儿雪子……雪子现在仍然在等着我吧。作为一个不合格的妈妈最起码的补偿，我肯定会要去迎接女儿。当然还有哲治……如果他请求我跟他一起逃走的话，我该怎么办呢？ 实际上，我曾经两度和他一起逃到那个寂寞的沙丘之街去。要是现在的话，我肯定不会……和哲治两个人从这个世界逃离，我会让他从他自身，从这个使他痛苦的世界逃离。只是，如果相反，在我最困难的时候，求他跟我一起逃走的话，哲治会为了我抛弃一切吗？ 为了我这个一再伤害他、任性地四处追随着他的年华已逝的青梅竹马？ ——可悲的是，无论我问自己多少次，尽管搜罗来所有否定的词语，我仍然相信他，那就是，哲治一定会这么做的。即便是这次，他也只是为了去找那个穿黑衣服的男人做个了结的，为了今后和我和阿姐在那个下关的小房子里平静地过日子，去做了结的。是的，三十三年前，他就是这样说的，把我支到东京去的。

了结，了结……可是那个沉默寡言的哲治到底要去跟谁，了结什么事呢？ 为什么就不能告诉我呢？ 尽管不说话，但是我们之间应该说的话不是多得堆积如山吗？ 在他的时间被那张白纸完全侵蚀之前，通过很少的语言，两个人可以一起分享的事情不是有过很多吗……

哲治有个亲姐姐的事，说心里话，我有些嫉妒。是的，越想这件事就越生气。你其实根本就不是孤零零一个人啊。幼小的两个孩子总是相对无言，沉默的时候多得没出打发，可你为什么不告诉我呢？ 我想要用恶毒的词语责备他。哲治会怎样反驳呢？ 在那之后，两个人又会一边笑着一边互相抱怨，那时候真正可怜的，盲目抱着优越感的到底是谁呢……

在一点点接近哲治的此时此刻，在这个电车里，我能做的事，只是回忆有关他的所有往事。可是，不管我多么努力地回忆，凡是回想起来的往事，都变成或是正在变成过去的遗骸，回忆只不过是丧失了的人生的拙劣而虚无的模仿罢了……我心里很明白。但我还是想要把切碎了的自己的灵魂装进那残缺的遗骸里去，让声音变成一条线，缝合所有的时间，在连眼前的现实也全都囫囵吞下去的浓缩了的时间之中，再次和哲治相逢。我想通过这个办法，把哲治那些白纸和缺页与我的写满难看文字的书拆解，使它们交替重叠，变成一本新的书。

包裹着一个个词语的我的湿乎乎的气息，不知能否成为润湿被缝合起来的时间接缝，成为接合厚度不同的一页页纸张的糨糊，成为固定书写的文字的涂在上面的一层药水呢？只有这本书缝合好之后，重新从第一页看起才能知道。整整一个晚上，听我说了这么长时间话的你这个人，也会作为用我的声音缝合起来的时间，被记录在这里的。而且，也许我们会在那里面再次相见的。

我问你，你是不是以为哲治死了呢？

我不这样想。因为只要我还在这样和你说话，我俩的这本书就还没有装订好，而且，更重要的是，我仍然这样活着……哲治是我走过的人生的象征，同样，我也是哲治走过的人生的象征。

是这样吧？

现在，你也一定会这么想吧？

好了，擦掉眼泪吧。请用这块手帕。这是昨天从下关出发时，哲治的姐姐送给我的。我已经不需要它了。哲治带着的泪瓶，这回轮到我用了。在没有那个瓶子的地方，我怎么能哭泣呢？我和哲治现在依然拿着同一条线的两头，在巨大的钟表盘上一圈圈旋转着似的。那里没有可逃之路，只有不停地追逐，超越，并列，疏远了又重逢……当一方任性地停下脚步，朝相反方向迈步的话，就会再次相遇。

你看，太阳终于升起来了。

啊，那光芒……仿佛看透了我们的一切的光芒，始于遥远的太

449

古，直到非常非常遥远的未来，一直无止无休地洒向这广阔大地的每个角落的光芒……美丽无比的光芒……

我即使闭上嘴，和这光芒一样，两个人的故事也会超越两条生命的长度，永远永远地持续下去的吧？我愿意相信这一点，并且这样祈祷。就连这条长长的铁轨的终点也即是其起点，因为铁轨看似到此为止，但也会从那里开始的。

距离到达东京站，还有一会儿时间。

好了，你也擦擦眼泪吧……深吸一口气，让嘴里清爽一些……准备好了之后就稍微大声一点讲话吧。因为其他人马上就会起床，变得嘈杂起来了。

我的很长很长的故事，全都讲完了。下面该你讲了。